他将耀夕的火焰变作武器，蛰伏在库驰蒸腾的黑色毛发间，那是人与兽的结合，犹如傲立宇宙的人马星座。

林晓典 著

水晶城堡的月光

Moonlight Over the Crystal Palace

作家出版社

图书在版编目（CIP）数据

水晶城堡的月光/林晓典著. －北京:作家出版社，2010.7

ISBN 978－7－5063－5413－4

Ⅰ.①水… Ⅱ.①林… Ⅲ.①长篇小说－中国－当代 Ⅳ.①I247.5

中国版本图书馆 CIP 数据核字（2010）第 103508 号

水晶城堡的月光

作者：林晓典

责任编辑：张月寒

装帧设计：孙维静　任凌云

插画：子　毯

出版发行：作家出版社

社址：北京农展馆南里 10 号　　**邮码：**100125

电话传真：86－10－65930756（出版发行部）

86－10－65004079（总编室）

86－10－65015116（邮购部）

E－mail：zuojia@ zuojia. net. cn

http://www. zuojia. net. cn

印刷：北京谊兴印刷有限公司

成品尺寸：152×230

字数：305 千

印张：20.5

版次：2010 年 7 月第 1 版

印次：2010 年 7 月第 1 次印刷

ISBN 978－7－5063－5413－4

定价：28.00 元

主要人物

叶紫辛——中国高中女生。好动乐观、坚强勇敢、好拔刀相助，还有些鲁莽，也有脆弱的一面。

伊蒂斯——灵界公主。机敏聪慧、任性妄为、事事好强。

吉利丝娜——前旺地圣主。温柔热情的圣界第一美女，为爱情而执着。

尤多拉——旺地代圣主。典雅高贵，尽责尽职，急功近利。

冰岩——水晶城擒拿使。正直善良、充满阳光，极有责任感。

诺杰——火焰圣主。刚毅果断，霸气精明，了解女人，带兵如神。

凯——水晶圣主。冷漠优雅，没有喜怒哀乐，看淡尘世。

席勒克——魔界将军。冷酷霸道，充满野心，心思缜密，却也难过美人关。

目 录
CONTEXT

中卷　夜碧剑篇

下卷　月之匙篇

楔子

水晶城银装素裹的光华殿内幽蓝冷凝，本应面目狰狞的洪水猛兽因冰雕玉刻而显得异常柔顺。它们安静地伫立在大殿两侧，守护这片久不被打扰的禁地。

大殿中央，一块巨大的水晶隐匿在纱幕后，托起水晶圣主绝美的身影。他那如溪水般亮泽的银发四散蔓延着，眉毛秀气淡然，眼缝狭长紧闭，嘴唇优雅，吐气如兰，长指抚在胸口，圣洁安详。

就在这时，大殿上忽然出现一名女子。她的脚步很轻柔，一头淡蓝色的长发因光线反射宛若笼着层水雾。

“乌滋妮，是你来了吗?”凯低柔的声音飘出纱幕。

乌滋妮的脚步骤然加快。她走上前，神情格外激动：“圣主，您……您终于醒来，真是太好了。”

凯渐渐睁开眼，碧眸内像蒙了层薄纱，朦胧迷茫。他缓缓直起身，觉得头脑沉闷胀痛：“我……睡了很久了?”

乌滋妮惭愧地低下头：“圣主，请您原谅我的力薄。我想尽了办法，还是无法解除封印唤回您失去的法力。”

幕后传来凯无奈的叹息：“唉……都是我自己太大意，才会落入吉利丝娜设好的陷阱内。你并没有失职，就不要再自责了。”

“圣主，其实破解封印也并非没有办法。只要寻回夜碧剑，再取得旺地之血，就能恢复您的法力。只是……”乌滋妮皱了皱眉，“知道它们下落的旺地圣主，在您被害的当晚就消失了，并不在旺地城内。”

凯温和的声音突然转为冷哼：“因为做错事怕受到惩罚，所以就藏起来了？嗯……看样子，我非要亲自捉她归案了。”

乌滋妮有些担心地抬起头：“圣主，您刚刚苏醒，身体和法力都还未完全恢复呢。是否要将冰岩召回助您一臂之力？”

“不必了，我还不至于虚弱到需要他人来保护，况且，冰岩手上还有个案子需要处理，我不想他太分心。”说着，水晶圣主已经走出纱帐，“乌滋妮，在我便装外出期间，城堡与法庭内的事务就由你这书记官代为主持吧。”

乌滋妮谦卑地低下头：“圣主请放心，我会尽力而为，也希望您早日归来。”

上卷

通灵神镜篇

TONGLINGSHENJINGPIAN

第一话

奇怪交易

“铃……呱呱……呱呱……该起床了……该起床了……早上好！”床头的绿青蛙闹钟在分针时针到达指定位置后就呱呱乱叫起来。一只小手从被窝里伸出，摸索了两秒钟，对准它头顶的按钮狠狠砸下去。

瞬间，房内又恢复了安静，隐约飘荡着规律的呼吸声。蒙住头的被子挡住窗帘间漏进的灿烂阳光，被子下的人依然沉浸在深夜的气氛中。

过了一会儿，房门忽然被打开，挽着发髻的老太太走进来。她看了看被子下凸出的人形，又望了望已经变得沉默的闹钟，无奈地摇摇头。

老太太快步走到床边，推推被子：“紫辛，你要迟到了，怎么还不起床？”

“嗯……再睡一会儿……一会儿就好。”被罩下传来哼哼唧唧的朦胧声音。

老太太一听，拽住被角猛地一拉，高声道：“还睡！都已经7点50了，你又要被老师批评了！”

这话倒挺灵，原本缩成一团的叶紫辛腾地从床上弹起：“奶奶……您说什么，已经7点50啦？”

她赶忙瞟向闹钟，MY GOD，真的要迟到了！这是什么破玩意儿，上了弦都不响！一把抄起那只无辜的绿青蛙，猛地丢进垃圾桶。

紫辛慌手忙脚地套上校服，奔进卫生间胡乱抹了把脸，就背着书包冲出房门。

急切的脚步在下到楼梯最后几个台阶时骤然放轻，她贼兮兮地瞟了瞟坐在饭厅看报纸的爸爸。一看那眉头紧皱的样子，就知道今天股市行情又让他赔掉不少。趁老虎还没发威，她这只兔子还是快跑吧。

紫辛想着，便蹑手蹑脚地向后门溜去。

“紫辛，你过来一下。”鞋带还没系上，身后就传来浑厚男声，在她心里狠狠地敲了下。

紫辛深吸口气，转过身径直来到饭桌前：“爸，您有什么事?”就在注视他眼睛的时候，她触碰到一束非常熟悉的目光，充满了不满与怒意。

“瞧瞧你自己，校服都穿得歪七扭八，哪有大家闺秀的样子，我的脸都让你丢光了!”

紫辛别开头，躲避心中已经生厌的注视：“爸，您到底有什么事，我要迟到了!”

“啪!”报纸被重重甩在桌上，爸爸眼睛瞪得吓人：“你这是什么口气，难道迟到也值得你这么骄傲吗?”

她低下高贵的头不做声。在这种情况下，沉默才是逃离火药库的最好方法。

爸爸想起刚才要谈的事情，暂时压下火气：“下了学就赶快回家，少在外面乱逛。今天晚上，你郭伯伯会带着雅倩过来吃饭。他们的家族企业要在下个月办个酒会，雅倩想找你一同做司仪。”

紫辛睁大眼：“什么，让我和雅倩那个只会装腔作势的傲慢丫头一起做司仪？开什么玩笑，我不干！今天晚饭，你们自己吃吧!”

撂下这句狠话，心知导火索已被引燃。就在火药库爆炸之前，她飞也似的冲出后门。虽然爸爸刚才的眼神非常恐怖，那也比和雅倩坐在一起待上几分钟舒服多了。想着，紫辛唇角不觉弯起，露出胜利笑容。

走出家门，还没拐出巷子口，就看到几个年纪和她相仿的少年围住墙根下被吓得大哭的小弟弟，拉拉扯扯，呼来喝去。他们正是经常流窜在这一带的“少侠帮”。呸，说是少侠，不过是辍学在家的小痞子罢了。

她气呼呼冲过去，一把扯住领头小子的胳膊：“你们在干嘛?”

流泪的小弟弟像看到救星似的躲向她背后：“紫辛姐姐，他们……他们要抢我的空瓶子。”

紫辛一听，撸起袖子瞪大眼：“好啊，又是你们这群家伙，上次的教训还不够吗？谁想再尝尝本姑娘的铁腿功，给我站出来!”

小混混们一看是上次五分钟之内就把他们全部撂倒的女孩，表情骤然间变得像老鼠见到猫。

领头小子战战兢兢道："兄弟们，好男不和女斗，我们走!"转眼，这几个少年三三两两，飞也似的逃向小巷深处。

紫辛将散落在地的空酒瓶捡起来，放入破烂麻袋中，交到小弟弟手里："阿濂，这是怎么回事？我上次警告过你不要再来这里。如果我不出现，谁能救你啊。"

小弟弟的眼圈又红起来："我爸……又欠了赌债，躲在外面好几天不回家。我肚子好饿……想捡几个空酒瓶到废品收购站换点钱。"

他的眼泪哗哗地流下来："紫辛姐姐……我好怕，好怕那些逼债的人。"说着，扑到她怀中，放声大哭。

紫辛的心在这刻猛地揪紧："阿濂，别难过，姐姐会帮你的。"

她掏出奶奶早上刚给的零花钱："这个你先拿着，然后去找居委会赵阿姨，她会给你安排临时的住处。爸爸回来之前，都不要回家。还有，这是我的手机号码，要是有麻烦，就给我打电话，知道吗?"

小弟弟抹掉泪珠，感激地望着她："谢谢你，紫辛姐姐。"

叶紫辛拐出小巷，来到大街，一看表，已经8点10分。这个时候，老师一定站在教室里了。她猛地加快脚步，拼命奔跑着，那冲刺速度比身旁掠过的自行车还要快呢。

好在家离学校不远，十分钟之后，满头大汗的她已经可以看到校门外石碑上"得胜中学"四个字。朝阳下硕大的阴影投在宽阔的柏油路上，映出宫殿般雄壮的轮廓，除了地面上受惊飞起的麻雀外，已经看不到任何人影。

紫辛飞也似的奔上四楼，从教室后窗望去，看到满堂黑压压的后脑勺以及站在黑板前的班主任王老师。说实话，她在心里有些害怕上王老师的课。谁叫自己的语文成绩不争气，怎么恶补都无法提高。

其实，她的智商也不低啦，其他科目没有差到总是班上最后一名的地步。可这语文……唉，简直就是前世的冤家。白话文还可以马虎应付，只要一碰到唐诗宋词里面那些"之乎者也"的文言文，她就烦得不想再念下去。

紫辛的脚尖忍不住在地上画着圈圈。

要不要进去呢？若在王老师讲课当中打断她，午休时间又免不了进办公室"面谈"。要是课间时候再溜进去，就得落个迟交作业的罪名。唉，横竖都是个"死"字，还是来个痛快吧，省得在外面东躲西藏。

想到这，紫辛深吸口气走向教室前门，轻轻推开。霎时，几十双眼睛猛地盯住她，这种情况不惭愧都难。

好在进来的时候，王老师正背过身专心地写板书，她迅速走到自己位置上坐定，心中大喊侥幸。当老师再度转身之时，紫辛已经装模作样地翻开课本，悄声问："小音，讲到哪儿了?"

身旁的女孩答道："120页，苏轼的'明月几时有'。"

她迅速打开那页，发现课文上干干净净，而小音的书上已经铺满密密麻麻的笔记。MY GOD，二十分钟，可以讲这么多内容吗?

正在这时，王老师问道："我已经讲完第一段，那么现在，哪位同学可以完整解释一下'我欲乘风归去，唯恐琼楼玉宇，高处不胜寒'这句话的意思。"

听到这，紫辛身体不禁向下滑去，尽量压低脸，逃避老师扫视的目光。谁料，同学们个个都是神童，竟然没有一个人害怕被点名，倒是忽然矮了半截的她显得异常突出。

"叶紫辛，你来说说看吧。"听到这话的时候，她差点从椅子上掉下去。

紫辛别别扭扭站起身，支支吾吾道："嗯……这个……意思是，我想……在风里凉快凉快……唯一害怕的是……琼的楼和玉的宇宙，太高……不能战胜寒冷。"

话音刚落，满堂顿时哄笑起来，弄得她整张脸热辣辣。

王老师气得眼镜都从鼻梁上滑下来："你到底有没有在认真听讲?我刚讲完的解释，怎么你一句都记不住！看看看看……"她重重敲了敲黑板："答案就在这里!"

紫辛抬起头，不敢置信地瞪大眼。原来，所有的解释真的就在黑板上面。

"叶紫辛，午休时间，来我办公室一趟!"王老师最后又补了一句。

午后，炎炎烈日暴晒着校园的每个角落，只有道路两旁疏密不均的树荫可以勉强阻挡袭来的光热。知了也肆无忌惮地鸣叫着，为郁闷心情更添些烦乱。

从办公室出来的紫辛就在这片树荫下慢慢向前走着，脑子里全是王老师严厉的训斥。

"看看你交来的作业，字迹潦草也就算了，答案简直错得离谱。我不是说过，要是有不懂的地方就要问。开学到现在，你拿了多少个倒数第一，还觉得不够？……

“叶紫辛，你不是笨，而是不用心！以你现在这种刚刚及格的成绩，怎么参加明年的高考？得胜可是全国首屈一指的贵族学校，社会上多少名门望族抢着将子女送到这里读书，为的就是他们将来能升入重点大学。来这里的学生也清楚身上肩负的家族责任，个个都很努力。”

“可你呢，无故迟到早退，应付作业应付老师，根本不求上进。得胜的升学率从来都是百分之百，难道要为你一个人砸了牌子？”……

看来这次，王老师真的被逼急了。也难怪，在她管教的班级里有这样一个令人头疼的学生，想不发火都难。但她叶紫辛又不是故意想拖大家后腿，哲和小音也每隔一段时间就来家里辅导。虽然效果不太乐观，却也是努力的表现啊。

不知怎的，对于没兴趣的东西，她就是无法静下心钻研进去。也许，自己天生不是读书的材料，就算勉强考上大学，也是混日子。老实说，她从来都没有认真想过自己未来将要走的路。

身旁的同学们大多是名门之后。银行行长的儿子自然会想到攻读金融学，广告公司的千金也早已设定市场营销的专业。工程设计院院长的外孙要修建筑学，名演员的侄女要去读表演。

而她，又该如何选择呢？

虽然爸爸拥有一家名气不小的杂志社，认识的都是文化圈的名人。可是，像她这种连“明月几时有”都无法解释的白痴，怎么能和他们有共同语言？关于这一点，爸爸大概也清楚，所以才会不遗余力地强迫她参加那些所谓“能长见识”的活动。

简直就是一种煎熬！

高考、专业，以及杂志社，这些字眼总在困扰着她，却又无可逃避。如果可以选择，她倒想成为一名跆拳道高手，叱咤风云，行走江湖，多潇洒。

紫辛一甩长发，突然奔跑起来，仿佛在宣泄内心的压抑。

不知不觉，前方出现得胜最美的景点育才湖。紫辛停在湖畔，望着水中的倒影：长期体能训练成就了她凹凸有致的健美身材。原本来自遗传的白皙肌肤也因频繁户外活动而变成健康的小麦色。长发后露出半张如画的脸，眉似弯月，眸似湖水，鼻似峭峰，唇似朱砂。若是这样看自己，感觉真的很美，很陶醉。

忽然间，一阵微风吹过，长发飘起，露出原本被遮盖的左脸。那连接眼角嘴角的弯月形胎记，如一束青蓝火苗将她靓丽的容颜焚毁。紫辛的神情微微一震，眼神逐渐释然，一声轻叹带过心中的无奈。

她刚转过身，就见小音慌慌张张地奔来："紫辛，快……快去操场，哲……哲又被李富贵欺负了！"

"什么？走！"紫辛原本轻盈的身姿突然矫健得如狂奔野兔，消失在林荫道上。

麦田般宽广的绿茵场内，参差不齐的脑袋将中心地带围得水泄不通。"啪"，倒在草地上的俊秀脸庞留下了沾着灰的球鞋印。邪恶的球鞋随即踏上落在一旁的陈旧眼镜，将之踝得粉碎。

李富贵狂妄的声音自头顶落下："哼，没钱还敢来得胜混，学生会主席是你这穷小子能当的？也不打听打听我李富贵的名号，同我抢，下辈子吧……"

"住手！"

紧围人群突然闪出一条路，叶紫辛迅速冲到瘫倒的人前，将他扶起："哲，你没事吧？"长发一甩，露出夜魅般半张脸，眼内泛着暗火："李富贵，你凭什么打人？"

李富贵肥嘟嘟的脸得意地挤出双下巴："我还当是谁，原来是你这丑八怪。怎么，小白脸挨打，你心疼了？"说着，高壮身影挡住他们的去路："我听说高三（2）班的叶紫辛是只刺猬，谁都惹不起。今天正好让我见识见识这根刺有多硬！"

紫辛白了他一眼："闪开！我现在不想打架。"

"哼，这由得你做主吗？我这帮兄弟正愁没靶子练呢。"李富贵双手环胸，眼神扫了扫他身旁的几个大块头。

紫辛松开搀扶哲的手臂，示意他与小音先行离开。见两人走远，她以肩膀猝不及防地撞向李富贵，同时脚下旋风式勾踢。挡在眼前的胖子顺势被撂倒。

"哎哟，妈呀，疼死我了！你们，你们还愣着干嘛，快给我上啊！"如一摊烂泥的李富贵哼叫着……

医院门口，夜幕已经落下。叶紫辛碰了碰肿痛的脸颊，口腔里再次渗出血腥味道，不禁皱了皱眉。虽然李富贵那群家伙没什么真本事，力气却个个如牛。他们仗着人多势众，居然让一身硬功的她脸上挂了彩。

唉……这个样子若被爸爸看见，又会闹得天翻地覆。想着，她掏出手机。液晶屏上显示出7个未接听电话。进入留言箱，里面传来爸爸震耳欲聋的恼怒声音："都几点了，还在外面鬼混，你非要把我气死才甘心？赶快给我回家！"

删除掉留言，她拨通另一个号码："奶奶，是我，紫辛。嗯……今天学校有事情，可能会熬通宵，就不回去住了。"收线，关机。

也许这些话在几年前，她还会讲得磕磕巴巴，现在却流利得就连自己也会信以为真。在看到爸爸无数次震怒、失望、冷漠的表情后，她已渐渐习惯善意的谎言。

在爸爸心中，紫辛是个不讨人喜欢的女儿。因为她的诞生，夺走了他亲爱妻子的性命；她的执拗，抹煞了他作为父亲的威严；她的野性，更击碎了他想培养她成为乖顺贤淑叶氏千金的梦想。

但是，这并不能动摇她心中的真理。

难道因为貌丑就注定被人歧视？因为贫穷，就要受到欺侮？为正义而战就叫闹事了？既然一开始就不受欢迎，既然从来不曾拥有取悦人的容貌，既然所有努力都无法改变她的性子，既然……

不！她叶紫辛就是喜欢这样的日子，潇洒自在，打抱不平。不去理会别人怎样想，只要自己觉得对又有什么关系。

抬头望天，都市喧嚣的另一边是宁静的夜空。寥寥无几的星孤寂地闪着，就如同现在的心情，有些迷茫，有些困惑。

"咕咕……"肚子饿得叫起来，难怪情绪低落呢。她笑，有些自娱自乐的感觉。摸摸口袋才想起身上的钱给了阿濂，又在外科门诊破费不少，剩下的零钱只够买个汉堡包了。

紫辛走在路灯下昏黄的灯井大街上，听着身旁沙沙的树音。夜晚的味道令她不自主闭上眼。突然想起李富贵的话："小白脸挨打，你就心疼了？"

心疼，也许有一点吧。哲，这个从小伴她长大的男孩，在她生命中究竟扮演着什么角色呢？

长相文弱的哲，学识渊博的哲，贫穷却好强的哲，手无缚鸡之力的哲，可以辅导她功课，可以受她保护，却不能让她动情。抚上心口，里面跳动的脉搏，有时狂野得就连她自己都无法驾驭，会因谁而安然若息呢？

就在这时，前方街角处传来老乞婆哀求的声音："先生，我已经饿了几天了。行行好，买我一块石头吧。你看，这石头也是宝贝啊。"

过路男子瞟了瞟老乞婆脏兮兮手掌上的硬物："什么，这么一块煤渣要八块。开什么玩笑，不要不要！"

紫辛的思绪被打断，看了看手中被攥得发皱的钱币，肚子"咕咕"的抗议还是没能挡住前进的脚步。

她来到老乞婆面前："婆婆，我只有五块钱，你先拿去买点吃的吧。"说着就要站起身。

老乞婆忙拉住她："好心的小姐，我不是乞丐。既然给了钱，你就要拿走一块石头。来，随便挑吧。"

叶紫辛使劲揉了揉眼，不敢置信地盯着老太太面前铺地的旧报纸。刚才明明是一堆普通石子，现在怎么变成……

凭她这些年的"阅历"，上面每个超过硬币般大小的红宝石、祖母绿、钻石、珍珠都是价值不菲的上等货啊。

五块钱随便挑？她可不敢相信这种天上掉馅饼的好事。

"婆婆，既然这样，我就要你手上那块吧。"

老乞婆沧桑的眼中滑过一丝惊异，随后微微眯起："是这块不起眼的煤渣么？你可要想好了。"

"嗯，就这块。"她痛快地点头，接过又脏又硬的煤渣，放入外衣口袋里。

紫辛头也不回地向前走去。走了几步，忽然想起身上没有钱，又不能回家，看来只有去找小音了。她转过身，却见眼前幽深的街道宁静异常，空旷的路面上竟没半个人影。

奇怪，刚才的老太太怎么一转眼就不见了，难道见鬼了？……人倒是不怕，可这……这鬼……她全身立即起了一层鸡皮疙瘩。

紫辛赶忙掏口袋，顿时惊讶得目瞪口呆。乌黑煤渣不见了，在她手中的是枚晶莹剔透的水晶。

一束月光穿过水晶玄幻复杂的层面反射出银蓝光泽，犹如欲滴的泪珠闪烁。在那无数光线汇聚的核心，似有个人影若隐若现。金发蓬乱招摇，宁静的紫眸似笑非笑，映出她惊异的脸。

“哗……”银蓝光束突然冲破水晶的轮廓将她笼罩，倏地收回，蹿向夜空化作天幕中一颗闪烁的星。

树荫沙沙作响，街道静谧如昔，没有半个人影。

* * *

什么东西湿湿黏黏的，难道下雨了？还有股奶油味道，好香哦。紫辛朦朦胧胧睁开眼，随着光线挤进视野，一个超大蜥蜴头清楚地晃在面前。还未反应过来，滑腻舌头已将她整个脸席卷。

“哇呀！”紫辛惊得从地上跳起，“蜥蜴，巨型蜥蜴啊！”她像个没头苍蝇似的到处乱窜。

“呵呵……小姑娘，别怕，阿贡不会伤害你的。”不知从哪儿传来男人的声音。

紫辛这才站定，抬头将他们看清楚。眼前的巨形怪物脑袋酷似蜥蜴，身体笨拙如大象。刚才说话的男人留着山羊胡，穿着类似西方中世纪的衣服。

他从怪物身侧滑下，眼神好奇地盯住她：“咦……看样子不像是本地人，你到我家的牧场里，有何贵干啊？”

紫辛赶忙闭上眼，心想一定是在做梦，随后又捏胳膊又拍大腿，就希望这梦能赶快结束。

“你怎么啦，哪里不舒服？”男人走近了。

MY GOD，这不是在做梦。她真的来到了一个陌生的地方。那个山羊胡男人和他的怪兽就活生生地站在面前。

可是，这一切到底怎么发生的呢？

等等，从医院出来的路上，她遇到一个老乞婆，然后用五块钱换了一块煤渣。煤渣又变成会发光的水晶，最后……最后就是这怪物的大舌头将她叫醒的。根据逻辑推理，罪魁祸首就是……它！

她摊开手心，对着掌中的水晶念道：“水晶水晶，请带我回灯井大街。我要回灯井大街，水晶！”

没动静。

“水晶，带我回家，快带我回家！”

山羊胡男子笑看她："姑娘，你是不是才开始学习法术啊？虽然我只是个凡人，对复杂的咒语一窍不通。不过按常识来讲，每个咒语后面好像要加一个'乒乒乓'什么的才会有效。"

紫辛半信半疑地朝他一瞟，然后清清嗓子郑重其事地念起："水晶大仙，麻烦你把我从哪儿弄来，就把我送哪儿去，好不好？……乒乒乓。"

等了半晌还是没回应，她求救地看向面前的一人一兽。

"怎么，不管用？"山羊胡子男投来同情目光，"这样吧，天色也不早了，我家就在前面。你先填饱肚子，我们再来想想办法。"

紫辛觉得他的话也有道理，就点头默许了。转念一想，总觉得什么地方有点奇怪。

啊……原来是她的语言能力已经提升到一个神化水平，竟用一种陌生的语言和山羊胡男子交流，听起来既不是汉语，也不像其他任何流行的语种，这到底是怎么回事？

紫辛爬上怪物脊背，还没坐稳就感到身下一阵颠簸，赶紧狼狈地抓住缰绳。望着身旁飞速倒退的绿色原野，那风驰电掣的感觉真是爽透了。

"大叔，你的坐骑跑得还真快啊！"别看它身形笨拙，速度比汽车也差不了多少。

"你是说阿贡？它哪有资格当坐骑，只是我牧场里圈养的品种罢了。"

"啥？那什么东西能当坐骑呀？"

"这个嘛……比如烈火鸟，三头龙，九尾豹等等。只有那些有名的圣兽才算得上真正的坐骑。"

紫辛听到这话只觉脊背一阵发凉，不禁睁大双眼看向四周。她究竟来到一个什么样的地方，童话世界么？可怕……可怕。

空了不知多久的胃被温暖的饭菜填得舒舒服服。木盆里的水汽将脸蒸得昏昏欲睡。紫辛慵懒地打了个哈欠，起身换上干净衣服，来到镜前。松垮的上衣扎在纤细腰间活像个超短裙，露出紧身裤包裹的长腿，一双软制皮鞋绑住脚踝。

霍立坶大叔家没有女孩，只有三个活蹦乱跳的小子，这大概是少年的装束吧。也不错，比起大婶的拖地长裙可方便多了。

紫辛双手伸向脑后，将一头柔顺长发高高束起。她甩甩马尾辫，望着镜中的笑脸，眼神突然变得迟疑起来，好像什么地方有点不对劲。

啊呀，原本脸上的那些淤青伤口通通不见了，这又是怎么回事？

她轻轻抚摸起左颊上的月牙形胎记，幸好还在。哪天醒来要是不见它，一定会不习惯的。

正在这时，门外传来霍立坶的声音：“紫辛，准备好了吗？我要带你去个地方。”

晚霞惬意地洒下橘红色光晕，将这和睦小城笼罩。离开霍立坶家小院，走在坑洼不平的石路上，周围已是一片万家灯火的景象，这份古老韵味与宁静的美令人神往。

不知什么时候，他们已经钻入一座幽深塔内。大叔边走边提醒她：“小心啊，这台阶很陡。”

望着小窗外渐渐消失的建筑物，气喘吁吁的紫辛双手撑住膝盖忍不住叫道：“大叔，这塔怎么这么高，还没到顶啊。我都累死了！”

霍立坶露出招牌式的憨笑：“快到了，再忍忍啊。”

当晚风的味道再次吹入心肺的时候，她才强打起精神，抹掉脸颊上的汗珠：“大叔，一会儿我们可不可以坐电梯下去啊。”

“‘电梯’？又是你那个世界的东西？……别急别急，我不是在帮你想办法回去么，抬头看看外面吧。”

直起身的那刻，紫辛的情绪安静下来。眼前的景象完全超出她对一个世界的想象：

东方，绚烂彩霞环绕的落日中含着某个黑色的影，那种深沉的红艳像要把它燃尽一般。

西方，深蓝天幕映出银亮圆盘，一闪一闪好似镶嵌着水晶雕饰。

南方，五彩缤纷的土地连绵不断，犹如画布上涂抹的颜料，交织碰撞出新的灵感。

北方，群山峻岭，白雪皑皑。

站在高耸如云的塔楼顶端，仿佛整个世界也尽收眼底。

霍立坶捋了捋胡须，缓缓道：“既然你对这里一无所知，我就以实景代替地图解释一下。我们所生活的世界叫做‘圣界’。脚下这片土地叫‘凡人国’，是没有法力与战争的国度。这点你能理解吧？”

紫辛收回目光，长睫眨了眨：“这么说，有凡人就有神仙喽？”

“‘神仙’？没听说过。”

“哎呀，就是会法术的人啦！”

霍立坶恍然大悟："在这里，他们被称为圣人。"

他伸出手臂指向远方，神情庄严起来："以耀夕之力为本源的火焰城在东方，以月光之力为本源的水晶城在西方，以大地之力为本源的旺地城在南方。圣界内法力最高的三位圣主就住在这三座城中。既然你是被法术带到此地，自然也要由法术送回去。"

紫辛脸上染上一片兴奋："你的意思是，这三位圣主能够施法送我回家了？……好，明天一早我就出发！"

霍立姆笑着摇摇头："真是个性急的小丫头，我话还没说完。虽然三位圣主神通广大，可不是每一位都能帮到你。"

"啊？……那我该怎么做？"她的表情立即180度大转弯。

霍立坶摩挲着下巴若有所思："求见圣主不是一件简单的事，有时候也要碰碰运气。……从路程上来看，凡人国离东方的火焰城最近，我看你就从那里开始吧。"

紫辛踮起脚，探出头："你说的是那火球中的黑色影了？"

"那里就是火焰城堡。"

她的眼神疑惑："那地方怎么看都不像是人能去的，我行吗？"

"行，只要你有决心，一定可以做到。这样吧，我给你准备一张地图和足够粮食，再把阿贡借给你。"

紫辛激动地转过身，猛地拉住他的手："霍立坶大叔，你真是个好人，要是在我那个世界，就是活雷锋啦。我……我一定选你做人大代表！"

她突然想起什么，掏出怀中水晶递过去："大叔，你心地好，我也不要占便宜。这个你拿去，应该挺值钱的。"

霍立坶推回她的手："不用客气，举手之劳嘛，这也是我们凡人国一贯的作风。水晶还是收好吧，说不定，它是你回去的必要条件之一。"

"那……真是太感激了，谢谢你，大叔。"

晚霞染上她的发，将左脸上的月牙胎记勾出金色轮廓。紫辛目光迷离地注视起远方。虽然她并不清楚为什么会在一刹那掉入这个奇幻世界，也不确定自己何时才可以找到回家的路。但是，不管未来多难多险，她都不会有丝毫惧怕。

也许，这就是上天特意安排的挑战。只要有了勇气，她就能战胜一切！

第二话

得失擂台

一尘不染的大路前端，石块整齐堆砌的城楼洞门大开着，放眼望去没有人烟。根据地图显示，这里便是“无异之邦”。叶紫辛骑着阿贡慢悠悠地入了城。

街道两旁，形状相同的红色尖顶木屋个个紧挨，后面映衬绿色灌木丛，好像用电脑将同一幅画复制粘贴而成的背景，没有丝毫差异。此刻，周围安静得只能听到阿贡粗重的脚步声，好无聊。

正在这时，清脆铃声自刚才经过的木屋响起。紧接着，“铃”，“铃”，铜铃声连成一片向前延伸到看不见的地方。

片刻后，街道两旁的房门居然同时打开，走出身着红色衣裤的人们。很快，人流会集，排成整齐队伍无声地从她身旁经过，那秩序简直比军人还严格。被忽视在外的叶紫辛放缓手中缰绳，以同样速度跟在他们身后。

不知不觉，路旁出现一排排红色大凉亭，凉亭的桌台上整齐摆放着无论从数量还是种类上都无差异的饭菜。人群一齐停下来，陆续入座。“铃！”千百只右手同时伸向摆在碗侧的勺子，以同一速率将饭送入口中。

MY GOD，果真不愧是“无异之邦”啊。才进来没一会儿，眼睛已经不能负荷铺天盖地而来的红色和这傀儡般齐刷刷的动作。紫辛揉了揉眼，挥起缰绳向前赶路。

呼噜呼噜的咀嚼声刚刚脱离耳膜的震动范围，“铃！”第三次听到这声音，竟有种反胃的感觉。这时，端坐在饭桌前的人们以全速奔跑姿态向她冲来。紫辛赶忙退到路边，目送红色浪潮流过，心中不觉纳闷，也跟了上去。

人流行了片刻，如收紧的渔网迅速包围路中央的石台。包括紫辛在内的千百双眼眸同时盯向木桩上被捆绑的褐发小姑娘。她看上去约莫十二三岁，眼神惊恐地望向四周，红衣下赤裸的小脚瑟瑟发抖地互相摩挲着。

“铃!”原本安静的人群突然躁动起来。

“希露自从懂事以后就没有一天按时起床睡觉，我们做父母的已经受不了她了。”两个番茄自台下一对男女手中飞出，淡红色黏稠物顿时染花小女孩纯净的脸。

“爸爸……妈妈……求求你们不要丢掉我！爸爸……妈妈……”女孩声音哽咽地喊着。

“希露偷偷缝了双蓝色鞋子，还骗我说是过路的外乡人丢掉的。”

“姐姐……”女孩脸上的番茄残渣禁不住泪水冲刷滑下来。

“希露上课的时候老坐错位置。”一名十几岁的少年气呼呼叫道。

“我……”女孩稚嫩的声音哑住。

“希露……”

紫辛越听越觉得不对劲，越看越堵心。这么多人围攻一个可怜的女孩，连家人都是一副同仇敌忾的嘴脸，竟为了些鸡毛蒜皮的小事。看来这不是什么礼仪之邦，倒像不讲道理的疯人国。

顿时，一股热气自丹田而起汇聚在掌心，拳头紧握。不好，老毛病要犯，现在可没时间打抱不平。紫辛咬住嘴唇下意识甩甩头，要知道这种见死不救的举动比身上长虱子还难受。

“铃!”

紫辛伸手勒住阿贡，回转身。

一名长胡子老头面无表情地走上台：“根据市民们的举报以及神铃规定的法条，我以一邦之主名义宣布，判处希露死刑。”

紫辛愣住了，耳边传来小女孩凄惨的哭叫声：“不！求求你们，放过我，我不要死！爸爸……妈妈……姐姐……”可惜，台下那一张张愤世嫉俗的脸并没有丝毫动容。

紫辛再也无法袖手旁观，驱着阿贡挤进人群。她猛然想到一个问题：若在铃声控制下，那些傀儡市民突然扑过来，该如何抵挡他们的人多势众？

“铃!”人群让出一条路。

“铃!”两名头戴黑面罩的刽子手走上台，磨起了刀。

铃声越来越大，扰得紫辛心烦意乱，却突然给了她灵感。如果可以找到操控众人的神铃，也许就能救下那女孩。

紫辛倏地抬起头，耳朵以最大幅度竖起。再来，再来一次，就能抓住它。

“铃！”声音自脑后传来。她猛地回转头，目光炯炯直奔对面一棵大树，原来在那里！

与此同时，刽子手高高扬起手中家伙，锐利刀锋对准垂死挣扎的羔羊。

“阿贡，就看你的了。”

只见蜥蜴头压低，后蹄蹬直，庞大身躯如踩足油门的汽车飞奔而去，冲向树冠。霎时，骑在象背上的紫辛夹腿抬臂侧身沉手，“当啷”，抄起金晃晃的铜铃。

“拿到了，拿到了！”她兴奋地高喊，声音在死一般寂静的氛围下显得异常突兀。

未落下的刀、半空中的番茄、举起的拳头、张大的嘴巴通通定住，刚才咆哮的人群已然变成没有生机的木偶。

紫辛来不及多想冲上石台，蹑手蹑脚地将距离刀刃下一厘米的女孩拉出来。

“你……你……”希露被吓坏了，结结巴巴说不出话来。

“别怕，我是来救你的。”紫辛拉着她走下石台。两人骑上阿贡，奔向笔直的大路。

希露迟钝的目光落在她手中紧抓的铜铃，神色大变：“你……你拿了神铃？”

“对啊，不然怎么能救你？”紫辛投去善意的微笑。

希露却惊惶失措地挣扎起来：“不，你快停下，快把神铃还回去！……无异之邦若没有神铃就要死了。”

死了？紫辛满脸疑惑盯着手中金晃晃的铃铛。难道没了这铃，那些人就会永远地定在原地？

希露哀求道：“求求你，摇摇铃，让他们醒过来吧。我爸爸妈妈还在里面呢。”她似乎忘了，刚才是谁第一个将自己推向死亡的边缘。

紫辛转念一想，爽快答道：“好，为了你这有情有义的小丫头，我就饶过他们。”抬手一摇，铃声震耳欲聋。

身后很快传来整齐的步伐声，人群如鲜红的潮水覆上路面。紫辛瞄准目标，扬手挺腰："接着！"铜铃猛地飞出，落入傀儡人群中。

她拍拍手，得意地高声道："阿贡，全速前进！"

离开无异之邦，天色已渐渐暗下，夕阳洒在山谷中反射出赤橙金紫四色。穿梭在云端的禽鸟凄凉地鸣叫着，引来千层回音。

"紫辛姐姐，谢谢你救了我。"希露恢复平静的小脸脏兮兮，却透着股灵气，甚至有些超过年龄的老成与拘束。

"不用客气，这种举手之劳的事我已经习惯了。"说实话，面对众多人的包围而能毫发无损，这倒是第一次，若不是那铜铃……

"希露，你们无异之邦真奇怪，为什么全城的人都要听那铃声生活呢？"

希露歪着头想了想道："我听老人们说，很久以前，那里并不叫无异之邦，至于什么名字，已经无人能记起。那时的城邦秩序非常混乱，没有法律和政府管制，杀人放火奸淫劫掠比比皆是。这件事越闹越大，终于惊动了圣界法庭。水晶圣主亲自出面处理，才使整个城邦变得井井有条。"

"水晶圣主……是不是西面那个法力高强的人？"紫辛目光透着好奇。

"就是他。据说水晶圣主将自己的法力加持到神铃上，将它挂在橡树冠中以规范人们言行。"

"约束人们的行为没什么不对，可用这种操控思想的手段使所有人机械地听从命令，我就不能苟同了。不管是凡人还是圣主，每个人都该拥有思考与行动的权利。"

希露看着她激动的表情，突然凑过来："紫辛姐姐，我觉得你很特别，好像什么都不怕。唉……我要是有你这样的勇气，也许早就离家出走了。"

紫辛轻轻揉揉她的头："你在那种环境下还能保持自己独特的思想，也不赖呀。"

希露无奈地摇起头："其实是因为，铜铃根本对我不起作用。"

听到这话，紫辛隐约感到脊背有些发凉。忽然想起，即便在全城人都被定住的时候，希露还是老样子，原来……

"我也不知道怎么回事，自从有记忆起就和别人不同，还要装出一副事事受控的样子，我……我都快疯了，可又没有别的办法呀。"希露下意识使劲扯动着头发。

那样惶惑的神情，紫辛并不感到陌生，仿佛看到某一刻的自己困在迷雾中。她忽然兴奋地指向远处穿梭在天空中的禽鸟：“希露，你看，它们飞得多高多远啊。以后，你也可以拥有同样的自由，找到属于自己的新天地。”

希露憧憬着未来，激动地点点头：“紫辛姐姐，你说得对。从今以后，我要重新生活，找到属于自己的天地。”

两人边走边聊，发现前方不远处有座大山洞，就在附近捡了些枯枝烂叶，准备过夜。

紫辛放下柴火：“啊呀，没有打火机，怎么点火呢?”

希露回眸一笑：“不需要什么打火的鸡，我自有办法。”说着，伸出右手两根指头，小声地念着：“拉咪拉咪七里七里火，咪拉咪拉里七里七指，吹!”

顷刻间，她那纤细的指尖好似点燃的蜡烛芯泛着蓝光，燃起橘色火焰。

紫辛瞪着发直的眼看得目不转睛：“希露，想不到你……还是位高人呢。”试探性地伸出手：“这火是真的吗?”顿时，炙热的感觉让她一个激灵撤回手，揪住耳垂。

希露得意地转动起手腕，火苗忽强忽弱地在指尖上跳舞：“当然是真的喽，这可是我偷偷向过路圣人学的哦。不过啊，我太笨，就只学会这一个法术。”

紫辛激动地搂住她叫起来：“太好了，有你这打火机啊，我就不怕天黑喽!”

“啊呀，紫辛姐姐，你……抱我抱得好紧，我不是你的‘打火鸡’啦。”

火苗燃得“啪啪”作响，冰冷的岩石一片温暖。山洞里不时传来咿咿呀呀嘻嘻哈哈的声音，如阳光般灿烂，照亮那片黑暗，使出没的夜鬼也退避三舍。

* * *

如果你是周末白天走在北京王府井大街，感受摩肩接踵的拥挤，那绝对属于正常现象。假如你在夏季车展会的傍晚逛一逛被喻为“小巴黎”蒙特利尔著名的圣凯瑟琳大街，听到身边挤过的人流礼貌地SAY SORRY，也不足为奇。

然而眼前，这只有三五米宽的小街上，仿佛挤下全城百姓外加来往过客，那就是个问题了。尽管阿贡庞大的身躯为紫辛和希露开辟不少私人空间，周围还会有冲来挤去的热力，引发身下颠簸。这种做三文治中间层的滋味可不好过。

而且更为奇怪的是……紫辛小心扶着鞍子转过头来：“希露，怎么走了半天，都没有看到一个男的？”

“嗯……我想，这座城应该就是传说中的‘得失之地’吧。”小丫头指着四周，“‘得失之地’有三‘不’规定：不许男人进入，不许运用法术，还有，市民们不需要自给自足的劳动。”

“什么？哎哟！”紫辛被冲过去的几个披头散发女人绊住，身子失去平衡跌下象背。

“什么世道，又不是赶着去投胎！”她提高嗓门冲前一喊，狠狠翻了个白眼。

“希露，你刚才说她们不需要劳动，那要靠什么生活？”

希露眼珠一转：“当然是靠……偷东西啦。”

“咳！”紫辛差点被口水呛死，“偷东西？偷谁的东西？”

“我们这些过路人呀。”小丫头一副理所当然的样子。

紫辛的心咯噔一下，急忙看向周围交错混杂、神色怪异、举动蹊跷的人群。原来这窄道……是特为盗窃行为设计的环境。

糟糕！赶忙摸索起口袋……水晶……水晶居然不见了！

她回转头，灵秀脸庞皮笑肉不笑地挤出一排光洁牙齿：“希露，你为什么不早说呢？”

小丫头眼中闪动天真无邪的目光：“紫辛姐姐这么有见识，一定听过圣界里独一无二的得失之地，我说得对吧？”

“你……”紫辛只觉一股闷气堵住心口，“我们怎么会到这鸟不拉屎的地方来？”

“不是我的错，地图上这么标着的。”希露满脸无辜，“咦……姐姐，你是不是丢了什么东西呀？”

紫辛憋不住内心闷气，责怪道：“你呀，不早说，害我丢了水晶，是很重要的东西呢。”

希露轻松一笑："我没提前说出来是怕姐姐紧张。你看，那些同我们一样进城的女子都很遵守这里的风俗，东西丢了也不声张。"

"我丢的是水晶，回家可能还要靠它呢。"

希露想了想便说："姐姐先别着急，我知道有个补救办法。倘若东西被偷了，就要想办法从别人身上偷回一件，以此获得参加'得失擂台'的资格。只要打赢擂台，就可以从所有丢失物品中任选一件，这是得失之地对智慧与力量居上者的礼遇。"

只要打赢擂台吗？

紫辛心里偷笑起来，随后一跃而上稳坐象背："那我就先偷东西，再打擂台吧！"

她手举到前额，目光四处张望，有些紧张道："希露，要是东西没偷成，反被人当场逮住，可就窘大了。"

"那就找文弱一点的女子下手。我敢说，凭紫辛姐姐这身功夫，少有人会是对手呢。"

这种吹捧的话简直像蜜糖一样，甜得紫辛眉开眼笑："是么？呵呵……你这丫头鬼主意还真多呀。"

纤弱娇嫩，大家闺秀，温柔婉约，这样的女子在哪里？

紫辛苦苦寻觅的目光穿梭在百万人影间，不知不觉地停住：淡紫衣衫勾勒出婀娜多姿的身影，银色长发闪动璀璨流光，纤细玉指捏住乳白色长笛，优雅闲适的微步踏出空气中宜人的芬芳。就是她了！

"希露，你看前方那紫衣女子如何？"

"嗯……看起来不错，可以试试。"

紫辛一手搭上小丫头肩膀，讪笑道："好妹妹，你个子小，偷她手中的笛子最方便了，对吧？"

"姐姐说得不错。可是这里有规定的，十五岁以下未成年者恕不参与。妹妹我就算有心也无力啊。"希露说着无辜地耸耸肩。

她惊讶地盯着希露率真又老练的表情，心想：真是古灵精怪、油嘴滑舌的丫头。

"好……很好。没关系，我叶紫辛最喜欢挑战。偷东西是吧，我行！"紫辛仿佛同自己赌气似的，狠狠挥下缰绳。阿贡吃痛地狂奔起来，挤开四周人流。

眼见接近目标，侧臂，勾腿，沉手，已然将重心降到最贴近地面的位置。紫辛紧盯住前方摆动的玉手。近了近了，似乎能闻到那因衣袖舞动而生的异香。顷刻间，“刷”一抽，长笛如四乘百米接力棒牢牢握在她手中。

“哈……得手了！”紫辛回转眸，得意地瞄向遭劫的人。

只见那女子，垂下的右手没有因缺少长笛而不知所措，优雅身影款摆如昔，原本整齐的银发出现一丝零乱，却无法遮盖那冰晶玉刻的容颜。深邃的眼窝内，如湖水般清澈的碧眸含着似笑非笑的光，注视象背上失神的叶紫辛。好像不是她偷了“她”的长笛，而是“她”偷了她的魂。

“紫辛姐姐，我们快走吧，前面就是得失擂台。”

希露的话让她回过神，举目望去。前方半个篮球场大的石台下迂回排起了队伍，人声鼎沸好不热闹。她们走到跟前，才知家属与坐骑不能进入。于是两人暂别，相约城门外再见。

正午的阳光径直笼罩着坐满参赛者的35号长凳。这些女子全看中了35号货架上的水晶。她们个个摩拳擦掌，准备应战。

“阿花对叶紫辛！”裁判台上传来声音。

尽管拥有跆拳道黑带的她已经身经百战，要想在这奇异的擂台上打胜，也不能说有百分之百的把握。紫辛深吸口气，沉稳地走上台，像往常一样头胸前倾敬礼。她的动作立即引来裁判台上一阵喧哗。

未待直起身，紫辛感到耳边气流异常，余光上挑，只见阿花壮硕的身体猛扑过来。她一个前跃步，右脚蹬地，左脚内旋180度。目标靠近的刹那，她倏地抬直右腿，直击向来人腹部。

“哎哟！”阿花重重倒地，扬起一片灰尘。

紫辛收回进攻右腿，呈实战姿势。

“阿花倒地一次！”裁判席上挥动黄色小旗。

胖妹停止呻吟，赶忙爬起身，双手护住赘肉堆积的腹部，不敢再贸然进攻。

紫辛眼中流波滚动丝毫不眨，脚下突然飞步，如离弦之箭冲向神情麻木的对手，上步腾空，踏上她的肥手，后踢。阿花再次摔倒，传出闷哼声。

“阿花两次！”红色小旗举起。

听到二次警告，胖妹挣扎地站起身，目光凶悍地盯着紫辛。

“哈！”臃肿的身躯以特大冲力撞来。

就在对手近身的那刻，紫辛甩出右腿，“啪啪”连续两记侧踢直上锁骨。迅猛力道使原本冲劲十足的阿花如泄气皮球栽倒在地。

“阿花倒地三次，叶紫辛赢！”裁判洪亮的声音响彻四周。顿时，数百双看呆的眼睛正了正神色，台下响起一阵轰鸣掌声。

行礼完毕，紫辛整整衣衫，骄傲地仰起头接受众人惊异赞叹的目光。

接下来的比武自不必说，经过多年刻苦磨炼的叶紫辛靠着一腿“神功”撂倒不少对手。不知不觉，35号长凳上已空无一人。

“嗯……”裁判长清了清嗓音站起身，“我宣布今次擂台的赢家为叶……”

“请等一下。”不知从哪儿传来一个悠扬的声音，好似蒙着层薄雾，朦胧辨不清方向。

在人们四处寻觅的目光中，一抹紫影轻盈如风从天而降，银发飞散飘出幽香万缕，修长双腿随即无声落地。

“抱歉，我迟来一步，比赛还没有结束吧？”紫衫女子看向裁判台。

“哦……既然这样，就请你同叶紫辛对决吧。”

擂台上忽然间鸦雀无声，紧张气氛压顶而来。紫辛惊愕地盯住来人，这不就是……长笛的主人？仔细打量她，如完璧般无瑕圣洁的面颊似乎容不得一丝染指；而之前天女散花式的出场姿态，恐怕也只有经验丰富的舞蹈家才能胜任。那看似花拳绣腿的功夫应该不是跆拳道的对手吧。

就在这时，紫辛感到耳畔传来一阵细语：“姑娘，如果不想受伤，就赶快离开吧。”那声音清晰得恍若有人附在耳边轻吟，而女子诱人的唇瓣并没有任何微小动作，这又是什么法术？

两人站在擂台的两端，四目相对，压迫感似无形之手将紫辛的心收紧。也许这才是真正的对手，即使站在十米外，也无法逃避紫衫女子周身凝聚的力量。但是为了水晶，为了回家，她必须全力一拼。

“来吧！”紫辛摆出迎战姿态。

“既然如此，接招！”话音未落，紫衫女子刷地腾空，展臂如蝶翼，忽而对腕，张开的兰花指泛着丝丝寒光。她飞转旋身，如一道极光俯冲下来。

紫辛见势心中大喊不妙，这样猛烈的天上攻势正是施展腿计的阻碍。她立即闪身撤步，却感寒气吹面。仰起头，惊见碧眸中冷凝目光压顶，于是猛地抬手出拳，抵住女子劈下的玉掌。一刹那，双手似插入长年冰雪那般冰冷彻骨。

好凉，她心一抖，急忙收臂，胸口受到猛烈一击。“哎哟!”紫辛忍不住痛叫，摔倒在地。

“叶紫辛一次。”短暂的耳鸣使得裁判的声音变得很模糊。

紫辛挣扎地抬起头望向泰然自若的对手。好厉害的功夫！那种速度与掌力决不是一般人所能成就，这看似柔弱的女子到底是谁?

她咬着牙慢慢爬起来，缓缓吐出口冷气，眼前燃起一缕白雾。

女子眼神深邃，银发如冷焰蒸腾：“还不放弃么，那块水晶本就不属于你，只有强大的力量才能令它折服，而你……是那样微小。”

微小？不，这个字眼从来都不属于她!

紫辛甩开散下的发，仰视居高临下的紫影：“你别得意……我还有两次机会可以战胜你。”说罢集中意志飞步跃近，腾空扬腿。

眼见小腿劈出就要击中目标，却被一道闪电动作凌厉阻断。女子鹰爪般坚韧的手掌将紫辛的脚踝紧箍，猛地抡起她的身体，狠狠甩向擂台石柱。

“咣!”五脏六腑被这么一震，一股腥味冲出喉咙，差点使紧闭的泪腺大开。她隐忍剧痛，捂住胸口挣扎地想要站起身，只觉力不从心。

女子缓步走近，俯下身面对披头散发的紫辛，终于开口说话：“在这得失擂台上，没有人会是常胜将军。这样执拗，受苦的不过是你自己。”那声音不紧不慢，闲适安雅。

她冰凉的手指轻柔地拨开紫辛的长发，轻触那愈发青蓝的胎记：“这张脸，真是可惜……”

紫辛眼见女子放松警惕，双手倏地扣上她停在耳畔的手腕，猝不及防腿下一扫，翻身跃起将对手压倒在地。

“说得不错。没有常胜的将军，同样，也没有不倒的圣人。怎么样，微小的我也可以把自诩强大的你撂倒。”她抬手抹净唇边血迹，眼里闪过一丝狡黠。

紫衫女子抬起头，仰视逆光中气宇轩昂的叶紫辛，眼神若有所思……唇边渐渐飘出一抹淡笑：“是这样么……好，这局……算你赢了。现在，可以让我起来了吧。”

神情激动的紫辛这才发现自己正呈武松打虎状跨坐她身上，霎时嗓音发干："哟……不好意思。"

摆脱禁锢的紫影刷地跃上半空，飞步离开擂台。

紫辛急忙冲那渐远的背影大喊："喂……还没打完呢，怎么跑了啊……快回来！"

紫衫女子晃动手中的乳白长笛："不必了，我要的东西已拿回，至于水晶……它选择了你。"清音飘忽不定，回荡在耳内。

眨眼工夫，擂台上只剩紫辛一人。手中的水晶被攥得温热，心里有点空荡荡。这么高强的对手，还没机会学到一招半式就让她走掉，实在可惜。唉……谜一样的女子……来无影去无踪……

走过得失擂台，小街豁然宽广，直通向城门。一阵微风吹拂，紫辛觉得冷飕飕的。她从包袱里抽出衣衫披上，还是觉得不挡寒，可能因为刚才用力过猛，需要恶补卡路里了。这才想起粮食袋还系在阿贡背上，于是加快脚步朝城外走去。

天边几缕淡紫色云雾似有似无点缀着暗蓝天空。路边一望无际的金黄麦穗随风摇曳，如波澜起伏的潮水吹出沙沙响声。

"希露……希露……"她喊了几声，本应跳出来迎接自己的小身影却没有出现。

"阿贡……阿贡……快出来啦！"这家伙，难道听觉退化了？

紫辛呼唤的声音由高亢急切转为断续低吟。不知不觉，牙齿舌头不听使唤地上下打颤："怎……怎么这么冷……冷啊……希露……露……快出来，我……我要火……火啊。"

MY GOD，这到底是什么世界，傍晚的温度冷过冥王星，简直冻死人不偿命。紫辛压倒一片麦穗，哆哆嗦嗦钻进去。好在地上不冷，里面也很暖。看来只能这样将就一晚，明天早上再赶路了。

然而，周遭的热量却不能阻止她唇色变紫，四肢僵硬。此刻才明白，冷不是因为天寒地冻，而是她的身体，正在渐渐冰化。

恐惧，在你遇到无法解释又不可逃避的情况下，如迅速繁殖的白蚁啃噬你的心房。越胆小，越合它的口味。

紫辛强打精神对自己说："不会有事的，我不怕。"

她努力睁开眼，月亮已经出来了。那镶着璀璨水晶的玉盘，仿佛妈妈朦胧的脸庞，哼出动人歌声："香气四溢的夜来香田，湖畔星光闪烁的天……你用神奇力量使夜晚都发光，绚烂人生在月光下旋转……”

“……你用神奇力量使夜晚都发光，绚烂人生在月光下旋转……”哼着哼着，她的意识逐渐模糊，陷入昏迷状态。

夜色妖娆，皓月当空。漆黑的麦田突然飘浮点点银蓝，如萤火虫般四散飞舞，盘旋在叶紫辛的身边，逐渐汇聚成一片光晕，将她清丽的容颜照亮。

渐渐地，光晕中浮现男子矫健的轮廓，银光流过紫色的眼眸，泄露着某种情绪。他闭上眼，双掌合拢，只听“收”一个字，白色雾气自紫辛胸口缓缓蒸腾而出，源源不断钻入他的唇瓣，使之周身散发的光束不断增强。

“放!”白色雾气又自他的头顶蹿出，奔向夜空，与冷凝月光融为一体。

片刻，麦田恢复夜的颜色。浮坐在半空的男子缓缓落下身，长舒口气，额角滑下的汗水瞬间化为一颗冰晶落地。他站起身朝紫辛走去，伸出手臂抱起她恢复柔软的身子，消失……

第三话

绝叫莓林

险峰之巅，高耸入云，月似白玉映出紫衫女子秀美的影，宁谧如嫦娥。银发摇曳，碧眸迷离，衣袖瑟瑟飞舞，将凝滞的烟云拂散。长指轻点，七孔隐现，吹出清音袅袅，将欲睡的圆月催眠。

恰在这时，冰岩自半空飞跃而上，没有打断旋舞的音，只在她的背后落下身。

紫衫女子眼波微震，纤指于长笛上行云流水。曲音忽如石沉大海般低婉，忽如溪水坠谷般响脆，忽如山涧鸟鸣般高亢，忽如女子轻叹渐渐隐没于纱帐后。

她缓缓放下手，玉指摩挲笛身，并未转头："擒拿使突然现身，有何指教？"

冰岩正听得出神，若有所思道："'静心之音'我听了千百遍，为何刚才的调子显得截然不同？"

紫衫女子眯起眼："你今日居然有雅兴评价我的笛声，实在难得。"

冰岩忍不住朗笑起来，眼中闪烁着狡黠的光："凯，你难道感觉不出'静心之音'已不再冰冷如昔了？'没有常胜的将军，没有不倒的圣人'，嗯，我倒是很欣赏这句话。你说呢？"

片刻的无声，沉默的对视，空气也凝滞了。

化身为紫衫女子的凯忽然轻笑起来，生硬的笑声显得造作突兀。她的长指若有若无划过冰岩俊逸的脸颊："你以为陌生人的一句话就可以扰乱我平静的心绪么？那是不可能的。"

冰岩推开他的手："我不喜欢你现在乔装成女人的样子，不像我认识的凯圣主。"

"冰岩，你让我糊涂了。你不是曾经希望我能多些情感，可以体会一个女子的心么？"

他听似轻松的口气让冰岩简直听不下去："你能认真一点吗？水晶圣主若真有了感情，大可不必在这里柔声细语地浪费掉。你应该知道，这对吉利丝娜来说有多奢侈。"

"吉利丝娜……"水晶圣主重复了这个名字，"她失踪了。"

他的声音骤然变得冷漠："不管你相信与否，就算我无情，也不会置她于死地。相反，她却用夜碧剑来对付我。"

冰岩原本傲然的脸突然回转，眼神惊异错愕："这……怎么可能。夜碧剑不是已经失踪三年了？"

凯摇摇头，目光迷离注视远方微红的天际："它的确失踪过，却又再次出现。……都怪我自己太疏忽，贸然前往旺地城，差点就丢了性命。"

"你想怎么处罚她？"冰岩小心地问道。

凯的唇边浮起淡然笑意："你以为我会杀了她？……放心，我不会的。既然我不会因为吉利丝娜的热情而感动，也就不会因为她的报复而心存怨恨。我这次便装出行，只为找回夜碧剑与旺地之血解开封印。至于吉利丝娜，要经过法庭的公审来决定对她的处罚。"

冰岩重重叹了口气："没有喜怒，没有哀乐。恐怕这世上不会有什么事能让水晶圣主有所动容了。既然这样，就让我留在身边助你一臂之力吧。"

"不必担心我。你还是继续追踪卡罗瑞顿复出的案子。法庭足足找了他三十年，不能再让这恶人逍遥法外了。"

"我知道。前阵子在猫眼国搜集的线索已经上交，长老会议很快就会传达指示。"冰岩又想起什么，眼神忽然露出得意神情，"对了，你还记不记得我们那十年之赌？"

水晶圣主眼中闪过一丝疑惑："这么说……你已经练成了透界术？"

"没错。而且……我还有个人证，她就是擂台上和你交手的叶紫辛。这个异世界来的女孩脾气还真古怪，我警告她不要惹是生非。今天倒好，居然敢在擂台上大打出手。要不是我刚才救了她，恐怕早被冻死了。"

凯回忆起那个左脸上有瑕疵的女孩，嘴角不觉弯起淡笑："原来是她。"

他很快又恢复了冷漠表情："你能长点本事固然很好。不过，塔丝诺还是不能给你。"

"为什么？"冰岩大惑不解。

水晶圣主的眼神严厉起来："因为……你坏了圣界的规矩！"

"坏了规矩？我带她回来只为做个证明，又没妨碍什么。凯，你不会在找借口抵赖我们的赌约吧！"冰岩的脸色变得很难看。

凯盯住他："如果没有妨碍什么，我放在无异之邦的铜铃怎会突然失灵？"

这下，擒拿使哑口无言了。

圣主站起身："若想得到塔丝诺，就把那女孩安全送回原来的世界吧。"声音未落，紫影已经消失。

"喂……凯，别走，回来！"冰岩伸出手，抓到的只有空气而已。

他垂头丧气地呆坐在地，双手揪弄着头发，随后抓起一块石头负气摔去："可恶！"

要送走叶紫辛并不那么容易，必须等到满月光再次降临才能重新启用透界术。还要"安全"地送走？如此说来，在未来一年中，他还要负责那丫头的安全，直到她毫发无损地离开圣界。

想到这，冰岩无奈地连叹几口气：叶紫辛啊叶紫辛，你最好不要给我惹麻烦！

随着一声清脆鸣叫，七彩鹦鹉飞上洒满阳光的窗沿，张开双翅，闲适地轻啄羽翼。"啾"，它挺起小胸脯，引颈长鸣，像在炫耀自己美丽的外衣，又像对梦中人视而不见的抗议。

终究抵不住朝阳温暖的亲吻，无法忽视绚烂世界的召唤。金辉下，紫辛甜美的睡颜逐渐苏醒，卷曲长睫不情愿地抬起。这一觉睡得好舒服。她直起身，攥拳展臂大大伸了个懒腰，发现身上竟然盖着一张泛着淡淡异味的兽皮毡子。

紫辛狐疑地看向四周：坑洼不平的墙壁凹槽内，错落有致地排列着大小不一的罐子；窗外，青葱欲绿的植物已经探进半个头。她揉了揉惺忪睡眼，内心不觉疑惑：明明记得昨晚睡在麦田里，怎么醒来就换了地方？

正想着，就听"咯吱吱"清脆之声自房间另一侧传来。镂空的天窗上，白衣男子逆光坐在窗棱上，啃着手中果子。从这个角度，紫辛只能看到他的侧脸：那头蓬乱卷曲的金发狂野冲天，凝聚着西方流行的朋克因素。额头光洁宽阔透着灵气，鼻梁笔直高挺承载贵气，下巴坚毅微扬暗藏脾气，眼角闪动点点星光却无法看清流露的情绪。

从不知一个人的侧面可以这般生动迷人，俊逸如斯的轮廓仿佛艺术家精心绘制的剪影。而她，也从未如此细细品味过一个人的容貌，就这样歪着头坐在床沿，无语地注视。

忽然觉得，眼前的男子……似乎在哪里见过面？

“咕噜！”肚腹再也不能供给大脑记忆搜索所需热量，唱起空城计，为那单调咀嚼声加进合拍的伴奏。紫辛还没想好以何种表情应付这窘人的尴尬局面，就见那人扔过来一个果子。也许饿得过头，她接过果子，在衣服上蹭了蹭就往口里送去，狼吞虎咽地吃了个干干净净。

紫辛满足地舔舔嘴唇，走向天窗，友好地挥挥手：“这果子真甜，谢了啊！”

就在那人转过头的瞬间，胃里突来一阵痉挛害她差点呕出：“是你……冰岩？”

难怪这么大反应，面对溪边那个偷窥者，那个拿走水晶害她奔波数日的小子，脑海中原本美好的印象通通不见了。

冰岩轻巧地落地：“正是我，你的记性不错。”

他那满不在乎，或许有点洋洋得意的表情使她内心突然惊慌起来。紫辛急忙摸向衣袋，脉搏在这刻停顿了半秒：水晶又不在了！

“你这小偷，快把它还给我！”她恼怒地扑过去，双手却被一股强劲力道牢牢定在半空。

“既然这么喜欢浪费力气，刚才就应该让你饿着。”冰岩皱起眉，眼神不屑地上下打量她，“像你这种蛮横无理的行为，真需要好好地管教一下。”

冰岩本想再数落几句，见她气得面色通红，便松开了手：“你衣服右边的口袋有个洞，以后不要再把重要的东西放进去。看，这是什么？”

紫辛难以置信地盯住他手掌中的水晶，又望向那澈亮的紫眸，手指悄悄顺衣爬下伸进右边口袋。刹那，被布缝卡住的滋味令她表情一僵，那里真的有个洞。

她尴尬地伸手取回水晶，小心翼翼放入左边口袋，支支吾吾道：“刚才，是我错怪了你……不好意思……”

“嗯，就看在你没有忘记道歉的分上，我原谅你的无理。”望着紫辛因惭愧而显得恬静的面容，冰岩有些出神。虽然自己对女人向来没有耐性，倘若往后，她都可以像现在这般安静，那么作为保护者的他

应该不会太伤脑筋吧。

紫辛也在这时想起与希露的约定，便问起她的下落。

冰岩不以为意地从陶罐里抓了把坚果，自顾自地剥起来："别人的事情应该和你无关吧。我要是你，早就自己赶路了，毕竟那才是最终目的。况且，他们可能早已走远了。"

"不会的！他们不会失约，我们说好一起去火焰城堡的。"

"'说好'？"冰岩扑哧一声笑出来，"在我们这里，说好的事情随时都会变的。至于火焰城堡，我可以送你去，免得一路上惹出更大麻烦。"他双手环胸，自信满满地等待回复。

"你？"紫辛眼神狐疑地上下打量他。

"怎么，怕我没这能力？"

能力？这里的人好像个个都身怀绝技，她可不敢小看谁！早前还被一看似柔弱的女子撂倒，而眼前这位又不知何方神圣了。只不过，在这陌生世界，轻易相信别人就等于出卖自己。

紫辛警觉地瞪着他："你不是让我自己赶路，不去管别人吗，那你又为什么要管我？谁知道你心里打什么主意，搞不好是人口贩子呢！"

"什么！"冰岩眼中闪过一丝微怒，虽然不明白什么是"人口贩子"，但从她那放肆口气和警惕表情来看，一定不是褒义词。

"好好好……就算我闲得没事做，也不会再帮你这个不知好歹的丫头。"

"既然这样，那就不打扰了。"紫辛甩开长发，转身推门，胳膊却被一把抓住。

"你为何如此执拗！"擒拿使的眼神突然严肃得吓人。

"放手啦，我一定要找到他们！"她猛地甩开那只铁手臂，夺门而出。

"可是他们并没有等你……"冰岩的声音被远远抛在身后。

不，不会的！希露和阿贡决不会失约。或许阿贡睡着了，没有听到她的呼喊；希露可能只是一时贪玩，忘记约定的时间；也许……真有什么事发生了？

为什么会这样坚持，也许因为心中一个"诚"字所在。即便在这个世界已经失去它的意义，她却不能忘记多年来做人的原则。阿贡是霍立姆大叔的财产，一定要物归原主；至于希露，曾经答应过她的事情也不能失信。

走上大路，麦田旁那些稀疏慵懒的身影步履缓慢地移动着。“得失擂台”就如一架永不停息的跑步机消耗着过客们勃发的精神，挑战的勇气与贪婪的欲望，又似一枚磁石吸引更多力量前来挑战。

紫辛向东望去，没有地图、粮食与脚力，她不知自己能不能找到他们，也许最终会放弃，但不是现在。

* * *

万里晴空一片，阳光温暖而柔和。不知不觉，路边景色已由麦浪摇曳转为一望无际的淡蓝色花圃。清新宜人的气味如玫瑰般香，似月季般甜，若橄榄般淡，如百合般雅。从未见过如此富有生机的花朵，嫩黄心蕊与淡蓝色花瓣相搭配，仿佛展翅的蝴蝶驻足挺拔枝叶间。

紫辛好奇地走近，轻触那片柔滑，却见盛开花瓣突然聚拢，如害羞的女孩将美丽容颜藏起。这般光景令紫辛忍不住轻笑起来。有意思，看来这“闭月羞花”的反义形容最合适她了。

原本想采一枝送给希露，却不料那紧闭的花瓣倏地张开左右摇摆，蕊中隐约传出“呜呜”声，如婴儿啼哭，让人想起“路边野花不要采”这句俗语。

的确，美丽景物总是适合远观而不能亵玩。否则，它们便不会有今天的繁盛，也不会拥有赏心悦目的价值了。紫辛甩甩头，毫无留恋地向前走去。

过了花丛，道路急转，前方突然出现三岔口。中间的大路笔直宽阔，好似交通要道，身拖行李的人流已然超过停下脚步的她向前拥去。右侧，石块拼出的花岩路就显得冷清些，少数驾着牲畜的农民步履急促地赶路。而左边，枝叶繁盛的参天大树已将狭窄路面包得密不透光，幽深莫测。

嗯……该走哪条路好呢？

紫辛不觉皱起眉，迟疑在原地。她看到岔口旁挂满白色纱帐的小土屋前，歇脚的路人聚在那吃吃喝喝，便走到忙里忙外的大婶面前问路。

原来，中间那条是通往火焰城堡的必经之路，大批旅客由此赶往东方。即使没有地图，跟着他们也不会迷路。右面的那条则是仙罗国入关口。

至于左边，大婶摇摇头："那条路通不通，我也不晓得。一直没有人从那条路上出来过，好像也没有人进去过，也许里面闹鬼吧。"

紫辛听后隐约感到背后一阵凉意。

头发花白的大伯凑过来，用肩肘碰了碰大婶："老婆子，别吓唬人家小姑娘。昨天不是还有个骑着蜥头象身的小丫头进去吗？"

大婶一脸无辜地答道："我说得也没错啊，他们的确没有再出来。"

蜥头象身，那不是阿贡吗？难道希露进了那条鬼道？……好个贪玩的丫头。紫辛向夫妻俩道了谢，便大步流星而去。

站在三岔口前，望着通往东方的官道。那里人头攒动好不热闹，仿佛阳光下的幸运大道。突然一种悸动冲上心头：也许……也许踏上这条路就可以看到回家的希望，那还犹豫什么，这不是她最期盼的事吗？

她的目光又飘向左侧幽暗的"鬼道"，里面真如传说中可怕吗？背脊的凉意渐渐通向头顶，前进的力量又减退些。

"可是他们并没有等你……"冰岩的话突然闯进脑海，使她心头一紧：难道……希露与阿贡没有出现是因为遇到什么危险？

她咬紧牙关甩甩头，心中仿佛有个声音嘤嘤而语：叶紫辛，你不能退缩，不能背信弃义，不能见死不救。她攥紧拳头，虽然神经绷得快要断掉，脚步却最终选择了左边。

就在这时，"啪啦"，什么东西从口袋里掉出，砸到脚趾。低头一看，原来是那枚水晶。紫辛不觉挑起柳眉，难道连左边口袋也开线了，霍立坶大叔家的衣服还真"结实"啊。她用手一掏，衣兜严丝合缝，明明没洞……真奇怪了。

紫辛掸掉水晶上沾染的灰尘，如视珍宝地凝视它："水晶啊，你可要乖乖的哦，不要再丢了。"说着将它重新放回口袋里，又继续向前走去。

刚走几步，就听"啪啦"一声，眼见那晶莹剔透的"泪滴"咕噜咕噜朝中间大路全速前进。

"喂……你去哪儿？等等！"紫辛急忙追上去，在路人接踵的脚步间，一个前扑将它牢牢压在掌下。

她小心翼翼将淘气的水晶攥在手中："你这家伙也来捣乱，想陷我于不仁不义？……哼，没那么容易！在我手里，看你怎么作威作福。"

就在踏入“鬼道”的一刻，世界骤然安静。路边叫卖声，牲畜们踢踏的脚步声通通消失在耳际。阳光点点斑驳自茂密枝叶的缝隙漏下，洒在前方坑洼不平的小路上，泥径蜿蜒扎入深绿色囹圄。

微风拂过，浓郁的草木清香迎面袭来。紫辛深吸口气，暗自庆幸现在是白天。要是夜晚走这样的小路，若不被吓死，也会窒息而亡。这究竟是为什么呢?

她举起手箍住口，放声高喊：“因为……二氧化碳中毒啊!”

“中毒啊……毒啊……啊……”清亮回音消失在密林深处。紫辛只觉心中畅快许多，就哼着小曲晃晃悠悠穿梭在林间小路，自得其乐。

不知行了多久，路端突然终结于漆黑山洞前。紫辛停住脚步，探进半个头，一股冷风猛地蹿出吹乱头发。她小心地钻进去，双手紧扒住石壁慢慢前进着，紧张的目光在黑暗中微微闪动。

突然，一道白光迎面扑来，使她不觉踉跄退后半步。再度睁开眼，姹紫嫣红铺天盖地而来，仿佛将小小的她禁锢于烂漫天堂内。从未见过如此辽阔的果园，那如幼儿拳头般大小的草莓一颗颗鲜红圆润，勾起口中“馋”意绵绵。

她抬头，发现莓园前竖着一块牌子，上面写着“勿来勿看，既来便食”，于是不客气地走进去，七手八脚地乱摘一通，大吃起来。

喂饱肚子，紫辛就在这园子里转圈圈。她注意到泥地上一个个错落有致的小孔，便好奇地弯腰伏身，将一只耳贴近地面仔细听着。

“咕噜……咕噜……”里面传来闷闷的声音。

下一秒，数以万计的小孔同时喷出水柱，滋润那方红绿。

紫辛飞也似的逃出“地上喷泉”，来到莓园边缘。她狼狈地擦掉满脸水珠，觉得耳朵里好像进了水，有些胀痛，就抬起右脚呈金鸡独立状连续几个蹦跳，耳朵瞬间变通畅。

就在这时，一个沙哑且混着野兽般嚎叫的声音清楚灌耳：“呵呵……嗷……这种办法……嗷……我还是第一次见哪……嗷……”

紫辛迟疑转过身，愕然在原地，嘴巴僵成O形。任凭谁看到那斜躺在草棚内距离不足五米的怪物，都会吓得口吐白沫昏厥过去，而她如此平平的反应是不是该受到褒奖。

眼前这非人非兽的怪物下半身粗长蜿蜒盘踞如蟒，拥有人形的上半身顶着两个头颅。布满皱纹的脸看似年过古稀的老人，而他旁边那张冲天的兽脸像发了霉的桃子，长满黄绿黑毛，叫声凄厉刺耳。

“小姑娘……嗷……你是不是被我的样子吓坏了……嗷……”老人咧开干瘪的嘴冲她一笑，满口黑洞洞。

紫辛尽量忽视那突然回转头的可怖兽脸，干笑道：“呃……还好……还好。”

MY GOD，心脏差点停了半拍。虽说自己对别人外貌上的缺陷向来不在意，可这人畸形得也太离谱吧，要让她产生同病相怜的感觉还真难。

只见那怪人双手挣扎着拽动草垫，扭动蟒身似要坐起，却如瘫痪的软骨病人般力不从心。“小姑娘……可不可以……嗷……帮我一把……嗷……”粗糙手指向她伸过来。

一股浓重怪味道扑面而来，熏得紫辛想拔腿就跑，可是他的眼神充满了恳求，使她无法拒绝。

怪人在紫辛的搀扶下直起了身，气喘吁吁道：“哦……这下舒服多了……嗷……谢谢你，好心的姑娘。嗷……我已经三年没有直起身了。”

“啥？”她不敢置信，“那你怎么能坚持活到今天？”

老人脸无奈地看向前方那片绽放的果园：“这全靠‘绝叫莓林’……嗷……使我不至于饿死在此……嗷……”

他眼中显露的沧桑与哀怨使紫辛原本有些隔膜的心思也逐渐变得柔软起来。

“原来是这样。……不过，那些草莓真的很好吃。若是拿到外面官道上去卖，你的日子一定过得比现在还好。”

怪人脸色骤然阴暗，眼神充满了愤恨：“外面？哼！那个世界容得下我这模样的人吗？嗷……在他们眼中，我是怪物！怪物，你知道吗？……嗷……嗷……他给了我另一个头颅，一个令我永远无法睡眠的惩罚。你听……嗷……就连那声声绝叫也鸣不平我的冤屈啊……”

蟒身忽然激动地上下扭动，兽脸狂吼着仿佛要将一切吞噬。这种恐怖气焰使近在咫尺的紫辛惊呆住，双手不由自主安抚他的肩头：“喂，你别太激动……安静下来，才能想到解决的办法啊。”

“解决？……哼！等了这么久……嗷……他也没有还我清白，这种煎熬我到底还要受到什么时候！”

“你说的‘他’到底是谁?”

怪人冷哼一声：“他，就是能以‘移形大法’将惩罚深植肉体与心灵的圣界法庭首席执行官水晶圣主。我今天这副模样，全拜他所赐！嗷……”

又是水晶圣主？之前的无异之邦，现在的非人非兽，看来他的“杰作”还真不少啊。

“可是……他为什么要这样对你呢?”

“因为我被法庭判处了‘叛界罪’。他们怀疑是我，盗取了圣界三宝之一的‘夜碧剑’，嗷……”

“‘夜碧剑’是什么东西?”紫辛瞪大了眼，真是越听越玄了。

“夜碧剑，又名‘抑法宝’，乃上古神物，原属旺地城堡镇堡之物，却在三年前突然被盗。唔……”老人脸镇定下来，就连兽脸的绝叫也由咆哮变为低吟。

“‘夜碧出鞘，剑光如碧，夜似白昼，万法归一。’即使在它休眠的时候，哪怕距它百步远，那强大的震慑力还是能让你感到无所遁形。在夜碧剑面前，再高深的法力也会受到抑制。唔……”

“哇噻，真是神了！不知道这夜碧剑到底长得什么样子，好想见识一下。”紫辛感叹着，转念一想，“咦……不对啊，我听说三大圣主个个神通广大，难道旺地圣主连把宝剑都守不住?”

此时的怪人已神情若定，眸中还隐着一抹笑意：“圣主也是人，只不过法术高强而已，并不会神机妙算。况且……那时的吉利丝娜为了私欲，根本不愿继承旺地圣主之位，对宝剑被盗一事也置若罔闻，简直可恶至极!”兽脸又开始刺耳地绝叫。

紫辛听得有些糊涂：“那盗剑的罪名，又怎么会落到你头上?”

怪人忽而挺起身，姿态威严起来：“因为开启夜碧剑的解封咒语，只有身为旺地城堡的大祭司才知道，那就是我。”

紫辛恍然大悟：“原来如此。那么，究竟是不是你偷走了夜碧剑呢?”

刹那间，蟒尾猛地甩起，发出“呲呲”声；兽脸毛发乱抖，露出狰狞面孔。

“天下人都认为，是我盗取宝剑以夺圣主之位。我承认，自己并不甘心臣服于乳臭未干的吉利丝娜，可也从未想过破坏旺地城的规矩。嗷……你想想，我若真有夜碧剑，又怎会落得今天这般下场？但是依据圣界的法律，我也只能有口难辩啊！嗽……嗽……嗽……”

“若是如此，也太过分了！不能分辨真伪的法律要它有什么意义？”她真的搞不懂，没有人证物证，难道仅凭法术就能判罪？

“事情已过三年，夜碧剑仍未出现，嗽……就这样白白被冤枉，我不甘心哪！既然法庭不能还我公道，只有靠自己来洗刷这奇耻之冤！嗽……”怪人哀叹，白眉下淡红的双眼射出毅然决然的目光。

紫辛蹲下身，诚恳地望着他：“老人家，虽然我知道自己力薄，能做的也不多。如果可以帮上什么忙，你就尽管开口吧。”

老人瘪皱的脸缓缓抬起，不敢置信地盯住她：“你这话当真？唔……这几年来，我一直在等待机会。误入绝叫莓林者何止上百人，唯独你不畏外貌丑陋，听完我的故事，好一个仗义的丫头。来，坐我身边。唔……”

怪人继续道：“能证明我清白的除了夜碧剑再现外，还有一个办法，那就是请出圣界三宝之一的另一件宝贝——火焰城堡的‘通灵神镜’。传说，圣界内发生的所有事都逃不过神镜的通灵眼。若神镜愿意为我作证，这冤屈就可以洗清了。”

紫辛恍然大悟：“哦，明白了，就是所谓的目击证人嘛。这个简单，我刚好也要去火焰城堡，可以顺便帮你问问。只要火焰圣主愿意请出神镜证明一下，问题不就解决了。”

怪人眼露淡笑：“事情可不像你想的这么简单。这通灵神镜已休眠多年，不作任何回答。唔……算算时间，它也即将要苏醒了。我在火焰城堡有位叫亚安德拉的旧识，也许他能帮我向神镜求证。这里有我的亲笔信，唔……就请你交给他。”说着，将一只稻草编成的小方袋递给她。

“你放心，这事包在我身上。时间不早，我该赶路了。”紫辛收好袋子站起身，突然觉得好像什么事还没有解决，这才想起希露和阿贡。听了故事，倒把正经事忘得一干二净。

“请问，你有没有看见我的朋友经过这里？”

“你的朋友长什么样子？”

“一个十二岁小姑娘，骑着蜥头象身的坐骑。”

老人脸的眼神渐渐阴霾：“哦，原来是那个见了我就大叫‘怪物’的野丫头。她骑的四不像还踩烂了我今年刚种下的新苗。这样的恶行在绝叫莓林里也算首屈一指了！嗷……”

紫辛脸色登时发白，心绪猛地拨乱：“那……那他们……”

“会永远地留在这里……”

“留在这里……”

“这里……嗷……”

阴冷声音自耳边扩散开。瞬息间，狂风骤起，头顶草棚被扯得四分五裂卷上半空，眼前出现一片小山丘，布满了一尊尊栩栩如生的雕像。

那一刻，紫辛愕然在地。就在不远的小丘上，阿贡双膝及地，侧头闭目恍若沉睡中。背上的希露将粮包紧紧抱在胸前，眼神恐惧震惊。

紫辛木然地走过去，伸手抚向那曾经笑容绽放的娇颜，红的唇白的脸，肌肤干硬布满细小裂痕，仿佛弹指欲碎。

“希露……”她的心中呼喊着这个名字，带来阵阵绞痛，口中却吐不出任何字眼。他们已经失去鲜活的生命，变成了冷冰冰的石头，和身后那些飞禽走兽、男女老幼一起，成为这片莓林永远的看守者。

“这是他们罪有应得。只有你，小姑娘，才有资格活着走出绝叫莓园。嗷……”

她猛地回头，眼神冷静暗藏愠怒：“你害了这么多人，还期望我会帮你吗？”

“那你想怎样？嗷……”蟒身蹭地发出沙沙声，慢慢逼近她。

“放了他们，我就做你的送信人。”紫辛的目光毫不畏惧地迎上去。

蟒身刷地陡然立起，巨硕的身影瞬间遮没了头顶的阳光，天色骤然变暗。阴风拂过，毛发飞乱的双颅居高临下望着她，野兽般猩红的目光摄人魂魄。

“在这绝叫莓林，凡是冒犯我的人通通都要受到惩罚，没有例外！嗷……嗷……”

面对这突如其来的可怖气焰，紫辛下意识后退，目光瞟向山丘上石化的身影，自知这怪人法力高强不好对付，只能试着智取。

“既然这样，信就还给你！”她扬手一抛，草袋飞向半空。

趁怪人分神没有防备的时候，紫辛倏地俯身撑地，旋起双腿朝地上的蟒尾凌厉一扫。顷刻间，硕长身躯伴着闷嚎声重重栽倒在地。张牙舞爪的猛兽随后摇尾起首，挣扎蠕动，卷起阵阵沙土，如发怒的蛟龙咆哮。

“该死的丫头……胆敢偷袭我！嗷……嗷……”声声绝叫划破天际，刺痛耳膜，仿佛能将人的心撕裂，胆震破。

兽脸突然调转，刹那间，满头的黄绿黑毛如蔓延蛛丝迎面射来，牢牢缠住紫辛的四肢，向前拖去。

“你……你要干嘛？不要啊！”她惊恐地盯着那赫然露出的森白獠牙，拼命挣扎，仍抵不住强大牵引力，身体一点点向他靠近着。

“在绝叫莓林里，你根本没有筹码，现在后悔已经来不及了，嗷……”眼看那血盆大口吐出的蛇信子就要绕上脖颈。

“不！”她尖叫。

就在这时，一道银蓝光束“刷”地蹿出，分化为千百光点，如匕首般锋利，割断坚韧的毛发。

“后悔的应该是你，瓦尔沁！”话音刚落，一抹矫健身影挡在紫辛面前。

惊魂未定的她盯着那张俊朗侧脸，一头水雾：“冰岩？……你……你从哪儿蹦出来的？”

紫眸嘲弄地斜睨她：“果真是个爱找麻烦的丫头。”

他转过头，眼神陡然严厉：“瓦尔沁，原以为你在受罚后能够改邪归正好好思过，竟胆敢在此为非作歹。你可知罪！”

瓦尔沁一见来者是冰岩，老人脸霎时苍白：“你……你不敢。没有法庭宣判，即便擒拿使也不能私动刑罚。嗷……”

“我不敢？对于死不悔改的重犯，先将他就地正法再呈报给法庭落案，这是擒拿使的权力！”冰岩立即双手合掌，银蓝气流自丹田而起，顺着手臂酝酿于掌上，刷地推出蓝色光球将怪人笼罩。

“不，不要这样对我！我是被冤枉的，冤枉的，嗷……嗷……”顿时，蟒身扭曲蜷缩，兽脸渐渐膨胀，张开大口欲将老人脸吞噬掉。

“等等！”紫辛突然挡在二人之间。尽管瓦尔沁已经是个人性被扭曲的怪物，即便如此，她还是相信他的清白。

冰岩急忙撤掌，双眉微拧：“叶紫辛，你捣什么乱，快闪开！不要妨碍我执行公务。”

“我哪里在捣乱！这事还未查个水落石出，怎么可以如此草率地处罚唯一的线索人物？如果你现在杀了他，夜碧剑也许就真的找不回来了。”她护住倒地的瓦尔沁，眼神很坚决。

冰岩渐渐靠近，不可思议地盯住紫辛：“你当真相信他的鬼话?”

“拜托，这是最简单的推理法。瓦尔沁命都快没了，要是有宝剑，早就拿出来用了，恐怕到时候，你也不是对手吧。光凭这点就足以证明，他不是盗剑者。”

冰岩眼波一震，只觉这话听来似乎有些道理。可自己做了多年的擒拿使，如今却因这毛丫头一句话而坏了规矩，未免有失男子尊严。更何况……上百人的性命非同小可。

他又恢复了严厉姿态：“瓦尔沁擅自使用‘化石法’，罪不容赦!”说罢再度合掌，提气运功。

紫辛见他毫不通融，急得冲上前：“死板，真是死板，怪不得这个世界一团糟呢。罪已经犯了，难道不能赎吗?”

“赎罪?”这个词令冰岩迷惑了，他渐渐收回法力。

紫辛蹲下身注视大汗淋淋的怪人：“瓦尔沁，现在给你一个将功赎罪的机会，你可愿意?”

此时的怪人一副谦卑模样，淡红眼眸充满感激不再骇人：“愿意，当然愿意。你说吧，好心的姑娘。唔……”

她挥手指向小丘：“如果能将所有石化的人恢复原形，我就帮你送信，这样可好?”

“此话当真?”瓦尔沁大吃一惊，又望向伫立在不远处的冰岩，“不知……擒拿使能否法外开恩?唔……”

紫辛转过脸，眼神得意：“冰岩，这样的安排该不会触犯什么天条吧?”

他只是注视着她，没有做声。

“不说话，就算默认喽。”紫辛一耸鼻做了个怪脸，露出胜利表情。

擒拿使长叹口气。大道理都被她讲尽，哪还有回转的余地。更可恶的是……若在平时，他会毫不客气惩罚阻碍执法之人，然而这一次……

有些懊恼自己如此容易妥协。

冰岩走到怪人面前将他扶起，语重心长道：“外貌畸形不要紧，关键是要保持人的理智，莫让兽性迷惑，丧失本性。瓦尔沁，不要再犯错了。”

“是……是，决不再犯。我会在这里静心等待水晶圣主及擒拿使的降临，为我洗清冤屈。唔……紫辛姑娘，这封信就拜托你了。”

紫辛接过草袋，目光真诚坦然：“放心吧，我一定把信交给你的朋友。至于这莓林，不如就让它蓬勃发展，造福路人吧。”

她悄悄走近冰岩，眼神隐着得意：“喂，你不是说……就算闲着没事做，也不会再帮我的吗？怎么出现得这么及时啊？”

“你……”这次他可不想再让叶紫辛占了上风。

冰岩故意甩动那头迷人金发，紫眸中轻飘的眼神掠过她的脸颊：“你想得太多了，谁说我是来帮你的。本擒拿使到此，只为执行公事，仅此而已。”说着，头也不回地跨步而去。

夕阳的余晖将那片果园染成酱紫色。从此，绝叫莓林内再也听不到绝望的嘶叫，那声声低吟仿佛指路的灯塔，引领迷途之人重新走上光明大道。

第四话

火焰七谷

一弯银色扁舟飘过，与雁群为伍，与流云结伴，穿梭在霞光满照的天边。它越过高耸险峻的山脉，穿过如丝带般澈亮的天河，跨过脚下一座座城池，掠过身边一片片异域，风驰电掣般飞向颜色愈发绚烂的东方。

紫辛挽住高翘桅杆，伫立于船头，眼前奇异景色使她兴奋得想要尖叫。虽然这被施了魔法的小舟远远不及泰坦尼克号壮观，然而这种翱翔于天空的感觉，轻飘飘梦游游，仿佛自己比恋爱中的Rose还要幸运。

就在那片波光粼粼的浩瀚海面上，Rose甜美的微笑与Jack潇洒不羁的金发在落日橘色的光辉下灿烂耀眼，似要将那瞬间擦出的爱之火燃尽。

紫辛情不自禁轻轻吟唱起来："Every night in my dreams，I see you，I feel you.That is how I know you...Near，far，wherever you are，I believe that the heart does go on..."

喜欢这首歌，因为它可以创造一种自我陶醉的情迷浪漫，将空虚无聊的花季添些色彩，使她远离现实带来的烦恼。有时候觉得，现实，就像是最无情的惩罚者，它从不会告诉你任何原因，却能让你饱尝世间的酸甜苦辣。现实又如一面明镜，通过每一次挫败，让你看清真实的自己，照亮心底那隐埋的脆弱。

而在叶紫辛的那面镜中，永远都是一张充满遗憾的脸孔。脸上的胎记曾经狠狠折磨过她的自尊心。为了躲避别人异样的目光，她将自己完全封闭起来，寡言少语，独自忧伤。

直到有一天……住在后街小巷的男孩走进了她的世界，用一首断断续续的童谣将她带出自卑的阴影。从此，叶紫辛开始变得勇敢，不再受任何目光的束缚。

还记得七岁的哲将一只小纸船放到她手中时那稚嫩的声音："不要难过。爸爸说，这船会载着拥有梦想的人飞向希望。我把它送给你，总有一天，你的愿望也会实现的。"

愿望……我的愿望是什么呢？

现在的她，只希望能和亲人在一起，没有比这个更重要的了。想念哲的歌声，想念小音的笑话，想念奶奶煮的汤，甚至……开始想念起爸爸严肃的面孔。其实，他一直在以自己的方式默默保护着这个倔强的女儿。那份不轻易言表的关爱，她已经开始体会到了。

还有……"母亲"，这个对她来说熟悉而又陌生的字眼。多少次，坐在地下室寻找大人们过去的纪念品。里面没有陈旧照片，甚至只字片语。可是她想知道，真的想知道，母亲到底长得什么样子呢？

唯有幻想，幻想周末的傍晚能在幼儿园门口等来接她回家的倩影；幻想昏暗灯光中那张柔美的脸，声声细语哄她入眠。睡梦中若隐若现的容颜，拥有相同的五官与无瑕的肌肤，天底下最善良、最美丽、最温柔的女性，那就是她的母亲。

不知怎的，突然有种触景生情的感受，鼻尖一阵酸楚，看来她是想家了。在这远离现实梦一般的国度，不是正好可以享受向往已久的流浪生活么？可就在"自由"唾手可得的时候，她却开始怀念起现实给予的种种纪念了……

紫辛伸手拂开被吹乱的长发，眼神迷惘地注视着前方，天边那片暗烧的云已燃尽了许多。云开雾散，露出深红色沉浮的阴影，那就是火焰城。仿佛这一刻，眼前也变得灿烂起来，那是希望在闪耀，将似箭的归心照亮。

回家，可以回家喽！她倏地展开双臂与风相拥。

银色小舟穿过浮云，受气流移动而引发颠簸。忘我陶醉的紫辛身子一晃向前栽去，幸好被一只温热大掌及时钩住腰肢。她双手紧抓住冰岩的衣袖，害怕一松开就要坠落云端似的。

"你这丫头，难道就没有片刻的安静吗？"冰岩松开掌，双臂抵住桅杆，将惊魂未定的人儿圈在怀间，表情有些烦躁。

紫辛瞟了他一眼，弯腰退出结实的双臂："我怎么不安静了，是你的船稳定性太差。干嘛摆这副臭脸，又不是护花使者。"

"你……"冰岩瞪眼想吓唬她，见那张有恃无恐的小脸高傲仰起，又想不出什么好方法惩罚她，心里火更大。

擒拿使气呼呼地回到软垫上躺下，假装闭目养神。原以为带回战利品就可以赢得馋涎已久的塔丝诺，没想到却惹来这么个麻烦。叶紫辛竟敢无视他的警告独闯莓林，不知以后还会闯出什么大祸来。

冰岩平顺的眉微微一皱，薄唇抿得更紧，仿佛想将不快的情绪窒息掉。为什么带回的不是阿猫阿狗，至少不会让他整天提心吊胆。若是女孩也可以，只要胆小柔弱，就不会做出种种冒险举动，对于别人的好心相助也会感恩戴德。

可是这叶紫辛……性格简直就像杂草一般，莽撞粗鲁、野蛮难驯。那张嘴根本就是把匕首，随时都会威胁他的威严。就算身为圣主的凯，也不曾让他受此闷气。唉……若不是为塔丝诺，他绝对不会在她身上耗费丁点精力。

冰岩翻过身，一个念头忽然闪过脑海。如果可以借助诺杰的力量将她送回去，就可以省了很多不必要的麻烦，他也可以全力协助凯寻找夜碧剑与旺地之血了。

想着想着，觉得耳畔有阵轻柔呼吸，吹得脸痒痒的。他缓缓睁开眼，发现紫辛蹲在面前目光探索地望着自己。

"其实……我不是责怪你啦。这船比阿贡的脚力快很多，坐起来也挺舒服，还有……还有……谢谢你。"

冰岩心里一愣，这样柔顺的话从她嘴里说出来确实有些令人吃惊。

紫辛见他不语，小心地问道："你……真的生气了?"

冰岩一个翻身坐起来："放心，我的肚量没那么小。走吧，去看看你的朋友。"

他们一前一后来到船尾。那里并肩摆放的，仍旧是两尊不见任何生机的雕像。

紫辛摸摸阿贡光洁的蜥蜴头："离开绝叫莓林已经好半天了，为什么还不见他们恢复正常呢?"

"石化法的解密咒语必须等到翌日清晨才会发挥效用，你不要着急。"他眯起眼眺望起远方，那里隐约出现了暗红色的土地，"希望抵达火焰城的时候，正是耀夕升起之际，这样，就不用驮着石块进城了。"

紫辛转过身，本想再问几句，只见冰岩默默地伫立在前，蓬乱金发随风招摇，衣袖飘逸飞舞，使她眼中的躁动情绪也随之安静下来。

回想两人几次相遇的情景，既有些莫名其妙，又有些好笑。最早的时候，自己还把他当成“淫贼”、“小偷”、“多管闲事的人”，想不到冰岩竟然是代表圣界法庭的擒拿使。

不过，比起现实社会中大公无私、乐于助人的警察大叔们，他的觉悟还差一截呢！算了吧……这个世界在她眼里本来就是颠三倒四的，又何必在乎一个人的好坏。

银色小舟刺穿淡红结界扎入浓密的靛紫云彩中，引来一阵颠簸。重云之下，暗红土地渐渐弓起背脊形成蜿蜒山脉，更如雨后春笋冒出尖顶。随着隆隆的低闷震音，红岩雕砌而成的雄伟宫殿钻出地面，傲立于群山万壑之巅，徐徐托起一轮金色火球。霎时，光芒四射照亮天际。

紫辛攀住缠身的藤条形“安全带”，挣扎地起身向外探去，不禁惊呼：“MY GOD！这……这是什么，地底长出的城市吗？”

“那正是你想去的地方。火焰城堡的升起，预示圣界迎来了新的一天。你看，那悬浮滚动的金球，便是我们赖以生存的光和热——耀夕。”

冰岩的眼神变得意味深长：“自古，东方吸取耀夕之精华，强悍雄霸，独揽制内御外的军事大权。西方沐得月之凝晕，冷静清明，拥有惩奸除恶的司法大权。南方饮允地之甘露，旺物盛种，掌控春耕秋收的农业大权。火焰、水晶与旺地，犹如支撑圣界的三根通天柱，缺一不可。如今，你既然来到这座圣城，就不要错过机会，借助诺杰的法力回家去吧。”

“你说的诺杰……是火焰圣主吗？”紫辛突然激动起来，抓住他的衣袖不放，“你和他很熟吗？……可不可以告诉我，怎样才能得到他的帮助？”

冰岩松开她的手，有些故弄玄虚道：“想得到他的帮助，只有一个办法。”

她立即睁大眼竖起耳：“是什么办法？”

擒拿使用手点了点自己的额头：“靠你的头脑。”

银色小舟缓缓降落于山脚下，草地上浮现四个影。阿贡打了个哈欠，用头亲热地蹭着紫辛。希露更是欢喜地手舞足蹈，只记得那片淡蓝色花圃，好像全不知莓林遇险一事。

冰岩将小舟收回掌中，告诉她们入山之后直行便可进城，若想见到诺杰，还需想些办法。紫辛见他没有一同前往的意思，便点点头说声再见，就带着希露与阿贡一步不停地向前走去。

这一次，擒拿使没有如轻烟般消失，反而伫立在原地目送他们远去。叶紫辛的出现已经证明了透界术的成功，只要诺杰将她送离圣界，塔丝诺就会名正言顺地属于他了。想到这里，冰岩感到心情顿时轻松许多，他微笑地转过身，潇洒而去。

* * *

火焰城，更确切地讲应该称作“火焰山城”。东侧的山坡陡峭险峻，草木稀少，人迹罕至。西面的盘山路蜿蜒狭长，一波七折缓慢增高，已有人影攒动。朝阳下，金红色官道上，赶集的人群络绎不绝。

有了之前足够的“睡眠”，阿贡显得精力充沛，无须鞭策全速跑在队伍前方，引来路人频频赞叹。他们走着走着，听见后面传来一阵叮叮咚咚的声响，伴随着比鼻鼾还要粗重的呼吸，渐渐靠近。

紫辛转过头，见一肥胖男子边擦汗，边抽动身下坐骑，时不时还冲她挥挥手帕，好像很希望阿贡能够放慢些速度，让他追上来。紫辛一勒手，阿贡停下脚。

胖子吃力地赶上来。他长得很滑稽，冬瓜似的大脑袋油光发亮，脑顶中央垂着根小辫，末端还挂着两个勺子把似的物件，随着身体晃动发出叮咚声响。原来，这位叫安托尔的商人是要打听有关阿贡的事儿。紫辛看他并不像坏人就没有隐瞒，如实相告。

安托尔听后恍然大悟，随后连珠炮似的念叨起来：“霍立坶家的牲畜在凡人国可是家喻户晓的脚力。我向他讨要过几次，只是这老顽固始终不肯让给我，想不到他对小孩子倒是特别照顾。嗯……说起阿贡这新品种，虽比不上神威骑兵的库弛强健力大，对于我们这些经常负重赶路的买卖人来说，也是不错的选择了。”

安托尔看起来不像霍立坶大叔那般憨厚，倒是一副见多识广的样子。紫辛忍不住问：“大叔啊，你刚才说的‘神威骑兵’和‘库弛’是什么东西?”

原本欣赏风景的希露也回转头，眼神充满了好奇。

“‘神威骑兵’就是火焰圣主手下的精锐部队，以迅猛无敌著称，也是保卫整个圣界的骨干力量。‘库弛’便是骑兵队的统一坐骑，经过数百年配种与锤炼，逐渐生成了今天的强悍模样……”

大叔讲得绘声绘色，她二人也听得津津有味。一行人不知不觉进入火焰七谷之第一谷——热闹的商谷。所谓“商谷”，顾名思义，就是东南西北来往商旅交易的场所。与其说是谷，还不如称之为盆地。在这里，紫辛见识到了形色各异的奇怪商品。

专为盲人与老人设计的木头手杖，拥有一双能辨方向及天气的雪亮眼睛和一张随时报告周围地形的灵口。年轻女孩们热衷的变妆香膏，能随季节与服饰的变化自动搭配相应彩妆，简洁方便自然无害。

孤独的寡居者可以买到称心的宠物“可可”，它随你的心情与要求变换各种形态。出门散步的时候，它就变成小狗跟在脚边；心情郁闷的时候，它又如黄莺般唱出美妙歌曲。还有，防止偷盗的门锁能发出各种恐怖叫声，甚至变出骇人脸孔将小偷吓走……

望着两旁千奇百怪的商品，紫辛不自觉摩挲着瘪瘪的口袋，如果不是囊中羞涩，一定将它们全部买下。拐杖送给奶奶，香膏送给小音，可可送给哲，防盗门锁……当然是给爸爸的。

“不要了，谢谢大伯。”紫辛将最后一位上前推销的商人婉言谢绝掉。

安托尔仿佛看穿了紫辛的心思，凑过来低声道：“叶姑娘，你要是身上没有足够的钱，我可以先借给你。”

“大叔，太客气了。我和您又不熟，我会不好意思啦。”天下哪有免费的晚餐，紫辛嘴上虽不说，心里已经在揣摩他隐藏的动机了。

胖大叔摸了摸发亮的光头：“当然，我是个生意人，亏本的买卖向来不做。我帮你付钱，等到了山顶，你就把阿贡留给我，这交易怎么样?”

哦，原来是想买下阿贡，这可不行。既然霍立姆大叔都不卖给他，她就更不能私自做主，毕竟，阿贡是要物归原主的。紫辛微笑地摇摇头，安托尔也就不好意思再重提。可以看得出，他心里有点失望，话都变少了。

走着走着，希露冷不丁问了句：“叔叔，你不在这里停下来做生意吗?”

胖子不以为意地摆摆手：“不用停了，我的货品可不适合在这里交易，会跌价的。”

阿贡沉重的脚步穿过喧闹集市，再度踏上蜿蜒的山路。走了片刻，一阵悦耳曲音顺风而来，行云流水婉转清灵，吹过耳畔，听得人心旷神怡。三人同时回转头，只见一紫衫女子手执长笛，双目微闭盘腿坐在山羊背上，神情悠然地边吹边行。

“真好听哦。”希露忍不住掉转身倒骑，专注地欣赏着。

安托尔也陶醉得摇头晃脑，说是很少能在旅途中听到这么上乘的笛声，如此高深音律，一定出自名师之后。紫辛好奇地望向身后，距离有些远，只能看到一个模糊人影，仿佛有种似曾相识的感觉，但又一时想不起。

正在众人慢悠悠前行当口，远处忽然扬起一阵沙土，震得路边石块陆续滚下山涧。

“啊呀，是库弛！快……快闪开！”胖大叔神情骤然紧张。他驾着货车靠向路右侧，自已翻身而下，紧贴山壁不敢再动。

紫辛一头雾水地朝后望去，见所有路人已让出一条宽阔走道。大路中央，渐渐出现一团黑影，卷着沙土，向阿贡与那看似呆头呆脑的山羊逼近着。紫辛与希露立即翻下象背躲到安托尔身旁。只有那紫衫女子丝毫不为所动，依旧陶醉的模样。

“喂……姑娘，你别吹了，快到这里来！”紫辛一边高喊，一边朝她挥舞手臂。

话音刚落，就见三头身形庞大的怪兽冲将而来，吼叫如雄狮，奔跑如猎豹，黑色毛发油光锃亮，头顶长角坚韧锐利，铁蹄落地将山路震得颤巍巍，眼看就要踏上乐音四溅的山羊背。

“危险！”紫辛眼光一闪，飞身冲去，猛地将女子扑倒滚向一旁。就在库弛碾过山羊的那刻，她二人也一起消失在刀削般的路崖边。

“紫辛姐姐！”希露尖叫着捂住脸。她听不到任何回应，耳边……只有枯叶滑落沙土的孤寂声。

身体沉重地下坠着，无法阻挡的急速使全身血液冲向头顶，胸口憋闷。这感觉……简直比蹦极还要刺激。紫辛猛地睁开眼，只见那草木丛生的深谷漆黑无底，犹如宇宙黑洞，又似死亡召唤，要将她牢牢吸去。

突然感到一只微凉的手紧紧钩住她的腰，仰起头，对上紫衫女子幽绿的眼眸。那眼神中，没有惊慌与恐惧，只有揣摩与探索。原来，她正是得失擂台上不见踪影的对手。

这样的时刻，总该说些什么吧。“我叫叶紫辛……很高兴再次见到你。”紫辛挤出最灿烂的笑容，恐怕这是她此生能讲的最后一句话吧。

女子仍旧凝视她，薄唇缓缓上扬：“我是……瑞卡琪。”说罢倏地张开右手。

她手中的乳白长笛霎时飘浮于半空，开始奏出奇异声音，没有音符，没有旋律，倒像是悠远的召唤：塔丝诺……塔丝诺……塔丝诺……

“啾！”尖利的鸟鸣声划过头顶一线天。它如燃烧烈火冲将下来，托起她们欲坠的身体。太快的变化使紫辛有些木然，隐约感到手掌下触及的柔软羽毛透出层层热气。

“塔丝诺，你的火气太大了。”瑞卡琪爱怜地抚摸它，长指缓缓落下，使烈火鸟原本泛红的头颅随之冷却。

“不要见怪，烈火鸟生来就是这种体质，只有我的抚摸才会使它感觉舒服些。”她莞尔，眼中飘着欲仙的柔。

紫辛惋惜地摇摇头：“可惜你的山羊……”大概已经血肉模糊地躺在官道上了。

“他命该如此，只是受到应有的惩罚而已。十恶不赦的罪人不配拥有人的心灵与头脑，甚至完整的生命。”

瑞卡琪的神情，冷淡如冬日的阳光，威严而没有丝毫喜怒；笑容似冰峰摇曳的雪莲，洁尘不染，温柔却冷凝；声音像远山飘来的笛音，余声不散，低婉朦胧。

不知不觉，烈火鸟穿梭在山谷中，飞向一线天。就在双脚落地的那刻，紫辛蓦然回首。没有，什么也没有了……

紫辛重新走回盘山路，找到哭得双眼红肿的希露以及神色惊讶的安托尔大叔。

“那女子消失了，怎么会消失呢？传说火焰七谷的第二谷名‘鬼谷’，摔死不少黑夜上山的路人。叶姑娘……你有没有撞鬼啊？唉……山羊死得好惨，身体被碾得四分五裂。要不是你出手相救，恐怕那女子也在劫难逃了。”胖大叔一路上不停地感叹，不停地发问。

不知行了多远，希露终于忍不住打断他：“叔叔，您就别问了。姐姐一直都不讲话，肯定被吓坏了，就让她安静一会儿吧。”

紫辛静静地伏在象背上，踢踏……踢踏……阿贡沉重的脚步回响在耳边。没有开口，不是因为惊吓过度，而是此时的她，需要时间去冷静地思考。那叫瑞卡琪的女子，拥有神奇的烈火鸟以及惩戒山羊的权力，到底是何方神圣呢？

就在耀夕升到头顶的时候，一行人经过第三谷“宅谷”，来到位于半山腰的第四谷。安托尔大叔依旧如影随形，身后的货车撑起了遮阳篷。

他指了指谷内整齐错落的灰色尖顶房屋，不用人提问，已经自顾自地讲解起来。原来这第四谷被称为“苑谷”，闻名圣界的“铿锵书院”便设在其中，那是年轻人在参军前修炼法术和接受体能训练的地方。

希露被晒得受不了，就拿出一块布袋盖上头顶，眯起眼问道：“大叔，我们会不会看到火焰七谷中的其他三谷呢？”

安托尔摇摇头：“那可不一定。这条路我走过好多趟，从来也没有经过传说中的‘迷谷’与‘梦谷’，大概是火焰城的人为了凑数编纂出来的吧。至于位置最靠近山顶的‘营谷’，那是一定存在的。不过，我可没胆子进去看看。”

“为什么？”紫辛撑起手问道。

“营谷就是兵营呗，严禁入内。”

随着山势渐高，路上行人越来越少。眼看山顶就在前面，紫辛的心情也更加欢畅。

正在这时，山路急拐豁然开朗，前方坐落着一座宽大的圆形凉棚，迂回排满了负重的商农。

“姑娘们，我到了。”安托尔停下车，吃力地卸下沉重的货箱。

“大叔，您也要在那里排队吗？”紫辛指了指不远处人头攒动的凉棚。

“是啊。那些都是等着和城堡交易的人，不过我的货啊，可和他们的那些俗物不同。”安托尔得意地摩挲着脑顶。

“到底是什么好宝贝啊？叔叔，反正您也到站了，就拿出来让我们见识一下嘛。”希露撒娇地扯了扯他的衣袖。

安托尔也不顾人家请求，连连摇头：“这可不行，我的宝贝是要亲自献给圣主的。别人，还没资格过目呢。瞧……接货的圣人来了，我要先走一步了。”

“大叔……那我们……”紫辛的话还未说完，就见安托尔急匆匆向人群走去。

希露拽拽她的衣袖，眼巴巴地眨了眨：“姐姐，我们该怎么办呢，前面好像已经没路了。”

紫辛咬了咬下嘴唇：“我看，只能问问那个从城堡来的人了。”

于是，她们两人站在一旁开始等待。直到送货的人纷纷离去，负责验货的圣人将所有货物装入掌中袖珍的盒子中。

紫辛赶忙叫住那人，认真地告诉他，自己有很重要的事想见这里的圣主。那人说，按规矩，她要先起草书面说明呈交所属城市，再由市长决定是否上传到火焰城堡。

听到这，紫辛急躁地叫起来：“啊，这么麻烦！我又不属于任何城市，该找谁替我上传啊……”

“姑娘，我也没有别的建议了，你只能按规矩来。”圣人说着腰身一闪，失去踪影。

顷刻间，整座凉亭空空荡荡，只剩神情失落的紫辛。树影在她眼中闪动着，失却了原有的光华。

她想了片刻，就将霍立姆大叔的地址交给希露，叮嘱小丫头，若是天黑前自己还没有回来，就骑着阿贡下山去。希露乖巧地点点头，依依不舍地目送她远去。

虽然盘山路在凉亭前已经终止，凭紫辛的感觉，这里离山顶并不太远。只要顺着这个方向继续前进，一定可以到达城堡的。她毫不犹豫地穿过凉棚，继续向前走，脚下丛生的杂草证实了这里从未有人来过。

渐渐地，杂草生得越来越高，越来越密集，渐渐形成了一片厚实的灌木丛。穿过灌木丛，一道时隐时现的淡红色屏障挡在紫辛面前。她伸出手指轻轻触碰，那屏障好像一层烟雾般，很轻易地就被刺穿，对她这个凡人不起一点作用。还以为是什么高深法术，原来只是唬人的。

紫辛很轻易地穿过屏障，进入一片宽广的平地。那里聚了三个怪人，她便小心翼翼向他们走去。

“唔哈哈……终于被放出来啦，唔哈哈……”毛脸矮子不停地上蹿下跳，尖嘴猴腮的脸上乐开了花。

“哄恰恰……别高兴太早。他们不会这么轻易地饶过我们，哄恰恰……哈……”花猫脸女子打了个哈欠。

“咕噜噜……小心，有人来了。咕噜噜……”狗鼻子男人伏在地上，耳朵竖起微微一抖，鼻孔一张一吸，“我闻到一个女孩的气味，咕噜噜……”

紫辛径直来到这三名怪人面前：“打扰一下，你们知道火焰城堡怎么走吗?”

三人听罢神色诧异。

毛脸矮子首先蹿上来：“唔哈哈……她问我们，她在问我们，唔哈哈……”

猫脸女泛黄的小眼睛邪恶地眨了眨，尖利指甲划过紫辛柔滑的肌肤：“哄恰恰……好嫩的肉啊，味道一定很美，啧啧……”

这举动使紫辛全身发毛一动不敢动：“你们……你们是什么人?”

狗鼻子男人跃身而起，龇出獠牙：“咕噜噜……我们是什么人？咕噜噜……我们是‘灵界三怪’。”

话音刚落，脚下一阵地动山摇。狗鼻子男人倏地跳开：“快，快逃！我听到危险的声音，咕噜噜……”随后摇身一变，化作猎犬狂奔而去。转眼，花猫脸女子和毛脸矮子也通通不见踪影。

紫辛莫名其妙地耸耸肩，眼神突然闪过一丝警惕。她紧盯住远处扬起的沙尘，那是……狂猛的急速、健硕的黑影、震耳的咆哮，是成群结队的库弛!

快逃……但是往哪逃?

只见首当其冲的库弛背上，一彪形大汉曲身沉腹，奋力追赶跑在前方如风的犬影。

“齐柯，使出连环锁。”低沉声音由天边而来。

“是。”大汉听令双掌合十，口中念念有词。

库弛头顶长角“嗖”地射出一道闪亮绳索，将奔跑的目标牢牢套住。猎犬腰部一紧，顿时乱了前蹄翻倒在地。

名叫齐柯的大汉举起手中皮鞭欢呼道：“我抓到灵界速度最快的咕噜噜了!”

眨眼工夫，兽群中奔出第二头库弛。座上骑手满脸须髯，神情稳健。只见他驱着坐骑钻入浓密灌木中。片刻，“嗷……喵……”草丛剧烈抖动起来，冲出一只黑白斑花猫，钢牙利爪，向逼近身的库弛一阵狂抓，顿时鲜血四溅。库弛吃痛地一挣，将须髯骑手甩下背。花猫则趁机迅速刨地，钻入泥土，销声匿迹。

“达也什，你已经输了，退下去。”天边传来男人不悦的声音。

随即奔出的第三头库弛俯首伸颈。只听得一阵“吱吱”声，旋土飞起，它头顶的长角如钻井机般，将隐身于地下的花猫掘出。

“‘铁爪猫’哄恰恰抓到！”光头骑手报告。

“不错，安卡的技术确有很大进步，只是速度还需加快。普其克，现在轮到你了，这次要小心一点。”男人的声音似乎近了些。

“是。”少年骑手的脸上透着紧张情绪，他扬起缰绳跃出队伍：“唔哈哈，我来也。”

很快，库弛凭着灵敏嗅觉来到藏有唔哈哈的大树下。它扬起铁蹄猛烈撞去，震得树冠枝叶七零八落。就在这时，一只带刺长尾自半空横甩而下，将库弛长角内喷出的通天网割断。

少年大惊，还未想出制敌之策，已被突然袭来的刺尾牢牢勒住脖颈吊上半空，窒息感使他不住地四肢乱挣。

见此危急情况，潜伏在草丛内的叶紫辛本能地跃出，跳上失去主人的库弛，奔向刺尾猴藏匿的树冠。法术，法术！此刻，她清楚地感到赤手空拳的无奈。

紫辛灵机一动，忽而想起希露教的那句点火咒，于是冲着树冠灵犀一指，大声念道：“拉咪拉咪七里七里火，咪拉咪拉里七里七指，吹！”

瞬间，整棵大树如烟囱般长起橘色火苗。

“唔哈哈……好热，好热……”刺尾猴仓惶蹿出，将昏迷的少年抛向高空。紫辛立即腾空而起，试图接住他，却失之交臂，自己倒栽入沙土中。

千钧一发之际，半空突然飞来一股红色旋风，将少年坠落的身体牢牢吸住。旋风中渐渐露出男子轮廓。

“圣主，普其克怎么样？”齐柯、达也什、安卡同时奔来。

望着怀中面色苍白的少年，男人蹙眉，看向须髯公达也什：“将他送回疗养室，好好照顾。”

“圣主，唔哈哈好像跑了。”彪形大汉齐柯嚷道。

“没那么容易！”话音刚落，一支虎头蟒纹的血红长鞭“啪”地甩将而出，如吃重的鱼钩弯曲。随着男人一声低吼，刺尾猴唔哈哈自半空坠下，缩成一团。

男人斜睨的目光盯住他：“今天总算让我领教了灵界三怪的独门绝技，不过如此么。看来这番欲擒故纵的周章，算是白费了。”红光一闪，长鞭“刷”地收入他的腰间。

“有关你们三位偷潜入堡之事，我会亲自请教西萨大帝。……齐柯，将他们送交修明炼狱，严加看管。”

大个子领命退下。

这时，安卡指向倒在地上的叶紫辛：“圣主，这私闯营谷的男孩该怎么处置？”

紫辛因刚才那一摔正痛得百骨欲碎，听到这话，才想起自己糊里糊涂卷入一场是非，祸福难料。

她挣扎地抬起眼，感觉那被称为“圣主”的男人正向自己走来，短袍下一双长腿结实有力，腰间盘绕的红鞭泛着光芒。虽然看不到他的容貌，像这样孔武有力的身姿，也不得不使她全身戒备。

未待思考，一只粗糙大掌忽然抚上她的脸颊。紫辛全身陡然一惊，本能地曲腿猛地一记钩踢。那人却反手一扣，将她的双脚牢牢固定在坚如磐石的胸前。这种被人倒挂金钟悬在半空的滋味可不好受。

血液倒流使紫辛整张脸涨得通红，她挣扎地叫道：“喂！你……你快放我下来！”马尾辫再也负荷不了摇曳的重力，如瀑布般散将下来。

“安卡，你过来看仔细，她可是个男孩？”男子低沉的声音似隐着笑意。

光头骑手走过来，上下打量着：“奇怪……没长喉结，胸部也不小。啊，怎么会是个女的！”他不好意思地搔搔发亮的头。

男子忽然敛起笑意，看向身后千百库弛上的骑手们，目光威严：“不仅是神威四将，就连你们也要记住。只顾骑术法力而丢了识人辨物的能耐，神威骑兵就不配成为捍卫圣界的力量，也不会长存于天地间！”

霎时，众将士高呼着举起手中缰绳：“圣主英明！圣主万岁！”

“嗷……嗷……嗷！”库弛们也驯服地低吼回应着。

这时，紫辛感到那双铁臂猛地将自己拦腰托起，一只大手拨开她挂满草屑的乱发。紫辛抬起眼，被迫望向这近在咫尺的脸庞：飞驰的浓眉，胡茬隐现的唇角，还有那刀削般的脸颊，被一道褪了色的疤痕霸道地占据了三分之二。

如此深刻的刚毅怎不叫人难忘。可就在这张男子气十足的脸上，她却惊异地发现一对金色的眸子。它并不因色淡而失了沉稳的美，相反，却深奥得很有层次。

“至于你，带刺的女人……”男子若有所思地端详起紫辛，大掌肆无忌惮地抹掉她腮边的尘土。

半晌，他松开手，目光依旧未离她的眼，唇边终于吐出未完的半句话：“应该会给我想要的答案。”

第五话

神威四将

暗红色岩石雕筑而成的火焰城堡，由方顶棱壁的宫殿层层相套组成。没有精致的庭台楼阁，看不到秀美的花池水榭作点缀，整个外观粗犷不失宏伟。

紫辛小心翼翼提着裙摆，缓步跟在一队侍女身后。换下男装的她有了令人耳目一新的感觉：鹅黄色柔软裙料将滑润肌肤镀上层金光，向来引以为傲的乌黑长发也被高盘在头顶，露出光洁脖颈。泪滴状水晶安静地伏在胸前，为灵秀脸庞更添几分贵气。

然而，她没有心情欣赏人为造出的瞬间绚烂。这番周章不过是为晋见营谷中将她耍弄于股掌之上的刚猛男子，也是这些日子她一直渴望见到的人。

紫辛下意识甩甩头，若不是为了回家，她铁定将这缠人长裙扯掉，不再乖乖地任人摆布。然而，任性是没有用的，就像冰岩说的，她应该用自己的头脑来思考应对之策，即使适当的伪装也无所谓。

“紫辛小姐，圣主在偏殿内等候您，请。”侍女们掀开面前一道帘子。

她疑惑地探入半个头，只觉里面隐约闪动些许光亮，飘来淡淡的香，不像是正式会客的大殿。算了，既来之，则安之吧。她抬头挺胸地走进去。

房间里，暗红光线照得四壁朦胧，几件精致的金属制品作为点缀摆放一侧。宽敞的空间因地上横铺的花纹兽皮显得紧凑许多，正中摆放的软榻上侧躺着一个健壮身影。这异常宁静的气氛使她不知该用怎样的口气与声调叫醒那看似假寐的男人。

“你好，我叫叶紫辛，刚才冒昧闯入营谷……”她干涩的声音突然消失，只因榻上之人渐渐睁开眼。

即便这样的近距离，这种静止状态下，男子周身四溢的威严气息仍将紫辛欲出的话梗在口中。他端起透亮的酒杯缓缓送至唇边，神情惬意不似睡梦初醒，目光不经意地掠过站在几步外的玉立身影。

沉默将房内空气凝固住。

一个男人，特别是重权在握的男人，是不易靠近的，更不会被轻易打动。这让毫尢经验的紫辛内心出现一丝慌乱。她下意识攥紧手中裙角，目光偷偷瞥向诺杰腰间闪光的红鞭。

也许，她该主动打破眼前的沉默。毕竟火焰圣主就在眼前，已不再是凡人国灯塔上看到那遥不可及的神话。

紫辛抬起头，故作柔声道：“你的长鞭挺漂亮，是何材料所制?”

诺杰无言地举起杯轻轻晃了晃，香醇味道飘将出来。香槟色液体映照在淡金的眼眸中，染起一片醉。

沉默，依旧是沉默。沉默如一只闷热的蒸笼，快要将紫辛最后的耐性蒸发掉。

“你……”她快要爆发了。

“‘耀夕台’上有株奇异的木，千年来与耀夕同生，吸得精华，我便将它炼成这柄‘耀夕鞭’。”诺杰特有的低沉嗓音缓缓响起。

紫辛愣在原地，见那高大身影渐渐走近，带来淡淡醇香。

“你不信？只要摸一下，就可以感觉到，它身上来自本源的粗糙。”诺杰拉起她的手轻放到自己腰间。

紫辛因这突来的举动有些无措，又无法抗拒金眸中引诱的温柔，手指不觉摩挲起来。果真，长鞭上的蟒纹原来就是树皮的皱褶。摸起来，这耀夕鞭还是温的，不知是因太阳炙烤深入精髓，还是近肤感致的体温之热?

紫辛抬眼，惊觉两人距离俨然超越她的极限，倏地松开手。诺杰眼中隐着诡异的笑，他举杯将酒一饮而尽，随手一抛，酒杯向后飞去，不偏不斜回到软榻前的小茶几上。

圣主脸色骤然严肃：“你私闯营谷，依法应按奸细罪处决。”

“但是……”紫辛睁大眼眸急于争辩，却被一根粗糙手指温柔地封住口。

“但是，你又救了普其克。”

“你想怎样?”这种被人拿住把柄的滋味，令她不由得微皱起眉头。

“当我的女人。”他的语气暧昧，眸里隐着异样的微笑。

“若能令我满意，你便拥有提出任何条件的筹码。比如……恢复原本的美貌。”大手忽而抚上她瑕疵的左颊，低沉声音盘旋在耳边。

什……什么，他的女人？

“你白日做梦！”紫辛愤愤推开那只手，扔掉发簪，甩开黑发，“就算回不了家，我也不拿身体做筹码。你这轻薄的男人，不配！”没想到受人敬仰的火焰圣主竟是寻花问柳的风流客，简直让她失望透顶。

紫辛疾步向外走去，只听“啪”一声，身体被飞扑而来的耀夕鞭牢牢缠住，猛地拽回软榻上。一双健壮手臂随即攀上她光滑的肩，柔嫩的脸颊。

紫辛心中一阵痉挛，轻咬而出的声音伴着青涩颤抖：“你……不放我走，就……就鞭死我吧！”

望着她那副任人宰割的样子，诺杰的眉微微皱了下，忽然爆出一阵朗笑：“好烈的性子！”

他的手没有继续不安分，而是托起她胸前暗露蓝光的水晶。“我不清楚它为什么把你带到这里。既然来了，你的命运，只能由我来决定。”

他倏地收回耀夕鞭，口气威严：“刚才那一鞭，算是抵消闯谷之错。至于当我的女人么，你实在不适合。普其克受了伤，你暂时代替他，补上神威四将的空缺吧。”

“啥？”紫辛不敢相信自己的耳朵，猛然站起身，“我不要当什么神威四将，我要回家！”

诺杰将她调转身，推向门口：“若想回家，就要先立功。赶快换下这身累赘服饰，晚上来议事厅开会。”

黑墨般的天幕上，月朗无星。大殿内，一支支高脚灯上悬浮着光球，将堂上照得亮如白昼。

火焰圣主端坐在上，神情严肃：“灵界素与我界无怨，这次灵界三怪潜入城中，行迹蹊跷，其中必有隐情。黎鲁雅队长，你先将详细情况报告一下。”

位于左侧第二席的短发女子站起身：“是，圣主。昨天清晨，空中翔队巡逻至迷谷一段，意外发现谷中预警鸟纷纷暴毙，立即进行全面搜索，当场抓到了灵界三怪。”

诺杰俯身看向台下：“三怪为何出现在迷谷内，诸位可有高见？”

大块头齐柯率先站起：“若为暗杀堡中之人，他们大可潜伏下来以待时机，不会贸然暴露行踪，除非……”

“仔细看来，除非迷谷中有他们刺探的情报。”须髯公达也什接下后半句。

光头安卡摇摇头：“迷谷只是历代圣主的祭坛所在地，有必要刺探吗？”

在座的将领纷纷起身发表看法，只有坐在末端的紫辛听得云山雾罩不知所以然。像这种军事会议，对她一个高中生来说，未免太不可思议了。

正在发呆的时候，一束探索目光投来。“紫辛，你有什么看法？”

“哦……”听到诺杰叫她，紫辛赶忙集中起精神。唉，她最怕在众人面前发表言论了。如果说“不知道”，诺杰的脸色一定不好看。可是自己对这里的情况确实不了解，要如何回答呢。早知道如此，当初就该问问那三个怪人到底为什么来到这里。算了，胡扯一通吧。

紫辛郑重其事地站起身：“我想，那三个怪人同我一样也是初到火焰城吧。以陌生路人角度来看，七谷中其他五谷连同山顶的城堡都是显而易见的地方，不会找不到。若为刺探情报或暗杀，三怪应该不会出现在迷谷，倒是城堡或者营谷的可能性大些。问题的关键就在，大家又想不出他们潜入迷谷的动机。”

她顿了顿，继续道：“其实，我们只要换个角度想，就容易解释了。举个例子吧，我沿着盘山路走，原是想进城堡的，反倒闯入营谷。同样的，三怪原打算到达另一个地方，却误入了迷谷。如果是这样，那么……他们真正的目标……”

在说出结论之前，还是看看大家的反应吧。没想到，在座的那些圣人武将们一个个盯着自己，信以为真似的，全在等着关键的后半句。

紫辛清了清嗓子道：“他们真正的目标，就是七谷中剩下的一谷。”

顿时，众人面露异色同声道：“梦谷？”

紫辛见两旁文臣武将嘘声一片，惶惑地看向诺杰：“我只是用逻辑推理法胡乱猜的，你们可别当真啊。”本来只为敷衍一下，没想到弄巧成拙了。

齐柯腾地站起来：“圣主，这梦谷不是个虚名吗。我看，三怪不会为了寻找一个不存在的地方大费周章，一定有其他目的。”

火焰圣主眼中渐渐聚起凝思的雾，如暗潮将那浅滩淹没，无声无息却酝酿着深沉情绪。

片刻，他挥了挥手："散会吧。"

大殿恢复了空荡冷清，只剩一盏悬灯还泛着淡光，将窗边伫立之人勾出银色的影。诺杰微皱着眉，脸颊边的伤痕开始隐隐作痛。他抬头仰望天的那边，月如白玉，静谧如斯。

这时，腰间长鞭忽然闪起红色光亮，他警觉地回转身："是谁？"

"是我。"话音未落，大殿上落下一道银蓝光影。

诺杰一见来人，方才的警惕神情又放松下来。他回到宝座，不紧不慢拿起酒杯："稀客啊，不知擒拿使深夜到此有何指教？"

"我问你，为什么不帮叶紫辛？"冰岩单刀直入地质问他。

圣主眯起眼："是个好问题。我也正想知道你这个始作俑者，怎么会让她流落到我的火焰城？"

"我把她带到这里，是希望你有办法送她回家。"

火焰圣主放下酒杯，单眉高扬："看来这世上，也有擒拿使解决不了的事情。我只是没想到，你会为了这个女孩来求我。"

听到这话，冰岩冷哼一声："为她来求你？诺杰，不要把这件事想得太复杂。我只是想借你的手，甩下一个包袱而已。"

"哦，原来她对你来说，只是个包袱而已。那事情，就简单了。"诺杰不慌不忙地拿起酒，慢慢地一口接一口品尝着，好像没有耗费唇舌的必要。

"你倒是开口啊，一句话，帮还是不帮？"

"我若说不帮，你会怎样？"

擒拿使听罢面色铁青："既然这样，我就马上带她离开。"

火焰圣主站起身："好吧，我就开诚布公地告诉你。我暂时留下叶紫辛，是有任务要交给她。事成之后，我自会送她回家。"

"什么任务？"

诺杰神色凝重起来："这个任务非常重要，它将关系着圣界未来五百年的兴衰。我想，你也不会反对吧？"

冰岩脸色大变："你指的，难道是那件事？"

"怎么，你担心了？"

冰岩唇角一扬，轻蔑地淡笑道："你要叶紫辛去做那件事，我没听错吧。你太高估她了。"

诺杰的眼神很坚定："我相信她能做得很好。你就留下来静观其变吧。"

"我当然会留下来。说实话，我也想看看，到时候，你会不会因为这个决定而后悔。"说罢，擒拿使化作一道银蓝光束，消失在殿外……

* * *

营谷的草场上，紫辛正在接受作为"神威四将"所需要的基本训练，首堂课就是火焰圣主亲授的"骑术"。

诺杰一个腾空骑上库弛弓起的背脊，眼神鼓励地看向她："来，不要怕，骑上你自己的坐骑。"

有了上次在营谷解救普其克的经验，紫辛从心理上不再惧怕这种体态庞大又凶悍的坐骑。她轻轻摸了摸库弛黑亮的毛发，敏捷地跨上去。

圣主满意地点点头，嘴唇微微一动，身下库弛载着他飞驰起来。转眼工夫，他们变作微小黑点，消失在视野中。

紫辛留在原地东张西望。咦，人哪儿去了？突然感到腰间一紧，身下库弛箭一般奔出去。

耳边传来诺杰特有的低沉嗓音："别紧张，按我说的去做。"他已坐到身后，双手扶紧她的腰间："跟着我念，'呜呼呜呼咿呀咿呀巴哈卡快'。"

"呜呼呜呼咿呀咿呀巴哈卡快。"她照猫画虎地重复了一遍，心跳渐渐加快，不知道这一串咒语会带来什么可怕后果。

就在最后一个字脱口而出的时候，周围景物忽然风驰电掣般后退着。尖顶、树影、草坪霎时连成一片，如打碎的颜料涂抹而成的壁画，在她身旁旋转着。

诺杰的话语穿透一切杂音吹进耳畔："在念加速咒之前，骑手必须懂得变换不同姿势，否则会伤了自己。"大掌按下她挺直的上半身："身要平，头微抬，这样，你便成为库弛身体的一部分，不会增加它的负担，也能成功躲避敌人的袭击。"

紫辛适时调整了姿势，果然，驾驭库弛变得轻松许多。即使它以每小时超过百公里速度狂奔着，背上的自己也没有感到任何的颠簸不稳。

不知何时，固定在腰间的力道已撤。余光中，诺杰矫健的身影蛰伏在库弛蒸腾的黑色毛发间冲入视线。那淡金色眸子冷静犀利，威严霸气；没有头盔禁锢的短发狂野飞舞着；短袍下紧实的肌肉张弛有力，越起极限速度。

这一刻，她看到的不再是骑手与坐骑，而是人与兽的结合，犹如傲立于宇宙的人马星座。那种勃发的精神如一块磁石深深将紫辛吸引住。

“呜呼呜呼咿呀咿呀巴哈卡快，我来了！”她高呼一声，曲肘伏身追上去。

刹那间，两头库弛并驾齐驱，腾云驾雾，不分伯仲。诺杰侧过头，惊讶地发现紫辛眼中刚阳傲然的气魄，唇角微微扬起：“既然如此，就将巴哈卡变成你真正的武器吧。”

“嘛米耶丹留若巴哈卡角！”紫辛身下名叫巴哈卡的库弛长角一抖，“嗖”地射出带钩绳索，将前方狂奔的野兔牢牢捆绑住。

“乐其舞挥石地巴哈卡角！”树顶停落的小鸟四散逃跑，仍冲不破长角内喷出的紧密天网，一只不漏地被捉获。

“无几撕纫赤土巴哈卡角！”长角如钻井机挖地三尺，将一条挣扎扭动的蠕虫吸住，钩出地面……

紫辛渐渐领略到，作为神威骑兵战无不胜的法宝，库弛不仅是天下无双的坐骑，更是世间罕见的武器。她不敢相信自己，一个平凡的高中女生，竟然能成为真正驾驭这圣兽的勇士了。

她无法克制心中的激动，兴奋得手舞足蹈：“我……我真的学会了，学会了！”

“当心！”

圣主话音未落，巴哈卡突然腾身而起，嘶叫着摇头摆尾，将毫无防备的紫辛猛地抛向半空。骤然失重使她无法调整姿势自保，心中大惊。然而……百骨欲碎的时刻并没如预计中到来，一股强大力道将她坠落的身体轻盈托起。

诺杰放她落地，一声不响地来到巴哈卡身边，温柔地轻捋它额边垂下的长须，一遍又一遍，直到它粗重的呼吸渐渐平稳下来。

“你的性子太焦躁，它跟了这样的主人，恐怕难保冷静的性格。”诺杰回视她，金眸斜睨飘出意味深长的目光，“库弛是一种很有灵性的动物，能与主人息息相通，因你喜而喜，因你怒而怒。要成为一名优秀骑手，就要学会保持一份适中的情绪，在混乱厮杀的战场上更加沉稳。记住……”

诺杰将缰绳送入她手中：“你要好好爱护巴哈卡，只有像亲人般挚诚的对待才能换来以死相随的决心。”

紫辛眨眨眼看向巴哈卡，碗口大小的黑亮眸子正望着她，丝毫不见野兽骇人的本性。那若有所思的神情，仿佛镜中的自己。

就这样，紫辛在火焰城堡住下来，除了营谷内的军训以及正常的例行公务外，每天一大早还要赶去铿锵书院报到。根据法力程度，她进入学习法术的初级班——流云课堂。

主讲者流云先生是个绿胡子老头，不管天气好坏总喜欢戴一顶绿色遮阳帽，手拿一柄绿色大蒲扇，犹如刚出土的油绿菜苗。他的课堂好像春日里的花圃，欣欣向荣，妙趣横生，热闹异常。

在那里，学生们可以学到最基本的法术咒语，例如点火咒、定身咒、隐身咒等等。他们常常学得不亦乐乎，下课许久还舍不得离开，特别是叶紫辛。做了这么多年学生，她还是第一次体会到学习带来的成就感与愉快心情。

与流云先生的课堂相比，营谷内的军事训练可谓惊险刺激丰富多彩，比起当年学习跆拳道还要辛苦，乐趣也更多。队中战友对她都很照顾，有问必答，从不耻笑她犯的愚蠢错误，也不在意她脑子里偶尔蹦出来的“怪思维”。

大个子齐柯性格直爽幽默风趣，很快就与初来乍到的紫辛默契相投。不仅如此，齐柯还是饲养库弛的能手。每当耀夕即将隐没的时候，他就带着紫辛一同前往溪边，为库弛洗净满身灰尘，调配饲料。

再说“神威四将”中的另一位须髯公达也什。虽然外表看上去粗鲁凶悍，却是四将中心思最缜密的一位，一眼就能发现紫辛骑术动作中微小的差错。“仔细看来”几个字便是这位老兄时常用的口头禅。

而光头安卡，那个将她当做男孩的青年，简直是个憨厚腼腆的老好人。那双大手总在她最需要的时候出现。面对兄弟们过火的玩笑，他能做到脸不变色肝不动火，一笑而过，却得到紫辛的绝对支持，因而在唇枪舌剑中反败为胜。

至于圣主诺杰，又该怎样评价呢？作为军事领袖，他做事雷厉风行；而作为老师，他毫无保留地倾囊相授。不仅派人将阿贡送回凡人国，还允许希露留在城堡里。

她隐约地感觉到，眼前的诺杰并不是简单的人物。很多时候即使近在咫尺，那种捉摸不透的飘渺，仍让人感觉很远，很深奥。

傍晚，火焰城堡的议政大殿内。

大殿两旁整齐排列的椅子延伸至门口，坐满了新旧面孔。身穿军服或便装的文臣武将们沉默对视，没有窃窃私语，甚至侧目般微小的动作在这种氛围下，都会显得很突兀。

时间一分一秒过去，坐在队尾的紫辛觉得身体僵硬四肢麻木，很想站起来活动活动，而四周雕刻似的人影使她不由得按压下心中躁动。

“亚安德拉还没到吗?”火焰圣主倦怠的声音响起。

“禀圣主，大祭司传话来，请您再稍等片刻。”刚进来的侍卫单膝跪地答道。

诺杰摆摆手，缓缓闭上眼养精畜锐，仿佛对这种等待习以为常。紫辛稍稍偏头，余光瞥向宝座，心里纳闷：没想到身为圣主的他竟有这般耐性。能让诺杰等待的人，想必也是城堡中举足轻重的人物了。“亚安德拉”……这名字，好像在哪里听过。

正在紫辛忖度之时，门外突然传来通报。片刻，一个小老头颤巍巍走上殿来，佝偻背脊将华服撑得老高，活像顶着两个小枕头，摇晃的拐杖打在地上发出“当当”声响。看来他就是大祭司了。

亚安德拉来到殿前，向前行礼：“禀圣主，老臣数日来占天象卜地气，推算出十天后的正午，为重唤通灵神镜之最好时机，特来请您定夺。”

诺杰半闭眼，食指轻轻按压太阳穴道：“既然如此，就由大祭司亲自主持迷谷祭典吧。”

“老臣遵旨。”驼背老人尽量直起身，以便目光能够触及高高在上的宝座，“只是，神镜已休眠多年，此次再世，应以‘九重归日’之礼相迎，才可圆满。”

“那么，你心里可有开启神镜的最佳人选?”

“禀圣主，通灵神镜本属阴性，老臣认为开启者最好为女性，才可以同性相融，产生共鸣。就请您从部下当中，挑选德才兼备的女将吧。”

诺杰坐直身，眼神若有所思。众将则安静地等待圣主裁决。

紫辛不自觉地琢磨起驼背老人的话，特别是“亚安德拉”、“通灵神镜”，这两个词听来特别耳熟。忽然想起，那正是绝叫莓林的瓦尔沁所托之事。难道真如他所说，只要请出神镜，就可以平反冤案，查出夜碧剑的下落吗？

就在这时，大殿上传来火焰圣主威严的声音："既然这样，就让'神威四将'的叶紫辛去吧。"

听到这话，她差点从椅子上跳起来。MY GOD，不会这么糟吧？自己连"九重归日"是什么名堂都不清楚呢，更别提仪式中所需的高深法术，这样的重任不应该落在初来乍到的她身上啊。

紫辛没有马上站起来表态，心中正琢磨着如何才能婉言拒绝这项任命，却听到大祭祀清楚有力的反驳。

"老臣认为不妥。论法术论威信，叶紫辛都不够资格。况且，她对'九重归日'一无所知，怎么可以胜任这项崇高庄严的盛事，请圣主三思！"

诺杰的眼神没有丝毫动摇："老祭司这话可就严重了。论法力，叶紫辛在流云课堂的优异成绩足以证明她的潜力。论威信，'神威四将'威名远扬，我亲自教授的骑术课上，她的表现不输给其他任何一位骑手。只要她愿意学，掌握'九重归日'的要领绝对不成问题。"

"要是……她资质愚钝，教也教不会呢？"驼背老头的话咄咄逼人，目光忽然斜视，向她投去轻蔑一瞥。

紫辛顿时满脸通红。原本还想推辞，那不更成了缩头乌龟被人瞧扁？想到这，她腾地站起身，瞪着大祭司："不知道可以学，没有试过怎么知道我不行！"

哼，老头，你越说我不行，我就偏偏做成给你看！

诺杰重重拍下扶手："很好，就这样决定。亚安德拉，叶紫辛交给你调教了。"

第六话

九重归日

为了迎接沉睡已久的通灵神镜再世，火焰圣主昭告天下，一份份请柬如落叶凋花般飞到各地德高望重的圣人手上。一时间，整个圣界沉浸在迷谷大典前奏的喧闹中。

“火焰七谷”依次为商、鬼、宅、苑、迷、梦、营。其中以迷谷最为著名，不仅由于各种盛大祭典所带来的庄重之气，更因它的存在形式，堪称圣界奇观。每当耀夕自耀夕台升起后，天空便出现一抹乳白色淡影，随日出而现日落而隐，犹如火焰城堡映在迷雾中的倒影。那便是凌驾于山城之上，又与之生息相关的“迷谷”。

作为祭典中举足轻重的开启者，叶紫辛由空中翔队队长黎鲁雅亲自护送，前往迷谷受训。自火焰城堡直上云霄，穿过柔软的连接地带，冲破由通行咒语把守的结界，眼前一片风起云涌。

迷雾散去，眼前的建筑物渐渐清晰：乳白色大理石雕砌的城堡分左、中、右结构，相套的宫殿逐层增高，斜置的半椭圆穹顶如滑翔的海鸥展臂，形成重叠交错的影像。

叶紫辛独自一人踏入大殿，只觉四周耸立的镂空石柱内泛着纵横交错的七彩光，照亮前方高台上锦衣华服的众人。

“嗨……你们好，我叫叶紫辛，前来学习‘九重归日’，打扰了！”她冲他们挥挥手。

而那一束束安详平静的目光仍不转睛地望着她，没有喜怒哀乐，甚至没有思绪流过的痕迹。紫辛小心翼翼爬上高台来到其中一人面前，忍不住轻触他的脸颊。有温度，也有弹性，不像中了瓦尔沁的石化法。到底是怎么回事？

“大胆，竟敢触犯圣体！”身后突然传来一声严厉呵斥，吓得她赶忙缩回手。

殿门口不知何时出现一行人，退到两侧恭敬地让出路。佝偻黑影从光亮中走进来，正是大祭司亚安德拉。

紫辛走下高台："这些人……"

"你不知道那些都是历代圣主过世后的灵体，空有个躯壳而已吗？"驼背老人阴沉着脸继续道，"我明白，圣主对你另眼相看，城堡中很多规矩都不提了。但是你要记住，这里是迷谷。稍微有所不慎，便会污秽圣洁之地，染浊圣灵之气。"

这样严酷的训教、不善的口气，自从来到圣界还是第一次遇到。不是她心中刻意的抵触情绪，而是大祭司眼中明显的鄙夷与轻蔑，使她不禁恼火。

"既然你对祭典之事全然无知，就从零开始学吧。……瑞卡琪，让她按照上面的安排去做。"亚安德拉将一筒卷宗交给排在队中的女子，便要离去。

"等一下！"紫辛干脆的声音在空荡大殿上显得分外清亮，"诺杰圣主要你亲自教我'九重归日'，为什么又把我分派给别人？"

老人回转头，目光斜视很是冷淡："小丫头，你以为做得了'神威四将'，就能当我的弟子么，还差得远呢。'九重归日'对天才来说十天已足够，可对蠢材来说，十年也难入门。既然你是圣主选中的人，就亮出真本事吧。"

拐杖重重落地，成为大殿上唯一霸道的声音，亚安德拉消失在殿门口。

紫辛怔怔站在原地，眼中流露的难解与不平渐渐淡去。的确，她可以将这种藐视作为偏激的看法，却不能通过狡辩去推翻它。是天才还是蠢材，这个问题她过去从未想过，也从未在乎过，可是现在，是否到了追寻答案的时候呢？

"不要放在心上。既然大祭司对你已有芥蒂，与其当他的弟子，倒不如自己学来畅快些。"紫色衣袖下修长的手拍上她的肩头。

紫辛回过身，暖融融的阳光顺着后背倾泻而下，照亮站在眼前的女子。那深邃眼窝中的碧眸将金辉一点点凝聚起来，璀璨得如同沉浮在湖水中的落日。

"是你？我……我记得你，你叫瑞卡琪。"紫辛有些意外地望着她。此刻，还能清楚地回忆起偷走长笛时的愉悦、那惊鸿一瞥所带来的震撼、险胜一局的兴奋，以及山谷中飞来的烈火鸟。

神秘的瑞卡琪如今又出现在眼前，有这样厉害的老师教她，比性情古怪的大祭司不知强多少倍。想到这，紫辛欢喜得眉开眼笑："太好了，瑞姐姐。只要跟着你学，'九重归日'一定难不倒我。"

瑞卡琪脸上泛起淡然笑意，紫衫随步履款摆飘起："'九重归日'作为火焰城堡祭祀最上礼，已经有很多年未被使用，世人鲜为知晓。而我这初来迷谷之人，又怎会清楚所有细节……"她翻开手腕，原本攥在掌中的卷轴"哗"地于半空中展开。

紫辛凑过来一瞧：第一项，净身、服饰与礼仪。第二项，祭典歌舞。第三项，通灵诗诵。第四项，召唤耀夕。第五项，九重归日。

"这些……都是祭典中我要完成的步骤吗？"

瑞卡琪轻晃手指收回卷宗："开启通灵神镜，不仅是火焰圣主展示实力的机会，更是关乎整个圣界未来的大事。由你来担当开启者，倒有些出乎我的意料，想必是诺杰对你的特别关照吧。"

紫辛嘟着嘴道："我当然清楚自己的实力。可是没有尝试过就听别人的言论而放弃，不是很可惜吗？况且，我最气不过那些看不起人的家伙了！"

望着眼前愤世嫉俗的女孩，瑞卡琪有些出神。回忆起得失擂台上的较量，那时的自己似乎也是这样看待叶紫辛的。不知道这一次，会有什么意想不到的结果发生呢？

她转过身向前走去："既然如此，你就尽力而为吧。"

从那天开始，在女祭司瑞卡琪的陪同下，紫辛开始了在迷谷的生活。最初的礼仪训练并不困难，与几年前爸爸为她特开的国际礼仪课有些类似。这些训练主要针对祭典过程中衣着、行路、坐姿、微笑等基本礼节。

其实，在不需要穿校服的时候，她最喜欢T恤牛仔裤的装扮，可以无所顾忌地又蹦又跳，却因此与周围那些身着名牌的千金小姐们显得格格不入。她就是喜欢这样的另类，将随意自由的本性完全释放。

对于爸爸的家族酒会，她可以勉强将自己暂时变成乖顺的芭比娃娃，用假意微笑来掩饰内心的厌恶。难道是因为从来没有美丽的容颜做后盾，内心才会生出这些抵触情绪么？

瑞卡琪微凉的手抬起紫辛的下颚，碧眸望进她眼底："你的脸在微笑，嘴唇也在微笑。可惜，从你的眼中，我只能看到自卑。为什么不试着让自己变得美丽起来?”

望着镜中的自己，紫辛忽然别开头，声音中带着忧郁：“我……不需要美丽。”

“没有女人不需要美丽，特别是美丽的女人。美丽女人，喜欢从心爱男人眼中欣赏自己的美丽，喜欢从他口中听到赞美，喜欢用自己的美丽将他牵绊。”瑞卡琪注视着她，声音很轻很柔，而眼神……却冷淡得找不到一丝温暖。

紫辛低头，把玩手中已垂到腰际的长发：“你说得对。所以，我不是美丽女人，也不需要美丽的帮助。”

瑞卡琪没有再说下去，只是示意她沿着铺好的地毯，一同练习步态。紫辛侧过脸，偷看的目光上下游弋。瑞卡琪的步子平稳优雅，荡起垂在脚边的轻纱。银发被清风卷起飘逸的浪，露出宁静面孔，仿佛月光下的雪莲，闪动冰清玉洁的光。也许，这就叫做真正的美丽吧。

瑞卡琪忽然回转头：“在看什么?”

紫辛故意眨眨眼：“嗯……瑞姐姐，我很好奇。你是不是，也喜欢从心爱男人眼中欣赏自己的美丽，喜欢从他口中听到赞美，喜欢用自己的美丽将他牵绊呢?”

“我……”只有那么一秒，瑞卡琪眼中荡漾起些许迷惑与深思，很快又恢复了以往的温柔与冷静，“也许是个例外吧。”

尽管大祭司亚安德拉一直对紫辛不闻不问，还是派来一支精心筛选过的舞蹈队，与她合练祭典中的歌舞部分。她仅仅是其中不可缺少的摆设，没有太多动作，只需记下些花样咒语。

之后，紫辛又学会了传音术，即使在没有麦克风的情况下，也可以将朗诵的诗歌传到任意范围，这项本领让她着实欢喜了好几天。瑞卡琪也认为，通灵诗诵是紫辛迄今为止表现最好的部分。她是真正发自内心地喜欢，所以才能用最美的形式将它表达出来。

这首吟唱神镜的诗歌，仿佛能将灵魂带去很远的地方，那种梦境中才有的感觉令人流连忘返。美中不足的是，这样动听的诗歌竟没有任何背景音乐来陪衬，否则的话，一定会有画龙点睛之效。

第六天，迷谷意外地来了位探望者。一见面，齐柯便笑嘻嘻地告诉她，巴哈卡这些天变化很大。紫辛听后立即紧张起来，问他是不是饿瘦了它。齐柯笑着答道，巴哈卡就要变成圣界内最优雅的库弛了，全靠她这个小主人带来的正面影响。

除此之外，希露已被批准进入流云课堂，终于圆了自小想学法术的梦想，她还托齐柯捎来一件小礼物。紫辛打开一看，是条天蓝色发带。握在手中柔柔滑滑的感觉，令她想起那苹果般的脸颊，在寂寞之时便会飞出来挑起思绪的小影子。

最后，齐柯收敛嬉笑脸孔，表情严肃起来。原来，他这次奉命而来的主要目的，是传授紫辛召唤耀夕的咒语。

转眼之间，距离大祭典只剩下最后三天，练习"九重归日"的时间已经不能再拖下去。可是这种高深祭礼，除了亚安德拉外，迷谷中没有第二个人会使用它。紫辛已经求见过三次，每次都被他拒之门外。

"气死我，气死我了！不见就不见，我要去找诺杰，告诉他，我不干了！"紫辛气呼呼地走回寝室，看见瑞卡琪坐在房间里，满腹苦水更是不吐不快："瑞姐姐，你说天底下还有比大祭司更傲慢的人吗？第一次，打发人告诉我他正在休息，叫我中午再去。可是中午去了，又说他在作法，迟些再去。当我迟些再去的时候，他根本就不在了。"

瑞卡琪双腿盘坐在地紧闭双眼，似乎根本不关心她在说什么。

"唉，真是怪人。为什么所有圣人都是怪人呢？冰岩、瓦尔沁、诺杰、亚安德拉，现在又多了个你。瑞姐姐，我真的受不了你们这些圣人的怪脾气了！"紫辛像得了多动症似的，在房里来回踱步。

"既然，我们都是怪人，这个世界在你眼中也是奇怪的，就应该按照这种奇怪方式待人处世，才会得到想要的结果，令我们这些怪人满意，不是么？"瑞卡琪终于睁开眼，"你去了三次都没有见到他，难道全是空手而归？"

紫辛终于安静下来，这才想起每次被拒绝的时候，亚安德拉的仆人都会交给她一颗石子。打开手心一看：分别为红色、橙色与黄色。

"他给我这些彩石做什么？"她将手伸到瑞卡琪面前。

瑞卡琪拿起那颗红色石子，目光深邃："他在考验你的耐性与悟性。可惜只三次，你就已经放弃了。若是诺杰听到刚才那番颓废丧气的话，一定后悔自己选错了人。"说着把石子扔回她的手心，头也不回地走出去。

紫辛盯着手中三颗石子反思起来，情绪渐渐平复。瑞卡琪的话确实有道理。她既然不属于这个世界，若想获得成功，就不能凭借浅薄的主观去做事。至于亚安德拉说过的天才与蠢材的衡量，之前的毛躁情绪不是已经将自己推向天平一边了？

不行，她要证明，自己绝对不是蠢材！

紫辛将三颗石子小心放入口袋，再度向大祭司的住所走去。这一次，她同样没有见到亚安德拉，又带回了另枚石子。就这样一趟趟，走在越发熟悉的小路上，口袋变得沉甸甸，脚步倒轻快起来。

紫辛已经十分肯定，这些石子同“九重归日”一定有关联，而大祭司最终会来见她的。不知不觉，天色已经暗下。她数了数手中石子：红、橙、黄、绿、青、蓝、紫、黑、白，不多不少，整整九颗。

再次踏出房门的脚步有些犹豫，她不知道这样做，是否已经违反了迷谷特有的规定。由于这里供奉着历届圣主的灵体，平时除了大祭司外，任何人都不能随便出入。即便为准备大典而在这里暂住的几位祭司连同她自己，也要遵守夜晚不许外出的规定。究竟是何原因，不得而知。

紫辛走着走着，发现前面光线越来越暗。没有路灯做指引，也没有月光来陪伴，走过的路程已远远超过到达祭司住所的距离。眼见狭窄小路逐渐宽敞空旷，她停下脚步望向四周：难道迷路了？

渐渐可以体会这迷谷名字的由来，以及那项规定的缘故了。可令人百思不得其解的是，这条路根本没有岔口，又何来迷路呢？紫辛想了想，还是决定继续走下去。

终于，视线中出现了一座规模不大的宫殿。它的风格完全不同于迷谷里其他的建筑。没有棱角的四壁配上圆形的屋顶，看上去像个发酵的大面包。

紫辛硬着头皮走进去，来到昏暗的大殿中央，看到鸟笼似的透明罩里，半跪着一名女子。她没敢出声，小心翼翼地走近，这才看清女子向上伸展的手臂高举着一枚墨色圆盘。

她凑近透明罩轻轻敲了敲：“姑娘，你在这罩子里做什么呀？”猛然间发现那张雕刻式的脸上，仅有一只圆睁的眼睛。

“独……独眼人！”鸡皮疙瘩顿时起满身，吓得紫辛害怕地后退，反倒撞上另一个人。

她刚想惊叫出声，嘴唇就被一只冰凉手掌倏地捂住：“别怕，是我。”瑞卡琪那头银发在近乎黑暗的光线中显得特别明亮。

“瑞姐姐，你也在这儿……太好了，我们赶快走吧，这个地方有点恐怖。”

“看来你的胆子也不大么，难道不想知道这是哪里？”瑞卡琪挡住紫辛急于逃之夭夭的身体，眼神高深莫测。

“哪里？鬼知道！我是走错路……”

“你并没有走错路。路还是原来的路，只是路以外的世界，不再是‘迷谷’，而变成了‘梦谷’。”

“什么？”紫辛不敢置信地盯住她。

瑞卡琪向那透明罩走去：“放眼圣界，只有寥寥无几的人知道，火焰七谷中的梦谷是真实存在的。因为只有在夜晚来临时，迷谷才会变成梦谷。而迷谷的人一直被禁止夜晚外出，也是为了防止他们误入梦谷，打扰通灵神镜的休眠。”

“这么说，我们现在已经来到了梦谷？”紫辛看向四周，“可你说的通灵神镜在哪儿呢？我怎么没看见。”正说着，她的目光忽然停在那半跪的独眼女人身上。

神镜……难道就是她？

瑞卡琪的眼神肯定了紫辛的猜测：“她没有五官，有的只是可以看到圣界任何角落的‘通灵眼’，以及每五百年便要休眠一次的‘明镜口’。”

她指着女子双手高高举起的圆盘：“在‘九重归日’的召唤下，神镜会渐渐苏醒，恢复光明的镜面，重新展示人们想看到的情景或是想知道的答案。而你这个开启者，便是整个仪式的关键。”

“原来是这样。”紫辛若有所思了片刻，有些疑惑，“嗯……瑞姐姐，既然你这么清楚来龙去脉，为何还会误入梦谷呢？”

“我……”她的回答有些闪烁其辞，“其实是来帮你的。”

“帮我？”

“帮你，也等于是在帮我自己。”瑞卡琪忽然向前走去，步子不再优雅，甚至有种罕见的急切情绪，“我们动作要快，否则就会错过启动‘九重归日’的最好时机。”说罢，她快速浏览起墙壁上满满的图画。

“你在找什么？”

话音刚落，便见瑞卡琪突然停下脚步，嘴里念念有词。她面前的那幅壁画突然发出耀眼的光芒，渐渐突显出轮廓。一支金色弓箭冲破墙壁束缚，飘浮在半空中。

“快！将大祭祀今天给你的彩石全拿出来！”

听到瑞卡琪少有的紧迫口气，紫辛赶忙掏出口袋。也许太过紧张，彩石竟掉了一地。

“啊呀！”紫辛弯腰去捡，便见那九色石竟然自动排起队飞向半空，又一颗颗钻入弓箭的箭尖。刹那，金箭依次发出红、橙、黄、绿、青、蓝、紫、黑、白的光芒，随后缓缓飞到她手中。

瑞卡琪如释重负地松了口气：“我也只能帮到这里。至于能不能练成‘九重归日’，唤醒通灵神镜，就要看你的真本事了。”

“可是瑞姐姐……”紫辛一脸茫然。

“剩下的部分，亚安德拉自然会教给你的。恐怕他已经感应到梦谷的变化，正往这里来呢。”她的目光充满自信，“大祭司一定很好奇，究竟是谁这么聪明，悟出了九色石的作用而唤出‘归日’所需的金箭。紫辛……你就给他这个意外吧！”说罢衣袖一挥，失了踪影。

* * *

大祭典的日子终于到来，安静的迷谷一下子成为圣界内最热闹的角落。悬浮在半空中的乳白色城堡装点一新，椭圆形穹顶已完全开放。内部相套的宫殿逐层打开，升降成层次不一的观礼台。无论坐在任何一个位置，都可以清楚看到左边供奉过世圣主的祭坛，右边张灯结彩的表演区，以及正中央由空中翔队守护的通灵神镜。

此时，表演区后的帐篷内开始出现忙中带乱的景象。

“我的手杖在哪儿？”

“坏了，我的符咒不见了，谁看见我的符咒？”

“咦……这是我的绸带，你的绸带在那边。”

配舞的祭司们手忙脚乱，来回穿梭，搞得紫辛本不轻松的心情更加绷紧。

她已经乖乖地在凳子上坐了老半天，任由负责化妆的圣人在她面前施展法术。镜子中，那张朴素的脸逐渐变得五彩缤纷，月牙形胎记被遮盖得不露痕迹，长发盘成发髻藏在头顶花冠下。更神奇的是身上特制的演出服，竟会根据咒语随时随地变换颜色，配合她的动作。

整装完毕的紫辛不愿意静坐着数自己的心跳声，于是偷偷掀开帐帘一角向外望去，刹那间，壮观的景象尽收眼底。

蓝天白云下，大过奥运会开幕式场地不知多少倍的观礼台几乎望不到边，除了前排少数位置，已经坐满形色各异的圣人及民众。一批批正在飞来或准备降落的圣兽更为碧蓝天空添加成百上千的景点，为嘈杂会场增些此起彼伏的吼叫声。

再远些，她隐约看见齐柯、达也什、安卡以及伤好痊愈的普其克骑在库弛背脊，穿梭在观礼台四周维持治安。

紫辛重新拉回视线，注意到观礼台正中整齐摆放的三张宝座。不用猜也知道，那一定是为圣界内地位最高权力最大的人准备的。火焰、水晶、旺地三位圣主应该会在最后时刻才会驾到吧。

心里忍不住一阵好奇。能够运用司法大权屡创“杰作”的水晶圣主，到底长成什么怪模样呢？至于名为吉利丝娜的旺地圣主，又是怎样的一位痴情女子？也许今天……所有的疑问都会有答案了。

她的目光来到铿锵书院师生们的位置上。流云先生那顶青葱欲绿的帽子老远就看得清清楚楚，他旁边坐着一身淡蓝衣裙的希露。小丫头正扬着天使般纯洁的脸蛋四处张望着。

紫辛兴奋地冲她挥挥手：“希露……我在这儿，在这儿！”

而声音穿过空旷的表演区来到观礼台前排，已经被分化掉百分之九十，剩下的百分之十根本无法引人注意。她灵机一动，想起了刚刚学会的传音术，于是提气运功，念动了咒语。

“希露，我在这儿……”声音渐渐传播开，盖过帐篷内的嘈杂声。

“希露，我在这儿……”音量越来越大，前排的流云先生已经拿下帽子，冲她挥起手。希露张大的口形也仿佛喊着“紫辛姐姐”四个字。

“有趣儿，真是太好玩了！”就在紫辛欢天喜地拍手叫好的时候，一抹白色身影刷地跃人眼帘，正是多日不见的冰岩。

他故意掏了掏耳朵，眉皱得一高一低：“别只顾着自己痛快，也考虑一下别人的承受力。这种高雅咒语是方便诵诗的，不是用来大声喧哗的。”

紫辛原本兴奋的心情因为他的话立即变得很扫兴：“我哪有大声喧哗，只不过和熟人打个招呼，难道也犯法了？咦，你来这里干什么？”

“我来看看你们准备得如何。”擒拿使双手环胸，目光随便扫视起四周。

当他的眼神游弋到紫辛脸上时，突然变得怪异起来："你脸上的彩妆……是不是太浓了？"

紫辛的耳根忽地一热，她狠狠地翻了个白眼："要你多管闲事！我说擒拿使，你是不是太游手好闲了。就算不用到处逮犯人，也不用在我面前指手画脚吧。"

冰岩无奈地摇摇头："我以为经过这些日子的训练，你已经脱胎换骨了。想不到，还是这么粗鲁野蛮。"

紫辛一听，火更大："烦死了！本姑娘今天要是因为心情不好而发挥有误，你这擒拿使就是罪魁祸首。快走开啦，不然我要报警了。"说着，用力将他推出帐外。

这下，冰岩倒是开朗地笑起来："'报警'是什么？好好好……我这就走。你自己要小心，不要砸了亚安德拉的牌子。"

他现在的笑容是发自肺腑的。原以为，这丫头会在祭典开始前紧张得舌头打结，没想到还这么伶牙俐齿。也好，有这种轻松状态，才可以发挥出更好水平。只要祭典一过，诺杰便不能驳回紫辛返家的请求。而他自己……就可以骑上垂涎已久的塔丝诺翱翔于天空中，岂不畅快。

"嘟嘟……"一阵响亮号角声预示着贵客的驾临，喧闹观礼台渐渐安静下来。

紫辛再次探出头。只见天空突然降下淡粉色花瓣，一辆藤条编织的马车随之落下云端。身着墨绿华服的女子走出来，高蓬发髻被麦穗形金冠紧紧箍住，露出颀长脖颈，显得雍容华贵。在侍从们的环绕下，这位女子步态优雅地前行，稳稳坐上左边第一个宝座。

又一阵号角响起，笨重脚步声自观礼台后方传来。走近的巨型圣兽前蹄弯曲伏下身，突然长起鼻子，延伸至百余米，好似空中搭起的高架桥。一行人便顺着长鼻子走下来。为首乃一名干瘦小老头，身后上蹿下跳着三个人影。

"唔哈哈……我们被放出来了，唔哈哈……"

"哄恰恰……这么热闹的盛会，我还是第一次见到呢，哄恰恰……"

"咕噜噜……神镜要醒来，要醒来了。"

小老头径直来到右边第一个宝座落下身，不悦的目光斜视："你们安静点。”

身后三怪立即闭上嘴，不敢再叫嚣。

绿衣女子转过头，冲他微微颔首：“见过西萨大帝。”

小老头也友善地回礼道：“恭喜尤多拉大人荣任旺地代圣主。”

奇怪，他们并不是想象中应该出现的人啊。紫辛正觉纳闷，便见瑞卡琪来到身边，于是忍不住问道：“瑞姐姐……那个老头是谁啊?”

“他是灵界大帝西萨。”

定睛一瞧，曾经与她有过一面之缘的“灵界三怪”正安静地站在宝座后方，原来他们是西萨的手下。没想到迷谷祭典不仅请到圣界内有头有脸的人物，就连灵界位置最高的大帝也特来捧场。看来这通灵神镜，真是很有号召力的宝贝呢。

“瑞姐姐，这么重要的活动，怎么不见水晶圣主呢?”紫辛嘟囔着。

“他……在这里。”

“哪里？……是哪位?”

她使劲盯着观礼台的前几排，却听到瑞卡琪很轻的声音响在耳畔：“你会见到的。”

就在这时，帐外传来很有规律的拐杖声。不好，大祭司来了！紫辛赶紧缩回原本探出帐帘的半个头。

亚安德拉走进来，满意地环视起四周：“各就各位吧，诺杰圣主就要驾到了。”

他特意来到紫辛面前，看到她笑脸相迎地老实坐着，才放心地点点头：“嗯……这样很好。这种笑容才合时宜，要保持住。”

他又小心翼翼将开启神镜的金箭交到她手中：“我本来不敢奢望你能有什么成就。不过既然已经走到这步，就必须要成功。今天这个盛典，你是至关重要的人物，好好表现，不要给我丢脸!”

望着转过去的驼背，紫辛偷偷扮了个鬼脸。她重新端详起手中的金箭，此刻，才真实地感受到它沉重的分量，心中渐渐有些不安。而这种不安很快蔓延到全身，使她的四肢也变得冰凉起来。

如果她紧张得忘掉了咒语，万一她的动作有了偏差，若是通灵神镜没有被唤醒……到那时，瓦尔沁的罪该如何洗清，圣界的未来会有影响么，她……还能否如愿以偿地回家呢?

她的心正感受着从未有过的忐忑。尽管在大祭祀眼中，叶紫辛由一无所知的蠢材变成了聪明无比的天才，可她心里很清楚：凭着自己的悟性，绝对不可能猜出九色石的作用，更无从得到这支至关重要的金箭。若没有瑞卡琪的指点，亚安德拉又怎会最终摈弃对她的偏见而真正传授“九重归日”……

“嘟嘟……”那是火焰圣主驾到的信号，“迷谷大典”正式拉开了序幕。

瑞卡琪走过来，轻拍紫辛的肩膀：“看你的表现了。”虽然这句话，平淡而缺乏激励斗志的语气，却让她看到那冷漠如昔的碧眸中隐约浮现的鼓励。

“谢谢你，瑞姐姐。”

一曲柔和的低音从远方缓缓飘来，舞台区的人们手拿道具，开始演绎起男耕女织的生活。日出而作，日落而息，原始的圣界没有是非对错，甚至爱恨情仇。就这样年复一年，人们过着与世无争的生活。

突然间，乐曲声音不再低婉，变得刺耳高亢，预示着潜伏的危险正在靠近。蔚蓝天空被燃上邪恶的颜色，恶魔开始作乱人间。懵懂无知的人们慌了，怕了。他们来到传说中的山谷，历尽艰难，终于寻到神话时代就已存在，却鲜为人知的神镜。

主演“通灵神镜”的叶紫辛半跪在地，念动咒语，额头正中画上去的第三只眼忽然一闪一闪放出光芒。她手中高举起的圆镜则发出招人魂魄的声音。

从那时起，神镜永不休眠的通灵眼时刻睁大着，任何地方发生的事都瞒不了它。民众得到警告，而躲过了许多灾难。再后来，人们变得越发聪明，学会法术驾驭圣兽，以为自己不再需要神镜的帮助。它被留在历史的角落里，不再被问起，不再被颂扬，能够显示世间万事的明镜口逐渐变成了乌色。

起初，人们并不以为然，直到有一天，耀夕突然被盗，黑暗空气驱走了光明。眼看世界就要崩溃，自以为法术高超的圣主救不了他的子民，这才想起曾经帮助过祖先，而被后人完全遗忘的通灵神镜。

为了求得神镜原谅，圣主率众重新来到山谷之中，并以生命为代价，再次换来神镜的信任。人们得到启示，寻回了耀夕，并从此将通灵神镜供奉在火焰城最神圣秘密的地方。然而，自那以后，神镜每五百年便会休眠一次。在休眠的五十年里，她不作任何回答，直到用最上礼才能将她再度唤醒。

舞台区的光线暗下来。左侧祭坛区内，开始传来一个接一个不同的召唤声，那是火焰城堡历届圣主的声音重现。每一句话都记录了他们对神镜的崇拜，宣扬着作为子民应有的尊敬心情。在这种背景下，叶紫辛的身影出现在圣体之中。她的神态端庄肃穆，朗诵诗歌的声音抑扬顿挫：

醒来吧，醒来吧，
你不想看看圣界今天的繁荣，
因为你的祝福才能有的繁荣，
你不想听听人们心中的期盼，
因为你的沉睡才会有的期盼。
醒来吧，醒来吧，
我们在这里呼唤你，
呼唤已经休眠了五十年的你，
我们在这里歌颂你，
歌颂已经流芳了千万年的你。
醒来吧，醒来吧，
用你的通灵眼再次望一望世间的每个角落，
用你的明镜口再次讲一讲未来的每个契机，
用你高举的双手将天空编织出绚烂的颜色，
用你半跪的双膝将土地变成最肥沃的田野。
醒来吧，醒来吧，
……

那一声声“醒来吧”犹如催眠术，吹进人们的耳朵，震撼他们的心灵，牵动着每个人的神经。一遍遍，直到人们口中也不断吟唱着“醒来吧，醒来吧”。“醒来吧”，成为迷谷唯一的声音，火焰城唯一的声音，甚至整个圣界唯一的声音。

黎鲁雅率领空中翔队缓缓撤离中央地带。承载神镜的高台渐渐升起，原本起保护作用的透明罩也随即消失。叶紫辛自天空飘然降下，衣裙夺目璀璨。她落在神镜身旁，张开双臂紧闭眼眸，开始默念“召唤耀夕”的咒语。

伴随着隆隆声响，耀夕逐渐脱离耀夕台的掌控，滚动着离开火焰城堡顶端，进入迷谷云层，散发着柔和光芒，出现在观礼台正前方。

紫辛深吸口气，高举起手中金箭，对准头顶看似平静无害的耀夕，缓缓张开弓。她的手指在这刻迟疑了半秒，心跳不断加速着，口中终于念起：“耀夕耀夕，九重归日。”说着手指一松，金箭离弦而去。

瞬间，头顶传来低闷轰鸣，周围气流变得灼热湍急，吞噬了金箭的耀夕酝酿着某种强大力量。“轰隆!”它的内部突然蹿出红色火焰，变作凶恶蛟龙咆哮着蒸腾着，袭向高台上前来挑衅的紫辛。就在火舌快要燃上身的时候，她轻巧地闪过，令那道红光不偏不倚击中身后神镜。通灵眼霎时变得红艳。

紧跟着，一道橙光化作龙卷风呼啸而来，吹得紫辛睁不开眼。她摸索着将神镜放倒，使得朝上的通灵眼刚好对准龙卷风的风眼。刹那间，橙光就被牢牢吸入。随即，黄光如沙暴，绿光如泛潮，青光如迷雾，蓝光如海啸，紫光如雷鸣，无一遗漏地被吸入到通灵眼中。

紫辛抹掉脸颊汗珠，蛰伏在地，准备迎接第八重的“黑云暗夜”。才眨眼工夫，天空骤然失色，厚重浓云将高台紧紧包围。不知何时冲出一抹黑色影子，忽远忽近，变幻莫测。

紫辛突然感到右手被只利爪牢牢钳住，心知时机已到，于是双手反扣住它快速抡圆。黑色影子被强大动力拧成一股麻花，随后猛地甩出，重重撞上明镜口。它立即化作一股乌汁，顺着镜面流淌，被下方的通灵眼吸食干。

眼看“九重归日”只剩下最后一重“晴天霹雳”。这次要对付的，正是九色光中最强悍最难擒的白光。

“嘎啦!”白色闪电直劈而下，紫辛倏地撤步后退。“嘎啦!”闪电步步紧追，似乎要将她逼向没有退路的绝境。“嘎啦!”闪电猝不及防地将高台从中劈开一道裂缝，叶紫辛立即不见了踪影。

观礼台上爆出惊呼声，连同诺杰在内的前排人士纷纷站起身。

“紫辛姐姐!”希露害怕地捂住脸，不敢再看。

流云先生轻声安慰道：“别怕，紫辛没事，你看，她在那里。”

就在这时，人们看到单手勾住高台边缘的叶紫辛正咬紧牙关，费力地扯破累赘长裙，艰难地爬回了高台。

“嘎啦！”她盯住闪电的步伐，一个前滚翻躲过袭击。“嘎啦！”她跳过高台中间的裂缝回到神镜身旁，将它举过头顶。紫辛开始念动咒语，身体突然腾空，迎着劈来闪电而去。

宝座后的亚安德拉眉头紧皱，重重砸下拐杖：“愚蠢！为什么不用我教她的幻术！万一没有对准……”

没等大祭司说完，火焰圣主就刷地抽出耀夕鞭，他的神情又忽然变得犹豫起来。眼下的情形，只要挥出耀夕鞭就能打散白色闪电，然而通灵神镜会因为缺少一色而不再苏醒。但倘若不出手，闪电就可能劈中神镜身边的叶紫辛。

决定就在一瞬间，生死就在一刹那。而半空中的紫辛并不知道自己面临的危险，依旧托着神镜向耀夕靠近着。“嘎啦！”闪电打掉她头顶的花冠，黑发散将下来遮住视线，一时间什么也看不清。

“小心！”一道银蓝光束冲过来，将她失去控制的身体稳住。

“你疯了，不要命了！”那是冰岩惯有的斥责口气，可是这一次听来，却特别严厉。

此时此刻，紫辛能清楚地感到，他在接过自己手中的神镜。

“你干什么，快还给我，最后一道白光若是接不住，就前功尽弃了。”

“放手的应该是你，蠢丫头！”

“冰岩，你讨厌，放手啦！”他胆敢在这么重要的时刻，在她最需要帮助的时候出来搅局，简直太可恶了！

两人就这样在半空中拉扯起来，观礼台上的人看得是胆战心惊。眼见闪电光束越来越弱，似乎已近尾声。

紫辛忽然急中生智，猛地拉过神镜，脚下反转侧踢踹开冰岩，迎着最后一道闪电而去。

“紫辛……”就在追上的那刻，闪电冲他们而来，冰岩动作麻利地抢过神镜。

紫辛只觉手中一空，蓦然回首……冰岩俊逸的五官静止在眼前，金发招摇蒸腾，紫眸明媚璀璨，得意的微笑在薄唇边停落。

他高高举起了神镜。

“嘎啦！”耀夕最后的愤怒穿过飘逸的白色衣衫，终于打在通灵眼上。那被血迹染红的通灵眼，瞬间眨了眨。

霎时，通灵神镜放出万丈光芒，划破天际，响彻四周，震撼着整座迷谷，也照亮了冰岩惨白的脸。

“你……可以回家了。”

然而此刻，紫辛的脑中一片空白，耳边飘着冰岩虚弱而温热的声音，眼中，只有他渐渐坠落的身影……

第七话

通灵显圣

动听的歌声、迷人的舞姿，以及醇香的美酒，将火焰城堡编织进一幅热闹和谐的画面中。大殿内高朋满座，圣主诺杰正为成功唤醒通灵神镜而大肆庆祝，就连平时没有资格晋见的商人也被破例允许面圣。

安托尔肥胖的影子缓缓步入大殿。他在距离宝座前五米的地方停下来，将一只体积不大的旧皮箱小心放在地上，随即伏下身恭敬地行礼。

火焰圣主放下酒杯，摩挲起胡茬隐现的下巴："我常听人提起，你是闻名远近的奇货收藏家。就把新鲜玩意儿拿出来，也让我的客人们开开眼吧。"

"是。"安托尔藕节似的手指慢慢打开小皮箱，随后伸进去，摸索了很久仍拿不出任何东西。

见他动作迟缓，脸色紧张，众人更觉奇怪，就连一向沉得住气的诺杰也催他不要再犹犹豫豫。

安托尔擦擦光头上的汗珠，表情尴尬道："不瞒圣主，这皮箱里确实有个好宝贝。只可惜……它突然不想出来了。"

"它不想出来？安托尔，你在存心戏弄我们。"诺杰脸色立即沉下。

"小人……小人不敢。不如，请圣主手下的大将们试试看吧。"说罢，商人退到一旁。

就这样，齐柯被莫名其妙地唤上殿，又被命令跪在地上将旧皮箱里的宝贝取出来。他费了好大劲，直到满头冒汗也不见成功。这倒令诺杰好奇起来，那皮箱里面究竟藏着是何宝贝，就连大力士齐柯也奈何不得？

大个子支支吾吾道："这箱子里黑洞洞的，看起来什么也没有。把手伸进去，却能抓住一条滑溜溜的尾巴，也不知道是何怪物。"

火焰圣主一听更来了兴致，立即下令神威四将一同用力，务必要把皮箱里的怪物拉出来。于是四将相互紧拽，拔河似的后退，折腾了半天不仅毫无结果，反倒被那怪物粘住。只听一声怪叫，四人同时跌倒在地，表情狼狈。

神威四将在满堂宾客面前出了丑，这令诺杰心中颇感不快。他站起身，欲抽出怀间耀夕鞭，准备亲自动手。

“圣主，且慢!”右席上一直冷眼旁观的西萨忽然开口。

“不知大帝有何指教?”

西萨不紧不慢地答道：“您若甩出鞭子，不仅捉不到它，还会伤了它。”

“这么说，大帝有独特的方法了?”诺杰怀疑地盯着眼前身材瘦小的老头。虽然灵界之主的法力深厚莫测，但论起力气，未必就能胜过他的神威四将。

西萨缓步走出席间，往皮箱里仔细瞧了片刻：“若是老夫没猜错的话，这皮箱里的宝贝名叫‘喜乐音’。如果圣主不介意，我可以代劳请它出来。”

诺杰点头默许。

灵界大帝俯下身，击掌三下，口中念念有词，似乎隐约含着“喜乐音”三个字。突然，他不再出声，全场也变得静悄悄，皮箱中竟然传出与西萨一模一样的声音。

大帝将手伸进去，便见一只长着淡黄色鸟头的小怪物顺着他的手掌向上攀爬，柔软细长的身体没有四肢，只有三对花形翅膀。

“这‘喜乐音’乃灵界特产，十分稀少。我宫中曾有过一只，可惜饲养得不够周到，让它死掉了。”大帝脸上略显惋惜之情，继续道，“喜乐音的珍贵之处，在于它擅长模仿人的声音，无论交谈或者歌唱，都难不倒它。此外，这小家伙还是很好的装饰品。”

西萨说着将喜乐音缠在手腕，一会儿又放到腰间，最后挂上脖颈，将它扭成项链的形状。他的举动让火焰圣主忍不住开怀大笑起来。

“有趣，这喜乐音果然有趣！大帝，您的表演实在精彩，精彩到让我误以为站在眼前的已经不是灵界之主，倒像是……摆弄自己心爱宠物的深闺淑媛。想不到，大帝还是位性情中人哪。”

西萨似乎意识到自己刚才的表现有失身份，面露尴尬之色。诺杰见状，立即举起酒杯敬了敬，让他不要将自己的玩笑话放在心上。

这时，位于左侧一直端庄无语的旺地代圣主尤多拉站起身，双手举杯：“西萨大帝与诺杰圣主都是盖世英雄，我在这里敬二位一杯。小女子不才，获世人厚爱而暂时代理旺地圣主之职，希望日后能够得到诸位的协助，做好分内工作。”

两位男士立即举杯相互对视；尴尬的气氛渐渐散去。

火焰圣主接过喜乐音，神情若有所思，随后问起紫辛为何没有出席庆功宴。仆人禀告说，紫辛小姐身体不舒服，告假了。

诺杰听后，唇边荡起一抹笑意：“怕是被昨天的‘九重归日’吓坏了。嗯……安托尔带来的小玩意儿就算我给她的奖励吧。”

商人接过沉甸甸的钱袋，喜滋滋地退下了。

诺杰再次环视起满座宾客，注意到下席上脸色阴沉的亚安德拉，于是和善地称赞他劳苦功高。

驼背老人依然神情不快，仿佛同自己生闷气似的：“老臣想请圣主治罪。祭典上出了这么大差错，都怪我的弟子学艺不精，辜负了您的希望。”

火焰圣主走下来，亲自帮他斟上酒：“这也不能怪紫辛。她的功底本来就浅薄，能够在短时间内领悟这么多东西，已属不易。况且，因临场紧张而忘了咒语也是初学者共同的毛病。既然神镜已经被成功唤醒，老祭司就不要再为难自己了。”

被诺杰这番宽慰的话一劝，亚安德拉也觉得心情舒畅很多，便端起酒杯敬了敬，以表对圣主体恤的感激。

这时，大殿外忽然传来通报，称迷谷一位祭司特来求见。亚安德拉以为手下请他返回处理谷内之事，正要告退，就听到门外传来女子声音。

“老祭司不必起身，我是特来面见诺杰圣主的。”瑞卡琪缓步走上殿，银发飘散荡起流光，姿态庄严神圣，气质淡雅超然，使得两旁的嘉宾贵客不由自主站起身。

亚安德拉有些惶恐地望向宝座上的诺杰，不知女祭司为何要越过他这位上司，直接晋见圣主。

瑞卡琪径直来到宝座前，清傲的目光扫过四周：“好热闹的庆功宴，难道没有我的位置？”

火焰圣主走下台，来到她面前，两人相互对视了片刻。

诺杰眼中突然掠过惊异之色，却很快又恢复了开朗笑意："乌滋妮已经替你拒绝我的邀请。怎么今日倒不请自来了？"

没等回答，他抬手吩咐道："来人，为水晶圣主看座。"

瑞卡琪微微颔首回礼："既然圣主以礼待客，我也不能坏了火焰城堡的规矩。"说罢紫衫一挥，男子玉树临风的样貌代替了婀娜多姿的女子形象。

银发依旧闪耀，碧眸冷静如昔。那张精致秀丽的面孔少了娇媚，更增添几分英气，这就是瑞卡琪真正的身份——掌握圣界司法大权的水晶圣主凯。满堂宾客顿时恍然大悟。

诺杰见他显露原身便不再多作介绍，重又落座，眼神很有深意地瞟向大祭司："希望凯圣主在迷谷的那几日，没有遇到招待不周的地方。"

亚安德拉脸色红一阵白一阵："是老臣的失职。"

"诺杰圣主，这次是我自己特意隐瞒身份，与大祭司无关。况且，我还有一事需要他的帮忙。"

诺杰的眉毛轻轻挑起："你的意思……是想求见通灵神镜？"

凯站起身，环视四周："不错。既然神镜已被唤醒，便会按照每年答一问的惯例，依次解答三座圣城递交的重大问题。按照过去的记录来看，这次提问的资格应该属于水晶城。请问在座各位，有无意见？"

诺杰抬手按起太阳穴，缓缓开口："既然如此，亚安德拉，再辛苦你一次了。"

大祭司得令而退。

灵界大帝豪爽的声音突然响起："素闻水晶圣主执法严明一丝不苟，今日初见，果真名不虚传。来，我敬你一杯！"

凯转过头，表情有些迟疑，随后连忙颔首致意："原来是西萨大帝。方才因有要事在先，没有向您问候，我失礼了。不过，今日并非是我们初次见面，记得几年前我的就职典礼上，您还亲自前来祝贺呢。"

西萨听后脸色微变，话语之中吞吐起来："哦……实在抱歉。我……我真的没认出来。唉，人一老，什么都记不住了。"

诺杰见状，接过西萨僵在半空中的酒杯："凯不饮酒。大帝的好意，我替他心领了。"说罢一饮而尽，语气随即一转："水晶圣主确实冷静清明不讲私情，就连擒拿使受伤之事都不用费神，实在令人羡慕。”

凯神色平静地整了整袖口，淡然道：“圣主不必用这种方式来讽刺我。若将冰岩受伤一事追根究底，对你也没好处。我的手下为救你的手下受伤，这事如果闹上法庭，试问……谁会是赢家？”

诺杰自顾自地笑道：“打官司，你是行家。但是讲人情味，你可要请教我了。来人，送水晶圣主去见擒拿使。”……

火焰城堡风景最美丽的一个房间，是距离耀夕台较近的东侧阁楼。不要误会那是最热最晒最狭窄的地方。恰恰相反，那里的光线不强不弱，透过镂空天窗洒下，刚好使阴凉的角落变得温暖，使黯淡的四壁变得光明。窗外挤满了色彩艳丽的花卉，香气一股股飘进来。

紫辛安静地靠窗而坐，摆弄着手中花花绿绿的枝叶。这些不是路边的野花，它们不会叫也不会哭，仿佛专为她来采摘而生长的。可是这么美的花，该送给谁呢？

她的目光不自觉地瞟向软榻上的身影。冰岩仰面躺着，半束阳光照到他苍白的脸颊，有些凌乱的头发随窗外树影晃动而闪现点点金光，裸露的上身缠着重重绷带，渗出斑驳血迹。

昨天出事之后，昏迷的擒拿使被抬到这间上好客房。随后，几位专业人士赶来诊治，除了念念咒语，在伤口上撒些不明不白的药粉后，就再没过来复诊。到了晚上，圣主诺杰过来探病，告诉她不要太内疚，擒拿使没有生命危险。

她问起可不可以请些高明的大夫，至少开些口服药，起到消炎退烧的作用。火焰圣主可是费了好大力气才明白那口服药的含义。他回答说，口服的药粉不是用来治病而是用来害人的，以此拒绝了她的要求。

MY GOD，这文化差异还真是不一般的大！以前嘻嘻哈哈地没太在意，可一遇到重大事件，她的道理在这些怪人面前就讲不清了。

紫辛的目光又飘回软榻，凝视起沉睡中的冰岩，眼中露出少见的迷茫神情。像他这样的男子若出现在得胜中学，一定会迷倒一大片女生吧。好过布拉德·彼特的身材，强过贝克汉姆的五官，不去好莱坞闯闯才叫可惜呢。

奇怪，她心里怎么会有这些花痴的想法，简直太可笑了！

其实，评价一个人不能只凭那些浮华的外表。像他这种自以为是，傲慢无礼的家伙，根本就无法引起她的一丝好感。可是经过昨天迷谷祭典一事，她倒有点糊涂了。为什么冰岩会有那样的举动呢？如果不是他，那么现在躺在这里的恐怕就是自己了。

心里还是会有内疚感，所以她主动留下来，整晚守在冰岩身旁，这样的感激心情也算对得起他了吧？

手中花环终于编好，她兴奋地戴在头上对着镜子照了照，嘴里不知不觉哼起小曲。诺杰曾经答应过的，只要祭典一完便会履行诺言，送她回家。如此看来，留在圣界的时间也不会太久吧。

“花环……真好看。”一句轻声话语不知从哪个角落飘出来。

“是吗？”紫辛没在意地答了句。

忽然，她猛地想起什么，立即回转头：“你醒了？”

冰岩挣扎地想要直起身，只轻轻一动就痛得皱起眉。

紫辛扶着他再度躺下：“你的肩胛处被闪电劈伤了，暂时不要乱动。”

冰岩看向胸前的绷带，眼神变得不敢置信，声调骤然升高：“我……我居然流血了？还流了这么多血！”

她忍不住皱起眉：“喂……只是流血而已，又不是瘸腿断臂。一个大男人干嘛这样大惊小怪的！”想当初，她在医院进进出出都没哼过一声。

看到她眼中流露的鄙夷，冰岩也恼火起来：“什么叫‘只是流血而已’？我长这么大，还是第一次流血，第一次被伤得这样重。若不是你那样拉拉扯扯，凭我的功力，哪会被闪电劈到，真倒霉！”

来了，又来了，冰岩简直是她的冤家。才几句话，就把她气到将头顶花环摔向门口，气到不想再多看他一眼，气到原本想要道谢的话也被狠狠地咽回去。

房间里再没有吵嘴声，却是凝重的沉默。

过了许久，丢在地上的花环被一只修长手指小心捡起：“这么漂亮，扔在地上实在可惜。”紫衫飘荡，来到气闷的紫辛面前。

她接过花环，望着那双熟悉却又有些陌生的碧眸，不知该说什么好。

冰岩睁开假寐的眼，有些意外道：“凯，你怎么来了？”

水晶圣主在软榻边坐下来，轻轻解开他胸口的缠布：“我就是再没有人情味，也不会不管自己属下的生死。”

看到那深深的伤口，他的淡眉不禁皱起："这种药粉，对白色闪电所致的热毒不会有太大作用。"

听到这话，原本僵坐在房间另一端的紫辛赶忙走过来，神情关切地问："那怎么办，他会不会有生命危险？"

就在这时，凯突然注意到她颈间闪动的水晶，便问："可以借用一下么？"

紫辛一愣，随后动作麻利地取下递过去。

凯熟练地将它放到伤口上，口中念念有词。只见水晶泛出银蓝光辉，将闪电留下的灼热一点点吸去，冰岩痛苦的神色顿时有所减缓。

凯将伤口重新包扎好，拿着水晶的手迟疑片刻。本来是想物归原主的，却发现冰岩眼中特殊的讯息，好像有什么隐情不能说出来，于是又把水晶还给了紫辛。

她盯着凯的眼神充满了崇拜与好奇："好厉害哦……您到底是哪位圣人啊？"

"我么……"凯站起身，紫衫一挥，露出瑞卡琪秀丽的脸庞，"是你的瑞姐姐。"

紫辛顿时傻在原地，嘴张得老大。望着她滑稽可爱的表情，冰岩忍不住咯咯地笑起来，似乎忘掉肩膀上的疼痛和刚刚才闹过的不快……

* * *

"梦谷"，一个只有梦境的地方，被缺少日月星辰陪伴的黑夜笼罩着，将在未来的五百年中仍然保持这种清净氛围。然而今夜，却稍有不同。作为梦谷的真正主人，通灵神镜将在这里，会见五十年来的第一位贵客。

这位贵客，除了获得整个圣界的授权外，还要准备一份能够打动神镜的礼物。即使最终被召见，也很有可能无功而归。神镜的脾气难以琢磨，不合她心意的人，是得不到帮助的。

供奉神镜的殿堂内光线昏暗。亚安德拉作为护法，盘坐在神镜旁边的软垫，双眼合闭，口中一刻不停地念着咒语，直到神镜的通灵眼眨了眨。

凯圣主面对神镜席地而坐，尽管双手空空，心里却是满满的。他相信自己的礼物一定会令人满意。放眼整个圣界，还没有哪个灵魂可以逃脱静心之音的掌控。

果不其然，乳白长笛奏出的清灵旋律，犹如月光下的夜莺，在歌颂神镜的功绩，夸赞神镜的美貌，乞求神镜给它生存的机会。这样一只令人怜爱的小鸟，又有谁可以狠心地将它拒之门外？

终于，明镜口泛起淡淡白光，似一汪渗出的清泉那般透澈。凯站起身，边吹奏边跨入神镜的结界，来到她的世界。

那是一片空虚的颜色：黑土地，白色树，裹在黑色长袍中的白发老妇人，斜倚在白色躺椅上。凯的心中顿时觉得有些凄凉。原来在至高无上的神镜心里，世界是灰暗无色彩的，难怪“九重归日”带来的九色光可以使她感到愉快。

老妇人抬起倦怠的眼：“你的笛子吹得很好，我有很多年，都没有欣赏到这种高深音律了。你，就是水晶城堡新的主人吧。”

凯恭敬地跪在她面前。虽然登位已有数载，但在神镜看来，他与五十年前的圣主确非同一人。

“至高无上的神镜，任何事情都逃不过您的眼睛，陈述的话也不必再多说了。我只想请教一个问题，夜碧剑同旺地之血究竟在什么地方？”

老妇人没有立即回答，随手拿起一面残破镜子照起来：“老喽，真是老喽。黑发又少了一根，皱纹又多出一条。”

她重重叹出口气，再度看向他：“你刚才问什么？”

“请问，夜碧剑同旺地之血在什么地方？”凯又重复一遍。

“唉……人老了，听力也会变差。”她自顾自地唠叨一句，声音突然不再慵懒，变得果断坚决，“你是想问夜碧剑，还是旺地之血，那可是两个问题。……按我这里的规矩，每次只答一问。你想清楚，再告诉我吧。”说着又闭上眼。

凯对神镜的回答有些意外，后来想想也不无道理。夜碧剑还是旺地之血，这两者确实很难取舍，少了其中任何一个都不能解开他身上的封印。究竟要如何提问才能得到两全其美的答案呢？

片刻沉默后，水晶圣主终于开口：“那么……我想知道，吉利丝娜在哪里？”也许，只要找到她这个始作俑者，就能知道旺地之血与夜碧剑的下落。

老妇人随手把玩起九色石，按不同颜色顺序排过来调过去，半晌没有开口。凯只能继续跪等着她的回答。

“你和这女人之间有什么关系，难道是仇人？”她冷不丁地问了句。

凯摇摇头。也许在吉利丝娜眼中，自己已经变成了不共戴天的仇人，可他心里，却不恨她出此下策。

“那么是情人了？”老妇人眼神探索地盯住他。

水晶圣主低着头，嘴唇微动，却没有吐出任何句子。

“既然非亲非故，你也没有必要再问，我也不想费神了。”老妇人收起彩石，半靠在躺椅上闭了眼，口中自言自语道，“有些人就是不明白自己的心，我这老婆子看见了又有什么用。不如，再睡上一觉吧。”

凯急切地抬起头：“她不是非亲非故，而是对我来说很重要的人。”

“重要？我看得出你对她很重要，却怎么没看到你的诚心？我知道，你想找到她，无非为了恢复失去的法力。”老妇人抬起眼斜视起圣主，“‘静心之音’固然好，却只能让人变成一座冷漠的冰山。如果不是被夜碧剑封住了法力，你内心的那点柔情何时才能觉醒，刚才又怎会奏出那么有感情的笛声。”

凯的眼神终于不再冷漠，渐渐流露出无措神情：“通灵神镜之所以通灵，是因为可以看透人心，可以看透世间的人情冷暖。我在这里请求您，请您告诉我，到底应该怎样做，才能找到她？”

老妇人直起身：“既然如此，我就指点一条迷津。你要找的那个女人……她在南方。”

“南方？难道还在旺地城内？”

“你要记住，只有一颗诚心才能换来想要的答案。就用你的直觉，去找寻失去的东西吧。”

水晶圣主听后立即感恩地行了礼，便匆匆离开了。

望着他渐渐模糊的背影，老妇人原本惺忪的眼神变得神秘莫测：“缘起缘灭，周而复始，这命运的枷锁，何时才能最终打开啊？”

凯满怀心事地离开梦谷，心中琢磨着神镜所给的启示。既然吉利丝娜藏身在南方，很可能仍在旺地范围内。

他正想着，发现长廊上走来一个人影：“这么晚了，代圣主还没有休息？”

“嗯……一直睡不着，所以出来走走。”尤多拉披散着头发穿着睡袍，没有金冠与高髻，少了分严肃多了分柔和，“我知道，凯圣主会在今晚前去梦谷求问。其实，我也有事想要晋见神镜。”

“那实在不巧。”

“我想打听的，是吉利丝娜的下落。她不明不白地失踪，我派出很多人寻找，到现在为止仍然没有任何回音，实在令人担忧啊。”

水晶圣主冷淡的唇角稍稍上扬：“那倒很巧，我刚刚从神镜那里得到了一些启示。”

她的神情忽然紧张起来：“真的？……那……她……她人到底在哪儿？”

凯摇摇头：“神镜没有透露准确的地方，只是说在南方。”

“在南方？”尤多拉神情渐缓，若有所思。

“我想同你返回旺地城找一找线索，可以么？”

旺地圣主这才拉回思绪：“当然，当然可以。”

火焰城堡少了凯与尤多拉两位客人，热闹气氛非但没有丝毫减退，反而更加自由随意。西侧的棋苑内，有一座巨大的方形蓄水池。池水分为红蓝两色，红水向东流，蓝水向西走。即使在两股水流交界处，颜色也没有任何混浊。

诺杰兴致勃勃地带着贵客走进来，他很自然地坐在红水的一方：“自从那年领教过大帝的高超棋艺后，一直难以忘怀，有时间就来研究推敲。大帝，我等这一战已经太久了。”

西萨听后有些犹豫，迟疑片刻才坐下来：“既然是诺杰圣主的盛情，老夫就献丑了。”

二人同时念起咒语。霎时，池内泛起微波，渐渐出现绿地、堡垒、战舰以及各类圣兽与兵士的幻影。北方红色池水的部分作为火焰圣主的领地，已经在诺杰指尖接连点出的咒符下，迅速排列出有规律的阵势。

西萨沉思半刻，也不示弱地下达指令。只见南方蓝色领地潮水开始涌动，战舰自边防线上向北方港口挺进。站在大帝身后的灵界三怪顿时激动得上蹿下跳。

“唔哈哈……我主率先进攻了……唔哈哈。”

大帝闷哼一声：“怎么又忘了规矩。如此吵闹，会扰乱圣主的思绪。”

诺杰倒不以为意：“这无妨。他们站在一旁观战，也可以动动脑筋，思考制敌对策。”随后手指一点。

圣主的士兵们开始在绿地上挖起壕沟，将敌方的蓝色潮水引入，使得西萨的船只还未到岸便搁浅在海中央干涸的空地。

老人瘦削脸上皱纹挤得更深。凝神思考后，他将水军改为陆军，弃船而继续前进。不料，诺杰忽然排出沟内蓄水，将那些离开船只的士兵冲散。

“好棋!”大帝不禁感叹，立即派出空中兽队直奔敌人陆军营，与诺杰的陆军展开一场厮杀。

火焰圣主似乎对敌人飞行队的高空优势视而不见，只顾在坡地上建起围墙巩固堡垒。

他忽然抬起眼，目光很有深意：“大帝用兵果然勇猛，手下个个敢冲能战。在祭典之前，灵界三怪还在我迷谷内逛了一圈，不知是何缘故?”

大帝低笑起来：“我就知道诺杰圣主早晚会向我问罪的。都是老夫管教无方，宠坏了他们。这三个孩子在家里闹闹也就罢了，竟敢跑到圣主的领地玩耍，一定要受罚。唔哈哈、哄恰恰、咕噜噜，你们就听圣主发落吧。”说着手指一点，他的飞行队将诺杰的陆军阵营摧毁掉。

三怪听罢，惊慌地跪倒在地，怪声怪气地求饶。

诺杰望了望池中阵势，心中已有数，于是不紧不慢道：“既然是贪玩，便不算什么大罪孽。况且，他们在修明炼狱的那几天还算老实。只希望大帝回去能够严加教导，不要闹出更大的事端才好。”

圣主念了句咒语，向狼藉的陆军营吹了口仙气。瞬间，大火便将自家营地以及作乱的敌军飞行兽队通通烧毁掉。

“哄恰恰……主上，我们的形势不妙啊……哄恰恰。”

西萨定睛一瞧，果不其然，海军被搁浅在海中空地，陆军又被赶回本土，而刚刚派出的飞行队已与对方同归于尽了。

灵界大帝重整陆军，准备动用隔海轰炸的策略，想通过炸毁敌人的碉堡反败为胜。就在他要点出那关键一指时，竟然被诺杰的手挡住。

火焰圣主眼中高深莫测：“大帝，您的最后一招可想清楚了?”

老人听罢神色微恼：“当然。圣主不会希望我不战而降吧，天下哪有来得这样简单的胜利。”说罢手指翘起：“开火!”

瞬间，一枚威力强大的火炮从蓝色海岸飞来，直冲红色高地上的堡垒而去。

“挡！”诺杰口中突然蹦出一字。

只见堡垒前事先建好的围墙上竖起晃动的防卫板，将西萨的炮弹弹了回去，不偏不倚地射中蓝色堡垒。霎时，红色潮水汹涌而上，吞没南方蓝色领地，将整个水池全部染为红色。

西萨大惊，不敢置信地盯住圣主：“你……你这用的是什么鬼招数？”

火焰圣主爆出爽朗笑声：“大帝怎么忘了。几年前，您可是用同样的策略赢了我的红色土地呢。”

“是……是吗？”西萨原本想发怒的，又不得不暗压下火气。

“难道您忘了曾经教导我的话么？您说：‘若只注重进攻而忘了防守，就当不了常胜将军。’这一次，您可是输在自己过去的招数下。”诺杰探索的目光紧紧盯住他，似乎想从那沉思眼神中获得透露心思的讯息。

片刻的沉默后，灵界大帝生涩地鼓起掌：“不愧是智勇双全的军队统帅。诺杰圣主，你的深厚心机让老夫输得心服口服。”

精彩对弈结束了，诺杰依然坐在原地望着池中残局出神，直到齐柯唤了声才拉回思绪。

“圣主，西萨大帝已经走远，我们是不是该离开了？”

“哦。”他麻木地点点头，下一秒却腾地站起身道，“他不是西萨。”

大个子有些摸不着头脑：“圣主，您在说什么？”

“这人从外表上看，同灵界大帝不差丝毫，但几日来的言行已渐渐露了破绽。”

齐柯琢磨着圣主的话，恍然大悟：“对啊，您刚刚取胜的那招棋，明明就是大帝上次所教的。连我都记得很清楚，他又怎会输给自己引以为傲的战术？不过圣主……”

他忽然压低声音谨慎道：“倘若那人不是西萨，又会是何方神圣？”

诺杰摩挲着下巴，金眸内目光闪烁不定：“连灵界三怪都听命于他，想必此人不是等闲之辈，恐怕同西萨也脱不了干系。我猜测，他可能是……”

诺杰在齐柯耳边悄悄道出几个字。大个子听后惊讶得目瞪口呆：“不……不会吧？”

“关于这点，还需要进一步证实。嗯……让我想想。”火焰圣主围着水池慢慢踱起步，心里盘算着应对策略。

突然，他叠起三指打出一记声响："有了！齐柯，你赶快去营谷挑一头年龄最长的库弛。割下它铁掌上的老茧，放在西萨的床板上。记住，在那上面要多加几层厚实垫子。"

"那是为什么？"齐柯更觉奇怪。

诺杰眼中闪出狡黠目光："让他原形毕露。"

第八话

梦谷干戈

清晨的雾气才刚散去，耀夕还未自高台上完全升起，紫辛已经起身将自己收拾得干净利索。她在镜子前站了许久。脚上的黑皮鞋锃光瓦亮，鞋子表面上磕破的地方也被掩盖得很好。

身上平整的天蓝色校服裙可是花了几个晚上的心血。她非常小心地缝补，甚至不允许一丝一毫的错误，已至于补补拆拆很多次，才看不到原来因打架而变得支离破碎的痕迹。

所有的一切，都是为了能以最好的形象出现在家人与朋友面前，轻松地告诉他们，叶紫辛完好无损地回家了。

望着手表上夜晚十点一刻的显示，紫辛拉动旋钮，将时针对准七，分针对准十二。早上七点整，那是她最想回家的时间。这一次，只要闹钟一响，她就准时起床，下楼对饭桌旁看报纸的爸爸说早安，喝下奶奶煮的汤，然后背起书包高高兴兴地去上学，在王老师到达之前交上工整的作业。

除此之外，还会发生什么呢？嗯……小音肯定会缠着她，要听圣界里发生的奇人怪事。哲也会抱来大堆书本作业，帮她恶补已经落后许多章节的课程。

望着镜中的自己，紫辛的思绪已经飘去很远，飘到可以想象的任何一个情节。那些熟悉脸孔流露出的激动、吃惊，甚至是声泪俱下的表情，逐个在脑海中浮现。就算爸爸震怒得要将她痛斥一番，她也会先扑到他怀中肆无忌惮地倾诉思念之情，然后再乖乖地接受不听大人言的惩罚。

窗外报时的号角声将思绪拉回现实。冰岩的伤势已没有什么大碍，瓦尔沁所托的草袋也交给了亚安德拉，希露在火焰城堡里开始了新生活。看来，她在圣界已经没有任何牵挂了。

紫辛深吸口气，向房门走去。她刚打开门，就见一瘦小老头站在门外："您……找谁呀?"

老人露齿一笑："就是你。"

仔细观察才发现，这老人家原来就是祭典上出现的灵界大帝西萨。紫辛正觉奇怪，老人便说，自己是特意前来教授如何饲养和娱乐喜乐音的。

说起这喜乐音，她更是一头水雾，想不起那是什么东西。

老人家笑着提醒，那是商人带来的奖赏。

紫辛这才想起安托尔大叔送来的旧皮箱，当时只是打开来看过一次，发现里面黑洞洞的什么也没有，就随手放在了一边。紫辛见西萨是位和善的老先生，既没脾气也没架子，又热心地要将经验传授给她，便把他请进了屋。

西萨这一进屋可不要紧，将她原来的计划完全打乱。面对如此神奇怪异的小动物，紫辛简直爱不释手，一会儿缠在手腕，一会儿绕在头顶，一会儿唱首英文歌叫它跟着学。这小家伙还真不怯场，连她声音中稍微走调的地方都模仿得惟妙惟肖，听得大帝陶醉地闭上眼。

就这样，紫辛在房间里高兴地笑啊，唱啊，跳啊，渐渐忘了时间，直到耀夕已经高高升到头顶才停止折腾，让手中的喜乐音歇口气。

紫辛安静地坐下来，心中忽然有种惆怅的感觉。恐怕回去以后，就再也没有机会享受这种奢侈的宠物了。她轻轻地摸摸喜乐音光滑的小鸟头，又亲亲它的小翅膀，才恋恋不舍地放回旧皮箱中。

"大帝，这喜乐音真是好宝贝。只可惜我要回家了，不能带它一起走。嗯……您可以将那些咒语和饲养方法讲给希露听吗?"

请求的话说出去好半天，也不见任何回应。紫辛转过头，发现躺椅上的西萨不知什么时候已经昏昏入睡，心里不觉好笑。恐怕是自己的英文歌太动听，太催眠了。

紫辛悄悄走过去，用手推推他。老人好像睡得很深，一动也不动。她静静地盯住他，突然觉得好奇怪，一把年纪的老人居然睡得这样秀气，柔和的呼吸声中没有半点粗音，双手优雅地交叉于胸前，手指微微翘着。

她笑了，就连冰岩熟睡时也没有这般好看，不愧为灵界大帝，如此有教养。

也许是偷笑的声音吵醒了他，西萨不好意思地揉揉眼："失礼了。

昨晚我整夜无法入睡，总觉得什么东西硬硬的磨着腰。”说着站起身，扭一扭腰骨：“倒是姑娘的躺椅睡起来挺舒服。”

紫辛听后觉得奇怪：“怎么会这样呢？难道圣主没有为大帝准备一间舒适的客房吗？”

“……谁的客房不舒适啊？”诺杰略带笑意的声音从门口飘进来。

紫辛搀着西萨走过去：“圣主，我说啊……您太怠慢贵客了。连张舒适的床都没有，害得老人家睡得这样辛苦。”

灵界大帝连忙摆手：“没什么大碍，恐怕是人老了，腰酸背痛的毛病也缠上身。”

诺杰眼神颇有深意地望向大帝：“既然如此，我命人再准备一间客房，希望大帝不要见怪。”

西萨又客套了几句，便告辞离去了。

诺杰注意到紫辛身上天蓝色校服裙，以及短裙下穿着白色半截袜的长腿，硬朗的眉轻轻挑起：“嗯……很大胆，非常特别。你想以这样子去求见我吗？”

“当然喽，这原本就是我的衣服，现在要回家，自然要穿上它了。”

圣主似乎没有在意她的回答，轻声道了句：“喜欢我给你的奖励么？”

紫辛重重地点点头。望着那淡淡柔柔的金色眸子，不知不觉语塞了。平心而论，诺杰待她的确不错，好吃好喝地招待，又倾囊传授她技艺，甚至托以重任。她绝对不会忘记这些恩德，又想不出用什么方式来报答他，只有……

“我……我真的很感谢你，谢谢你这些日子以来收留我，又教给我那许多本领，还有……”

诺杰摇摇头：“紫辛，不要说谢。如果你想报答我，就留下来。”

他目光坦诚地注视她：“我收留你，不是因为可怜你。事实上，你根本不需要任何人的怜悯。你个性极强，内心暗藏着一种深奥的力量。从见到你第一眼起，我就决定要留下你，培养训练你，将你塑造成杰出的人才。”

紫辛有些迷茫地回视他：“我知道你一直都在鼓励我。但是，我只是个无知的外来者，这里并不是我的家，而是个陌生世界。”

诺杰伸出手扶住她的肩：“紫辛，不要担心。这些困难根本不能阻碍你的发展。只要你有决心，我会竭尽所能帮助你。我要让你身体里暗藏的能力发挥到极限，我也可以给予你无法想象的权力。你，叶紫辛，将会成为火焰城堡未来的接班人。”

接班人？这话听来那样不可思议，可诺杰的眼神不像在随便说说，那加注在肩膀的力度也似乎在告诉她，他是认真的。

紫辛望了望四周，有些回忆已经留在这里：喜乐音安静地睡在旧皮箱，正盼望着主人再一次温柔的抚摸；巴哈卡舒服的脊背令人好想跨上去，再次享受飞驰起来与风相拥的感觉。

除此之外，那一张张性格迥异的脸孔，嘻嘻哈哈的齐柯、粗中有细的达也什、老实巴交的安卡和腼腆少语的普其克，他们都在这时浮现于脑海中，让人留恋……

然而，这些都无法阻挡她想要离开的脚步。

半晌，诺杰缓缓放下手，有些失望地叹口气：“你的眼神告诉我，你不喜欢这样的安排。……既然这样，我诺杰也不强人所难，对你的承诺会照办的。”

“真的？那……实在太好了！”紫辛顿时眉开眼笑。

火焰圣主坐下来，语气平和很多：“凭我的法力，圣界里只要你说得出名字的地方，我都可以送你回去。告诉我吧，你的家乡在哪里？”

“嗯……如果不在圣界范围内呢？”

“这样的话，可能会费些时间。若你的家在灵界，我可以拜托西萨大帝将你带走。如果是魔界的话，恐怕有些难度，边境线上的结界很厉害，我必须亲自护送你，才能安全到达。”

紫辛摇摇头：“你说的这些地方都不是我的家乡。”

火焰圣主有些意外地盯住她：“那么……你的家究竟在哪里？”

紫辛抓了抓头，心想：到底该如何解释呢？事到如今，她连圣界在宇宙中的位置都不清楚，又怎能解释银河系、太阳系、地球、亚洲、中国这些概念？

诺杰站起身走过来：“紫辛，我并非不想帮你。我确实对你的家乡没有任何印象。若是施法者自己都不曾去过，又怎会有办法送别人去呢？”

他的回答让紫辛原本还有半点希望的心情立刻跌到谷底。她傻傻地坐在那儿，脑子里什么念头都没有，只有停顿、麻木与沉默。

“我看这件事，你应该去请教擒拿使。他将你带来圣界，应该比我更清楚要如何送你回去。”

紫辛抬起沮丧的脸，大感意外：“你说的……是冰岩?”

耀夕台旁那片灿烂花圃中，一个白色身影悠闲地晃在其中，时不时蹲下身信手拈来娇嫩花叶，将它们集成颜色好看的花束。冰岩坐到树荫下，倚着树干编起了花环。紫辛已经教过两次，笨手笨脚的他总是屡试不爽，这才决定花点时间研究一下。

编着编着，一阵撕裂的疼痛自受伤的肩膀传来。尽管表皮已经看不出伤口，白色闪电却在他心上留下了这道永远的疤痕，即便痊愈之后还会有疼痛的感觉。为救他人所受的伤，以及生平第一次奉献的鲜血，都好像隐含着某种意义，令他困惑。

究竟为何不顾一切地救下叶紫辛?

为了塔丝诺么?若是现在，他会肯定地点头。然而当时那种危急时刻，根本没有时间考虑这许多，他所做的完全凭直觉。直觉告诉自己，一定要保护她。

说起紫辛，其实她的人品也没那么糟糕，就是脾气坏了点，嘴巴利了些，心肠还是好的。那几个受伤难熬的夜晚，幸亏有她陪在身旁，才没有觉得度日如年。

想来，她就要回家了吧?这些日子的暗中跟随已经成为他生活的重心，突然没了这小包袱，也许还会不习惯。

冰岩的眉微微皱起：不会，他怎么会不习惯!巴不得她早些走人，再不会有谁同他吵吵闹闹。当然，他的世界又可以回到以往的安静，不再有她的声音。

“冰岩……冰岩!”正想着，她就来了。

他站起身，挥了挥手中花环：“在这里!……谈得怎么样，诺杰打算什么时候送你回去?”

紫辛本想先发制人，见他主动提问，就暗压下内心的冲动：“他说了，能施法送我回家的人必须去过我的故乡。可惜，火焰城堡里没有一个人听说过‘中国’这个词。”

“这么说，你暂时回不去了?”他的眉头没有皱起，反倒不自主地舒展开。

望着冰岩毫无愧疚的模样，紫辛内心怒火飞蹿而上。难道这家伙真想看她一辈子留在圣界过着流浪生活，才会开心地大笑吗?

她死死地盯住他，声音咄咄逼人："既然火焰城堡的人没有听过'中国'这个词，那我请问擒拿使，你有没有听说过'中国'这个地方，或是不小心去过那里？有没有在灯井大街用一块煤渣将无辜的女孩绑架到这鬼地方，让可怜的她度过无依无靠的流浪日子？你有没有这样做过，有没有？"

冰岩愣住了，瞬间哑然。

紫辛眼中的愤怒与悲哀仿佛在质问着：为什么将她带来这里，为什么隐瞒这么久。为什么直到如今，他都未曾提出送她回家这句话。难道，紫辛已经知道了一切？不，她并不知道他的难处。

"紫辛，你听我解释！"他想伸手安慰她，却被猛地甩开。

"解释什么？解释你的心血来潮吗？还是解释你为何不将实情早些告诉我，让我跑了这么远的路，让我等了这么久，让我白白空欢喜这许多天？"

不知怎的，突然觉得好委屈，鼻子酸酸的，眼眶越来越湿润。不，不要在他面前流下没出息的眼泪。即使一辈子回不去，她也决不会求他，决不！

"这个……应该是你的吧！"紫辛扯下颈间水晶，重重甩向他，然后头也不回地跑开。

冰岩紧紧握住手中的坚硬。就在水晶砸向胸口的时候，心好像被什么力量猛地扎了下，很痛，很痛。也许，他真的错了。原本就不该带她回来，不该只顾自己的利益而忽略她的感受。

叶紫辛，她是有性格的，而不是可以随便带来就扔在一边不理不彩的小猫小狗。她更是坚强的，坚强到别人根本看不出她因离家而承受的孤独与难过。

追逐着她的足迹，感受着她的心情，在一条清澈小河边，冰岩找到蹲在岸边独自抽泣的紫辛。那随风摇曳的淡蓝色衣裙仿佛在提醒他们初次邂逅的情景。整整一个晚上的等待与哀求，只有她在面前停下脚步，毫无防备地付出了爱心，却从此失去原有的生活。

这一切，都因为他一时兴起犯下的错。

"你哭了？"他小心地问，轻轻靠近着。

"别过来！"她甩了甩马尾辫，声音带着颤音。

他没有停下脚步，径直来到她身边。

紫辛猛地站起来，狠狠推了他一把："走开，我讨厌你！"

他没有因此而远离她，反而将她牢牢圈入自己温暖宽阔的怀抱："是，我讨厌，我是混蛋！我不该为了塔丝诺把你带到一个陌生地方，我应该早些向你坦白的。"

冰岩抬起她梨花带泪的脸颊，眼中闪动着点点星光："紫辛，别哭了。我答应你，以后不再和你吵嘴，我会一直保护你，直到你安全回家。"

紫辛不敢置信地盯住他。此刻的冰岩，眼神那样忧郁，紫眸内酝酿的层层情绪，就像对她难过心情产生的共鸣。

"你让我怎么相信你？"她停止抽泣伏在他怀中，感觉着那温热手指抹掉了眼角的泪水。

他重新将水晶郑重地挂回她的脖颈："我发誓，以我的生命发誓，我一定会送你回家的，相信我。"

就这样，冰岩拉着紫辛离开小河边，开始向城堡方向走去。没有任何话语，无需多余解释，紫辛任由那只温暖大手带领着离开伤心的情绪。她相信，不管是什么原因使冰岩不能马上送她回家，但终归有一天，他会履行对她许下的诺言。

走着走着，冰岩转过头偷偷地盯住她，那挂着泪痕的小脸不见了斗嘴时的强悍气势，顽皮时露出的纯真微笑。现在的叶紫辛看起来凄凄楚楚，惹人怜爱。可是这种表情，他一点也不喜欢，不喜欢她难过脆弱的样子。

紫辛抬起头，还未恢复以往的理直气壮："你……你干嘛这样看着我？"

"喂，知不知道自己刚才哭的样子，很丑呢。"

"你……好啊，才发过誓的，现在就来欺侮我，讨厌啦！"她冲他吼了声，随后狠狠甩开那只手独自向前跑去。

"这就对了，还是这样的你比较可爱！"冰岩的爽朗笑声被抛在身后。

两人一前一后回到城堡里。紫辛一进屋便兴致勃勃找出安托尔带来的旧皮箱，又用灵界大帝教她的咒语将喜乐音唤出来。

冰岩盯着缠在她手腕上鸟头蛇身的小怪物："这就是诺杰送来的奖赏？只是长相怪异罢了，并没什么特别地方。"

紫辛瞪了他一眼："那是你孤陋寡闻，它的本事可大着呢。"说着便唱起先前教过的那首英文歌。奇怪的是，喜乐音非但唱不出歌词，就连曲调都哼不上一段。

她急得叫起来："喜乐音，你怎么了，为什么你的本领全没有了？快唱，不要丢主人的脸！"

这下，冰岩反倒幸灾乐祸地笑起来："看来不是我孤陋寡闻，而是它……简直无才无能么。"

这话又激怒了紫辛："笑？你还敢笑！都是你把我的小宝贝吓坏了，它才失声的。你赔我，赔我！"她就是气不过冰岩这副德性，非要拿他撒撒气才痛快。

"好好好，我赔你。"冰岩也不争辩，顺着她的意思接过喜乐音，拿在手中仔细端详起来。突然，他猛地扯掉喜乐音一只花形翅膀，紧接着另一只。

"喂，你……你干嘛，要杀人灭口啊！"紫辛一见急红了眼，使劲扯着他的手臂。

擒拿使神色立即变得很严肃："别动，你看，它是什么？"

她定睛一看，原来这条喜乐音是只被施了法的小花蛇变的。

"怎么……怎么会是这样，我的小宝贝去哪儿了？"紫辛望了望四周，觉得一直以来居住的安乐窝也不再可靠。

冰岩注意到她不安的眼神："别紧张，我会把这件事查清楚的。"说着席地而坐，将旧皮箱放在面前，便闭目凝神不再讲话。

片刻，一个个银蓝光点自丹田而起，渐渐汇成光束，顺息而上凝聚在冰岩的额间。伴随着微弱的"吱吱"声，一柄透明水晶手杖自他的额头中央缓缓而出。手杖顶端突然长出只眼睛，仔细地将皮箱里里外外看遍。

擒拿使嘴唇微动，发出比平时高亢尖利几倍的声音："我看见……看见一只猫将喜乐音叼走了。"

手杖上的眼睛消失，又多了只鼻子。在那鼻子引导下，手杖开始在房间里打转，直到蹿上镂空天窗才停下来。

"我闻到一股猫骚味，它是从这窗上跳下来的。"

下一秒，手杖上骤然出现的耳朵又取代了鼻子。

"我听到一个很刺耳的声音，那只猫说，'哄恰恰……找到了……哄恰恰'。"

紫辛一动不动地站在原地，目光紧盯着那支变幻无穷的水晶手杖，看得眼花缭乱。这时，手杖上的耳朵也消失掉，它自天窗飞回到擒拿使的手中。冰岩周身的银蓝光束渐渐减弱，他缓缓睁开眼，呼出口气。

紫辛这才慢慢走近，揉了揉眼睛，盯着那微微泛着银蓝光晕的手杖："我不是在做梦吧，手杖就这么从身体里飞出来，你都不会觉得痛吗？"

擒拿使笑了："它原本就是生长在我身体内的一部分，就像我的双手一样，能运用自如，更是执法自卫的武器。冰岩杖，就是它的名字。"

"冰岩杖……冰岩杖，MY GOD，简直神了！"紫辛的眼神兴奋得发光。

和冰岩认识这么久，今天才算领教到擒拿使的厉害，这种破案速度不知比地球上的警察快了多少倍。

望着她钦佩的表情，冰岩也得意起来："若是我没猜错的话，这盗窃的原凶就是灵界三怪中的铁爪猫哄恰恰。而幕后主使者么，恐怕非西萨莫属了。"

"可是……大帝为人这么好，还传授我饲养喜乐音的方法，为什么又要偷走它呢？"

冰岩含笑的目光掠过她的脸颊："善良的人总会容易上当的。西萨来找你，就是想探得喜乐音的安放之处。看来，这其中一定有什么阴谋，我要尽快告诉诺杰。"

* * *

火焰城堡南翼的走廊一直延伸至尽头，通向城堡里最豪华的客房。在这里，来自圣界以外的贵宾不受城堡里结界所束，可以自由施法，甚至使用隐身咒。

灵界大帝闭目斜靠在躺椅上，神情怡然。狗鼻子男人咕噜噜半跪在地，手势轻重缓急地压捏躺椅上枯柴似的双腿。

"主人，您觉得怎样，是否舒服些，咕噜噜……"

西萨哼了声睁开眼，音色里有种不同以往的清亮："我已经受够这副苍老干枯的皮囊，就连睡在铺着厚实垫子的大床上都会难受得翻来覆去。等事情办完，我一天也不想停留。"

他忽然想起什么，眼神隐着一丝担忧："诺杰的确是个不简单的人物。他居然用棋局来试探我的虚实，若非我话语机智，可能早被他识破了。"

毛脸矮子唔哈哈也跳过来，嬉皮笑脸道："唔哈哈……主人，米洛大人曾经说过，他在您身上使用的这种易容术是任何法术也不能破解的，这点您大可放心。况且，我们就要马到成功了。唔哈哈……"

西萨突然直起身，眼露严厉之色，手指狠狠戳向毛脸："说什么成功！你们三个险些坏了我的好事，不仅没找到梦谷，反倒被诺杰逮住成了活靶子，我的颜面都丢尽了。"

唔哈哈赶忙作揖道："唔哈哈……主人息怒。等我们盗走圣界至高无上的法宝后，您的面子自然也就回来了，不是吗？唔哈哈……"

大帝听后沉思片刻，眼神逐渐得意起来："我的这番妙计可谓天衣无缝。呵……没想到喜乐音出现得真及时，正好可以帮我找到神镜的藏身之处。诺杰一定想不到吧。"

西萨低哑的笑声被咕噜噜警惕的叫声打断："咕噜噜……主人，我闻到哄恰恰的味道。"

正说着，铁爪猫倏地出现在窗口，蹭地跳下来幻化成人形："哄恰恰……主人，都办妥了。喜乐音已经放在诺杰的便殿内，属下还将它改装成不会引人注意的样子。哄恰恰……"

西萨听后拍案而起："好，好极了，就按计划进行吧。哄恰恰，你负责将喜乐音获得的信息随时禀报我。唔哈哈，你到空中翔队的营地探听他们的通行咒语。咕噜噜，我们这就向火焰圣主辞行去。"

大帝话音铿锵有力，眼中神采飞扬。三怪得令而退。……

随着火焰山城徐徐降落至山谷中，耀夕的光辉不再刺眼光亮。它的余晖悄悄藏入片片浓云中，将它们染上多彩的颜色，点缀在夜幕将要降临的天空。黎鲁雅正率领空中翔队在火焰城堡与迷谷之间的连接云层迂回巡逻，严密地监视四周。

西萨早就带领三怪攀到离云层最近的城堡尖顶潜伏下来，目送耀夕渐渐沉入高台底部，静静等待着时机出现。

当耀夕最后一丝光芒隐去时，迷谷就在瞬间变为梦谷。在水晶城堡月光到达之前，火焰城将有一段短暂的黑暗。若想轻易躲过严密防线顺利进入梦谷，就必须利用这个机会。

除了他四人，唔哈哈还将空中翔队一位实习战士绑架在身边。年轻人浑身被刺尾猴长至数米的尾巴绑得很紧，根本无法动弹。

唔哈哈故意露出吓人脸孔："唔哈哈……听着，一会儿接近云层的时候，你就念动通行咒语让我们安全通过。只要到达梦谷，你就自由了。否则的话，就尝尝尖刺穿心的痛吧。唔哈哈……"他的尾巴突然长出一根硬刺，狠狠顶住战士的喉咙，吓得那人连连点头。

终于，耀夕最后一道光芒消失在城堡内。瞬间，连接带的云层变得漆黑如墨，只有空中翔队飞兽们睁大的眸子泛着淡绿荧光，忽隐忽现。西萨带领三怪连同人质飞身而去，扎入云层最密处。

有了通行咒语的帮助，他们很快穿过黎鲁雅的封锁线，双脚踏上梦谷的土地。唔哈哈虽然放掉人质，却在他身上狠狠刺了下，使那人在几个时辰内都昏迷不醒，无法通风报信。随后，大帝率领三怪一刻不停地赶往谷内唯一的宫殿。

踏入殿门那刻，西萨提醒手下："小心有暗器。"

话音刚落，只见四周漆黑墙壁忽然放出强光。一幅幅壁画内描绘的洪水猛兽骤然苏醒，生龙活虎般冲将出来，低吼着咆哮着挡住闯入者的步伐。

"保护主人!"三怪也顾不得喊出名号，各自变化成兽挡在西萨身旁。

刺尾猴甩出毒刺长尾，一鞭鞭抽散迎面袭来的怪兽。哄恰恰上蹿下跳，伸出铁爪将大殿四壁连同屋顶划出无数狰狞裂痕，阻断猛兽复活的道路。虽然这些守卫者外表恐怖嚣张，实际上只是气流形成的幻影，没有实体也不会死去，而在一点点消耗闯入者的法力及体力。

眼看四人就要到达摆放神镜的供桌，咕噜噜狗鼻子一翘："咕噜噜……我闻到男人的味道。"

神镜前忽然冒出一缕青烟，亚安德拉驼背的身影渐渐清晰："夜已深，大帝到此有何贵干?"

西萨眼露凶悍之光："大祭司来得正好，快快献上通报神镜的咒语，免得自己受伤。"

祭司神情镇定地扬起手中拐杖："想偷走神镜，就先过老夫这关!"

三怪见状，立即将亚安德拉团团围住。

面对唔哈哈猛然钩住拐杖的刺尾，祭祀冷哼一声："看你的尾巴长得快，还是我的拐杖转得快。"说罢念动咒语。

只见拐杖突然快速旋转，形成一股气流将长尾牢牢卷入，越卷越紧。眼看唔哈哈站立的身体被动地向前滑去，哄恰恰与咕噜噜大吼一声，分别伸出利爪，龇出獠牙，同时扑上去。

就在三怪与祭司周旋之际，西萨迅速跃上高台，向通灵神镜走去。

他的目光兴奋至极，干枯手指隔着透明罩激动地抚摸起神镜："看透世间万物的通灵神镜啊，过了今夜，我就是你的新主人。"

却在这时，唔哈哈突然中止打斗，望向四周："咦，那老家伙去哪儿了？"原来，他们只顾与拐杖周旋，没有发觉亚安德拉其实早已全身而退。

西萨隐约感到周围气氛诡异，未待反应，就听"哐啷"一声巨响，高台四边猛地飞出铁柱变作牢笼将他与神镜囚禁住。

"主人!"三怪不禁大惊失色。

殿门口忽然传来诺杰的朗笑声："大帝对神镜真是虔诚之至，深夜还来参拜。为何不让我来作陪，也好尽地主之谊。"

跟在他身后全副武装的神威四将早已剑拔弩张。殿外，黎鲁雅的空中翔队也将梦谷封得水泄不通。

"主人!"三怪又唤了声，接到西萨递去的眼色，便悄悄退到他身后。

西萨强装泰然自若的神情："诺杰，你不敢放肆，我是灵界至高无上的大帝。"

"是么？那我更要抓你前去面见真正的大帝，让他作个裁断。"

"你……"假西萨脸色震动，声音慌乱起来，"你怎么可能识破我?"

诺杰步伐沉稳来到牢笼前，金眸闪动神秘光芒："若是真正的西萨，怎会不记得上次对弈时赢我的绝招。况且……"他忽然伸出手，指尖轻轻划过假西萨皱纹满布的脸皮，害得笼中之人触电般地闪躲。

"况且……能够感觉出十张床垫之下库弛老茧的坚硬，恐怕不是大帝的老皮硬肉，而是你这娇弱的水嫩肌肤。我说得没错吧，伊蒂斯公主?"

见事情败露，假西萨话音中突显女性的惊异与愤怒："你……你竟然用这种卑鄙的手段试探我!"

诺杰唇边浮出一丝冷笑："说起卑鄙，我可远远不及公主。为了偷走通灵神镜，你先派灵界三怪潜入火焰城，后又用喜乐音窃取神镜藏身之处，还绑架了空中翔队兵士。如此恶劣行径，公主恐怕免不了要在我界法庭受些皮肉之苦了。”

“原来……你从头到尾都看得清清楚楚，就是要让我掉入你设计好的陷阱里。”她盯着身旁的神镜，声音发狠道，“看来这面镜子也是假的了。”说着掌一挥，将它劈得粉碎。

诺杰绕着牢笼迈起四方步，声音不紧不慢：“与其说是我存心设计，倒不如说，是公主掉入自己设下的陷阱里。你也不必太生气，虽然败了，并不表示你的计谋不周全。而只能说明，我诺杰更胜一筹。”

伊蒂斯眼中闪过一丝阴霾，声音突然变得异常清灵柔软，有种男人们无法抵挡的魅惑：“嗯……就算你比我高明，却还是有个小疏漏。”

圣主歪头盯住她：“哦，一个小疏漏？那倒要请公主指教了。”

伊蒂斯甜美的声音传来：“我可以告诉你。只是被那些将领听到，会有损圣主的威名。”

诺杰望着她，觉得笼中之鸟再如何张牙舞爪也不足为惧，便侧耳贴近牢笼：“好，我洗耳恭听。”

“你的这个小疏漏就是……”吹向耳边的轻声细语突然停顿半刻，“就是现在！”伊蒂斯话音刚落，口中刷地蹿出一条细长信子绕上诺杰腰间的耀夕鞭，将它猝不及防吸入腹中。

火焰圣主大惊，猛地伸手掐住她的胳膊：“快给我吐出来！”

这次换作公主仰头得意地轻笑：“吃进去的东西哪有吐出来的道理。况且，任何法器只要被我吸入体内，便为我所用。”

她轻易地松开圣主僵硬的手掌：“夜已深了，本公主可没时间再陪你玩下去。”

诺杰只觉眼前一片绿光水雾，再度清晰，牢笼内除了镜子的碎片外没有半个人影。

伊蒂斯得意的笑声高亢遥远：“如此高明的圣主竟败在这种雕虫小技之下，的确有损威名。若想要回耀夕鞭，就拿神镜来交换吧，我会在灵波宫恭候你的大驾。”

“该死的妖女！”诺杰握拳狠狠砸向牢笼，眼中燃起暗火。他没有料到伊蒂斯会这样狡猾难缠，也有些懊悔不该低估自己的对手。

亚安德拉拍拍他肩膀：“圣主，您打算如何处理？”

火焰圣主转过头，声音低哑而坚决：“我是不会出卖神镜的。”

他一甩披风跳下高台，对门口的神威四将吩咐道：“你们四个立即下去准备，三日后随我赴灵波宫。这段时间，堡内一切事务由大祭司全权处理。空中翔队则日夜坚守迷谷梦谷，不得有误!”

各类人马得令而退。

诺杰来到牢笼旁，拾起地上的一块碎片，刀削般脸庞更加绷紧：“伊蒂斯，我们走着瞧。”拳头一紧，碎片变成了粉末撒落地上。

中卷

夜碧剑篇

YEBIJIANPIAN

第九话

第一恶人

银色小舟缓缓离开火焰城，向南飞去。坐在竹条编的长凳上，紫辛显得很安静，目光随意地飘过四方，不见丝毫兴奋情绪。她对未来没有清楚的计划或是安排，只能暂时随遇而安。

原来，冰岩的透界术并不是时时刻刻都可以使用，它需要特殊的天时地利才能产生威力，而那个必要条件便是每年一次的满月光照。当水晶城堡的满月光照射到冰岩杖，并配合相应法术，会产生一种奇异结界连接到未知世界。如果要重复这些步骤，就必须等到满月光照的再次来临。

擒拿使的伤势已经痊愈，法庭方面还有很多事情等着他去处理。而紫辛也不愿继续待在火焰城堡数日子。她决定随冰岩一起离开，以便在适当的时候提醒他曾经许下的诺言，确保不会错过下一次满月光照到来的时机。

冰岩察觉到紫辛的郁闷心情，就试着用一些话题引开她的注意力。他谈起这次旅程的目的地，是位于南方的旺地城。那里称得上圣界经济最繁荣、景色最优美的地方，也是圣界人休闲时候的最佳去处。在到达旺地城之前，他们将经过一个神秘地方，或许碰到某位神秘人，从而了结一桩悬疑多年的神秘案子。

冰岩故弄玄虚的表情立即勾起紫辛的好奇心，她开始盼望接下来将要发生的事情。

小舟沿着通往南方的官道前进，行了大半天，方向突然改变向西。他们飞过几个零星相连的湖畔，穿过一片宽广深绿的森林，翻过几条沟壑交错的山脉。在临近傍晚时分，终于到达旅途的第一站，那个所谓的神秘地方。

银色小舟在距离城市百米外的地方停下来。擒拿使随即摇身一变，金发染成棕色，一缕瘦长胡须遮住性感薄唇，朴素的白衫成了花色鲜艳的亮绸，腰间还多了个金晃晃的钱袋。变装后的冰岩俨然成了家财万贯的暴发户，而衣着简朴的叶紫辛就像大老爷的仆人，听话地跟着他。

紫辛走出好远，才适应眼前冰岩大摇大摆不可一世的走路姿态，那满身铜臭的味道真夸张。若不是为配合擒拿使的计划，她才不会乖乖地扮演唯命是从的小女仆呢。

转眼，两人已经来到城下。紫辛抬起头，只见五米高的深色城墙上伫立着一只由石块雕刻得惟妙惟肖的怪兽。它咧着血盆大口露出尖牙，故作骇人之势，一睁一闭的双眼又给人俏皮感觉，利爪伸向城门指着上面刻的三个字“万兽塬”。

冰岩解释道，“万兽塬”是远近闻名的圣兽交易市场。圣界内多半的圣兽都被送到这里，一天时间便有成百上千的交易量。别小看这规模不大又有些肮脏凌乱的市区，就连各地名声显赫的圣人也在这个季节赶来此地，挑选一两头称心满意的坐骑。

身边川流的商队兽群，以及衣着光鲜口袋里叮咚响的圣人老爷们，让紫辛不禁联想到现实社会中那些商场贵胄在灯光明亮的车展大厅内晃悠的情景。在奔驰轿车前拥住高挑女郎拍拍照，坐进宝马跑车内感觉一下高档皮革散发的气味，或是大笔一挥，当场订货。挑选坐骑，也是这个样子吗？

看到紫辛浮想联翩的表情，冰岩伸手在她眼前晃晃：“在想什么，这么专注？”

“没，没什么，有点走神了。”紫辛连忙正了正神色。

冰岩盯着她，眼神传出警告的信号：“我知道你好奇心重，什么事都急着要弄清楚。一会儿到了买卖行，可要管住自己，不要轻举妄动，知道吗？”

她不以为然地点点头：“知道了。”

不可以在擒拿使办案时出来捣乱，对于万兽塬里的圣兽，只能多看少讲话，多听不动手，这些她都可以勉强做到。然而，内心的那股好奇早已蠢蠢欲动了，这个热闹市场同冰岩一直暗地里追查的神秘案子到底有何关联？

天色渐渐暗下，两人穿过吵闹集市来到城中心一座规模庞大外观豪华的大宅前。里面灯火通明人头攒动，好不热闹。

门口两名头戴面具的守卫恭敬地行礼，道了句："一进一出过雅阁。"

擒拿使捋起胡须，对了句："一来一去留岩冰。"

接对暗语，守卫做出欢迎手势，允许化名为"岩冰"的圣人连同仆人进入万兽塬最高档的买卖行"雅阁轩"。

雅阁轩露天的大堂内，来自各地的圣人们围坐在宽敞的展示台旁，有的交头接耳，有的招手寒暄，有的冷眼旁观。虽然来宾人数不算少，堂内仍能保持井井有条的景象，与刚才经过的喧闹市场形成鲜明对比。这些人无论从地位还是法术上都非泛泛之辈。他们全是慕名而来，希望能从雅阁轩内挑出适合自己的高贵圣兽。

冰岩选了处位置偏远又能看清整个会场的角落坐下。他的目光四散游弋，敏锐地观察着周围情况，即便看到熟悉面孔也默不作声。

这时，展示台突然被朦胧白光笼罩，吸引坐在暗处来宾们的注意力。人声渐渐减弱，大堂内变得安静无比。一名头戴黑色尖顶帽的中年男子出现在台上，帽檐宽大遮住他的双眼，只露出阴影下挂着八字胡的嘴唇。

"今晚，很荣幸迎来各位懂得圣兽、喜爱圣兽的大人们。希望我的珍藏不会令诸位失望。"他举起双手在半空中击响，"欢迎冬豹出场。"

声音才落，便听一声野兽嘶叫，白光中冲出一头雄壮的豹子。毛发雪白，红色斑点仿佛冬雪中洒落的寒梅均匀地点缀全身，九条尾巴更似开屏扇面，增添无穷贵气。

"冬豹生长在寒冷的辽兢雪山，是上古九尾豹的后代。九尾豹的最大特点在于它的每条尾巴都有不同功效。不知哪位圣人，有兴趣上台做个示范?"

很快，台下自告奋勇地走出一位手持羽扇的青年男子。他缓步来到九尾豹身边，也不惧怕野兽发出的阵阵低吼，轻抚起它的头颅。东豹似乎不介意这种触摸，舒服地哼哼起来，原本凶悍的目光逐渐变得迷离。

突然，男子的另只手冷不防一挥，将羽扇抛向高空。谁料那羽扇还未飞离人们的视线，就听刷一声，被冬豹甩出的尾巴闪电般地攫住。台下观众被它迅猛灵敏的动作折服，爆出热烈掌声。

"冬豹的灵性与本领举世罕见，谁能出得起十枚五色圣币，谁就是有缘人!"小胡子卖家终于开出价钱。

紫辛在心里琢磨着十枚五色币究竟是什么概念。要知道，一枚四色圣币等于十枚三色圣币，而一枚五色圣币则等于一百枚四色圣币。安托尔大叔那一车普通货物只值两个三色圣币，就连喜乐音这样少见的宝贝也只能卖到三个四色圣币。那么，十枚五色圣币简直就是个天文数字了。想不到这只冬豹竟然抵得上几百条喜乐音，还真是价值不菲啊。

正当紫辛心里做算术的时候，在座的圣人们也各自盘算着。有的相互商量，有的掂了掂身上钱袋，有的惋惜地摇摇头，已有四只手高高举起。

“既然四位大人都愿出这个高价，就按规矩来吧。只有法术最强的大人，才配成为冬豹的主人。”话音刚落，小胡子同他的圣兽消失掉，而四个人影也从不同方向跃上展示台。

这四位圣人都是雅阁轩的常客，他们已依惯例分成两队，与对手比拼起来。霎时，不大的展示台上时而漆黑如墨，时而亮如白昼，时而旋起飓风，时而响起惊雷。

很快，两组人分别有了胜负，台上只留下一男一女。这两人冰岩都不陌生，女子是独路堡的堡主，而男子便是旺地城的控运司。他们两人彼此也是老相识，对方多大本事心里早有分数，胜负就取决于制敌之策和反应速度了。

又一阵刀光剑影，打斗的人影几乎分不出彼此。就在观众看得眼花缭乱之时，台上爆出一声巨响，独路堡主变出的球形光体突然被控运司施法刺穿，竞买有了最后的结果。

女堡主神色狼狈地走下台，带领仆人悻悻离去。而冬豹的新主人控运司，则站在台上接受其他圣人的恭贺。小胡子男人连同圣兽再度现身，卖家拿了一大袋钱币，将冬豹交到控运司手中，并宣布明日的买卖将在同一时间开始。

众人各自起身，少部分人扫兴地离开雅阁轩，多数圣人则向大堂后的客房区走去，等待参加明晚的活动。化名为岩冰的圣人向轩内大管家要来开启房间的咒语后，也带着仆人上了二楼。

冰岩盘腿坐在软垫上闭目养神，整个晚上少言寡语。这样的安静气氛让紫辛有些不适应。虽然办案需要专心动脑，可夜已深，就连外面跑堂的仆人也回到自己房间，赶了一天路的擒拿使怎能不疲倦呢？

她在旁边坐下，轻轻道了句："你不睡么？"

冰岩缓缓睁开眼，揉了揉太阳穴："今夜是办案的关键，我一定要等他回来。"

"你在等谁？"

"厄尔，就是今天赢了冬豹的控运司。"

她小心地压低嗓音道："难道你所谓的神秘人，是旺地城的控运司？你为什么要抓厄尔呢，他到底犯了什么罪？"

擒拿使听后，闷笑一声："不错么，你的想象很丰富，只是还差那么一点。我等厄尔不是要擒他，而是因为他在雅阁轩赢了冬豹。早前提过的神秘人才是我要缉拿归案的要犯。"

紫辛越听越糊涂，也越来越想知道整件事情的始末："那我也不睡了，干脆陪你一起等。顺便啊，听听你要结的这个案子。"

冰岩看她一脸兴致勃勃不肯罢休的样子，便很小声地讲起了故事。

圣界法庭素以破案神速惩戒严酷闻名，从没有一个罪犯能够逃离法庭设下的天罗地网，也没有任何人可以不受惩罚咒语的约束而逍遥法外，除了一个人。他就是三十年前被通缉的圣界第一恶人——卡罗瑞顿。

此人来历不明法力高强，专门以各种手段做诱饵引人上钩，再将受害者的法力功力全部吸去以强壮自己。他下手的对象不是平民百姓，而是各城小有名气的圣人。受害者一旦被吸法后，就会变成迟钝的傻瓜。

起初，这个案子没有引起法庭重视，直到水晶城堡十二长老之一的鸿也落入圈套丧失法力，卡罗瑞顿就此成了令人闻风丧胆的大恶人。法庭先后派去十几支缉拿队，对整个圣界进行了地毯式的搜索。奇怪的是，卡罗瑞顿突然空气般地蒸发掉，从此失去踪影，这个案子也就成了法庭一直积压到现在的悬案。

经过许多年，当人们几乎把这件事淡忘的时候，又一件类似案子发生在猫眼国首都隆城，当地一位受人尊敬的女巫遭到同样袭击。据隆城递交到法庭的报告来看，受害者自幼喜爱动物，家中饲养着十几只名贵圣兽。就在出事前几天，她曾经出现在雅阁轩，经过几番较量，买下了一只世间罕见的无色鹿。

女巫被害后，家中圣兽一只未少，唯独那无色鹿不见了。法庭通过研究推断，认为凶手很有可能曾经参加过那晚的买卖会，而作案动机便是偷走无色鹿。基于这点，法庭对参加竞买的其他五人分别进行严格调查，又先后排除了他们作案的可能性。此外，长老会议一直难以突破无色鹿盗窃案中存在的一个重大疑点。

冰岩突然不再讲下去，盯住紫辛听得入神的脸，大有故弄玄虚之嫌。

紫辛急得扯动他的衣袖："快说啊，别在关键时刻卖关子嘛。"

擒拿使捋了捋胡须，声音有种阴森的低沉："你想想，如果凶手只为抢走无色鹿，却为何要使用卡罗瑞顿的作案手法将女巫的法力吸掉？他没有必要这样做。况且，第一恶人来无影去无踪，他的独门绝技别人又怎能掌握。所以，我猜想……"

紫辛突然竖起手指挡住他欲动的唇："先别说，让我猜猜。……嗯，从你的分析来看，案件的元凶就是多年前的连环凶手卡罗瑞顿，而无色鹿只是顺手牵羊而已，我猜得对不对？"

擒拿使听后，手指一叠打出一记声响："没错，就是他！我一直在想，沉寂多年的第一恶人为何会选择雅阁轩作为重出江湖的起点。现在看来，只有万兽塬的雅阁轩才会不断吸引众多法力高强的圣人前去。若能在买卖会上设下圈套，就很容易引人上钩，对于食法如命的卡罗瑞顿来说的确是个好机会。"

"那么，这一次可能被袭击的对象会是……"门外走廊上忽然传来一阵响动。

那人脚步沉重没有规律，断续发出几声哼叫，浓浓酒气从门缝钻进来："嗯……真是好酒……好酒。冬豹……来，同你主人共饮……一杯。"

紫辛蹑手蹑脚走过去，透过门缝看到半醉的厄尔倚靠走廊，晃晃悠悠弯下腰，将手中酒壶凑近冬豹。冬豹别开脸发出不满的低吼，仿佛不喜欢那刺激味道。控运司闷笑了声，牵着圣兽走进隔壁客房。

紫辛回过头，正想告诉冰岩自己看到的情景，发现他早已不声不响地消失了。

"这家伙，怎么不打个招呼就跑了。算了，你办你的案，我睡我的觉。"她自言自语地说了句，躺上床闭上眼睛。

眼前漆黑一片，脑子里全是冰岩神秘兮兮的表情，以及那玄之又玄的案情。若真如他们推测，第一恶人很可能就在今晚偷袭厄尔。要是卡罗瑞顿功力高深，连冰岩都降不住他，那该怎么办？

想到这，她直起身，耳朵紧紧贴向墙壁，将隔壁动静听得一清二楚。厄尔响雷般的鼾声以及冬豹沉睡时发出的闷吼断续传来，除此以外，并没有异常发生。听着听着，紫辛只觉眼皮愈发沉重，靠着墙壁渐渐睡去。

月光宁静，白衫随风飘舞，恢复原貌的擒拿使盘坐在屋顶，双眼紧闭。水晶手杖垂直浮于半空，顶端伸出小屏幕，将厄尔房间的情况照得一览无余。控运司歪在床头睡得正熟，下垂的右手拽着套住冬豹的绳索。

不知不觉，夜色更加浓重，整座雅阁轩静得出奇。忽然，手杖一闪一闪，黑暗客房中出现了第二个人影，冰岩倏地睁开眼盯住屏幕。

只见那人大摇大摆毫无阻挡地来到厄尔床前，背对着镜头盘坐在地，推出泛起青光的手掌照亮控运司沉睡的脸，这招数正是第一恶人的吸功大法！

冰岩皱起眉，原以为敏锐的冬豹会发出吼叫声喝退凶手，却惊异地发现套住圣兽的缰绳松松地盘绕在地，不见冬豹的踪影。

就在黑影开始念动咒语之时，水晶手杖化作一道银蓝闪电打破窗口飞进来，阻断偷袭者的魔爪。厄尔被动静吵醒，迷迷糊糊睁开眼。黑影见状，立即曲身后跳，跃窗而出，飞上房檐。

“卡罗瑞顿，哪里跑！”冰岩高喝一声，追上去。

两人一前一后在雅阁轩连绵不断、高低不平的屋顶上飞奔游走，展开一场追逐赛。过了许久，黑影终于停下来，被黑布蒙住的脸颊只露出两颗通圆的眼睛，放出骇人之光。突然，他扭转脖颈向后仰去，身体内发出骨骼摩擦的声音。黑衣隐去露出雪白毛发，撑住地面的双手渐渐演化成锋利尖爪。

擒拿使停下脚步，惊异地盯住已经变形的凶手，竟然是冬豹！

“你这害人精，尝尝冰岩杖的厉害吧！”擒拿使提着水晶手杖迎上去。

冬豹也不退缩，吼叫着扑上来，锋利尖爪按住手杖。谁知，手杖突然弯曲重重砸向圣兽头颅，一下、两下、三下，直到它双眼发花松开爪。手杖挣开束缚飞向高空，又如火箭般冲将下来。冬豹刷地张开九尾，如海底摇曳的珊瑚，从不同方向伸张，眼看就要缠住它。

“变！”冰岩飞身而去，白色身影化作第二支手杖，随后分裂出第三支，第四支……转眼，九柄手杖同冬豹的九条尾巴激烈地纠缠起来。

手杖凌厉挥舞，出招既狠又快，变幻莫测。十几个回合后，打得冬豹招架不住喘起粗气。

手杖在尾巴间灵巧地迂回穿梭，时而画圈圈，时而穿针引线。没一会儿工夫，九尾就如抓乱的毛线牢牢纠结成团，不能动弹，无法伸展。冰岩挥起水晶杖自高空落下，“哐！”重重劈向冬豹头顶。它哀号一声瘫软在地，身体逐渐缩小显出男子模样。

这时，雅阁轩内陆续亮起灯光，睡眼惺忪的圣人们纷纷走出客房来到庭院内，围住了擒拿使与嫌疑犯。

冰岩用手杖抬起犯人的脸仔细打量着：“你是何人，竟敢在雅阁轩行凶？”

从外表上看，此人年纪尚轻，不大可能是三十年前便已出道的第一恶人。况且，卡罗瑞顿因为袭击鸿长老而在额头上留下一道十字形疤痕，这人脸上却干干净净。如此推断，他并不是通缉多年的逃犯。

那人伤得不轻，闷咳几声才缓缓开口：“我……我的主人称我为戈登，辽兢雪山来的冬豹戈登。”说着，头顶若隐若现出白毛红斑的兽脸。

冰岩有些不敢置信地盯住他：“你……你真是冬豹，而不是法术变化来的？这怎么可能，圣兽怎会拥有人形？”

冬豹眼中露出鄙夷神色：“你们这些蠢材当然无法理解。我的主人用无尽的智慧将我造就成圣界第一只可以变化为人的圣兽，又传授他的独门绝学，使我在雪山之巅经过几十载修炼，渐渐成就人形。”

听到这里，冰岩心中已有分寸，紫眸闪动灵利之光：“那你的主人是……”

冬豹戈登挣扎地直起身，狂妄地叫道：“我的主人，他是圣界最伟大的人，至高无上的卡罗瑞顿大法师！”

众人听罢不禁惊呼，谁都没有料到，这冬豹的主人居然是多年前轰动一时，至今尚未归案的第一恶人。

冰岩加重囚禁它的法力，声音冷冽：“哼，原来真是卡罗瑞顿这恶人搞的鬼。如此看来，猫眼国女巫一案也是他指使你行凶了？”

戈登伏在地上，露出圣兽原形：“这两件事都与主人无关。是我听说吃了无色鹿便可以增强十倍功力，所以才去偷盗，结果被女巫发现了行踪。情急之下，我就用了主人的吸功大法，不料反倒引起法庭的注意。”

“这么说，你不是为了吸功，而是为无色鹿而行凶？”

“起初是这样，然而一旦开始运用这项法力，便永远不能停下来。必须……必须要不断吸食……吸食……”恢复兽形的戈登突然缩成一团，猛烈地痉挛起来。

“你怎么了？”冰岩撤掉法力，想去扶住它。

人群中一位长者拦住擒拿使：“不要靠它太近。若是超过吸法时间而没有新的法力输入，体内的吸功大法就会自动毁灭它。”

“……什么？”冰岩惊异地盯住冬豹，只见它身上原本细小的红斑开始变大蔓延，瞬间将白色皮毛染成血红。

戈登是寻找卡罗瑞顿的唯一线索，是三十年来从未停止的追踪才换来的重大进展。如果让它这样死掉，法庭恐怕永远捉不到第一恶人，也无法挽回水晶城堡因此案而被损害的声誉。

冰岩没有听那长者的劝告，反而走到冬豹身边。他倏地张开双臂，自头顶蒸腾出银蓝光束将挣扎的戈登笼罩，把自己的法力源源不断输向它。时间一分一秒地过去，擒拿使额角渗出豆大汗珠，体力越来越弱。

他对着冬豹微喘道：“只要你说出……卡罗瑞顿的下落，活命就……不难。”

望着他有些摇晃的身体，紫辛焦虑得不知如何是好，很想奔过去，劝他早些放弃，不要为这个杀人犯浪费力气，然而之前答应的约法三章又使她有些无可奈何。

冬豹颤巍巍爬起来，全身上下几乎看不到白色皮毛，眼神视死如归：“你……不要白费力气。只怪我学艺不精被逮住，有辱主人的威名与教导，死有……余辜。至于第一恶人的行踪……”

戈登忽然狂笑起来：“他在一个……最安全的地方，一个……你们永远也想不到的……地方。卡罗瑞顿……将成为圣界法庭的……神话。”血红毒素将最后一寸白色覆盖，冬豹顿时松了口气，四肢倒地，化作一摊脓血。

紫辛奔过去扶住冰岩：“你没事吧？”

擒拿使重重叹了口气，深深锁住眉：“可惜啊……如此高贵的圣兽却被卡罗瑞顿这个恶魔利用，落得凄惨的下场。我真没用！无法想到一个两全其美的办法，以至于……断了这么重要的线索。”

他懊恼地将手杖重重砸向地面，眼神坚定无比："第一恶人，不管你躲到哪儿，我都要将你揪出来!"

紫辛摇动他的衣袖，特意挤出俏皮表情："喂……冰岩，不要这样，开心点嘛。你看看，周围这些圣人都在夸赞擒拿使的断案如神呢。猫眼国的案子破了，旺地城的控运司也安然无恙。瞧，厄尔来道谢了。"说罢，将刚跨出房门还有些迷糊的控运司拉过来。

两人这才互相行礼，开始寒暄起来。

紫辛站在远处，静望月光下冰岩白色的背影，突然觉得那影子在不断放大着，又仿佛笼罩在一层光辉下，也不知道是在她的眼睛里，还是心里。

在这个世界，没有法力的圣人就好像失去双手的钢琴家，失去嗓音的歌手，失去强健体魄的运动员，只能遗憾无奈地度过默默无闻的余生。而在冰岩心中，似乎存在着一种比法力还要珍贵的东西，一个真正顶天立地的男子汉才会怀有的坚定信念。

第十话

旺地手记

南方，在紫辛心中永远是那样一幅优美的画面：月落秦淮泊船，小桥流水人家，高山峻岭延绵，八方料理飘香。从古到今，由长江至珠江，南方依旧保持着它独特的柔美与细腻的线条，即使宣纸上深浅不一的黑墨也能将它灵秀的面孔表现得淋漓尽致。

而圣界的南方又是什么样子呢？恐怕就连画家手中的调色板也不能形容它的色彩斑斓。

她看到的是一望无际的田野，金色、蓝色、紫色、粉色，甚至是红色的田野。这里拥有粗壮得如锣鼓般的粮食幼苗，纤长得如同海带般的花卉，懂得自己施肥的树木，以及可以调控落雨的云层等等。这就是圣界的南方，非现代却又超现实的旺地。

紫辛心情欢快地哼着小曲，时而发出阵阵惊呼与赞叹，时而跳下银色小舟同正在收割的农民们打声招呼，随手换来几个可爱果子。就这样走走停停，一行人离南方的中心旺地城越来越近了。而日前得擒拿使相救的控运司厄尔也很乐意成为紫辛的向导，主动介绍旺地的情况与制度。

旺地自古便上承天运下应民意，成为旺物育种的风水宝地，千万年来养育着圣界人。直到半年前，旺地圣主吉利丝娜突然离奇失踪，导致这里出现了短暂的衰退。厄尔有些惋惜地摇摇头，语气一转，又恢复了朝气。

如今的代理圣主尤多拉接过这个烂摊子，只用了很短时间便使旺地起死复生。她手下的四位新任司长，掌管天气的控温司、掌管播种的控种司、掌管收割的控果司，以及掌管运输的控运司也都各归其位，各尽其责。控运司自然流露的敬意与赞赏使紫辛对尤多拉其人也渐渐产生了兴趣，恐怕接下来的数日，她免不了要和这位女强人打交道了。

唉……到底要在旺地城停留多久呢，她也不清楚。只知道，一旦冰岩协助水晶圣主找到失踪的吉利丝娜，他们就能动身前往水晶城堡等待下一次的满月光。然而这件事，听起来似乎并不那么容易。

紫辛偏过头，望着坐在船尾低头沉思的冰岩，也不知是在为第一恶人的案子耿耿于怀，还是为凯寻找旺地圣主之事而发愁。

紫辛扶着桅杆摇摇晃晃走过去，用肩膀蹭蹭他："嗯，拿去。"

冰岩闷闷不乐地接过她递来的果子，轻轻道了声谢。

见他满面愁容的样子，紫辛也忍不住皱起小眉头："喂，你开心点行吗？我可不要在剩下不多的时间里整日看你的苦瓜脸！"天知道，为他皱起的眉头已经多得在她额头上留下一道浅浅痕迹，临走时可不能忘了索要一笔青春损失费呢。

望着她的担忧神情，他不觉扬起唇角，紫色眼眸里洋溢着一丝笑意："你刚才说的苦瓜是什么？"

"嗯，苦瓜么，是我们那个世界长得比较丑的蔬菜，表皮疙疙瘩瘩，吃起来也是苦涩的。"

冰岩听后狠狠地呛了一口："……我的脸哪有那样丑。"说着，他停止咀嚼，故意甩了甩迷人的金发。

听着他恢复清朗的声音，紫辛开心地笑道："还说没有，你将心事都写在脸上，表情比苦瓜还丑呢！别想那些烦心事了，来，我们去船头看风景，不要浪费这次旅行嘛。"说着一把拉起他，向前走去。

两人靠着船头并肩站着。微风拂过脸颊，一股淡淡香气自身旁飘来，冰岩侧过脸看向紫辛，目光渐渐停驻。她那干净秀丽的半张脸，弯弯纤细的眉毛下，微微上扬的眼角将黑亮眸子勾出明媚轮廓，粉色唇瓣微笑着。那头乌黑长发不知何时已经披散，摇曳飞舞，将耳畔搔痒。

细细品味着她独具风格的五官，冰岩内心不知不觉涌起一股莫名的冲动。很想就在那双黑亮眸中留下些美好影子，甚至，在她心中偷偷放下一枚纪念品，不会轻易被遗忘的纪念品。

不知不觉，银色小舟飞过旺地城门，掠过人声鼎沸的街道，平稳地降落在城堡前的草坪上。紫辛抬起头望向眼前奇怪的建筑，看不到房顶，数不出楼层，只有三棵直径庞大的连体树高耸直立，正中两扇木门大大敞开着。入云的树冠中，错落挂着一个个深绿色的南瓜形果实。每个果实上都有大小适中的窟窿，上面飘荡着树叶编织的帘子。

紫辛猜想，那果实便是城堡内的房间，窟窿是窗户，树叶就是窗帘了。难怪厄尔告诉她，旺地城堡既没有火焰城堡坚硬，也不似水晶城堡那般冰冷，它是最温馨的家园，见不到半块砖瓦的大自然产物。

就在这时，大门内走出一队人影。为首的旺地代圣主神清气爽地走过来："欢迎擒拿使到来。你的手杖的确厉害，而我的控运司还需要积累更多的经验。"

尤多拉没有同冰岩继续客套，径直来到紫辛面前，热情地握住她的手："紫辛小姐，能够迎到你这位特殊客人是城堡的荣幸。请不要客气，如果有任何需要，大可吩咐我的仆人去做。"说着，命人带领访客们前往各自的房间。

烛火昏黄的光线点缀在长方形桌台上，泛着热气香味的饭菜被拼成各种花色形状呈现于眼前，深色液体也在晶莹剔透的酒杯里慢慢蒸发着。这样浪漫的晚餐是尤多拉为客人们特意安排的。对于紫辛不绝口的赞叹，她以淡雅微笑来回复。

冰岩环视起四周："想不到才半年时间，这间宴会厅又回到以往的古老风格了。"

代圣主小心切割着盘中蔬菜："我想所有光临过旺地城堡的客人都会记得，曾经有很长时间，吉利丝娜圣主为了等待那位特别的客人，将这间大厅布置得确实有些离谱。在我看来，还是现在传统的样子比较舒服。"

紫辛忍不住插进一句："离谱？那是什么样子？"

尤多拉缓缓站起身，唇角露出神秘笑意："既然你这样感兴趣，就先闭上眼，数到三再睁开吧。"

紫辛听话地放下餐具，停止咀嚼，闭上眼。

一……她在内心默默数着，只觉得眼角光线亮起来。

二……不知何处飘来凉爽雾气扑向鼻间，有些冷。

数到三的时候，她已经顾不得察觉周围细微变化，迫不及待地睁开眼。

MY GOD！原本温暖的屋子瞬间成为冰雕玉刻的殿堂。透明的地板，亮晶晶的饭桌，四壁镶嵌的细小水晶，犹如夜幕中隐约闪现的星星，环绕着银色相框装饰的人物画像。

紫辛站起身来到画像前。一束柔和的月光穿过对面镂空的窗照在画中人的脸上，他的目光淡然，弯起的唇角像在微笑地召唤，又似乎在冷漠地拒绝。这样的凯，看上去是那样地不真实而遥远。

紫辛立在原地，听着尤多拉缓慢的话语，耳边却隐约回响着女人留在房间里迂回的轻盈脚步声，对着画像发出的微微叹息。那苍白人影似乎就站在她身侧，任由思念陪伴着，一夜又一夜，注视着来自遥远西方的银色牵挂，默默地等待，等待那位永远不会到来的客人。

尤多拉的声音将她从遐思中拉回："我并不喜欢吉利丝娜的'盼月阁'，只是觉得，找不到比这更好的地方来怀念她了。来，让我们大家一同为她祈祷吧，希望她能早日重返家园。"说着双手交叉紧握，凝神默念着。

晚餐气氛一下子凝重起来，每个人都闭上眼，为心中所想的影子留下祝福话语。

就在这时，水晶圣主出现在盼月阁外，屋内氛围更加凝重，使他感到有些彷徨："抱歉，希望我没有扰乱你们的节目。"

尤多拉起身走过去，微笑道："大家都在等你。瞧，就连这间盼月阁也是特别为你准备的。"

她的语调忽然变得有些惆怅："只可惜，原本在这里迎接你的应该是吉利丝娜，而如今，只好由我代替她完成这个心愿了。"

凯安静地落下身，向在座各位微微颔首。他显得有些疲倦，无精打采地看向桌上丰盛的晚餐，随手选了款素汤放在面前，只吃了几口就停下来，又问起冰岩有关第一恶人的案子。擒拿使大概讲了讲案情，及冬豹线索已断的情况。水晶圣主听后决定加派擒拿队的人手，大范围搜索辽兢雪山，直到将卡罗瑞顿缉拿归案。

交代完正事，冰岩又同桌台另一端的尤多拉谈起了一路上的见闻，及旺地欣欣向荣的景象。聊着聊着，两个人的话题又跑到叶紫辛的身上。尤多拉称赞擒拿使的透界术如此神奇，甚至也想凭借自己的力量到异世界一探究竟。

冰岩朗笑道："我看，不如就劳烦你送紫辛一程吧，顺便到那个叫什么'中国'的地方带些种子回来，让我们的饭桌上也好多些特别的菜色。"

"这个主意，听起来确实不错，我要好好安排一下。"尤多拉没有丝毫反对，就这么爽快地答应了。

原本沉迷于盘中美食的紫辛一听，心情忽然变得有些郁闷。她放下餐具，瞪住他："喂，冰岩，你是什么意思啊？是谁信誓旦旦地答应一定会把我安全地送回家？这才没过多久，你就要毁约弃我而不顾吗！"

见这丫头脸色大变，声调也高起来，冰岩放在桌下的大手连忙伸过来按住她："嘘……小声点，尤多拉若能早些送你回去，不是很好么？"

紫辛微微皱起眉，嘟着嘴不再坚持，心里却对这个安排感到不快。

代圣主不动声色地盯住他二人，缓缓开口："送她回去并不是大问题。只不过，这种法事需要时间来准备，恐怕要等上数日。"

闷闷不乐的紫辛抬起头："我不怕等。只是不要每次都给我希望，到头来却是一场空的结局。火焰圣主说过，要是施法者从来没有去过我的家乡，就不可能送我回家。这里除了冰岩，怕是没人到过'中国'吧。"

尤多拉放下酒杯，稍稍扬起头，姿态傲然道："你的话不无道理，却也不能说是完全正确。诺杰做不到的事情，未必其他人也做不到。为了显示旺地的实力，我可以施法将你送回异世界。春去秋来，禁园花落，果熟流汁。我的旺地之血就要酿成了，你们就耐心地等待吧。"

睡在南瓜状的客房，盖着花瓣编织而成的纱被，紫辛辗转反侧不能入眠。望着窗外朦胧的月光，内心迷惑起来：不是只有满月光与冰岩杖才是圣界里唯一送她回家的条件么，难道尤多拉的法术也有相同的作用？倘若……尤多拉没有成功，又误了赶去水晶城堡的时间，她岂不要在这鬼地方再多待上整整一年？

冰岩这小子，自己亲口答应的事，如今就这么随随便便地反悔，简直太可恶了！想到这，她翻身而起，急匆匆开了房门向走廊那端走去。

来到冰岩房门前，紫辛本欲叩响门板的手突然停住：赶了几天路，驾驶银色小舟的人大概消耗不少体力，还是不要吵醒他了。她深吸口气，强压下内心冲动，悄悄转过身，却听到门开的声音。

"紫辛，你找我？"冰岩揉了揉眼眶，示意她入房，"你的脚步声很急，一定有重要的事吧。"

他捂着嘴打出哈欠，神情清醒些，发现紫辛光着的脚丫在冰凉地板上摩挲着，便拿起一块毡子盖住她的膝盖："发生了什么事？"

紫辛盯住那双温和关切的眸子，内心的想法也在动摇着。或许……冰岩并不是刻意毁约，而是真的为她着想。

"冰岩，我真的很担心。要是尤多拉的法术也不能成功，那该怎么办呢？"

他的唇角泛起浅浅笑意："我就知道你又胡思乱想了。听我说，尤多拉要使用的可不是普通的法术，而是借助'旺地之血'的神力。"

"'旺地之血'是什么东西？"自从来到这个世界，她已经习惯了不耻下问，总比当个傻瓜强。

"'旺地之血'来自于旺地最神秘的地方'禁园'，它酝酿着南方最深厚的法力。历届圣主登位后将选定的种子撒在禁园内，用特殊咒语或法器令它开花结果，提取而出的汁液被称为'旺地之血'。没有人猜得到禁园里生长着哪一种植物，也不会有人得到它蕴藏的巨大神力，这是每位圣主心中的秘密。"

盯着紫辛惊异的表情，冰岩的声音变得更加神秘："吉利丝娜的旺地之血可以令水晶圣主丧失法力，而禁园内尤多拉新种下的植物已经开花结果，恐怕在不久的将来也能发挥不小威力。现在，你还需要担心吗？"

是啊，她是不需要再为自己担心了。但是如此厉害的旺地之血，曾经伤害过凯的身体，一定留下了什么严重的后遗症。而水晶圣主一直在捉拿吉利丝娜，恐怕也是这个原因吧。

"那么，吉利丝娜是否已经有了下落？"

冰岩摇摇头，垂下眼帘："这些日子，凯已经将旺地城内寻遍，也不见任何线索。虽然外人并不知道吉利丝娜乃畏罪潜逃，可是案子已经秘密上交法庭，就等捉她归案了。唉……人海茫茫何处寻找，单凭一个'南方'是不够的。"

他深深叹出口气："吉利丝娜是夜碧剑被盗案的新线索。只有得到她的旺地之血，再找回夜碧剑，凯才能恢复法力。否则的话……后果不堪设想。"

紫辛拍拍自己胸脯道："帮人的事，也算我一份吧。从明天开始，我就和你们一起行动，可以吗？"

望着她侠气十足的样子，冰岩眼里含着笑意："紫辛，你的心意我明白。事情并不是那样简单，有些地方你也去不得，还是待在城堡里比较安全。"

他伸出手，轻轻抚摸她垂在脸颊的发："倘若连尤多拉也不能成功，无论事情办得如何，我都会赶在满月光之前带你回到水晶城的，放心吧。"

隔着发丝感受他宽厚大掌传来的温度，紫辛觉得头脑里热乎乎，心里也变得满满的，好踏实。

* * *

大概是因为昨夜入眠太迟了，直到耀夕光芒将床头晒得热烘烘，紫辛才慵懒地起身。她穿过寂静无人的走廊，注意到墙壁上多了些长满黑斑的枯叶，难看地连成一片，便瘪了瘪嘴向饭厅走去。

坐在空荡的长桌前，紫辛受到了贵宾般的招待。她一边享受着丰盛美味的早餐，一边同仆人们闲聊起来。

原来，墙上的那些枯叶是旺地圣主为配合水晶圣主行动而发布的寻人启事。虽然它们现在看起来颜色难看，一旦被寻之人经过贴有启事的道路，那里的枯叶便立即变回鲜活模样，发出警告。除了城堡里，寻找吉利丝娜的启事已经贴满旺地城的大街小巷。只要她藏身在城中，不出三天就会被发现。

想到凯与冰岩在城中某个角落查看枯叶的样子，紫辛忍不住闷笑起来。转念一想：早知道就该和他们一起去才有意思，像这样在城堡里晃一天，肯定会闷死的。

望着窗外摇曳的树影，一个大胆想法忽然闯进内心。她要让冰岩知道，即使留在城堡里也能做出一番惊人壮举。说不定哪，他们忙碌整天都找不到半点线索，倒是她这个看似无用的人有了大发现呢。

嗯……该从哪里下手呢。吉利丝娜？大概不用了，那么多树叶一定胜过她的两只眼。夜碧剑？似乎有些难度，如此重要的武器要是留在城堡里早就被发现了。至于旺地之血嘛……既然是果实的汁液，便有可能在某个角落掉了一两滴也说不定。对，就从这里开始吧。

于是，紫辛便假装好奇地在城堡里逛起来，一楼的议事厅、会客厅、图书室、饭厅，甚至厨房都转了个遍。这些地方简直干净得没话说，就连刚刚拖湿的地面留下自己不小心的半个脚印，仆人也要重新做过。她不好意思地冲他们笑笑，赶忙踮起脚尖上了二层。

整个二层是尤多拉的私人空间，紫辛觉得主人不在还是不去打扰比较好，于是又向上爬了一层，来到了司长们的房间。四位司长一大早就跟着代圣主出城巡查去了，楼道里静悄悄地，只听见她一人嗒嗒嗒嗒的脚步声。再往上就是四层的客房区，自己才刚从里面出来没多会儿。就这样，紫辛继续向上，来到了城堡的最顶端。

那里只有一个房间，门缝内透出些许阳光，屋里好像很温暖。紫辛伸出手敲敲门，没有人回应。轻轻拉动把手，门依旧紧闭，把手却突然扭动起来发出奇怪声音，着实吓了她一跳，细细听来，它在等待着某种以人名为主的通行咒语。

紫辛胡乱说了些名字，从尤多拉到厄尔，甚至与城堡不相干的冰岩也被叫出来，可房门还是原封不动地紧闭着。能想到的名字就只剩下“凯”一个，当这个字飘荡在空气中的时候，门竟奇迹般地打开了。紫辛慢慢地走进去。

这个房间非常温暖，除了阳光充足的原因，还有暖色调带来的视觉效应。棕色地板，橙色墙壁，米色床幔坠着金色流苏，就连最小的细节在颜色搭配上都显得天衣无缝。

然而，这间充满女性气息的睡房里却满是男人的雕像。大件的作为床架撑起柔软床帘。中型雕像也有半人高，被当做花尊摆放在地。小型的则成为写字台上名符其实的摆设。房间的主人不仅将心中的影子放入相框，更将他化为凸凹有致的雕像伴她入眠。不用猜，这里一定就是吉利丝娜的寝室。

紫辛来到梳妆台前，随手拿起一把款式普通的木梳子，发现上面挂着一根足有一米长的粉红色头发，心中不禁好奇起来。只有哄小孩子的芭比娃娃才会长出这么艳丽的头发，而吉利丝娜，她到底长的什么样子呢?

她小心翼翼地将那根头发放进口袋，又拿起桌台上掌心般大的摆设。那只透明雕像有着水晶的质地，闪着钻石般的光泽，如同盼月阁的画像，寄托着那份执着的爱慕之情。曾几何时，吉利丝娜也这样轻轻握着它，手指摩挲着，直到体温一点点侵蚀它冰凉的轮廓。

紫辛想得太出神，无意中放松了手掌力度，那尊凯圣主的小雕像一下子跌落在地，摔得粉碎。心猛地一颤：糟糕，闯祸了！她赶忙蹲下身，将细小碎片仔细拾起放入口袋中，无意中捏到一枚钮扣大小的绿色片状物。

她正好奇着，只见那点绿在蔓延在涨大，最后成为手中沉甸甸的绿皮书。紫辛从中翻了几页，并未看到任何字迹，就把它随手摆在一边，又开始专心收拾起地面。可是，内心却越发感到奇怪。水晶雕像中为什么会隐藏着这本无字天书，这本书会不会和吉利丝娜有什么紧密关系呢？

想着，她郑重其事地搬来椅子在窗前坐下，这次没有胡乱地翻阅，而是缓缓翻开绿皮书的首页。神奇的事终于发生了，只见那雪白纸上赫然出现一行娟秀字体："致旺地手记的第一位读者：我一直在等你，等你重新打开我记忆的大门，分享我心里的声音。"

当她的目光停滞在句子末尾时，黑色笔记消失了，新的字句很快将下一行空白填满："请将我的故事耐心地读完，因为，你也是旺地手记的最后一位读者。"

紫辛倏地合上绿皮书，思绪有些混乱。旺地手记，吉利丝娜的私人日记，这样重人的线索要不要交给冰岩呢？她搓了搓发热的脸蛋，可是……日记中写得也很清楚，她是第一个读者，也是最后一个。既然如此，就把它先读完，将重要线索记录下来，再告诉冰岩吧。

《若蓝树，花开》

今天是个特别的日子，当我站在旺地最庄严的圣堂内接过莱斯加圣主授予的权杖时，心情就像若蓝树瞬间绽放的花朵，激动难言。作为新任控种司，生命就要从这里开始新的篇章。

而我坚信，在今后的每一天，心情会如雪燕莺的歌声，将幸福与希望种在旺地的每寸土地。我将这崭新时刻收入桑淮木制成的记录本，取了个响亮的名字——旺地手记。

现实中的世界那样美好。莱斯加圣主的信任与关爱，"理智花"的友情与陪伴，城堡里一年如春的气氛，使阳光下的那个我快乐而无忧无虑。可是，有谁知道我内心的角落里，藏着月光下被梦魇牢牢纠缠的痛苦。没有人知道，我始终在一个个无法理解却周而复始的梦境中不断挣扎着。

梦中的我，可以回到久远的原始时代，唱着山歌采摘路边野果，不知不觉迷失了方向。就在心急如焚的时候，好心路人出现在眼前。他手一挥，前方不远处渐渐浮现家的轮廓。我怀着庆幸的心情回到茅屋，将篮里野果拿到屋后的小河洗涤。手中酱紫色的果子突然漂远，在浪花中沉浮。我踏入河中想抓住它们，身体却被旋涡牢牢吸住，下沉，下沉……

梦中的我，可以回到残酷的奴役时代，衣衫褴褛地站在瑟瑟寒风中等待被赎买。主人出现了，他用一袋铜币将我带出皮鞭犒赏的生活，用怜悯的心温暖我将要冰冷的身体。只可惜，他涂在我伤口上的药膏并没起太大作用，日益虚弱的奴隶最终将那袋铜币无情地浪费掉……

梦中的我，可以回到混乱的皇权时代，戴着沉重王冠坐在珠玉环绕的宝座上，接受朝臣们玩偶似的朝拜。可是我知道，自己并不快乐，心中的压抑犹如束缚的烦琐裙摆，令人透不过气。只有站在他肩膀上歌唱的鸟儿才能将我藏在心底的笑容唤起。忠实的驯兽师一直留在皇宫中，直到女王被推上断头台……

每当我被恐惧叫醒，被惊吓的汗水打透时，多想告诉自己：不要怕，那只是梦而已。可是日复一日年复一年，脑海中的痕迹非但没有淡化，反而更加深刻，更加清晰。我知道，夜晚的自己已经走不出梦魇的囚禁，只能飘荡于山野间，折磨于皮鞭下，郁闷于皇宫中……

然而，即使在这样残酷的梦境中，我却不是孤单的。因为有他，那曾经的指路人、奴隶主与驯兽师……也生活在我的夜世界里。这许多年，梦境陪伴我一起成长，而他的身影也愈发清晰。只要闭上眼，那张冷俊面容就会出现在空气中，成为我梦中的一丝牵挂，一丝依恋。如果他是真实的，是否可以亲口解释这一切呢？

这样的梦不知还会上演多少次，似乎不应该再挣扎于现实与梦境间。从今天开始，我要将现实中一点一滴记录在这本日记中。无论开心还是难过，都会成为真实的记忆。至于月光下的夜世界……我会尽力将它慢慢淡忘。

《光华壁，闹春》

圣界三年一度的法术大赛，使我还来不及将种子撒在城东最肥沃的土壤，就与“理智花”急匆匆赶往水晶城的光华壁参加决赛。我没做太多的赛前准备，只因为自己是个临时替补，代替在调遣运输队伍时意外受伤的控运司。

“理智花”鼓励我说，“不用紧张，你的夏梦之旋即使发挥一半的力量也能使冰冷的光华壁开出盛夏花朵。”对她的说词，心里并没有十足把握，也并不担心比赛的结果，难怪我总是她口中最无上进心的那个人。

千年寒冰砌成的光华壁，像一道围墙将我牢牢圈住，就连十分保暖的披风也不能减轻唇齿间的颤抖。听不清看台上旺地民众为我摇旗呐喊的声音，感觉不到站在光华壁另侧的强劲对手，我只愿这场比赛能够快快结束，早日返回温暖舒适的家园。

当我拿起手中淡绿色长笛时，墙壁那端已经传出一缕清音，内心突来一股好奇，同样的法器会产生何样的旋律呢？我竖起耳朵更加仔细听着。那人的笛声忽隐忽现，时强时弱，没有曲调，毫无情绪，就像把尖刀一点点划开光华壁坚硬的墙。

我皱起眉，已经对那冷漠枯燥的调子产生反感，忽然觉得应该做点什么，好让无情的对手知道什么才是令人赏心悦目的旋律。

我的夏梦之旋像一股和煦的南风吹动冷硬的光华壁，化冰如水，滋润着墙壁内逐渐显露的土壤。夏梦之旋像一群活蹦乱跳的孩童提着篮子，将希望的种子撒落，将绿色带进人们视野。夏梦之旋高亢的旋律渐渐将一切杂音覆盖，荡漾在会场内。

花盛开，枝叶间结出果实。我从未如此自信过，光华壁的决赛会将崇高的荣誉授予旺地。我兴奋地坐在“理智花”身边，两人四手紧握，共同期盼着激动时刻的到来。

然而，裁判口中宣布的名字却是陌生的，那名字令我心寒。为何夏梦之旋没有感动评委，难道素有清明之称的水晶城里也有不公正的事在发生？

我站在光华壁另端对手的作品前，终于明白为什么胜利是属于他的。水晶城书记官用他的笛声雕刻出整座宫殿的壮观，而夏梦之旋所创造的满园春色不过是宫殿中一处独特的风景而已。

就在我惊叹于两人作品相叠产生的视觉效果时，背后出现了另个身影。“评选的标准不在于施法人是否拥有感染人心的魅力，而在于法术本身的强度与力度。我的静心之音虽然少了花俏，却有着任何力量也无法阻挡的尖锐，公正与无私是不需要用情感来装饰的。所以，你输得很正常。”

书记官的口气就像他的作品那般冷漠而毫无生气，这似乎将我心中本已熄灭的暗火再度点燃。“我是输了。但是，若以放弃心中情感而变作行尸走肉才能胜利，那我宁愿输上一千次，一万次！”

我猛地转过身想大声地告诉书记官，你的笛声即使再厉害，也不能使土地常绿，使花朵常开。可是，就在目光触碰到他的那刻，我却听到自己胸膛内忽然传来的狂跳声音，咚咚咚……跳到嗓子眼，咚咚咚……将欲出的话鲠在口中。

水晶城的书记官伫立在我面前，就如同梦中千百次相聚的情景。他的银色长发随寒风飞舞着，碧眸内眼神淡然，弯起的唇角不见任何情绪。我的指路人、奴隶主、驯兽师……如今，就活生生站在眼前，陌生而又熟悉，可我……却不知道他到底是谁了。

“你是谁?”我的眼神有些恍惚地望向书记官。

“我是凯。”他平静地回答道。

睡在水晶城堡冰凉的客房里，我正经历着生命中第一次失眠。那个夜世界里依依相伴的影子已经走出梦境，以猛烈力量敲打着我的灵魂，燃烧着我的体温，将我拉出睡房，牵引我走过月光普照的长廊，诱惑我敲响了他的房门。

我伸出双手紧紧抱住凯的胸膛，听着那沉稳心跳声，嘴里喃喃着:“是我，我是吉利丝娜。你曾经指引归家的村姑，你的奴隶，你的女王……还记得吗?”我如一团烈火，在他冰凉的胸膛前燃烧着。

他一动不动，只是静静听着这些胡言乱语，随后慢慢松开我汗湿的手掌:“我知道，你是吉利丝娜，旺地城的控种司。”

他平静的目光使我顿时清醒过来。是的，在现实中，他是水晶城以无情为法器的书记官，而我……是旺地城用心情播种的控种司，这已经不是夜世界里上演过的情节。

我望着他，却听到心中呐喊声一波波冲向头顶：抓住他，缠住他，融化他。就让现实中的凯，也能陪在吉利丝娜的身边，一夜又一夜，直到永远。

《含情草，落叶》

在旺地城控种司见到水晶城书记官之前，圣界里原本并不存在这种奇特植物。它的灵感来源于我日益增长的情愫与逐渐强烈的欲望。

两根不同颜色的头发紧紧纠结在一起，由根至尾植入泥土，我在书记官窗下奏起夏梦之旋。旋律将内心的渴望与期盼变作肥料慢慢渗入埋下的种子。音符飞起，飘在凯听得到的空气，如柔软唇瓣轻轻点在他的脸颊，如细腻手指抚摸着他的胸膛，带着我裸露的爱意站在他的心门外一下下叩动着。

种子破土而出。凯的发变作银白色叶子泛着月的流光，我的发则变作粉红色花朵，如天边飘来的彩云，娇艳欲滴。

他终于出现在我面前，淡淡地问起："它叫什么名字?"

我深情地望着那双眼睛，无法相信自己的声音会变得如此温柔依恋："含情草，它叫含情草，是只属于你和我的纪念。凯，做我的银叶吧，紧紧拥住这粉红色花朵。用你的爱使她绽放，让含情草结出世上最美丽的果实。"

渴望他眼中流露的感动，哪怕一丝一毫，也会鼓励我任由这绵绵爱意牵引着继续走下去。而他的目光依旧平静无波，没有我能读懂的讯息。

从那晚起，整整三天，水晶城里满是控种司狂乱的脚印，却没了凯的消息。"理智花"劝我不要浪费精力，怎可对不懂感情的书记官谈爱情，旺地城的种子还需要夏梦之旋去呵护。

我被肩负的责任拉上返家的旅途，恋恋不舍地望着远处冷凝的城堡在慢慢缩小，似乎……心的一半已经掉在那里。

却在这时，凯奇迹般地出现在眼前，仿佛忽然降临的细雨将干涸心田滋润着。期待他不舍的眼神，渴望他挽留的双手，然而我得到的，却是被连根拔起的含情草。

“它需要南方肥沃的土壤，我能给的，只有寒冷的冰雪而已。”他吝啬地收回细雨，在我已经疼痛的心上留下闪电劈过的伤痕。

凯的身影渐渐隐去，南行的马车终于逃离水晶城蒸腾的寒气。可是我，双手却愈发冰冷起来。被掬在掌中的含情草默默低下头，一片银叶禁不住风的动摇，凋零了。

心在这一刻猛地被揪紧，越来越痛：含情草，不要死，不要离我而去！我将枯萎的花叶小心护在怀中，酸楚的泪水滚滚而下，不知流向何处。此刻，只有旺地温暖的春天才能治愈心上的伤口。

含情草，告诉我，你真的能够结出世上最美的果实么？

紫辛缓缓合上绿皮手记，心上好像有股分量压着，沉甸甸令人喘不过气。她站起身望向窗外沉在树影中的耀夕，微风拂面吹来，胸口顿时舒服些，然而脑海中总抹不去一个疑问：含情草，你还活着吗？

就在这时，门外走廊传来一阵急促脚步声。紫辛正想着如何收藏旺地手记，绿皮书却仿佛读懂她的心思瞬间缩小成原来的模样，被她紧紧攥在掌心。

门忽然打开，水晶圣主与擒拿使走进来。

冰岩看见她，有些意外：“紫辛，你怎么在这里？没随尤多拉一起出城巡游吗？”

紫辛故作轻松道：“啊，是我睡过头了。起来的时候，你们谁都不在，我就只好自己在城堡里随便走走喽。”她的目光偷偷瞟向凯，注意到他脸上的烦躁情绪，这样的神情以前在瑞卡琪身上从未见过。

瑞姐姐的眼神永远冷淡自若，她的步态总是那样沉稳缓慢，仪态万千。而如今的凯，长发散乱，衣袖上挂着细小尘埃，就连在梳妆台上摸索的双手也失了优雅的频率，显得忙乱无措。

紫辛抬头望向冰岩：“怎么样，出去一天有线索吗？”

他用衣袖蹭掉颊边汗珠：“城中大街小巷已经走遍，没有发现任何变色的启事牌。不过，凯倒是想起一种很特别的花草。我们就去了城外的农地，找了很久也没有发现一株半棵。不知道这种花，是不是还存在呢。……紫辛，你在城堡里有没有看到一种银叶粉花的植物？”

银色的叶，粉红色的花瓣，虽然她没有亲眼见到，心里却已能亲切唤出它的名字。含情草，含情草……是只属于凯与吉利丝娜的纪念。紫辛拼命控制着内心感受，默默地摇摇头。

刚才一直未开口的凯转过身，眼神无奈沮丧："没有，这里什么也没有。"

"你在找什么？"紫辛小心地问，难道手中紧握的手记才是他在寻找的重要东西？

"我在找含情草的种子。可惜……"他重重叹口气。

"两根不同颜色的头发紧紧纠结在一起，由根至尾植入泥土，我在书记官窗下奏起夏梦之旋。种子破土而出。凯的发变作银白色叶子泛着月的流光，我的发则变作粉红色花朵，如天边飘来的彩云，娇艳欲滴。"旺地手记的话还清晰地印在脑海中。

紫辛赶忙摸了摸衣袋："那个什么草的种子我没见过，倒是找到了这根头发。你们看，颜色多漂亮……"

凯没等她说完，就一把抢过那根头发："是它，没错，我找的就是它！"他又立即扯下自己的一根头发，将两根头发紧紧搓在一起。

他的手指因激动而微微颤抖着，眼神迸发出异样的光芒："冰岩，紫辛，你们看，这……就是含情草的种子，我终于找到了。"

"这头发……真的能长出含情草吗？"紫辛忍不住问。

水晶圣主的目光依旧未离手中发丝："神镜曾经说过，只有一颗诚心才能换来想要的答案，才能找到失去的东西。虽然现在还不清楚自己到底失去了什么，可是直觉却在指引我重新种下含情草。不管成功与否，我都要一试。"

望着凯深锁的眉，紫辛内心突来一阵感触。眼前的水晶圣主，似乎不像旺地手记中描述的那般冷酷无情，也不再是记忆中淡漠无忧的瑞卡琪。也许，就连他自己也不知道，含情草已经在心底的某个角落生了根，不知不觉，悄悄开出了情感的花朵。

第十一话

弄潮戏兽

灵界，那片波光粼粼的世界，不曾经历日月星辰带来的白昼与黑夜，也不曾更换春夏秋冬的面貌。海水为这世界染上淡蓝色彩，维持着暖湿气候。喜欢游水的海兽与鱼类生活在外围海域中。喜欢干燥的灵界人类住在海中心的城市内。统领整个海域与城市的权力就集中在西萨大帝坐镇的灵波宫。

火焰圣主站在宫殿伸向海域的观望台，注视着灵界人出海劳作的情景。农家小舟在摇曳的植物中穿梭，收集着生长于其中的水果与蔬菜。渔民则带着长枪丝网，与鱼群赛跑，与海兽搏斗，直到舱内被填满，才会收工回家。

每天早上，诺杰都会在这站上一会儿，希望自己的一天也能有所收获。来到灵界已经数日，西萨一直没有给他满意的回复。除了宴席就是棋局，大帝似乎想用最热情的招待使他的客人淡忘此行目的。

念在几年来的交情，他没有重提耀夕鞭之事。可是这种忍耐在今天早上醒来时已经到达极限。他不能被动地傻等下去，既然伊蒂斯避而不见，那就休怪他不留情面。

火焰圣主动作麻利地套上铠甲，目光逐渐停在上面隐约可见的划痕处。这是战争留下的纪念，也是奖励男人英勇善战的徽章。有了它的护佑，即使刀山火海，他也能不怕死地冲向前。哪怕挡在面前的敌人乃灵界公主伊蒂斯，他也决不再手软。

正在这时，光头安卡走进来报告说，西萨大帝正在赏潮殿等候火焰圣主的光临。诺杰只觉再次听到宴席一类的安排有些倒胃口，于是随便找个理由给推掉了。

安卡刚出去片刻，齐柯就急匆匆走进来报告刚打听到的重大消息。原来，赏潮殿举办的不是一般的宴席，而是千载难逢的盛典“弄潮戏兽”。据闻，伊蒂斯公主已经离开寝宫，正在前往的路上。

诺杰有些后悔刚才不该草率地推掉西萨的邀请。如果现在前去，又会让人笑话，难免有失圣主风范。他灵机一动，除下全身的金甲，又命齐柯寻来一套仆人的服装换上，准备混入赏潮殿一探究竟。

说到这“弄潮戏兽”，确实是灵界百年一度才有的重大法事，也是灵波宫向整个海域宣告所有权的典礼。椭圆形赏潮殿宽敞光亮，中央一条透明圆柱形隧道由宫殿底部直通向顶端波光粼粼的海域，四周围坐着前来观看的灵界要人及其他贵宾。

诺杰假扮成仆人靠墙而站，目光环视，已经看到不少熟面孔，其中包括两位旧友，旺地城控温司与水晶城贤长老。长老身边的位置空荡荡，大概是特意为火焰圣主准备的，看来只有过后再与他们寒暄了。

就在这时，同属前排的另张空椅子开始旋转起来，速度越来越快，形成一股黑色旋风，将旁边控温司的衣袖吹得哗哗作响。众人好奇地望去，只见旋风中渐渐现出一个人影，稳稳坐上空位。此人额头长着两只黑色短角，身材彪悍强劲，两只眼珠一黄一绿。

控温司出于礼貌，微微向他颔首：“在下旺地城控温司，不知阁下尊姓大名?”

那人并未转头看他，只是咧开嘴唇霸道地回了句：“我乃魔界席勒克将军。”控温司见他态度并不友善，便识趣地闭了口。

听到“魔界”一词，诺杰的眉头重重皱了下。这让他想起二十五年前的那个满月之夜，魔界铁骑毫无预警地冲入铿锵书院，残酷地屠杀了成百上千的学生。那场浩劫不仅席卷了大半个圣界，也在他稚嫩的脸上留下人生第一道伤疤。这段经历让他变得坚强且疾恶如仇，也让他从此立下志愿要做一名杰出的军人保家卫国，使圣界土地不再遭受战争蹂躏。

赏潮殿内光线骤然暗下，中央透明的隧道开始忽强忽弱闪起青蓝色光亮，“弄潮戏兽”的大法事正式拉开了序幕。诺杰再次环视着整个殿堂，西萨大帝已安稳坐上皇位，而旁边属于公主的席位仍然空荡荡。

难道伊蒂斯为逃避他，连如此隆重的“弄潮戏兽”也不出席了，果真是个狡猾的女子。正想着，赏潮殿内忽然响起一阵鼓声，咚咚咚……节奏由慢至快，咚咚咚……由单声到合音。伴随着鼓声，隧道幽深底部开始传来一波波轰鸣，震动四座。正当众人有感于身下摇晃之时，一个颀长影子从隧道底部刷地跃起，穿过殿中透明部分，冲向头顶宽阔海域。

只见那模样罕见的巨型海兽，青蓝色鳞片泛着淡光遍布粗长身体。三个面部狰狞的头颅呼吸如山崩，吼叫如响雷，一个喷火，一个射水，一个落冰。八只利爪翻起阵阵波涛，好不威风。

诺杰见这海兽凶悍可怖，忽然想起西萨曾经讲过的一个故事。很久很久以前，灵界人类的活动范围还只局限于海中心的干爽陆地。周边广阔的海域世界则被体积庞大、种类繁多的海兽占领，处于哥达的统治下。

后来，海兽哥达与它的爪牙曾多次袭击海中城市，成为灵界人类最大的隐患。于是，人们开始想尽办法捉拿哥达，却屡试不爽。直到有一天，大英雄乌卡卡不知用了什么诱饵，将哥达引入一个干燥无水的深牢囚禁起来。这一关就是上千年。

从此，再也没有海兽敢来侵犯城市里的人类。而乌卡卡则成了灵界第一位帝王，拥有海域与城市的真正统治者。后人为纪念他的丰功伟绩，每百年便举办一次盛大法事。

这一天，千年海兽哥达将被放出牢笼，与灵界内万里挑一的勇士较量，重现当年大英雄擒兽戏兽的情节。扮演乌卡卡的角色颇具挑战，选中者除了具备高超的法术及功力外，还要有临危不惧的勇气与镇定。

虽然在过去的千年里，干燥牢笼已将哥达的灵气一点点蒸发着，但是当它重归海域的那刻，凶猛骇人的本性依然足以置人于死地。曾经有一次，选中的勇士因胆识不够而让哥达逃脱，使得灵波宫费了好大力气才捉它回来。

正在众人被哥达的狂野气势震慑时，一道凌厉人影跃入海域。那人身着青蓝衣裤，戴着与哥达面孔如出一辙的头套。海兽落冰的头颅最早发现飘在海域内的勇士，起初还误以为是同类，便低下头用大如车轮的青眸好奇盯住他。勇士则趁机抛出一只大小适中的罩子套住那头颅。

哥达这才搞清敌友，忽地咆哮起来，意欲喷射流冰攻击挑衅者。然而头顶的罩子在法术控制下逐渐箍紧卡在脖颈，刚好将流冰一滴不漏地兜住。眨眼工夫，哥达那只头颅已被自己射出的流冰冻结。大殿内顿时响起一阵掌声，灵界大帝紧张的眉头渐渐舒展开。

哥达另两只头颅见此情形愈发恼怒，同时喷水放火射向来人。勇士双手高举，变出一面厚实盾牌，将袭来的水波折起一个弧度熄灭青蓝火苗。哥达喷火的头颅被寒水一浇起了阵浓烟，顿时昏沉沉。勇士见状轻巧跃起，飞上它尖长的嘴巴，用坚韧绳索牢牢缠绕起来，使这只喷火的头颅失去了攻击能力。

大殿爆出二次掌声，众人更加好奇勇士会用何法宝制服哥达剩下的那只喷水头颅。站在一旁观战的诺杰搓了搓胡茬隐现的下巴，唇角泛起微笑。想这灵波宫以掌握海潮为名，自然会动用最擅长的力量，以水治水。

就在这时，"啪"一道红色光亮划破淡蓝海水，重重打在哥达头顶。海兽吃痛地吼叫，立即喷出水柱。却见勇士的长鞭忽然变作一条火舌，蒸腾游弋朝它扑来。永不熄灭的火焰穿透寒水，牢牢困住哥达脖颈，灼烧着皮肤。

"呜……"千年海兽哥达不再凶悍骇人，那凄厉的叫声仿佛为自己将被囚禁的另个百年而哀悼着。勇士甩起长鞭，将哥达重新抛入赏潮殿内的无底隧道。隧道透明的圆柱部分渐渐下降到地面，机关合并，拼出海兽狰狞的头像。

海水逐渐恢复平静。赏潮殿内严峻紧张的气氛被灵界大帝爽朗的笑声打破。众人这才从精彩的斗兽戏兽情节中回过味，赞叹不绝。

旺地城控温司起身道："今日弄潮戏兽的盛事，令在下大开眼界。灵波宫内有如此法力智慧超人一等的勇士，实乃大帝教导有方啊。敢问大帝，勇士最后用的是何法宝，可以化作烈焰穿透哥达彻骨的寒水？"

"嗯，我也很好奇，正想亲自问问他。"西萨转头看向旁边的主事大臣："米洛，怎么不见勇士前来请功领赏啊？"

大臣米洛曲身回答："禀大帝，这位勇士不愿透露姓名，表演结束后就出宫了。"

西萨面露诧异："哦？天下还有不愿领赏的人……这倒奇怪了。看他刚才的表演既大胆又机敏，有创意而不落俗，实在难得。要是能留在宫中，我定会重用他。"

众人也连声附和，赞叹不绝。

这时，大帝低声问起米洛："公主怎么到现在还没有出席？我有位很重要的客人想引荐给她。你去请她过来。"

大臣得令退下。

说起那位匿名勇士，“他”的确离开了赏潮殿，只是没有走出灵波宫，而是直往寝宫而去。伊蒂斯一踏入大门，就将哥达头套除下，深深吸了口气，忽然听到身后传来谦卑声音：

“小人为公主准备了解渴的饮品，请用。”只见一男仆低着头双手高举托盘。

她接过杯子一口气喝干：“你是新来的么，抬起头来让我看看。”

听到公主动人而骄傲的声音，诺杰小心地抬起头，他的目光在接触到伊蒂斯的刹那稍稍震颤了下。脑海里的种种传说都不及亲眼所见的情景那般令人惊诧。

一张画得很工整的面具将伊蒂斯的头颅包得严严实实，与皮肉粘合得很好。若将那五官中任何一项单拿出来评价都是无可挑剔的，凑在一起却显得有些死板。不能移动而体现心情的脸孔根本谈不上生动可人，反而使戴着面具的伊蒂斯看上去像个没有表情的怪物。

公主心里的吃惊并不少于火焰圣主。她立即发觉自己装扮勇士的事情已被诺杰看穿，而他竟然轻易地站在自己面前。“你……你怎么会在这里？”

诺杰摘掉仆人的帽子：“既然耀夕鞭已经帮你降伏了哥达，现在也该物归原主了。”

伊蒂斯不屑地轻哼了声：“圣主的记性很差呀，怎么连我当日在梦谷提出的条件也忘记了。除非拿通灵神镜来交换，否则，免谈。”

诺杰一下子没了耐性，拳头直指她：“你不要小人得志太猖狂！私闯梦谷的罪责不轻，倘若这事闹大，大帝脸面也会无光。”

伊蒂斯冷哼道：“你休想威胁我！这事传出去，恐怕脸上无光的反倒是圣主你呢。天下人都知道我常居深宫根本足不出户，又怎会大闹梦谷？到头来，人们只会认为是你诺杰包藏祸心，有意挑起事端以馋涎我灵界富饶的疆土。”

“你……”诺杰气得一时语塞，不知如何反驳了。

正在这时，远处传来大臣米洛的声音：“公主，请马上更衣，大帝在等您呢。”

“圣主还是好好想想，是陪你叱咤战场的耀夕鞭重要呢，还是一年只答一问的神镜重要。想好了，再来找我吧，失陪。”伊蒂斯说着，扬起头向前走去。

诺杰僵直地立在原地，拳头攥得青筋直冒，心中恨得咬牙切齿。伊蒂斯果然不好对付，不仅法力高功夫好，就连那张嘴也生得这样厉害，轻易地就将是非黑白颠倒。面对如此对手，他要好好斟酌一番，决不能掉以轻心。

赏潮殿内，方才与哥达较量的紧张气氛已不复存在。头顶海域开始变换不同的颜色，鱼群引吭高歌，水草惬意舞动，就连海浪也随着音乐歌舞打起拍子。宾客们的心情高涨起来，酒杯与酒杯碰出默契声响。

姗姗来迟的火焰圣主身着金甲出现在大殿门口，西萨大帝热情地走下宝座，亲自为他斟酒以示欢迎。诺杰落下身，同旁边两位旧友寒暄起来。贤长老说他来得太迟，竟错过一场百年难逢的好戏，随后又与控温司两人你一言我一语大赞法事中智勇双全的勇士。

诺杰的耳朵在听，心里却不是滋味。他们口中的勇士不是别人，正是自己的对手伊蒂斯。她越厉害，就越显出他的束手无策。

正在这时，殿外出现一顶软轿，由四名大汉抬着徐徐步入宫殿。灵界公主斜卧在上，身着以海浪鱼群为花边的宽袖束身长裙，头戴珠宝环绕的头冠，淡蓝纱巾代替飘逸长发垂在脑后。

伊蒂斯在仆人引领下走出软轿，来到大帝面前微微行礼，便文雅地登上宝座。赏潮殿内各位灵界的高官贵族们对此早已见怪不怪，来自外界的客人对于佩戴面具的公主悄悄在私底下作了简短议论。

歌舞再起，人声鼎沸，宴席进入高潮阶段。公主在大帝带领下开始接见界外贵客。伊蒂斯仪态万方的举止与悦耳动听的嗓音即刻赢得了诸位初见者的赞叹。他们不再介怀那张没有表情的面具，反而相信公主真实的面孔一定娇美动人。片刻，大帝与公主已来到火焰圣主席前。

“伊蒂斯，这位就是火焰城的诺杰圣主，我常向你提起的那位棋友。你们也是初次见面吧？”大帝温和道。

面具下传出若无其事的甜美嗓音：“诺杰圣主，你好。”

初次见面？诺杰在心里讽刺地笑了笑。显然，公主用甜言蜜语说服了她的父亲，令大帝对自己几天前的说词已不再信服。

“认识你，很荣幸。”诺杰咬紧牙根挤出一句，随后贴近她耳畔低声道，“你最好别再耍花样，早些把耀夕鞭交出来。否则，休怪我不留情面。”

公主不卑不亢地轻笑起来：“当然。有机会，我一定同圣主比试棋艺。您会知道，败在我手下会比败在我父亲手下，更容易。”伊蒂斯挑衅的姿态再次触动诺杰恼怒的神经。他按压下情绪，大灌一口酒，便直挺挺地坐下，不再多言。

很快，公主来到最后一位贵客面前。西萨大帝特意将这位客人留到最后再作介绍，原来别有用意：“伊蒂斯，这就是我曾向你提过的魔界三王子，席勒克将军。”

一直沉默的席勒克站起身望向公主，目光又扫过四周热闹的人群，似乎觉得眼下气氛太过嘈杂。他猛地一甩披风，在大殿上打了记晴天惊雷。周围立即安静下来，众人目光顿时汇聚于站立的两人身上。

席勒克很满意震慑四座的感觉，冷硬的脸上露出一丝得意。他稍稍弯下高贵脖颈，轻啄伊蒂斯的手背：“公主的美名我早有耳闻，你的声音动人得超出我的想象。”

他忽然放开嗓音：“我希望，你能接受这份远道而来的礼物。”说罢，忽地撅断额头一只黑角，带着血迹递到公主面前：“请收下。”

这一举动再次引起哗然。“看来，灵界要和魔界联姻了。”贤长老闷声道。

火焰圣主紧紧盯住伊蒂斯那毫无表情的面具，目光没有丝毫的移动。

公主不慌不忙地拿出手帕将黑角上的血迹擦拭干净，望向席勒克：“将军的礼物我先收下。不过，我暂时无法启程离开灵界，请你半年以后再来迎娶吧。”

大帝面露难堪之色：“伊蒂斯，不可无礼。将军此次远道而来，是特地迎接新娘的。”

公主的目光执拗地飘向另个方向：“我在灵界还有重要事情需要处理，希望将军可以体谅。”

席勒克收起不悦的神色：“好，既然公主已经接受订礼，我就半年以后再来迎娶。”

控温司低声道：“魔界素与其他世界显少往来，如今一反常态提出联姻，其中必有不可告人的秘密。这会不会对我们圣界造成威胁？”

“应该不会吧。无论怎样，灵界与我界交好多年。况且，西萨大帝和火焰城的关系可不一般。你说是不是，圣主？”贤长老举杯敬向诺杰。

火焰圣主接过来一饮而尽，目光飘向大殿内优雅起舞的两个人。席勒克脸上依旧一副高傲冷硬的面孔，不见任何柔情。而伊蒂斯……此时此刻，她又作何感想，是否正在酝酿着新的阴谋。魔界将军与灵界公主结合的力量决不能小视，他必须尽快返回火焰城加强部署，防患于未然。至于耀夕鞭……诺杰盯着眼前晃动的人影，心生一计。

火焰圣主站起身，径直走向大殿中央的舞池，他的出现使席勒克率先停下舞步。

诺杰举起酒杯敬了敬："我代表火焰城，祝贺魔界与灵界的重大喜事……"随后一饮而尽。他开怀朗笑道："将军能娶到伊蒂斯这位绝世公主，实在令人羡慕。你可知道，公主法术功力堪称灵界第一，连千年海兽哥达都不是对手。"

他话锋忽然一转，目光咄咄逼人射向伊蒂斯："除此之外，公主骗人偷盗的本事也属一流。她假扮大帝前来火焰城刺探机密，又率灵界三怪偷袭梦谷，意欲盗取圣界法宝通灵神镜。好在我及时察觉没让贼人得逞，只可惜，法器耀夕鞭被她抢走作为要挟。"

在场众人个个听得目瞪口呆，纷纷窃窃私语。

席勒克的表情并没任何触动："哦？原来公主对通灵神镜感兴趣。这有何难，我的铁骑就可以帮你拿到它，又何需如此大费周章。"

伊蒂斯没有理会将军的话，她的注意力全集中在诺杰身上："圣主不要在此信口雌黄，你有何证据证明我就是闯入梦谷的盗窃者？"

"证据？"诺杰冷笑一声，手掌摊开，掌上出现了喜乐音，"……就是它。"

淡黄色小鸟头马上一板一眼地学起舌："……圣主的记性很差呀，怎么连我当日在梦谷提出的条件也忘记了。除非拿通灵神镜来交换，否则，免谈……"

众人听后再次嘘声一片。

火焰圣主收起喜乐音，脸上突显严厉："这一招是拜公主所赐。还望大帝能秉公处理。"

西萨眉尖震颤，厉声责怪道："伊蒂斯，你还有什么话说？还不快快交出耀夕鞭，请求圣主原谅。"

诺杰疾恶如仇的金眸死死盯住那张不露声色的面具，恐怕面具下的伊蒂斯已冷汗涔涔，不知如何替自己圆场。

半晌，公主轻笑起来："父亲，请您不要生气，我同圣主只不过开个玩笑罢了。事实上，那耀夕鞭是上次他与女儿下棋时不小心输掉的。圣主心里一直不舒服，总想要回来。可是大丈夫一言既出，驷马难追，怎可出尔反尔。所以，我才想到逗逗他，让他拿神镜来换。"她的口气平静自如，在外人听来，半点假话的痕迹都没有，这倒让原本信心十足的诺杰更加不安。

伊蒂斯忽然放开声音："诸位，既然火焰圣主不服气输掉耀夕鞭，我就再给他一次机会。若能在规定时间内做到我说的事情，鞭子就归还圣主。否则的话……"她转向脸色青灰的诺杰："你就要付出更大代价，比如……通灵神镜。如何?"

话音刚落，满座骚动起来。灵界人士刷地站起，敲动手上法器为智勇双全的公主摇旗呐喊。圣界人则担忧地望向火焰圣主，不知他将如何应对。

诺杰盯住眼前平静无波澜的面具，恨不得立即冲上去一把将它撕碎，好看看这蛇蝎女人究竟长的是何丑陋模样。可是眼下……若不答应挑战，就等于承认自己无胆量输不起。这样一来，人们就会对伊蒂斯的谎话信以为真，整个圣界颜面将被严重损坏。

转念一想，伊蒂斯恐怕不会轻易归还耀夕鞭，她的题目肯定古怪刁钻。若真输了，岂不要拱手献上通灵神镜？"通灵神镜"……"通"、"灵"、"神"、"镜"，脑海中慢慢流过这四个字。金眸内忽然泛起诡秘笑意：这一次，无论输还是赢，决不能让她称心如意。

火焰圣主展开眉头痛快道："既然如此，就请公主出题吧。"

只见伊蒂斯凝神片刻，哼出一段奇怪调子。自头顶敞开的海域忽然闯进一股海水，卷着鱼群、海草、贝壳，绕着她身边慢慢流动着。公主小心翼翼地将手帕内的黑角放入一只紫色螺贝。袖一挥，海水退开身侧，直上穹顶回流到原来的海域中，带着紫色螺贝渐渐飘远。

"公主，你这是何意?"席勒克脸色沉下。

伊蒂斯优雅地抖掉衣袖沾染的水珠，语气镇定："将军不要担心，我只是暂时借用你的礼物考验圣主罢了。"

她环视起四周，声音响亮悦耳："各位都已看到我刚才放在螺贝里的黑角了。那么，我就给火焰圣主三天时间。如果他能在三天后退潮前将我的订婚之物取回，我就无条件交出耀夕鞭。"

诺杰的唇角冷冷地抽动下，伊蒂斯想用“大海捞针”的方法让他退却，这招果然狠毒。没想到为了通灵神镜，公主竟然如此执迷不悟，这究竟是为了什么？馋涎神镜的威力，还是其他原因，他忽然很想知道其中的隐情。

沉默片刻的火焰圣主突然走近，金眸炯炯盯住她：“公主的定情之物，我会尽力寻找。若在三天后退潮之前不能找到螺贝中的黑角，我自当献上通灵神镜。……公主，你满意了吗，是‘通灵神镜’。”他特意强调那最后四个字。

伊蒂斯顿时心花怒放，仿佛已经胜利在握：“我听得很清楚了。诺杰圣主真是爽快之人，那就快些行动吧。”……无边无际的海域啊，请将螺贝带去最远的地方，一个永远也不会有人发现的地方。伊蒂斯在心里默默祈祷着……

* * *

《满月光，祈祷》

梦中的夜世界不知从何时开始不再出现。难道不该庆幸么，曾经向月光祈祷过无数次的我，终于获得了自由。

可是，我的灵魂却没有得到片刻安睡。想见他，无时无刻不在思念他。只要有他陪在身边，只要能看到他冷峻的面容，哪怕重新回到令人窒息的河水，重新忍受皮鞭撕肉的疼痛，甚至走上通往死亡的断头台，都无所谓。

然而我知道，即使梦中的那个影子再度出现，也无法取代站在眼前真实的凯。我对他的渴望已经到了夜不成眠的地步，对他存有的希望还在内心慢慢滋长着。

可能，书记官对控种司还不太了解；或者，他没有看清站在自己面前的，是怎样一位美丽女子；也许，他冷漠的心正需要更热烈的爱意去融化。

一年后，我在水晶城的祈祷会上，再次遇见了凯。他身着坠满水晶的长袍，头戴银色发冠，站在洁白璀璨的满月光下，宛如从天而降的神祇，清高而不可亲近。

他的静心之音多了些旋律与音调，可在我听来，却更加冷酷。凯已经不是当年的书记官，如今的他，是执掌整个圣界法庭的水晶圣主，心中只能有公正与无私的存在。

似乎，我与他的距离又在无形中增加些。原本准备的说词沉在胸口，不知何时才能倾吐。作为旺地控种司，我无论如何，也不能对身居高位的圣主做出冒失举动。然而这一次，却是他主动向我走来。

他向我表示感谢，感谢我亲手栽下的那些祈福树，在寒风凛冽的月台上也能顽强地成长，为色彩单调的城堡增加生命的颜色。他的口气多了几分客套，不再冷冰冰的，想必身份转变使凯这样淡然的人也学了些人情世故的技巧。

我微笑的嘴唇将忐忑不安的心情悄悄掩盖，凝视的眼神始终望着他，哪怕一分一秒也不想移开。安静之中，美艳容貌与婀娜身段，使控种司散发出圣界第一美女应有的气质，这个从未被放在心上的头衔默默地帮了我一把。

“今晚，你很美。”凯的唇边忽然飘起淡笑。而这笑容，顿时将我久久压抑的情感再次掘出来。我的心跳开始加速，呼吸变得急促，脑袋里热起来。

“美丽女人，喜欢从心爱男人眼中欣赏自己的美丽，喜欢从他口中听到赞美，喜欢用自己的美丽将他牵绊。”我动情地诉说着，忽然失控地抓起他的手轻贴向脸颊，“这眼睛是为看见你而生得明媚，这嘴唇是为亲吻你而变得红润，这颗心，是为了等待你而狂烈跳动着。凯，我在等着你的回应。”

而他给我的答案是什么呢?

水晶圣主忽然抬起头，注视起半空中光洁无瑕的满月。他的目光不在我脸上，声音却一字一句敲进我心里：“我的世界，只能有静心之音的存在，除此之外，再容不下其他任何情绪。而你……”他终于转过头，盯住我开始苍白的脸颊：“只能生长在南方温暖的旺地，远离寒冷才是你最终的选择。”

紫辛抬起眼帘，深吸口气，心中的沉重随之减缓些。这几天，吉利丝娜的日记让她变得越来越郁闷，她的脑海里也浮现出一幅幅悲凉画面。

“美丽女人，喜欢从心爱男人眼中欣赏自己的美丽，喜欢从他口中听到赞美，喜欢用自己的美丽将他牵绊……”化身为瑞卡琪的凯也曾说过同样的话。原来，吉利丝娜的影子早已留在了他的心里。只是，他还不曾真正凭感觉，去体会她的存在。

《禁园内，播种》

我记不清接下来的一年是怎样度过的，似乎特别忙碌，忙到自己忘了时间就这样悄悄地自身边流过。莱斯加圣主的身体每况愈下，已经不能主持太多政务。他有意将权杖传给朝气蓬勃的下一代。

老人的目光集中在我与“理智花”身上。他欣赏我独有的创造精神，也信任“理智花”果断的办事能力。可我认为，我们两人都不是合适人选。我做事太过感情用事，而“理智花”又有急功近利的毛病，谁也不适合担当如此重大责任。

私下里，我举荐了负责守护夜碧剑的大祭司瓦尔沁。圣主却用“妄自尊大”四个字将他划出候选人名单。其实在我看来，瓦尔沁的优点远远胜过他的缺点，雄厚的实力与不服输的气魄成就了他霸气的性格。旺地确实需要一位铁腕人物来领导，才能出现崭新的面貌。

我不能当面拒绝莱斯加圣主的器重与厚爱，却已在心里做好放弃身份的准备。旺地的权杖是要用终身幸福去交换的，虽然我的身体依然纯洁，可是灵魂，已经不再属于自己。

希望的种子在心里扎得很深，很牢固。即便一次次挫败，还是没能将它完全扼杀。我还在执着等待着，等待着幸福可能到来的任何一个瞬间。

宣布新任旺地圣主即位的典礼十分隆重，东南西北的客人络绎不绝。我仿佛掉入梦境的某个熟悉片断，戴着沉重头冠接受耳边此起彼伏的欢呼，心情不仅没有丝毫畅快，反而忐忑不安。

莱斯加圣主的决定几乎将我推入一个绝望的境地。可是……这不能怪他。他看到的，只是废寝忘食劳作的吉利丝娜，却不知她这样做不是为了一个头衔，而是为麻痹大脑里安静下来就会跳出的困扰。

在沸腾的人群中，我看见了朝思暮想的面孔，收到的只有凯平淡而公事化的祝福。在这样的场合，这种气氛中，我唯有安静待在宝座上文雅地点头示意，如没有灵魂的傀儡，不能喊出心中声音，将他飘远的目光挽留。

夜晚的我，如同失了魂的幽灵，在城堡里游荡寻觅。凯，你在哪里，你到底在哪里？逐渐地，我听到那熟悉的笛音，依然平静无脉搏的旋律。

“为什么拒绝我的邀请，为什么回避我的眼神，你就这样讨厌我吗？”我知道此刻的自己看上去有多憔悴，多狼狈。可是我不在乎，只要他能明白我的心意，只要能得到一丝丝回应。

他缓缓放下手中长笛，目光平静地注视着远方：“抱歉，我无法接受你的邀请。请不要误解，这个决定并不是因为讨厌你。”

我像抓住救命稻草般执起他冰凉的手，声音藏着哀求语气：“既然不讨厌，就不要再逃避我了。难道你看不出，我这些年所付出的真心么？”

凯的脸上没有丝毫柔软，却严肃得可怕：“我是执掌公正的水晶圣主。而你，是不能有儿女私情的旺地继承人，想想自己的身份吧。”

我的手触电般离开他的皮肤，喉咙挣扎着发出自嘲的低吼：“身份？难道这个身份就可以抹煞你在我心中的影子吗？我做不到，做不到！”

我抓狂地扔掉头顶花冠，声音夹杂着嘶哑颤音：“为了你，我可以不要这个圣主身份，可以不用住在温暖的南方。只要你一句话，我就抛下一切随你而去。只要有你在身边，即使冻死在冰雪中也无所谓。凯，你明白吗，明白我的心吗？”

我执着哽咽的声音稍稍打动了他，凯的目光不再冷硬，荡漾着些许惆怅：“你冷静些，不要这样冲动好么？”

我尖叫起来：“冷静？怎么冷静！我在煎熬中度日如年啊。常年的噩梦将我逼向悬崖边缘，只有你的身影才是支撑我熬过夜晚的寄托。即使天地万物已面目全非，即使梦中的我一次次死去，这颗等你爱你的心却从未改变过。”

我右手紧握的翠绿长笛已经露出泛白刀锋。冰冷刀尖在柔嫩的胸口上划开了深深裂痕。我的心正感受着从未有过的畅快，曾经压抑的痛苦情绪就如那血流般，一股股自身体释放出来。

“你疯了！”凯紧紧捏住我的手腕，生怕那不老实的右手继续下滑要了我的命。

看到他有些担心的神情，我虚弱地笑了：“不要……紧张，只是……一颗女人的……痴心而已。没有了你的……陪伴，它留在我胸膛内……还有什么意义，不如就此摘走吧。”丧失血液的手腕全然没了力气，我手中的刀无法再移动。

凯抱住我摇摇欲坠的身体，微皱起眉：“你又何苦这样伤害自己?”他柔软的长指轻按在我胸前的伤口处，蒸腾出寒气冻结涌出的热血。

水晶圣主直视的目光强迫我继续听下去，他的声音忽然压抑得令人害怕：“即便如此，我仍然不能欺骗你。吉利丝娜，我不能爱你，现在不能，将来……更不会。请将我忘了吧。”

我已经感觉不到伤口的疼痛，只听到胸膛内的心，一片一片被撕得粉碎了。没有力气再度开口，愤怒与哀伤，痛苦与失望，我的喉咙喊不出任何声音，尝到的只有眼角滑落的苦涩泪水。

凯如期离开了旺地城。可惜，他带走的不是我，而是大祭司瓦尔沁。据说在我登位的日子，也是受伤的那个晚上，被称为圣界三宝之一的夜碧剑突然失去踪影。而掌握解封咒语的瓦尔沁，则成了唯一嫌疑犯被带往圣界法庭接受审讯，从此再也没有回来。

是时候了，我独自一人走入神秘的禁园。那片平坦的土地上，看不到任何生命存在的痕迹。莱斯加圣主的果子在他卸下职位那刻起化作尘埃，为土地加入新的肥料。如今这里，正等待我即将播下的种子。

我慢慢松开周边泥土，小心翼翼将它放进去。恐怕世上不会有人猜得到新任圣主撒下的种子到底是什么。可是，我的心中却期盼着再度看到它绽放。银色叶子，粉红色花朵，只属于凯与吉利丝娜的纪念，究竟会结出什么样的果实呢？

含情草，是含情草，旺地之血找到了！

紫辛猛地合上绿皮书，刚才难过的心情瞬间被狂喜取代。她起身向房门冲去，想将这惊人消息告诉被搞得焦头烂额的两个人，却在拉开门的时候，被撞了个满怀。

“你怎么了，眼睛红红的？”冰岩扶住她，关切地问。

“我……我没什么。你这么晚来找我，有事么？”紫辛赶忙抹掉停在眼眶里感动的泪。

冰岩忽然拉起她的手往外走去：“我来带你去个地方！”

紫辛本想将含情草的事情告诉擒拿使，见他风风火火的样子，只好将滑到嘴边的话咽了回去。

月色朦胧，深夜中的旺地城堡安静而惬意。树叶沙沙作响，南瓜状客房内闪耀着微弱灯火。优美的笛声躲在远离城堡大门的草坪上，生怕吵醒已经熟睡的人们。

水晶圣主盘坐在地，双眸迷离，纤指于长笛上行云流水。曲音忽而如石沉大海般低婉，忽而如溪水坠谷般响脆，忽而如山涧鸟鸣般高亢，忽而如女子轻叹渐渐隐埋于纱帐后……

远远地，冰岩放慢脚步，无奈地悄声道：“自从丧失法力后，凯的静心之音就变得怪异难懂，没了往昔的冷静与淡然，实在令人担忧。”

“不，那不是静心之音，而是夏梦之旋，浇灌含情草的夏梦之旋。”紫辛的步子比冰岩还要急还要快。她这个掘秘者，已经迫不及待地要去见证那重要时刻的来临。

一束月光照亮眼前充满生机的土地。银色枝叶跟着旋律翩翩起舞，粉红色花瓣随着音符缓缓张开害羞的脸，露出一枚晶莹剔透的果实，上面粉扑扑下面银灿灿，犹如王母娘娘篮中的蟠桃那般鲜嫩。

这……就是含情草的果实，仿佛吉利丝娜藏在凯银色长发后的粉红笑脸。那是幸福的象征，永恒的爱意。

水晶圣主放下长笛，小心翼翼将果实从花叶中摘下，碧眸内闪起点点星光：“是你么，世上最美丽的果实？”

紫辛恨不得立即冲上前，大声告诉他：快将果实内的汁水取出，那就是你一直在寻找的旺地之血。然而……她不忍心打断凯陷入回忆的思绪，不忍心吹散他脑海中勾勒起的倩影。

忽然，水晶圣主紧皱的眉头倏地展开，眼神惊异难言。他快速取出一枚木盒，手指逐渐收紧。清亮汁液自果实中一滴滴流淌，泛着阵阵甘甜味，被小心地保存下来。

凯猛地回转身，双手牢牢抓住擒拿使的双肩："冰岩，找到了，旺地之血找到了！"他激动难言的神情让擒拿使也不知如何回应，只得盲目地点点头。

"做我的银叶吧，紧紧拥住这粉红色花朵。用你的爱使她绽放，让含情草结出世上最美丽的果实。"……"含情草，不要死，不要离我而去！此刻，只有旺地温暖的春天才能治愈心上的伤口。含情草，你真的能够结出世上最美的果实么？"

紫辛的泪水又在眼眶里不自主地打起转。吉利丝娜，看见了吗？你诚心期盼的含情草，终于在凯的手上，结出了幸福的果实。

第十二话

夜碧解密

自从火焰圣主接受伊蒂斯公主的挑战，神威四将就夜以继日地出海捕捞各类螺贝。虽然是个笨办法，诺杰仍怀着侥幸心理坚持着。也许，即将打开的螺贝里正藏着那只该死的黑角，所有的问题就迎刃而解了。转眼只剩下最后一天，他决定亲自去海域看看。

上了甲板，一股强烈的咸臭气味扑面而来，诺杰捏起鼻子挥挥手："齐柯，你出来！"

大个子出了船舱，抹掉满脸汗水："圣主，您怎么来了。这里又脏又臭，还是回宫等候属下的消息吧。"

诺杰往船舱里望去，安卡等人正挤在螺贝堆里笨手笨脚地撬壳。他们个个满身腥臭，汗水淋淋，十分狼狈。见到堂堂圣界军力的精英竟沦落如此，向来沉着冷静的诺杰终于忍无可忍，一脚踢飞满地空壳。

"可恶的女人，欺人太甚！"

"圣主，要是今晚退潮前还没有结果，我们该如何应对？"

正在诺杰郁闷之时，贤长老乘坐另只小舟靠过来。

齐柯赶忙迎上去："长老，您来得真是时候，圣主正发愁呢。"

贤长老拎起袍角小心翼翼踩上甲板，乐呵呵道："你们圣主打仗是一流的，这投机取巧的事可就一窍不通了。"

"此话怎讲？"诺杰来了兴趣。

长老抿嘴一笑，从袖口内取出一枚金环："我这宝贝叫'识魔环'，乃多年前魔界查案特使所赠，凡具有魔界气息的事物都逃不过它的法力。特使曾凭这只金环，在圣界与灵界范围内缉拿到不少魔界逃犯。照理讲，识魔环应该可以追踪到席勒克的黑角，圣主不妨拿去一试。"

诺杰接过来一看，眉头不自觉舒展开："若如长老所言，果真可助我一臂之力，多谢了！”

他向贤长老要了使用咒语，又命神威四将继续留在船内处理螺贝，自己则坐着保护气泡向海域深处飘去。

识魔环的齿轮开始转动，外缘刻度代表方向，内侧刻度代表深度。火焰圣士按照上面的指示随时改变航线，超过一艘艘忙碌的渔船，越过一片片茂盛的海菜田，离灵界城镇越来越远。

不知不觉，时间已至正午，海浪一波波席卷而上，海水颜色渐渐深沉。迎面游来成群结队的海兽，它们友好地围着气泡瞧了瞧便悠闲地散开去。

又过了许久，保护气泡急速下降，来到位于海底的一片石林前。识魔环忽然受到感应旋转起来，脱手而出往石林深处飞去。诺杰立即冲出气泡追赶，在石林中左拐右转穿梭好一阵才捉到它。

翻手一看，金环套住的沙土中躺着一枚紫色螺贝。他将螺贝撬开，里面藏着的正是席勒克的黑角。诺杰脸上顿时闪过一丝狂喜。

他调整好识魔环的刻度，准备回程取回耀夕鞭。就在这时，耳畔忽然传来一阵奇怪声音：“呜……呜……”

不远处的浓密海藻正剧烈抖动着。“呜……呜……”那声音好凄惨，引他好奇地游过去。诺杰拨开摇曳的海藻，发现一名上身赤裸的女人被海藻牢牢缠住，下半身陷入泥沼不见轮廓。见此情景，他从腰间拔出匕首向海藻砍去。

女人感到陌生人的靠近，惊恐地手舞足蹈。

“别怕，我在救你……不要乱动！”

她根本不听他的话，继续挣扎着，身体越陷越深。

无奈，诺杰一边按住女人乱动的身体，一边卖力砍着海藻，费了些力气才将她解救出来。

女人挣脱束缚，奋力游起，青鳞闪烁的鱼尾欢喜地摆动着。诺杰木讷地盯着那遨游的身影，不感相信这世上真有人鱼的存在，且活生生地出现在眼前。

人鱼渐渐靠近，双手轻轻捧起诺杰刚毅的脸颊摸索着。他也不自觉端详起那张漂亮面孔。她没有耳朵，只有两片鳍藏在波浪似的长发间。一双透明得没有任何颜色的眼睛，似乎是盲的。人鱼摸到诺杰身侧，温柔执起他的手默默吻下，仿佛在感谢刚才的救命之恩。

就在这时，“呜……呜……”远方传来另个声音，听上去像是某种呼唤。

盲人鱼的唇角浮现出淡然笑意，“呜……”她轻轻回了声，迎上去。

诺杰循声望去，荡漾的绿波中缓缓游来一道灿烂身影。金发蒸腾，橙色鱼尾优美地摆动着，逐渐清晰的脸孔更加明艳动人。

美人鱼游到面前，深蓝色眸子盯住他，浮现出莫名的微恼。她丢下手中沉甸草袋，一个巴掌挥向诺杰看得痴迷的脸。

火焰圣主猛然一震，无法理解美人鱼不友善的举动。“为什么打我？”他揉着火辣辣半张脸，还不曾有哪个女人胆敢这样放肆，心中有些恼。

“呜……”盲人鱼拉住美人鱼，叽咕叽咕，好像在解释什么。

美人鱼听后木讷地转过脸，深蓝眸中凝起疑惑的目光。

火焰圣主摩挲着下巴：“没错，是我救了她一命。所以，你应该为自己的无理举动向我道歉。”他嘴上这样说，心里倒不十分在意。只觉得能在灵界见到真正的人鱼，实在是件不可思议的事。

就在这时，一只海怪忽然从沙地中钻出来，细长须子紧紧缠住美人鱼的尾巴。“呜……”她惊惶失措，身体失去平衡。

“别动！”火焰圣主冲过来，挥起匕首砍断那只须，不料自己的右脚反被怪物缠住。一阵钻心痛楚自脚掌传来，整条腿顿时变得麻木胀痛。

“该死。”他跌倒在地，咬紧牙关也无力爬起。想来刚才偷袭的海怪身上一定有毒，否则脑袋不会晕乎乎，眼前也朦胧起来。隐隐约约地，自己在两条人鱼的搀扶下漂了片刻，游进一座山洞内。

美人鱼把诺杰安置在草垫上，将他肿胀的右腿搭在自己鱼尾上，脱掉靴子仔细查看已经发紫的脚掌。诺杰正想问自己到底中了什么毒，忽然感到脚掌痛痒难耐。他咬着牙撑起半个身，看到一根黑色长刺被缓缓拔出。

美人鱼从身上扯下一只鳞片放在他的脚掌慢慢研磨，清凉感觉使周身发热的诺杰瞬间舒服许多。毒素渐渐被稀释，火焰圣主恢复了清醒，不自主地凝视起眼前的美人鱼。

那张清新脱俗的面孔无需任何妆饰也可以这般动人。珍珠般光洁肌肤与粉嫩丰满的乳房散发着原始的美丽。闪光鱼鳞仿佛华丽纱裙将她的下半身勾勒出凹凸有致的迷人曲线。半透明的鱼尾鳍随着微波一下下飘荡着，扫得人心痒痒。

美人鱼抬起头，深蓝色眼眸仿佛忧郁的海水，掀起狂澜将他卷起，带入另个神秘世界。曾经南征北战的火焰圣主，曾经阅历无数女人的诺杰，如今像个毛头小子，痴痴地望着美人鱼。

她忽地起身背对他，试图逃避那赤裸的目光。诺杰连忙正了正神色，环视起四周。所处的这间狭窄山洞十分简陋，只有身下这片草垫可供栖息。发光的海螺作为唯一照明物悬在门口，四壁挂着海藻制成的编织品。贝壳为碗，鱼骨为餐具。

美人鱼将草袋里的食物倒进去，游到盲人鱼倚靠的角落，将饭菜送到她手上。

诺杰想和她沟通，又不知该说什么，于是“呜……”一声，胡乱地模仿她们的语言。

美人鱼果然转过身，见他招手便会意地游过来。

“嗯……我想问，你和她……是什么关系？”诺杰用手比画着，指指美人鱼，又指指盲人鱼。

“你……和……她。”他又重复了一遍。

美人鱼眨眨眼，弯下身，用骨头在沙地上画了几笔。她先画了条大鱼，指指角落里的盲人鱼，又在大鱼后面画了条小鱼，指着自己。

诺杰恍然大悟：“噢……你们是母女。”难怪刚才会挨那一巴掌，肯定是美人鱼误以为自己的母亲受了欺负。望着她清澈的眼神，那样单纯无辜，令人无法不去怜爱。

诺杰依依不舍地离开了石林，坐在气泡内向浩瀚海域的另端飘去。他的脑海中反复出现那抹婀娜款摆的身影。恐怕连他自己也想不到，善良单纯的美人鱼已经生动地活在那片平静已久的心湖中，很轻易地掀起了圈圈涟漪。

火焰圣主来不及换下湿透衣衫便急匆匆走进赏潮殿，手中高举着黑角：“我找到了！”

整座大殿空荡荡，不见宝座上的灵界大帝，也没有满座等着见证的宾客们。神威四将垂头丧气地坐在一旁，把玩着手中法器。

齐柯快步迎上来：“圣主，您怎么才回来？”

“齐柯，你看，我终于找到黑角了。”诺杰兴奋地说道。

大个子脸色难看到极点：“圣主，您……您输了！”

输了？诺杰眼神疑惑，这才想起石林里的奇遇让他无形之中错过了约定的时间。如此看来……所有努力都白费了。

望着手中黑角，他的脸色渐渐阴沉，脑海中回荡着伊蒂斯得意放肆的笑声："呵呵呵呵……圣主，你又输了。"

这时，大臣米洛手捧一只珠宝镶嵌的锦盒走进大殿："我奉公主之命特来感谢圣主寻回她的订婚信物。"

诺杰冷笑一声，将黑角丢进宝盒："公主的感谢，我担当不起。请你转告她，火焰圣主决不食言，三日后自当献上通灵神镜。"

齐柯等人紧张地围上来："圣主，您真要这样做？"

诺杰摆了摆手，眼中暗潮涌动："无需多言，我心中已有主张。"……

三日后，灵波宫金碧辉煌的隆盛殿内张灯结彩，一幅喜气洋洋的景象。连日来，这里马不停蹄地进行粉刷、清洁与装饰。甚至在奇珍异兽云集的水榭间，特意搭建起由稀有海兽骨雕制而成的华丽镜架。这一切，都为隆重迎接圣界三宝之一的通灵神镜而准备。

时辰尚早，各界宾客已聚集隆盛殿，兴奋不已，议论纷纷。

"看来，无所不知的通灵神镜从此要为灵界效力了。"

"从神话时代就凝聚的法力一定不同凡响！"

"就算在圣界，神镜也只是每年召见一位代表。如今我们可以亲眼目睹她的风采，可谓三生有幸啊。"

火焰圣主倒是听而不闻，自顾自地喝起酒，唇边飘着笑意。

贤长老与控温司相继坐到身边。没等他们开口发问，诺杰率先端起酒杯："两位老兄不必多言，我知道你们担心什么。来，暂且不谈这个，先喝酒！"

他二人见火焰圣主胸有成竹的样子，心中也略有分数，于是三人觥筹交错起来。

诺杰忽然问起："不知二位有没有听说过生活在灵界海域的人鱼？"

贤长老摇摇头，继续喝酒，似乎对这话题没有兴趣。

控温司凑上前，压低嗓音道："请圣主小声说话。这'人鱼'，在灵界可是民众心中的不祥之物。"

"哦，那究竟为何？"诺杰眯起眼。

控温司清清嗓子道："在灵界的古老传说中，稀少的人鱼生活在偏远石林里。每当退潮之后，她们便游向城镇，用美丽歌喉及勾人魂魄的深蓝眼眸，迷惑出海劳作的渔夫与农民，使他们在海中迷失方向，沦为人鱼的盘中餐。所以，人鱼在民众心中，是死亡召唤的意思。”

“你说，究竟有没有人真正见过人鱼呢？”

控温司摇了摇头：“不大清楚。就算是见过的人，恐怕也葬身鱼腹了。”

火焰圣主听后朗笑起来：“控温司真会讲故事。来，我敬你一杯。”

死亡召唤？是指单纯无辜的美人鱼么？……有意思。看来控温司的话也只是毫无根据的传说而已。

正在这时，号角声响起。西萨大帝满面春风地走入大殿，灵界公主与魔界将军紧随其后。他们个个盛装打扮，连平时不太在意衣着的西萨也特地披上一件红底金边的披风，足见他对神镜也相当期盼。

大帝登上宝座：“既然各位宾客都已到齐，就麻烦火焰圣主请出通灵神镜，好让我们一同礼拜。”

诺杰不紧不慢走出席位，环视四周道：“这隆盛殿确实华丽庄重，应有尽有。只是，请出通灵神镜还需要一个必备条件。”

伊蒂斯不耐烦地站起身：“我倒要请教圣主了，到底还需要什么条件？”

“一支笔同一张纸。”

众人心中都有些奇怪，开始窃窃私语。

公主口气放轻松：“哦，原来是这点小东西。需要什么样的纸笔，圣主请讲。”

“最粗的笔与最厚的纸。”

公主立即吩咐下去。片刻之后，仆人送来一大沓各种质地的纸张及一盒不同款式的笔墨。火焰圣主从中选出一套，对众人说：“为了成功请出通灵神镜，还望诸位能暂时回避。”

众人面面相觑，更觉疑惑。

伊蒂斯径直走来，口气不悦：“圣主这是何意，难道……还想出尔反尔不成？别忘了，这里云集了来自各界的贵宾们，我们今天一定要拜见神镜。”

诺杰眼里隐着诡秘的光：“要拜见神镜，也要等我把它请出来。公主总不会连这点耐性都没有吧？”

伊蒂斯一愣，随后放肆地昂头轻笑：“当然有耐性。我可以理解圣主此刻的心情。毕竟是火焰城供奉了千万年的宝贝，如今马上就要拱手让人，一定觉得心痛难耐吧。既然如此，我就留点时间让你们话别。”说着一甩头巾，高傲地走出殿外。

隆盛殿大门关闭的时间并不久。火焰圣主一声令下，达也什与普其克将大门重新打开，众人迫不及待地走进来，于殿中央停下，目光无一遗漏地集中在大殿最高处的水榭，而那片光景却被诺杰及两名手下的身影遮得密不透风。

“圣主，既然话别已经结束，就该将神镜移交灵波宫了！”伊蒂斯高亢的声音直逼而来。

诺杰依旧原地不动地挡在水榭前，表情庄严神圣：“公主说的是。所以，我要正式宣布……”

所有人都竖起耳朵，睁大眼睛，等着下文。

“从今天开始，‘通灵神镜’就正式放在隆盛殿的水榭间。”

诺杰说着退开一步。刹那，近百张面孔露出千奇百怪的表情。只见水榭间特为神镜定做的架子上，正托着一幅大小适中的书法，“通灵神镜”四个黑亮大字刚劲有力，霸气恢弘。

“嗯……好字，妙啊！”

“不会吧，原来只是幅字而已？”

“但的确是‘通灵神镜’啊。”众人忍不住品头论足一番。

火焰圣主来到伊蒂斯面前，金眸闪烁着得意的光：“怎么样公主，我的字摆在这间隆盛殿里也不算辱没灵界的威名吧。看，连架子都很合适。”这次，换作诺杰仰头爆出胜利朗笑。

“你……你敢耍滑头！”伊蒂斯气得声音发抖，失了往日气焰。

“耍滑头？”诺杰侧头盯住那毫无表情的面具，唇角弯起弧度，“比起公主，我确实甘拜下风自叹不如。”

这时，西萨大帝来到二人之间，拍了拍诺杰的肩膀，目光充满赞赏：“圣主的确不同凡响，头脑如此机智敏锐，让老夫佩服，佩服啊！”

他又看向女儿：“伊蒂斯，我看这幅字也不错，你就收下圣主的礼物吧。”

公主一下下扯动着手中帕子，发出破裂的声音。

“诺杰，你不要高兴得太早。别忘了，耀夕鞭还在我手上。”

诺杰了有深意的目光轻轻掠过她的脸颊：“它也可能随时回到我的腰间。所以……你要小心了。”

望着她狼狈离开的脚步，诺杰心底别提有多畅快。自从伊蒂斯大闹梦谷后，他还不曾像今天这样开怀大笑过。

火焰圣主踏出殿外，抬头仰望那片透澈清爽的海域。与浪花嬉戏，同水草捉迷藏，和他的美人鱼一同观潮，那感觉……一定不错。

* * *

自从发现旺地之血后，凯原本低落的情绪一下子得到鼓舞。他更加卖力地寻找吉利丝娜的踪影，范围从旺地城扩展到周边地区。

而紫辛呢，大半时间则留在自己房间里，继续研究不为人知的旺地手记。吉利丝娜究竟犯了什么滔天大罪，又为何要藏匿至今，这也是紫辛心中的谜。再次翻开绿皮书剩下的部分，隐隐感到旺地手记已近尾声，紧张刺激的心情也在胸中愈演愈烈。

《盼月阁，忘情》

禁园里飘来清新的花香，果实渐渐成熟，银叶凋落铺满地，种子再次破土而出。就这样，年复一年，成了禁园内永不褪色的风景。

田野上的我，是旺地充满生机的领导者，感性的做事风格使南方瞬间成为圣界最美的地方。然而，月光下的那个我，却是没有灵魂的躯壳。一夜又一夜，躺在长满含情草的土地上，寻找着遥远西方飘来的气息；一夜又一夜，坐在冰凉的盼月阁，对着没有微笑的画像发呆；一夜又一夜，任由寂寞陪伴，将痛苦变作催眠的笛声吹响。

有谁能将我坠落的灵魂拯救，恐怕只有她，亲爱的“理智花”。在我最艰难的时候，她伸出友谊之手，安慰我溃烂的心，分担我背负的重担，使我这无法吸收养分的花朵不至于太快凋零。

偶然间，她讲起一个故事，一个拥有荒诞情节与美丽结局的许愿。“取出旺地之血吧，涂在夜碧剑上许下愿望，水晶圣主便会永远地留在你身边。”

我盯住她，不相信一直以现实为准则的“理智花”竟然说出如此激情话语。她的目光变得更加坚定：“照我说的做吧，你会看到想要的结局。”

也许，希望的种子还未成灰烬，也许，天边彩虹真的就在眼前。我愿意，愿意相信它的存在，拿自己的生命做这最后赌注。

旺地圣主的心情再次火热起来，连拿在手中的笔也激动地颤抖着：“公正无私的水晶圣主，我已发现夜碧剑的踪迹。请在满月光之日莅临位于旺地城堡西端的盼月阁，有要事相商。为保密起见，希望您单独前来。”这是我登位以来第一次写给凯的亲笔信，经过“理智花”审核之后才送出去。

接下来的时间，我整日忐忑不安，坐卧不定。心里想着，或许凯无法推掉满月祈祷会而来赴约。倘若他真的出现了，自己又该如何解释并不清楚夜碧剑的下落呢？这的确是个冒险又荒唐的计划。

默默地坐在盼月阁的水晶椅上，满月光照穿过窗棱，洒在我无需任何脂粉也能打动人心的脸颊。粉红色长发柔软地垂在白嫩肩头，没有花冠与华服，只愿凯能永远记住这个真实的吉利丝娜。然而，他会来吗？

“理智花”终于走进来禀报：“水晶圣主与他的书记官乌滋妮已经在城堡大厅里等候。”

听到这话的时候，我倏地站起身，感到心怦怦直跳。“理智花”镇定的手将我重新按回座位：“我会挡住乌滋妮。至于水晶圣主，就用这个将他变作你的俘虏吧。”

我的双手间不知何时多了柄长剑，由花叶形纹路盘绕而成的剑鞘中已经传来欲动声音。拉动剑柄，碧绿荧光顿时照亮我的眼。旺地圣主怎会不识镇堡之物夜碧剑的模样。究竟是谁……念动解封咒语将它唤醒，又是谁……将它藏匿了整整三年？我似乎有必要向“理智花”问清楚。

然而，这个时候不容许我计较太多，哪怕是片刻的犹豫。凯平稳的脚步声出现在走廊另端，它在催促我将准备好的旺地之血涂到夜碧剑上，它在逼迫我回忆起脑海中莱斯加圣主密传的“抑法咒”。

我站在满月光下，目不转睛地盯住那扇紧闭的房门，藏在背后牢牢捏着剑柄的双手也在战栗着。

“你找到它了?”凯忽然走进来，平稳地问出这句话。

我默默地注视着水晶圣主，看着他一步步靠近，向我走来，眼前忽然出现山间的指路人、市集的奴隶主、皇宫的驯兽师……他们通通走出来，千个影子重合在一起，勾出凯冷峻的轮廓。那双深邃碧眸正等着我的回答。

轻轻吻上他平整微凉的唇角，我一字一句道出心底永恒的答案：“我……爱你。”

下一秒，夜碧出鞘，剑光如碧，夜似白昼，万法归一。荧光下的凯僵立在原地，仿佛没有生命的雕像，他盯着我的眼神好像知道些什么。我开始念动抑法咒，每念动一次，他的身上都会蒸腾出冷凝白雾，法力在一点点消散着。

可是我的心……却在颤抖地哭泣。无法想象，失了法力的凯没有自尊地伏在脚下傀儡般地生活；无法接受，失了灵魂的凯用空洞眼神接受强加来的爱意；而我更无法忍受的是……自己正亲手扼杀着心中追逐了千百年的影子。这真的是我想要的结局吗?

“嘎啦……”水晶圣主手中的长笛变为碎片掉落下来。

“不要……”我嘶哑地叫喊着，扔下夜碧剑，紧紧抱住凯僵硬的脖颈，泪水从心底一股一股涌动着，“不，我不能这样做。凯，我对你的爱已经胜过我自己。”

就在心力交瘁的时候，身后传来猖狂笑声：“这份痴情真让人感动呢。只可惜，枉费我借了你这件宝贝。”

“理智花”陌生的表情让我不寒而栗，而她邪恶的笑声更让我恍然大悟：“原来是你，是你偷走了夜碧剑嫁祸给大祭司。”

她将“抑法宝”紧紧握在手中：“是我又怎样?谁叫莱斯加那老糊涂竟选了你这无用之辈做继承人。吉利丝娜，今天你为了一己之私泄漏了‘抑法咒’，还配做旺地城的圣主吗！这个位子，本来就该属于我!”

我的心像被什么击中了，身体颤抖起来：“原来……这都是你处心积虑的圈套。我真是瞎了眼，竟将伪善的你当做唯一知己!”

我悲愤地挥起变作武器的长笛，却哪里是夜碧剑的对手。瞬间，身体不能够动弹，只能默默地看着“理智花”走向凯，“不……不要……不要伤害他……”

在意识还未消失之前，我将目光艰难地移向凯，想把他的样子清楚地记在心底。即使永远长眠在潮湿的泥土里，即使生命从此再度来过，我仍要将他……牢牢地记在心里……永远……

“即使永远长眠在潮湿的泥土里，即使生命从此再度来过，我仍要将他……牢牢地记在心里……永远……”当这句话消失在紫辛朦胧的双眼前，旺地手记结束了它的使命，一页页散落下来，化作枯萎树叶，飘向窗外落在泥土里。

这就是结局么？紫辛抹掉眼里的泪水：不，这不是结局！吉利丝娜不会死，凯的法力不会就此消失，瓦尔沁不会永远待在绝叫莓林受苦。她要将那罪魁祸首揪出来，让“理智花”为自己犯下的罪孽受到惩罚。

紫辛猛地打开房门，冲向楼道那端：“冰岩！冰岩，你回来了吗？”她大力地敲门，“凯！凯，你在吗？”两个房间都没有人回应。

就在来到大厅的时候，碰巧遇上经过的尤多拉。紫辛灵机一动，忽地拦住她：“代圣主，我想问一下，这城堡里有没有一个叫‘理智花’的人？”

尤多拉的目光稍稍震颤下，探索地望向她：“你……为什么要找‘理智花’？”

紫辛急问：“真的有这个人吗？那可不可以麻烦你带我去见她。”

尤多拉很有深意的眼神再次打量了紫辛，随后转过身：“跟我来。”

于是，二人迎着下沉的耀夕走出城堡，来到一座被重重雾气包围的湖泊前。尤多拉轻轻念起咒符，原本分散在湖面上的树叶便听话地排成一行，由脚下延伸到看不见的对岸。

紫辛走在颠簸的树叶上，担心地往旁边看去，发现湖水中一条条颀长黑影正在蠢蠢欲动，脚步更加慌乱起来。稳步走在前面的尤多拉提醒她，不要往下看，只管向前走。

过了许久，眼前突然出现一座布满绿色植物的小岛，被一层黄色烟雾笼罩着。就在旺地代圣主登岸的那刻，黄色结界立即消失掉，浓密植物乖顺地连根而起退到两侧，如训练有素的守卫夹道欢迎主人的到来。

尤多拉停下脚步，眼角泛起神秘光芒："欢迎来到旺地至高无上的'禁园'。你所问的'理智花'，就在前面。"

紫辛环视起四周，不敢相信这里竟然就是"旺地手记"里提到的禁园。这片神秘的净土，只有历代旺地圣主才能踏足的地方，如今就在自己脚下。难道，作恶多端的"理智花"真的藏身于此？

她们一路走去，来到尽头。暗淡的光线下，棕黑色土壤显得沉静而无生气，其上挺立着一株异常妖冶的大树。丰满挺拔的绿色躯干深入泥土，粉红色树叶被耀夕余晖罩上一层金纱，随风摇曳，沙沙作响，仿佛声声叹息。

紫辛震惊在原地。她看到的不是一株树，而是一个沉睡的灵魂。深深扎入泥土的树根仿佛纤长四肢，淡绿色树皮犹如皱褶纱裙紧紧裹住身体。抬头望向那片茂盛的粉红色树冠，一串串一缕缕，好像蒸腾的长发飞向半空。

她轻触着树干上唯一的裂痕，仿佛摸到皮肤上留下的伤疤。"只是……一颗女人的……痴心而已。没有了你的……陪伴，它留在我胸膛内……还有什么意义……"

紫辛继续向上摩挲着，摸到一张精致美艳得胜过世间任何女子的脸孔。可惜，她的双眼紧闭，皮肤蜡黄干枯，唯有那张鲜红如血的嘴唇栩栩如生，圆润鲜嫩。

"……这眼睛是为看见你而生得明媚，这嘴唇是为亲吻你而变得红润，这颗心，是为了等待你而狂烈跳动着……"吉利丝娜……她在心中亲切地呼唤起那个名字。

"怎么样，我的答案还令你满意么？"尤多拉泰然自若的声音自背后响起。

紫辛缓缓回过头，盯住昂首挺胸的代圣主，口气渐渐转冷："我应该感谢你，至少让我知道吉利丝娜还活着，以树的身份重新活在这片禁园中。而你，'理智花'，偷走夜碧剑嫁祸给大祭司，又设计陷害了水晶圣主。你才是真正的罪人！"

旺地代圣主渐渐走近，眼神没有丝毫慌乱："看不出你知道的事情还不少呢。可是为什么，水晶圣主与擒拿使还像傻瓜似的在外奔波？"

"你不要以为自己的罪行无人知晓，我很快会把它公诸于众。到时候，凯和冰岩一定会狠狠地制裁你！"

尤多拉并不动容，双手游弋在吉利丝娜没了生机的脸孔上："唉……真是人算不如天算。我还以为，永远不会有人知道今年禁园里撒下的是何种子。没想到，这个天大的秘密被你发现了……该怎么办呢？"

她的手指突然加重力道，尖利指甲划开树人浓艳紧闭的双唇。血红液体流下来，将透明酒杯斟满。

代圣主将酒杯凑到紫辛面前："来，我的贵客，闻闻这新酿的美酒，味道是不是很香醇呀？"

一股浓烈血腥味令紫辛忍不住扭过头："变态！"

尤多拉忽然放浪地大笑起来："不喜欢？它可是好东西，货真价实的旺地之血。难道你不想回家了？"

紫辛脸色一怔，盯住那酒杯里的液体："这……就是旺地之血？"

代圣主晃了晃酒杯，唇角泛着邪邪的淡笑："没错，这正是我的旺地之血。只要你能守口如瓶，它就可以立即送你返回家园。只需一眨眼工夫，紫辛小姐就可以见到自己的亲人了。"

只需一眨眼工夫，就可以结束漫长等待，见到盼望已久的亲人。这怎能不让她心潮澎湃？

然而……

"还有什么可犹豫的，圣界的一切本来就和你毫无关系，何必蹚这浑水，还是趁早回到自己的世界吧。"尤多拉不耐烦的声音再次拨动了内心某个弦。

望着眼前毫无生机的吉利丝娜，听着瓦尔沁凄厉的绝叫，想到凯与冰岩还在盲目地到处奔波，她怎么可以……怎么可以一走了之？

眼下的自己，如同站在黑暗与光明的切面。只要前进一步，便可以回到明亮的家园，与亲人相拥，与伙伴重聚。倘若后退一步转过身……又将面对怎样的后果呢？

无所谓了。

"尤多拉，你休想收买我。我绝对不会让你继续逍遥法外，蒙蔽天下人了。"

代圣主脸上掠过一丝惊讶，眼神渐渐阴霾："哼，你不要敬酒不吃吃罚酒！"她想了想，又自信地笑起来："不想走也没关系，就永远留在这里吧。反正不会有人知道，今天禁园内播下的是何新鲜种子。"

尤多拉癫狂邪恶的笑声令人不寒而栗。紫辛感到全身毛骨悚然，急忙转身向湖边逃去。

“拦住她！”

道路两旁原本安静的草木张牙舞爪扑向紫辛，令她丝毫不能动弹。

尤多拉缓步走来，冷哼一声：“你怎么能逃出我的手掌心，简直自不量力！”说着，尖利指甲毫不客气地钳住她的下颚。

紫辛惊恐地盯着渐渐靠近的酒杯：“你……你要干嘛？”

尤多拉的眼神愈发阴狠：“旺地之血可以是很好的宝贝，也能变得很坏。它涂在夜碧剑上就会发挥抑法咒的最大功效，也可以流入腹中慢慢毒烂你的肠子。”

“不……不要，放开我！”紫辛吓得双眼圆睁，拼命摇动脖颈，躲闪那夺命之血的逼近。

眼前垂死挣扎的情景似乎很合尤多拉胃口，嗜血的双眼兴奋得闪闪发亮：“可怜的小东西，这是你自己的选择，任命吧。啧啧……多漂亮的黑色眼睛啊。我会将它们好好保存，留到明年春天再来播种，一定会为禁园增色不少，哈哈哈哈……”

天啊，不……不要，她的嘴唇不要这么快就尝到旺地之血腥涩的味道。爸爸、奶奶、小音与哲，还在天的那边盼着她归来。

不……不要，她的喉咙不能这么急就被灼热的烈火烫得吐不出半个字。冰岩……冰岩……你在哪里？我……我要告诉你，一定要告诉你……事情的真相……

血红视野中，一道银蓝光线忽然冲破胸前佩戴的水晶，一闪一闪，照亮她沉重的眼。

冰岩……冰岩……遥远的呼唤声飘进擒拿使的耳朵。他骤然停下脚步，双眉皱起：“紫辛？我听到紫辛的声音，她有危险。”说罢挥起手杖：“快带我去找她！”

瞬间，白色身影化为银蓝光束刷地飞起，回到旺地城，掠过市集民房，冲向偏远的湖泊，被阻挡在结界外。擒拿使悬浮于半空，口中急急念动咒语。顷刻间，原本细长的手杖变大膨胀，成为高耸如云的巨型水晶柱，“轰……”地重重倒下，撞散黄色烟雾，压碎张牙舞爪的树精草怪。

冰岩冲入禁园，找到躺在草丛中的紫辛，一把将她拥在臂弯间，长指摩挲着那张滚烫脸颊：“紫辛！你醒醒，是我！”

紫辛缓缓睁开眼，朦胧之中，冰岩俊朗的脸颊近在咫尺。她挣扎地伸出手抓紧他的衣袖，艰难道：“……尤多拉……是……凶手……”

太好了……冰岩在这里……吉利丝娜有救了……凯的法力会回来……瓦尔沁可以不必再绝叫……而她，也可以睡了……睡了……

“紫辛！”望着忽然垂下的乌黑长发，冰岩的心猛地被揪紧，迅速扯下她颈间的水晶，塞进那渗血的嘴唇。“紫辛，振作些！”他依然抱着她，紧紧地抱着。

尤多拉不敢置信地盯着满院狼藉，嘶哑地咆哮着：“我的禁园啊……你们好大胆子，竟敢毁掉旺地至高无上的禁园。该死，通通该死！”

她甩掉高贵花冠，头发瞬间如杂草般蒸腾，露出狰狞面孔。抖起的宽大衣袖内忽地卷起两股黑风，夹杂长满毒刺的荆棘嗖地蹿出，铺天盖地而来。

擒拿使挥起手杖，高声喝道：“尤多拉，你这蛇蝎妇人，将天下人骗得好苦。今日，就让我手中的冰岩杖替天行道吧！”

这时，一道紫影嗖地从天而降，挡在他面前：“冰岩，快带紫辛离开，她坚持不了太久。这个罪孽深重的女人由我亲自惩罚。”

擒拿使望着昏迷的紫辛，点点头：“凯，你自己也要小心，我们水晶城见。”说着抱起她闪电般消失掉。

黑风呼啸，荆棘丛生，水晶圣主的紫衫被吹得瑟瑟抖动。他的目光不自主地飘向那株绚烂树人，荡起柔和思绪。

“凯，你现在根本不是我的对手，难道想找死吗？”尤多拉再次抖起衣袖，准备出招。

水晶圣主深邃的碧眸冷酷至冰点：“没有人可以逃脱静心之音的惩罚，你也不例外。”说着，手指在长笛上灵动起来。

“哼，想唬谁！你的法力早被夜碧剑吸去多半，静心之音已不足为惧了。”尤多拉放肆的笑声被忽然袭来的穿骨音打断，她渐渐意识到自己得意过早。那高低落差的旋律已将黑色旋风切割开，尖利刺耳的音符把荆棘碾成尘埃，无情地撕扯着身上的华服。

凯浑身蒸腾着冷凝白雾，神态越发严酷：“尤多拉，竖起你的耳朵，听听静心之音真正的怒吼吧！”

瞬息间，风起云涌，湖水翻腾，巨兽咆哮。旺地至高无上的禁园，成为圣界内两大法力较量的牺牲品，不复存在了……

第十三话

庐山真面

在上次的较量中，火焰圣主用文字游戏勉强蒙混过关，可耀夕鞭仍在伊蒂斯手中，这事始终是他心中的毒瘤。为避免公主再要花招，诺杰准备主动出击，打她个措手不及。

一大早，他交代神威四将，无论用什么方法，务必拿到灵波宫地图与各机关通行咒语。既然好言相劝只能遭到反唇相讥，宽容大度换来的是得寸近尺，那就休怪他不留情面。

火焰圣主背起沉甸甸人包袱走到门口，看向身后四将："我交代的事情都清楚了？"

手下们纷纷点头，只有齐柯不怕死地问了句："圣主，您又要出海啊？"

"我的私事无需你们操心，赶快行动吧。"

诺杰坐着气泡，漂荡在浩瀚的海域中。泛着柔软微波的海水，颜色愈发深沉，犹如美人鱼忧郁的眼神，牵引着他向石林方向再次驶去。

火焰圣主到了石林山洞，发现里面没有半个人影，就卸下那一大袋食物，开始等待。等啊等啊，直到海浪已退，腹中空空，仍没有人鱼的消息。回到灵波宫，望着宴会上丰盛的晚餐，他失了胃口；坐在西萨巧设的棋局前，他没有心思，连听到齐柯传来的军事报告，也无法集中精神。

诺杰开始有些相信控温司曾经讲过的古老传说，那来自深蓝眼眸的魔力不知何时已经将他完全控制。否则，内心不会如此渴望，渴望再次凝视它们。等不到她的出现，他几乎无法安睡。就像现在，即便身处灵波宫，耳畔仍回响着她柔美的呼唤："呜……呜……"

不，那不是呼唤，而是悦耳的歌声动人心神的旋律，仿佛一枚磁石指引他走出房间，离开灵波宫，来到城市与海域的交界处。

水帘另侧，坐在礁石上的美人鱼缓缓哼着悠扬曲调，手中正用海藻编织着小挂件。身旁的盲人鱼听着歌声，无色眼眸凝望着那片沉睡城市，没有含义的目光飘向更远的宫殿。

她们在引诱渔夫与农民么？在这熟睡的夜晚，有谁还会关心窗外的声音，除了他。火焰圣主一把掀开水帘，打破恬静的画面。美人鱼似乎受到惊吓，自礁石上滑落，歌声戛然而止。

诺杰双手将她扶起，没有就此松开，反而将那柔软飘动的身体紧紧贴向胸口："我在等你，等了整整一天，还以为发生什么意外。好在……你平安无事。"

美人鱼抬起眼，望向那温暖柔和的金眸，脸上微恼惶恐的表情在耳边深沉声音的熏陶下渐渐消失。她在听，倾听他内心的话语。

诺杰伸出手轻柔地抚摸那清纯无瑕的面颊，长指若隐若现地游弋在眼眶周围："如果这对美丽的深蓝眸子真能将人的心俘虏……"长指滑到丰腴的两唇间："这歌声可以将清醒灵魂变得昏昏欲睡……"

摊开她微微颤抖的双手，他轻轻吻上："那么，不要叫醒我，无论是死亡的召唤，还是幸福的泡影，都无所谓。只要你能明白……"凝视着美人鱼迷惑的双眸，他缓缓低下头，温柔地在她唇上印下了男人的气息。

许久，诺杰离开他所依恋的那片唇，重新凝视起美人鱼。没有大力挣脱或甩下一记耳光，是否说明她并不反感这样的触碰？不反感，也谈不上喜欢吧。从她的脸上，看不到女人领受亲吻后的甜蜜或羞涩，只有惊讶、无措与矛盾。这就是人鱼与女人的分别么？或许，她根本就无法理解那个吻的含义吧。

他弯下腰，拾起跌落沙地上的海藻挂件。那是一只人鱼，金色海藻化为波浪般长发，红色海藻变作鱼鳞满布的下半身，深蓝色小石子镶在洁白贝壳上仿佛两只闪烁着情感的眼睛。这样惟妙惟肖，令人爱不释手。

"这个……就送给我吧。"诺杰自作主张地收起了小挂件。

"作为交换，我也有样东西送给你。"他忽然将她拉起，来到水帘的另侧。

诺杰随手在地上拾起一只硕大贝壳，从衣袋内取出一小瓶沙土倒下去："想知道天下最神奇的法术是什么吗?"说着口中念念有词。

撒落贝壳的暗红色沙土渐渐聚集，弓起背脊形成山脉，红岩雕砌的宫殿出现在山顶，托起一轮滚动耀眼的火球。

火焰圣主吹出口气，那悬浮小火球渐渐脱离城堡，飞到掌心。“来，感受一下。”他将小火球轻轻放到美人鱼的手心。

瞬间，耀眼光芒在深蓝眸中跳跃舞动，将愁云驱散，将希望点燃。美人鱼望着悬浮于掌心的小亮球，逐渐展露的笑容灿烂得犹如阳光下沸腾的海浪。不知不觉，身旁海草跳起舞，头顶鱼儿唱着歌，火焰圣主的目光变得更加痴迷，全为了那个美得令人沉醉的笑容。

“只要你愿意，耀夕之光可以驱走你心中的烦恼，我也可以永远看到这迷人笑容。”诺杰伸出手轻抚起她的发丝，凝望着那双闪烁点点星光的眸子，“美人鱼，和我回火焰城吧，我会为你建造一个湖泊，同样有海藻、小鱼，还有你的母亲。从此不再过担惊受怕的日子，只有享受不尽的呵护与欢笑。”

望着她惊呆迟疑的神情，诺杰猛然发觉自己的表白竟如此可笑，人鱼怎会听懂那些煽情的话语。他将沙土重新收入小瓶放到美人鱼手中，边说边比画：“如果……想见……我，就把里面的土……点燃。明白了吗?”她似懂非懂地点点头。

诺杰目送着两位人鱼游向幽深的海域。摊开手心，粗糙的掌中躺着那只海藻编织的小人鱼，仿佛一个希望被牢牢地把握住。他会等下去，直到土壤燃烧的那天，爱情来临的时刻。

翌日退潮十分，隆盛殿内歌舞升平，异常热闹，魔王特地差人送来席勒克王子与伊蒂斯公主订婚的庆贺礼品。西萨大帝端坐在上，满意地捋着胡须，时不时朗笑几声：“呵呵……魔王真是太客气了。改日，我也要选几件灵界特产以表感谢。”

席勒克站起身，来到公主面前：“我明日就要返回魔界，不知何时才能见到公主。可否赏光再和我跳一支舞?”

伊蒂斯一声不吭地坐着，似乎没听到将军的邀请。

西萨觉得有些尴尬，小声地提醒道：“伊蒂斯，王子在问你。”

公主局促地站起身，提起裙角步入舞池。

“公主……你身体不舒服?”席勒克特意放慢脚步凝视她，试图发掘面具背后隐藏的情绪。

“不……没有。”她抬起头，恢复甜美音色，“大王送来的礼物太新奇，一时间让我觉得有些眼花缭乱。”

就在这时，火焰圣主率领神威四将走入大殿。大帝喜上眉梢：“诺杰圣主也来了。你这几天在忙什么，连我的棋局都推掉了？”

“请大帝见谅。在下事情已经办完，今晚是特来向您辞行的。”诺杰微微颔首行礼。

“辞行？”西萨有些意外。

“城堡里发生了紧急状况，我必须立即动身回去处理。多谢大帝这些时日的款待，棋局就等改日再来讨教了。”

“既然如此，我就不再挽留，圣主的正事要紧。下次，我会亲自造访火焰城，和你好好切磋棋艺。”

“在下自当奉陪。”

火焰圣主往大门走去，身后传来伊蒂斯的声音：“圣主，且慢！”

诺杰回转身，唇角弯起好看的弧度：“不知公主，还有何赐教？”

伊蒂斯的声音有些焦躁：“耀夕鞭还在我手上，你怎么可以这样走掉？”

火焰圣主朗笑起来：“怎么，公主舍不得放我走？也难怪，失去了继续折磨别人的机会，你的生活一定会变得很枯燥，不是吗？”他的笑意更浓：“请别在意，我只是开个玩笑，那么……我们后会有期了。”说罢，大踏步地走出宫殿。

伊蒂斯仍旧站在原地望着空荡的门外。席勒克走过来握住她的双肩：“公主请放心，通灵神镜迟早会属于你。今晚就暂时忘掉它，我们继续跳舞吧。”……

火焰圣主的潜艇顺利离开灵波宫开向悠远海域，最后在边境上的夜幽潭前停下来，熄灭所有光亮。黑暗中传出四个不同声音。

“圣主让我们在这里待命，你说他会成功么？”

“这是当然的，圣主可能已经潜入公主寝宫，做好了埋伏。”

“那我们掳走公主之后又该怎么办？”

“安卡，你个笨蛋！公主在我们手里，还怕她不交出耀夕鞭吗。这个刁钻恶女人要是再敢耍花招，我第一个不饶她！”

“我第二个不饶她！”

“还有我！”

“行了兄弟们，我们还是安静点，等着圣主发信号吧。”

诺杰离开隆盛殿后，便利用之前获得的通行咒语，变身成侍女模样跟着一群宫女进了伊蒂斯的寝宫。侍女长将托盘依次交给她们，小心地个个叮嘱。

“公主沐浴用的花粉，不要弄洒。”

“这些水果，等她临睡前再拿进去。”……

她来到诺杰跟前，动作更加轻柔：“这是香熏过的睡袍，摆在浴池旁的架子上，千万不要弄湿，知道吗？”

“是。”他细声细气地回了句。

随后，众丫头站成一排，等待侍女长的最后教诲。她轻了轻嗓子道：“你们不要嫌我啰嗦，每天晚上都重复同样的话，这也是为了你们着想。无论是谁，在公主沐浴时都不能闯进去。就算天塌下来，水灌进灵波宫，都不可以。否则的话，克丽娃就是你们的榜样，记住了吗？”众女惶恐地点头应和，侍女长这才满意地放行。

走在长廊，诺杰忍不住问起身旁侍女：“姐姐，不知侍女长刚才提到的克丽娃是何人？”

那丫头叹了口气道：“是个糊涂的侍女。因为糊涂，不小心看到了公主的脸，所以……”

“所以怎样？”

“还能怎么样，被丢出去喂海兽了。”

“什么？”诺杰不禁惊呼。

“所以，放下东西就赶快离开，千万不可以看不该看的东西。”丫头好心地提醒他。

果不其然，这队侍女在到达寝宫后便动作麻利地准备着，没人敢做额外的小动作。每扇大窗前的厚实窗帘放下来，光线骤然昏暗，负责烛火的丫头在墙壁的空架上放下发光螺贝。纱幔垂落，柔软丝被落满泛着香气的花瓣。

“哗……哗……”房间另侧的浴池内，鱼嘴喷出了清泉。

诺杰大步来到浴池旁，将睡袍放好，发现碧蓝池水中一条条小海兽正盘旋游荡，不禁问道：“……这是什么？”

刚才那位姐姐小声道：“这些小海兽是负责给公主松筋骨的。咦，你今天的问题怎么这么多，不要太好奇了，小心掉脑袋。”

正在这时，门外传来侍女长的声音：“公主，您回来了，今天晚上还尽兴吗?”

“嗯。我累了，让她们出来吧。”寝宫里的丫头们赶忙加快手中动作，随后一个个低着头惶恐地退出去，谁也没有注意到假扮侍女的火焰圣主已经小心藏匿在宽大衣橱内，正透过镂空花纹监视恢复安静的房间。

此时此刻，诺杰心中有了周全的制敌之策。选择在伊蒂斯沐浴之时下手，是为防止她的侍卫侍女们贸然闯进来救驾。只要单打独斗，就算没有耀夕鞭在手，公主也未必就是对手。虽然这种做法不算光明磊落，可适当礼让已经做尽，伊蒂斯这不知天高地厚的女人仍不醒悟，那就休怪他不客气。

正想着，门忽然打开，公主走进来。走廊上的侍女们为她卸下外袍与首饰，只留脸上的面具和乳白内衫，凹凸有致的女性轮廓一览无余。诺杰眯起眼仔细打量着，这种身材虽然无法和他心中的美人鱼相媲美，却仍具有相当的吸引力。

至于面具下的那张脸，是否也像悦耳的声音及迷人的身段这般赏心悦目？是丑陋畸形还是年少衰老的模样，这个天大秘密，他也很感兴趣。

公主缓慢踏上浴池台阶，内衫自细嫩肩头飘然滑下垂落在地，修长双腿小心地探入池中。晶莹水珠顺着两对粉嫩娇乳流淌，在她胸前留下闪闪发亮的痕迹。诺杰迷惑地揉了揉眼，这感觉……有点熟悉。

公主静静地坐在池水中沉默无语，好像十分疲倦。半晌，她轻叹口气，声音无力道:“小海兽，今晚不需要你们服侍，退下吧。”

眨眼工夫，池水恢复透彻明亮，笼罩她优美的轮廓。伊蒂斯抬起右手，端详着指尖紧捏的小瓶子。诺杰很想看清她手上的东西，无奈距离远了些。

就在这时，公主左手探出水面摸向脖颈，刷地一扯，那张工整完美的面具终于脱落了。金色长发卷曲垂下，不施任何脂粉的脸颊上，那对明亮的深蓝色眸子忧郁地注视着手中小瓶。

这……就是伊蒂斯的真面目吗？诺杰睁大眼不敢置信地盯着那张脸，那张曾经使他彻夜不眠的脸孔，只觉全身血液忽地涌向头顶，咚咚咚……咚咚咚……伴随着脉搏跳动，似乎要把他的头颅震裂掉。不，这不是真的，他要将这张脸看仔细。

“哐啷”，衣橱门框被重重甩开，火焰圣主一个箭步冲向浴池，将沉思的人猛地拽起，强迫她看向自己：“让我看看，你到底是谁？”

是谁？深蓝眼眸中惊异而熟悉的目光给了他答案。

“你……你怎么在这里？”伊蒂斯吓了一跳，手中小瓶顿时滑落，咕噜咕噜滚了几圈才停下来。

诺杰慢慢松开她的手腕，木讷地走下浴池台阶，小心地将它拾起来。

公主抓起睡袍披在身上：“真不巧，这张脸让圣主失望了吧。原本美好的影子突然被心中憎恨的人取代，太令人难过了。”

这句刺耳的话扎痛了诺杰心中某个柔软的角落，他转过身，欲出口的愤怒却被那深蓝眸内的情绪挡住。伊蒂斯的眼神，看上去比任何时候都要忧郁，甚至悲伤。

诺杰深吸口气，缓缓道：“我在石林内看到的一切都是真的吗？你为了照顾失明的母亲四处觅食，还曾拔下身上鳞片救回我一命。”

伊蒂斯转过脸不想与他对视：“这些对圣主来说很重要吗？……如果真是这样，就太可惜了。那些只不过是骗局，用来拖延你返回的时间，好让我顺利赢得通灵神镜。”

诺杰一把拉过她，强迫那双深蓝眼眸看向自己：“既然如此，为何还要救我？”

他的目光探索，长指轻轻爬上她的眼眶：“没了面具做掩饰，这双眼睛是清澈诚实的。公主的嘴巴虽然令人厌恶，眼睛却出卖了心灵，让我看到真实的你。伊蒂斯，为什么要将纯洁美好的自己藏起来，而以刁蛮刻薄的面具对人，这样不仅伤害自己，更伤害你身边的人。”

伊蒂斯猛地推开他，声音尖利：“你有什么资格批评我，你又了解多少！你以为我自己愿意这样生活吗？戴着这副厚重面具，一年又一年，快被它憋闷死，可是我还能怎么办？”

“告诉我……这到底是为了什么？”他实在无法理解。

公主唇边挑起一丝苦笑：“听过关于人鱼的传说吗？那传说很厉害，不仅可以在灵波宫里立下祖训，甚至以一句‘死亡召唤’的定论就将相爱的两人活活拆散。”

伊蒂斯的思绪回到记忆中某个片断。“母亲为了不让父亲为难，在生下我的第二天就悄悄离开了灵波宫，从此失去踪迹。日复一日，年复一年，只有在我出生的那天，她才会来到海域边缘，坐在那块他们相遇的礁石上，望着远处宫殿流泪。她的泪水与海水混合在一起，就连自己也不知何时才能停止伤心的哭泣，直到眼睛失去了光明。”

公主的叙述带着淡淡忧伤：“只有人们熟睡的时候，我才可以化身为人鱼游出宫。为了找到母亲，我走遍灵界海域的每寸土地，也曾受到海兽们的袭击。而我的父亲，骨子里是个软弱的人。自从母亲离开后，他就选择了逃避，甚至忽视我身体中的那一半血液。他根本不了解自己的女儿，又怎会知道我真正需要什么？”

伊蒂斯来到窗前，拉开半扇帘子，眉间有种执着与刚强：“当我还是个孩子的时候，就知道自己到底需要什么，而什么是得不到的。为了隐瞒人鱼身份，我的脸永远得不到自由。为了守护母亲，我就必须拥有强大力量，甚至比男人还要坚不可摧。我喜欢挑战，不仅与别人，更是同自己。谁说女人就不能参加‘弄潮戏兽’，我不照样做得很好？”

望着她忽然转过来的半张脸，诺杰唇边飘起笑：“所以，我也成了公主挑战的对象。既然母亲已经找到，强大力量也握在手中，公主还有什么愿望呢？”

她走过来，眼神直白没有隐瞒：“现在，我最想得到的，就是通灵神镜。”

诺杰没有立即做出反应，目光探索地回视她。

伊蒂斯低下头：“你肯定在笑我吧，笑我痴心妄想，到现在还不能死心。”

“父亲认为，将我嫁到魔界才是最好的选择。那里的人没有谁会在意有关人鱼的传说，我也可以摘下面具堂堂正正地生活了。如此一来，可怜的母亲又该怎么办？”

讲到这里，她的神情激动起来：“你知道么，母亲自从见到我后就忘掉了泪水的滋味，她已经习惯每天盼着那短暂相聚。我又怎能……怎能为了自己的舒适而让她孤苦伶仃地生活？我进退两难，不知如何是好，偶然间听到米洛大臣提出盗取通灵神镜的建议。他说，只要有了神镜的通灵眼，母亲就可以重见光明了。所以……”

伊蒂斯忽然抓住诺杰的衣袖，眼神充满乞求：“我恳求你，恳求你把神镜让给我。不管付出什么代价，我都愿意答应。”

望着那双忧郁的深蓝色眼眸，感受着她为母亲奉献的执着，诺杰的心也被重重撼动了。他微皱起眉，终于吐出不情愿的话语：“伊蒂斯，如果神镜是火焰圣主的私人财产，我愿意把它拱手相赠，只为换来你的笑容。但是，通灵神镜不属于任何人，它是造福了圣界千万年的神灵，是神圣而不可侵犯的。抱歉，我无法答应你的请求。”

伊蒂斯期盼的眼神黯淡下去，没有咆哮，没有争辩，仿佛这个答案已在预料之中。她缓缓转过身，声音有些无力：“圣主的心思，我知道了。既然这样，之前的长篇大论就当为博取你的同情而编造的骗人鬼话吧。这个……还给你。”

一道红光自伊蒂斯的背脊蒸腾而出，恢复轮廓的耀夕鞭安静地回到火焰圣主的腰间。诺杰情不自禁地伸出手抚摸那熟悉的粗糙。曾经费尽心思想要夺回的法器，如今轻而易举地回来，心中没有半点喜气，反而被揪得有些痛。

“我明白，圣主今天来，是不会轻易放过我的。事实上，无需你亲自动手，这个人鱼身份也足以将我赶出灵波宫。如此，圣主心中对我的恨意应该可以消除了吧。”

不知怎的，她的每句话都深深扎入他的心坎里。此时此刻，诺杰看到了真实的伊蒂斯。无论法力再高，功力再深，权力再大，那些表面的傲慢和刁钻都只为掩饰内心的脆弱与无助。不，他不想听到她悲哀的声音，不想看到她颤抖的背影。

火焰圣主缓缓来到公主身后，将装满沙土的小瓶子轻轻塞进她手中：“不仅仅只有神镜才能拯救失明的眼睛，也不一定只有魔界，才是唯一的避风港。伊蒂斯，你还有别的选择。”诺杰再度望向站在窗前的人影便默默离开了。

今夜的美人鱼有些不同，尽管没有艳丽的鳞片做装饰，却让他见到一颗真正的女人心。

* * *

水晶城最寒冷的光华殿，只有在圣界举行重大比赛时才会被启用。大殿内寒冷异常，存放着一张具有解毒疗伤功效的水晶床。

自旺地城回来后，叶紫辛一直昏迷不醒，体内的旺地之血剧毒无比，就连那枚曾经发挥无数次功效的小水晶也变得力不从心。在书记官乌滋妮的建议下，擒拿使将她安置在此。整整三天，水晶床不断地吸出毒液，已经由透明逐渐变成了淡红色。

冰岩始终守在紫辛身边，表情越发担忧。忍不住伸出手摸向她的脸颊，滚烫的热度令他眉头一紧。

这时，身后传来轻盈脚步声，一件厚实披风搭上他的肩膀，书记官露出慈爱微笑："她没事的，很快会醒来。倒是你自己，不日不夜守在这里很容易冻病，还是回城堡去吧。"

他摇摇头，目光又飘向晶床："我没关系。"

乌滋妮见无法劝服，便耸耸肩道："好吧，既然你坚持，我也没意见。圣主应该快回来了。"

"南方有什么消息？"

"圣主已经收降尤多拉，现在正与四大司长商议如何控制旺地的局面。他命我召集十二长老，准备后天开庭重审夜碧剑一案。"

"哼，尤多拉太恶毒了，竟然卑劣地蒙骗天下人，我也想看看她的下场。"

乌滋妮望着紫辛叹了口气："如果不是这女孩，我们可能还被蒙在鼓里呢。唉……这样无辜地受到伤害，真可怜。等她醒来，你就把她带回城堡吧。"

光华殿又恢复了安静。月光洒下，照得大殿两旁冰雕玉砌的洪水猛兽亮晶晶，又如一层银雾笼罩起冰岩英气的侧面。这几天，他的脑子一直很乱。起初，害怕叶紫辛不再醒来，不再和他斗嘴，甚至会出现在梦中怪他没有履行诺言。

继而，脑子里开始回忆与她的点点滴滴。那座奇怪城市，陌生街道，唯有她停下脚步帮助了乞讨的可怜人。即使不会法术也要救下被无异之邦抛弃的希露，就算没有能耐还是壮着胆子走上得失擂台。说老实话，与凯较量的那刻，自己还曾为她捏了把汗呢。一想到迷谷祭典上她不要命的蛮干导致了肩膀上的这道伤疤，心中多少有些怨气。转念一想，这道伤疤换来的却是个有意义的结果……

印象中，拥有紫辛的画面都是美好的、值得回味的，哪怕斗嘴也相当有趣，不然他怎么会自顾自地傻笑起来。

再不久，一年一度的满月光就要来临，紫辛会如愿以偿地回到自己想念的故乡，从此过着另一种愉快生活。然而……她还会记得这个圣界里发生的事情，还能回忆起他的名字么？

"……你在干嘛，发什么呆？"不知从哪儿传来一个微弱却不温柔的声音。

冰岩回过神，望向水晶床上睁着眼的紫辛，喜上眉梢："你醒了。"

她故意皱了皱小眉头："醒来很久了。看你一副沉思的样子，我都不敢出声。"

将她扶起，感到手中温度已减退，冰岩放心地松了口气。

紫辛眼神探索地看向他："刚才在发什么愁呢。"

发愁，他的脸上有这表情么？

擒拿使严肃地清清嗓子道："嗯……倒是有件很难处理的事情。我刚才在想，到底该怎么惩罚叶紫辛才算合情合理。胆敢独自一人找尤多拉理论，简直目无法纪。你眼里还有我这个擒拿使吗！"

紫辛被激将法一激，没有力气也要强装气焰："喂，冰岩，你给我听着，不要以为本姑娘大病初愈嘴巴就输给你。惩罚我？亏你想得出！我拼了小命才破解这宗大案，不仅拯救旺地城，还帮了水晶城，这么大的恩德，你还敢治我的罪！说你欠我的还差不多。"

冰岩忍不住朗笑起来。

"不许笑，不许笑啦！"他越笑，她就越气。

"是，遵命。"他伸手为她系好披风，"有力气同我喊，就说明已经没有生命危险，我也放心了。这里天气很冷，不要再生病。若是回不了家，可不关我的事。"

紫辛没有注意到他眼中的异样："干嘛突然间这么关心我，鸡皮疙瘩都起来了。"

擒拿使听后又一声闷笑："唉，真拿你没办法。就算我在努力还债，免得某人说我欠她太多，这样总行了吧？"

冰岩弯下腰将紫辛抱起，却惊得她浑身挣扎："你……你干嘛，干嘛要抱我？"

"当然是离开这里回城堡了。怎么，你已经康复得可以走路了？"

她猛地点点头。事实上，四肢还很无力，可总比刚才心脏一刹那被电到的感觉好许多。

冰岩轻轻放她下地："想自己走路就说一声，为什么要脸红。"

"脸红……有吗？我的脸本来就不白啊。"紫辛狼狈地翻了个白眼……

来到水晶城堡的第一顿晚餐，紫辛吃得很舒服，很惬意。吃完饭，她就兴致勃勃讲起旺地手记和禁园内遇险的故事，除了冰岩外，那位蓝唇蓝发的书记官听得也很认真。

乌滋妮拿起酒杯敬了敬："紫辛小姐还不可以饮酒，但是感激的心情不能不表示。我想，凯圣主回来之后，会亲自向你道谢的。"

紫辛憨笑着摆摆手："不用这么客气，我只是做了该做的事而已。"

"对了，紫辛小姐第一次来水晶城做客，等吃完了晚饭，就让冰岩陪你在城堡里参观一下吧。"

"嗯，书记官的提议太好了，我正求之不得呢！"紫辛喜形于色，一副迫不及待的样子。

"我看还是过几天再说吧，她现在身体太虚弱，应该卧床休息。"

"你这家伙，又和我唱反调。都睡了这么久，再躺下去一定会睡傻的。我不干！"

冰岩无奈地叹口气："唉，真是执拗！那你说，想参观哪里？"

望着窗外奇异的景色，紫辛黑眸灵机一动，轻声说："那就去月亮上逛逛吧。"

宁静夜色回荡着女孩激动的呢喃，"哇……我不是在做梦吧，好高，飞得好高哦！"

紫辛感到身体如一枚羽毛轻飘在空气中，没有翅膀却能自由翱翔。这种奇妙感觉快要将她完全吞没掉。忍不住侧过脸望向冰岩，那头蓬乱金发被疾风向后吹拂，露出整齐鬓角与俊朗轮廓。

飞翔中的冰岩没了往昔面对罪犯时的严肃表情，也不见斗嘴时的毫不退让。他的神色深沉而凝重，那双大手温暖有力，赶走身边的漆黑与欲坠的恐惧，将她惶惑的心轻掬在掌中，令人很踏实。

过了片刻，他们飞上城堡最高的屋顶，迎着清风落下身。头顶硕大的圆月仿佛银色天幕，将视野完全填满。第一次离它如此之近，甚至能感到银光洒落肩膀带来的丝丝凉意。

若说火焰城堡的耀夕是热情奔放的象征，那么水晶城堡的月光，就是冷静与安宁的源泉。望着耀夕的时候，全身仿佛有了无穷力量，鼓舞她骑在巴哈卡宽阔的背脊穿梭在九色光里。而现在，她只愿……蛰伏在这片恬静的银辉之中，什么也不去想。

望着望着，紫辛觉得脖颈有些疲劳，晃了晃脑袋："要是这里有张躺椅就好了。"

冰岩后仰躺下去，拍着自己胸脯道："靠在这里应该比躺椅还要舒服吧。"

紫辛望着他，抿嘴一笑："那就不客气喽，反正……反正你欠我的实在太多了，要慢慢地偿还。"说着轻轻靠上去。

月色正浓，两人不再说话，只是仰望夜空，分享这份难得的幽静。

半晌，紫辛轻轻念了句："圣界的月亮确实很美。"

"比起你们那里呢？"冰岩将她的披风拉紧。

紫辛想了几秒钟，答道："嗯……我们中国有句古话'月是故乡明'，你知道是什么意思么？……那是说，不管走到哪里，无论天涯还是海角，最美丽的月亮总挂在生你育你的那片土地上。"她的目光随话语变得若有所思。

其实，这句话是爸爸时常挂在嘴边的至理名言。爸爸在贫困的小山村长大，靠着坚持不懈的努力在竞争激烈的环境中创下自己的企业。他用"月是故乡明"这句话作为启示，时刻提醒着曾经有过的挣扎与磨炼，也希望自己的女儿能够珍惜现有的富裕生活，发扬吃苦耐劳的精神。此刻，她终于明白这个道理，更加思念起遥远星空那端的爸爸。

紫辛高举手臂指向夜空："嗯，古人的话确实很有道理。你看，圣界的月亮又大又圆，却洁白得太完美。而从地球上望月球，月亮没有这么大，但是可以随着云彩浮动闪烁阴晴不定的光芒，反而更加神秘动人。"

她眨了眨眼，叹出口气："圣界的月亮没有星星陪伴，简直太寂寞了。要是在我们那个世界，你还可以看到偶然路过的流星。这个时候，千万不能忘记许愿哦，一定要这样……"她倏地直起身闭上眼，双掌结合手指交叉，不再做声。

冰岩也跟着坐起来，默默地注视起那张虔诚脸庞。等了片刻，他轻声问："你在向流星许愿吗？"

紫辛睁开眼，笑得弯起眉："这里哪有流星啊。我刚才，是在向月光许愿。你想，那么漫长的岁月里，这是她第一次收到来自人类内心的愿望，一定会帮我实现的。"

"那你的愿望是什么？"

紫辛歪着头，表情神秘："想知道？"

月光洒落在冰岩的眼中，勾起银色流线，有种难得的执着与认真。

这让紫辛忽然想用另一种方式来回答他。

她清了清嗓子，缓缓吟唱起来：“明月几时有，把酒问青天，不知天上宫阙，今夕是何年？我欲乘风归去，又恐琼楼玉宇，高处不胜寒。起舞弄清影，何似在人间。转朱阁，低绮户，照无眠，不应有恨，何事长向别时圆。”

唱到这里的时候，忽然忘记了最后一句，她不知所措地咬住嘴唇。完蛋了，回去怎么参加会考啊，不仅要被王老师批评，就连苏轼都可能被气死。

“调子挺好听的，怎么不继续唱了？”

她瞪大眼，随后挤出个灿烂微笑：“呃……这个，我唱完啦。”

“唱完了？……怎么觉得后面好像还有几句似的。”冰岩望着她，眼里藏着诡秘的笑。

紫辛正了正神色：“嗯……既然擒拿使对宋词这么有研究，自然猜得出其中隐藏的含义。”

冰岩朗笑起来：“紫辛，我是很想知道其中的意思。只可惜，你刚才唱的我一句也听不懂。”

她忽然发现，自己一直在用汉语吟唱《明月几时有》，好久未用的语言就这样自然地脱口而出，也许正是思乡心切的表现吧。

他听不懂么，那才好呢。愿望若是说出来，也就不能实现了。

紫辛安静地躺下去，再度望向头顶光洁的玉盘，心里悄悄说道：水晶城堡的月光，你不要忘记我的愿望，千万不要忘记哦。

第十四话

法网恢恢

圣界法庭位于水晶城堡顶端的“公正堂”，由两个菱形相套的大殿组成。前厅为审判台，后厅为执法台。夜晚来临后，公正堂完全暴露于月光之下，逐渐汇集起强大法力。银色光点自月中洒落，飘荡在大殿的每寸角落。

审判台正中的水晶椅上端坐着头戴高冠手执权杖的凯圣主，十二长老于左右两侧就座，重新翻开夜碧剑一案的记录。

“尤多拉，你偷走夜碧剑，陷害前旺地圣主吉利丝娜，将她变成禁园树人，这两项罪名你可承认？”水晶圣主犀利的目光直射向大殿中央的囚犯。

坐在囚车内蓬头垢面的犯人缓缓抬起头，冷哼一声：“夜碧剑根本不是我偷的，吉利丝娜才是真正的元凶。我以代圣主身份惩罚她为树人，并没什么不妥，又何罪之有？”

左侧第一席位贤长老道：“口说无凭，除非你有人证。”

“人证？……水晶圣主就是人证。”尤多拉盯住凯，“难道你忘了满月光的那个夜晚，吉利丝娜是怎样用夜碧剑对付你的？”

十二长老面面相觑，惊异地望向圣主，不敢相信她的话。

凯的眼神愈发冰凉：“你在信口雌黄。吉利丝娜绝对不是三年前偷剑的人，因为……”他深吸口气，吐出后半句：“夜碧剑被盗的那个晚上，她和我在一起。”

这下，长老们的脸色更加难看，擒拿使也露出无法置信的表情。

尤多拉放肆地笑起来：“没想到冷漠无情的凯圣主也有承认儿女私情的这天。只可惜，吉利丝娜是听不到了。”

“住口！”水晶圣主有些激动地捶下权杖。

他深吸口气，脸上恢复往日的冷静：“诸位长老，整座旺地城堡已由搜查队彻底地清查过，并未发现夜碧剑的下落，而嫌犯身上明显的黑魔法痕迹也需要解释。所以，我提议动用月眠法让她彻底招供，不知各位有无意见?”

月眠法是圣界法庭审讯时经常用到的一种手段。当嫌犯试图隐瞒罪行时，它便会发挥最大效用，使真相大白。长老们经过短暂商议后，一致表示赞同。

水晶圣主走出席位，来到大殿正中。他念起一串咒语，伴随着抑扬顿挫的声音，身边飘浮的银色光点开始汇聚到手中的权杖上。能量逐渐输送到权杖顶端，散发出强光，嗖地射出一道白光，打在囚车上。

十二长老依次起身，将法力逐个加持，当末位的尹长老结束咒语时，整座囚车就被一道乳白色结界包围。车内的尤多拉开始变得昏沉沉，她的身体和思想逐渐被月眠法控制。

右侧第二席上的荣长老率先发问：“尤多拉，你是如何得到魔界上乘法术黑魔法的?”

嫌犯眼神一动不动，声音呆板，语气平直：“五年前魔界特使访问旺地城时传授于我的。”

“那么三年前，是谁偷走了夜碧剑?”车长老接着问。

“是我偷走的。”

听到这话，众人皆松了口气，元凶已经找到，要结案就不难了。书记官飞快地挥动笔杆，记录下所有问答。

“那你就说说偷走夜碧剑的过程吧。”

尤多拉不紧不慢地答道：“我用黑魔法的力量神不知鬼不觉从大祭司口中得到解封咒语，在新任圣主登位的晚上，从夜碧塔内偷走了宝剑。”

这句供词足以证明旺地祭司瓦尔沁的确是被冤枉的，众长老恍然大悟。

紧跟着，性急的俞长老提出了一个敏感问题：“数月前，凯圣主被夜碧剑袭击一事，你又怎么解释?”

“自从偷走夜碧剑之后，一直没能得到发挥宝剑神力的‘抑法咒’，我只好用黑魔法将它藏匿了三年，直到旺地圣主踏入设好的圈套。为赢得凯圣主，她不惜动用旺地之血与夜碧剑，自然也泄漏了‘抑法咒’。”

虽然前旺地圣主钟情于水晶圣主一事圣界里早有传闻，像这样被当做口供记录到法庭档案中，倒令凯的表情有些不自然。

圣主正了正神色，提出心中最大的疑点：“既然你已掌握夜碧剑与‘抑法咒’，为何不在禁园内与我斗法之时施展出来以自保？”

“夜碧剑根本不在我身上。”

“它到底藏在哪里？”

尤多拉一字一句道：“在魔王克桀塔的手上。”

这个答案虽然以平淡的声调讲出来，却立即在公正堂内引起轩然大波。

“他以黑魔法助我登上旺地宝座，我就要用夜碧剑及咒语做交换。这是我与魔界定下的交易。”

在座的所有人都不敢置信，同称“圣界三宝”之一的夜碧剑已被代圣主出卖给了魔界。凯无法掩饰眼中的震惊，如此一来，要寻回失去的法力将比想象中还要艰难曲折。

面对自己亲口招出的供词，尤多拉终于丧失了嚣张气焰。她呆坐在囚车内，表情木讷地被押往执法台行刑。

书记官乌滋妮打开审判书，朗声道：“原旺地代圣主尤多拉犯有三大罪状。分别为陷害罪、偷盗罪及叛界罪。法庭最后宣布：判处其失魂断魄之死刑！”

首席执行官凯圣主手举权杖来到囚车前，居高临下地看着尤多拉，口气清冷：“行刑前，你还有什么话想说？”

尤多拉缓缓抬起头，神志清醒些，有气无力问道：“为什么……我的黑魔法还是没能战胜静心之音，你不是被夜碧剑吸光了法力吗？”

水晶圣主的眼神骤然变得复杂：“吉利丝娜并不如你想象的那般狠心地置我于死地，你听到的恐怕只是‘抑法咒’的初级章节而已。”

她僵硬地点点头，认命地闭上眼。刹那间，行刑台上飞起一道道银色闪电，劈向罪犯的头顶，“嘎啦！……嘎啦！……嘎啦！……”一共九次，震裂心脏，捣碎大脑，切断魂魄。顷刻间，囚车内的尸体化为青烟蹿向夜空，蒸发得一点不剩。

众长老有的咬牙切齿，有的摇头惋惜，有的则忧心忡忡。尤多拉原本是旺地出色的人才，竟然为实现自己野心不惜出卖灵魂，落得尸骨无存的下场。尽管可悲可惜，更加可恶可恨。她的生命结束了，却将黑暗引来，未来的圣界不知会有怎样一段艰难岁月。

水晶圣主吩咐擒拿使将瓦尔沁带上大殿。

双颅蟒身的怪物从大厅外缓缓蠕动而来："见过各位长老与凯圣主，嗷……我等这一天已经很久了，嗷……"

书记官念起审判书："今查证夜碧剑为前旺地代圣主尤多拉所盗，法庭宣布：撤消施加于前大祭司瓦尔沁的'移形大法'，恢复其本来面目与法力。此外，旺地司长会决定：从今日起，就由前大祭司瓦尔沁暂代旺地圣主之位。"

水晶圣主再次念动咒语，举起权杖指向双颅。顿时，兽脸一点点萎缩直至完全消失，而老人脸上遍布的皱纹也渐渐隐去。原本模样可怖的瓦尔沁恢复了精神抖擞的中年男子模样。

凯走上前，面带愧色道："让您无辜受到三年的惩罚，这是法庭的严重失误，我代表水晶城堡向您表示诚心歉意，也希望旺地四司长的决定可以将天平失衡的另端弥补。"

瓦尔沁大度地摆摆手："人生一世，谁能无错，即使是圣主与法庭也不例外。这三年来的折磨就算是对我的考验吧。老实说，我能在今天找回自己的清白，还要感谢当初在莓林相遇的紫辛姑娘，因为她的开导才让我没有一错再错。"

冰岩点了点头："夜碧剑一案能真相大白，紫辛的功劳最大。她也算圆满完成当时对您的承诺了。"

这时，法庭中以严厉挑剔为名的季长老清了清嗓子："尤多拉是盗走夜碧剑的元凶，但追根究底，前旺地圣主吉利丝娜也难逃责任。若非她知情不报，宝剑又怎会落入魔界之手？况且，圣主丧失法力一事，她才是始作俑者，应该受到严惩！"其他长老纷纷表示赞同。

凯的脸色有种难言的复杂："诸位，吉利丝娜在这件事上确实有责任。但不能否认，她也是受害者。希望你们能够网开一面，不予追究。"

季长老眼神更加凌厉："不予追究？……这怎么可以！法庭自创立以来还没有对犯法者不加处罚的先例。凯圣主这样说，难道想为一己私情而毁掉自己公正不阿的名誉？"

就在僵持之时，贤长老来到二人中间试图缓解气氛："季长老的话严重了，他也确实在为水晶城着想。我看圣主，您就不要太在意了。至于吉利丝娜，法庭可以先进行审判，再以口供为准酌情处罚。"

凯没有立即回答，深邃碧眸内有股异样情绪蠢蠢欲动。"既然各位这么坚持，请随我到月台走一趟。"他甩下衣袖，走出公正堂。

高耸入云的月台以银色圆盘为背景，只有稀少植物才能生长在这样寒冷多风的地方。几年前由控种司播下的祈福树已经长得粗壮结实，参差不齐的树影使空荡月台有了春的颜色。如今，控种司的身姿出现在它们中间，尽管不能用长笛奏出悦耳旋音以增肥料，而那茂盛的粉红色枝叶却在风中摇曳飞扬，传出“沙沙”声，仿佛温柔歌声催人入眠。

凯来到树人面前，眼神柔软迷离，声音沙哑低沉：“她没有了心跳，失去了情感，再也无法播下心情的种子，无法看到最钟爱的绚烂春光。她的容貌一去不复返，而要以干枯躯壳终了余生，这样生不如死的结局，难道还不够吗？……如果你们硬要说她犯了一个天大的错误，那么我只能说，这个错误就是……”

他忽然转过身，失控地举手捶向自己胸口：“不该爱上这个冷漠无情的人！”

水晶圣主的情绪如波涛般宣泄而出：“你们还想怎样审判她，将她催眠留下口供？她已经无法开口了。还是选择连根拔掉，将树皮剥开，叶子捣碎？诸位英明的长老，就在月台上作出公正的裁决吧。无论什么决定，我都不再多说一个字！”他激动而充满感性的陈词使十二长老顿时哑口无言。

过了许久，季长老冷淡的声音打破了沉默：“既然她已经受到严厉惩罚，这案子就暂时告一段落，我们回去吧。”事实上，长老们并不是被吉利丝娜的真情所感动，而是水晶圣主首次流露的执着与感性，使他们不愿再与失去冷静的人计较。

冰岩走过去，拍上凯僵硬的后背，感叹道：“我不敢相信，你真的变了。在长老们看来，拥有喜怒哀乐的情感是件可怕的事，但我相信神镜的话，只有凭直觉才能找寻失去的东西，只要诚心就能得到想要的答案。凯，不要放弃，我相信你一定可以做到。”

夜深沉，凯依旧站在树人面前。风吹动着紫衫发出呼呼声，将他的思绪带到吉利丝娜登位的那个夜晚。

“为了你，我可以不要这个圣主身份，可以不用住在温暖的南方。只要你一句话，我就抛下一切随你而去。只要有你在身边，即使冻死在冰雪中也无所谓。……”

他抬眼凝视起随风摇摆的树影，解下身上披风，将干枯的树皮紧紧地裹住：“不要说你无所谓。看，这里多冷啊。”

“这眼睛是为看见你而生得明媚，这嘴唇是为亲吻你而变得红润，这颗心，是为了等待你而狂烈跳动着。凯，我在等着你的回应。”

他修长的手指小心探向那张粗糙褶皱的脸颊，轻轻划过没有长睫做装饰的眼线，冰凉却依旧艳丽的嘴唇，停留在树人心口处的那道深色疤痕。

我在等着你的回应……

等着你的回应……

她的话语一遍遍响在耳畔，忽远忽近，使他不禁迷惑了。仿佛……指尖正触摸着那柔嫩的肌肤，眼前看到她生动的微笑，空气中弥漫着诱人的体香。

“吉利丝娜……”凯无法克制地紧紧拥住它，温热唇瓣吻上去，不在意那粗硬的唇线，只想品尝得更深刻，更沉醉。

舌头忽然尝到一股腥涩味道，头脑顿时清醒些。他吐出满口的毒液，抹了抹唇角，有些自嘲刚才的冲动。

却在这时，停留在树皮疤痕处的手掌明显感到了规律的震动。凯贴近仔细听着，“咚咚咚……咚咚咚……”那是心跳的声音，频率渐渐加快，他不敢置信地睁大眼，恍然大悟。

“吉利丝娜……”他倏地捧起她的脸颊，一口一口地将旺地之血慢慢吸出来。

刹那，摇曳树枝不再蒸腾，变作柔软长发垂落在颊边，树皮化作淡绿绉裙，裹住找回体温的娇躯。恢复血色的面颊上，长睫徐徐抬起，明媚双眸中映出凯惊喜激动的表情。

“你活过来了，真的太好了……太好了！”

即使永远长眠在潮湿的泥土里，即使生命从此再度来过，我仍要将他……牢牢地记在心里……永远……

吉利丝娜抬起头，眼神充满了迷惑：“你……是谁？”

瞬间，凯温热的目光中飘起了雪，他情不自禁地摇晃起她的肩膀：“我是山间的指路人、集市的奴隶主、皇宫里的驯兽师……你忘了吗，吉利丝娜，我是凯！”眼前似乎回到那遥远的夜晚，第一次投入他怀中的控种司也曾试图用同样的方式唤起书记官的记忆。

“你是凯，那我……又是谁？”

忘了，她真的忘了。

干净单纯的目光中，看不到任何爱情与痛苦留下的痕迹，就连无措惶恐的情绪也是多余的。世界在她眼中如此陌生，而他……也成了陌生世界里的陌生人。这不是很好么，从此，他不用担心无止境的纠缠，无需面对那些毫无意义的眼泪。可是为何，此时此刻，心中沉闷的感觉愈来愈浓。

凯的表情渐渐苍凉，双手无力地垂下。夜风吹过，他的身体瑟瑟发抖，从不知月台也会这般寒冷彻骨。冥冥之中，曾有的冷漠无情仿佛在让他承受最残酷的惩罚。

“你很冷么?”吉利丝娜柔软的声音传来。

凯抬起眼，望向那双清澈温暖的美眸，只觉一阵和煦春风吹入心田，撒下希望的种子。不自主地将她紧紧拥入怀中，内心迸发的声音使他抱着她一起狂烈地颤抖着：“没关系，不要怕，我一定会找到办法，让你记起我是谁。”……

* * *

五年一次的“归根日”是圣界内无论哪座城市哪片乡村也不能忽视的重大节日。就算你生活在南方最远的极地湖，也要回到北方地势最高的清临山重游出生地，并且为养育你的父母做件有意义的事。这是圣界自古以来便有的风俗，一直延续到今天。

清晨的迷雾还未散去，贯穿东南西北的交通要道就已塞满川流不息的省亲者。擒拿使一大早便驾驶他的银色小舟飞向阔别许久的家乡——双色镇。

坐在小舟中的紫辛俯瞰着地面壮观景象，庆幸自己不必在拥挤的街道上辛苦赶路。其实，这次并不是她死皮赖脸地非要跟去，而是冰岩担心她一个人留在冷清的城堡里太无聊，才发出了邀请。再说，“双色镇”这名字听起来挺有趣的，到那里散散心也不错呢。

银色小舟沿着官道向西飞去，经过了几座城池便减下速度。只见前方出现的镇子规模不大，且独有风格。整齐的方形小屋排在距离不长的街道两侧。屋后一片片空地偶尔出现五彩缤纷的纱网，套在半人高的木桩上悬于半空，十分醒目。还未着陆，就听到小镇中传来的热闹声音。

擒拿使收起小舟，叮嘱道：“双色镇就在前面。要是见到什么让你觉得吃惊的事，不要激动，知道吗?”说完就拉着她往前走去。

紫辛望了望那只温暖的手掌。不知从何时开始，她习惯冰岩这样拉着自己，很有安全感，很满足，令人有些想入非非。倘若身着休闲装的冰岩牵着自己走在白天热闹的灯井大街上，不知会惹来多少羡慕的目光呢。

“你在发什么愣?”冰岩好奇地盯住她。

“没……没有，我……正看风景呢。”她赶忙收起花痴的表情，快步跟上。

正在这时，远处走来一对年轻男女。男子冲他们挥挥手：“喂，冰岩!”

擒拿使定睛一瞧，兴奋地高声道：“原来是琥挞，琥挞!”

两对人走到跟前。名叫琥挞的男子笑呵呵道：“五年没见了，听说你当上了水晶城的擒拿使。怎么样，日子过得不错吧?”

冰岩眼中泛起神秘笑意：“日子过得再好也不及你们。我说得对吧，玫英?”

名叫玫英的女子害羞地推了推身旁之人，琥挞赶快接下话题：“我们去年已经成婚了。”

冰岩赶忙笑呵呵地补上几句祝福的话。

这时，琥挞注意到擒拿使身旁的叶紫辛，眼神怪异地上下打量她：“咦……这是谁啊，不会是你抓到的嫌疑犯吧，手拉得这么紧，怕她跑了不成?”

“她叫叶紫辛，是我的朋友。”

琥挞一听扑哧笑出来：“我简直服了你，找这个怪丫头做朋友。看看，她脸上还有块月牙形标记呢，那代表什么意思啊?”

紫辛只觉这话不怎么顺耳，嘴巴嘟囔起来：“你说我是怪丫头，我觉得你才怪咧！干嘛将自己皮肤晒得这样花，就算阳光海滩，也不会晒得这么均匀吧。”

其实，她早就觉得这对年轻夫妇长得有点怪怪的。他们两人从头发、眼珠到皮肤，身体左半边的颜色要比右半边深一号，倒很有夫妻相呢。

冰岩侧头在她耳边悄声说：“不是提醒你别大惊小怪嘛。镇上的人自出生起，身体便具有两种颜色，所以这里才被称为‘双色镇’。”

她恍然大悟，对琥挞笑嘻嘻说道："找冰岩这样的怪人做朋友，你也很有创意哦，他不和我一样也属于'单色人'吗。"

年轻夫妇被逗得开怀大笑，琥挞再也不敢小视她："紫辛姑娘的嘴巴真伶俐，我不是对手。既然初次来到双色镇，有空就同冰岩一起来我们的新家做客吧。"

于是四人暂时告别，琥挞夫妇出了小镇，冰岩紫辛则向热闹街市走去。

一路上，迎面走来的双色人热情地同擒拿使打招呼，上至老人，下到幼童，没有人不知道他的名字。冰岩满面春风，自豪地告诉她，自己是双色镇走出的第一位执法者，成了乡亲们的骄傲，晚辈们的榜样。看到他这样受欢迎，紫辛心里也激动起来，热情地向那些奇怪的双色人挥手微笑。

冰岩在街边的一间普通民房前停下来，准备进屋。

紫辛立即拉住他："喂，等一下。"她匆忙理了理自己的头发，又扯扯衣服，觉得初见人家父母，总应该注重一下形象。

冰岩倒是无所谓的样子："不用紧张，我父母亲很和气的，不会因为头发乱衣服皱就不让你进家门。"

紫辛的嘴巴立即张成O形：MY GOD！难道他不知道对于女孩来说，拜见男方父母是件很重大严肃的事情吗？刚想解释一下，就见冰岩叩响了大门。也罢，有关文化方面的差异，还是不要浪费口舌去解释好了。

进了冰岩的家，紫辛自然地环视起四周。房间两侧的墙壁上挂满了琳琅满目形态各异的灯饰烛火。一对正在做活的中年夫妇看见他们，放下手里工具，深浅不一的眼中露出惊喜笑意。

"孩子这么早就回来了。"大妈最先起身走过来。她个子不高，踮着脚尖才能摸到冰岩俊俏的脸："老伴，儿子好像瘦了，是不是擒拿使的差事太辛苦？"

冰岩脸上露出纯真憨实的笑："一点也不累，干得挺开心。母亲您看，我还带来一个朋友，她叫叶紫辛。"

紫辛赶忙友好地冲他们招招手："大伯大妈，你们好，初次见面，打扰了。"

大伯好奇地望着她："怎么，这位姑娘不用回家拜见父母么？"

冰岩抢着答道："她的家不在圣界，没有庆祝归根日的习惯。"

大妈热情地拉着紫辛坐下，说既然是远方来的客人，更要好好招待。她关切地问起冰岩在城堡生活的情况，他们两人又是怎样认识的等等，望着沧桑眼中牵肠挂肚的神情，紫辛尽量用最简单最令人安心的话语来回答她。

冰岩则坐到父亲身旁，熟练地拿起工具加工起那盏未完成的灯。原来，这双色镇是圣界出了名的灯饰产地，而冰岩父母是镇上有名的手艺人。

大伯看到儿子熟练的操作，发自内心地露出欣慰笑容。没想到冰岩五年都没有碰过的活计，拿起来还能做得如此顺手。父子俩边做边聊，虽然外表有着天壤之别，眼中流露的神情与言语间的默契却是那样和睦融洽。

大妈来到厨房准备饭菜，紫辛乖巧地跟去，陪在一旁跟她说说话。聊着聊着，大妈忽然叹出口气，眼圈红起来："紫辛姑娘一定觉得很奇怪吧，双色镇怎会生出冰岩这个肤色一致的孩子。其实，这也不是什么秘密，镇上的人都知道，他是法庭分给我们夫妇的孤儿。"

紫辛认真听着，其实从进入双色镇起，她就一直在琢磨这个问题。

大妈将洗好的蔬菜放到盆子里，继续道："这孩子从小就懂事，知道自己与别人不同，也不多问一句。每个归根日的夜晚，他就独自坐上屋顶发呆，小时候还会偷偷地哭，长大后就把心情藏起来。我明白，他是不想让我们担心，才一直把寻根的念头埋在心里。"

听到这里，紫辛忍不住问道："大妈，归根日在圣界这么重要，是不是除了和父母重聚外，还有其他含义呢?"

大妈停下手里动作，表情认真地盯住她："'归根日'的最终用意，是让每个人都能牢牢记住自己的出生地。因为，那也是生命终结后人们唯一可去的地方。无论生前坐上多高位置，哪怕贵为圣主，遗体被供奉在圣堂内，出窍的灵魂还是要飘回自己的故乡，睡进泥土里。而无法记住出生地的人，在死后将会变成无家可归的游魂，不能进入来世的轮回，只能永远流浪着。"

无家可归的游魂，永远地流浪着……

好可怕，她不敢把这句话和心中的冰岩联系到一起

"既然冰岩是法庭分给你们的孤儿，那么有关他出生的记录不是应

该保存在水晶城堡里么？”

大妈切菜的动作逐渐放缓，摇摇头道：“我们夫妇上次去水晶城探亲的时候，曾经问过书记官。她说，当年的档案里并没有冰岩出生的记录，除了他出生时脖子上挂着的那块水晶外，也没有别的可靠线索。唉，圣界这么大，要到哪里去找答案啊。”

望着大妈红红的眼圈，紫辛很想安慰她，然而，连自己也觉得“会找到”三个字说出来是那样有气无力。

吃完中饭，冰岩带着紫辛在小镇上逛了逛，拜见了他的启蒙老师以及从小玩大的几位好友。他们有说有笑，一旁的紫辛却一副心事重重的样子。

找不到出生地是件很严重的事，即使很久以后才会发生，遥远得根本无需她来担忧，心里还是有些忐忑不安。

“在想什么，眉头皱得这么紧。”冰岩冷不丁敲了敲她的脑门。

“没……没有。”紫辛假装若无其事地摆摆手。

冰岩看了看天色：“我们去琥挞家吧，带你看一件好玩的东西。”

琥挞家的确有件逗人开心的玩意儿。一走入宽敞的后院，就看到一张由许多根木桩固定起来的彩色网，那颜色要比从高空俯视更加鲜艳真实。琥挞与玫英脱下鞋子，手拉着手走到彩网上，步调一致地跳出奇怪姿势。

那张网似乎很有灵性，随着步调波浪似的摆动起来。人在网上跳，网在脚下摇，网摇得快而猛，人跳得更加起劲欢快。没一会儿工夫，琥挞夫妇高兴得手舞足蹈，又笑又叫。

“他们干嘛这么兴奋？”只是站在一旁观看，紫辛的双脚已经不由自主地踏起步。

“这个……叫‘忘忧网’，双色镇除了手工灯饰以外的第二个特产。只要在忘忧网上跳一会儿，就可以忘记所有烦心事。你要不要试一下？”

她还没来得及回答，就被冰岩拉了上去。起初，紫辛望着网中一个个面积不小的窟窿有些害怕，根本不敢移动脚步。在冰岩不断的鼓励下，她才小心地迈出一步。这下可好，彩网仿佛有生命似的摇晃起来，迫使她不得不跟着它的节奏蹦跳。越跳越高，越蹦越快，连冰岩有力的手掌也不能将她禁锢。紫辛被忘忧网一次次抛向高空，又一次次被牢牢吸入。

渐渐地，她不能负荷心中畅快的感觉，尖叫着："啊……跳啊……好高……啊……"

"紫辛，够了，不要再用力！"冰岩不安的声音听起来有些模糊。

正想着，腾空的身体一歪，整个人跌落下来，双脚踩空，陷入网间窟窿。彩网"哧啦"从中裂开。

"小心！"冰岩的手臂比声音还要迅速，将她猛地捞起，两人顺势滚落至散乱的彩网间。

"你没事吧？"冰岩紧张地盯住她。

"没……没事。"紫辛的声音小得跟蚊子一样，不是因为受到惊吓，而是冰岩……他的身体紧紧贴着她，这样近……这样亲密……她的心跳与他的呼吸，也在无声中融为一体。

暧昧的气氛越来越浓。冰岩没有若无其事地松开手，或继续追问她是否受了伤。没有话语，无需动作，他那幽深的紫眸静静凝视她，温暖的怀抱紧紧圈着她。

紫辛的脸颊变得热烘烘，身体仿佛燃了把火，头脑里更是麻木一片。这种奇妙感觉逐渐蔓延着，越来越强烈，强烈到……她已经无法忽视它的存在，无法逃避它的诱惑。不想推开他坚实的胸膛，只想……只想留在时间停止的这刻，仔细地，一点一滴地品尝心情激荡的滋味。

彩网哗地被掀开，琥挞、玫英四眼圆睁，异口同声道："你们在干什么，还不起来？"

紫辛的脸红得不敢抬起，冰岩尴尬地拍拍身上灰尘，一语不发。年轻夫妇看出其中端倪，相互递了个眼色，便笑呵呵地将他俩拉进屋。

玫英准备了一桌小菜，四人围坐着边吃边聊。琥挞讲起小时候三人打打闹闹的情景，还故意提起冰岩为了玫英曾与他大干一场的故事。

"后来呢？"紫辛听得津津有味。

"后来，我被他揍得鼻青脸肿，反而因为这件事让玫英对我另眼相看，交出了真心。所以啊，我到现在都很感激擒拿使当年那几个拳头呢。"琥挞假意出拳捶向冰岩胸口。擒拿使的脸色红一阵白一阵，既不能反驳，也不敢附和，笑得身边三人前仰后合……

夜晚的双色镇很宁静，街上看不到任何行人的身影。冰岩独自坐在屋顶吹着晚风，注视起远方高挂的淡雅月色，眼神有些忧郁迷茫。紫辛悄悄地走过来坐在他身侧。

“怎么还不去睡?”他闷闷地问了句，没有转过头。

“我和你一样，喜欢在视野开阔无人打扰的地方想事情。”

“谁说我在想事情?”冰岩转过头来，眼神却在逃避她的注视。

紫辛安静地笑了笑，收回目光，不想给他太大压力：“这件事已经困扰你很久吧，所以才会想到用忘忧网去解决。你知道么，我们中国有这样一句古诗，‘抽刀断水水更流，举杯消愁愁更愁。’每次疯狂之时，也许能够暂时忘记那些烦恼，而当一切归于平静后，它们就会重新跑出来，在脑海中纠结得更紧。”

紫辛说完这话，心里不觉吃了一惊，没想到自己的文学水平并非无可救药。王老师强调很多次的名言名句，如今可以朗朗上口应景而生，真是神奇。

冰岩闷笑一声，有些意外地望向她：“听你的口气，应该也有很多烦恼了?”

“当然喽，我的烦恼不比你的少呢。白天在学校里除了要应付繁重的课业，还得对付身旁随时可能出现的恶性事件。要是闯下祸，麻烦就更大了，回家又要挨爸爸一顿臭骂。别人还有妈妈在旁袒护着，而我呢……唉……”

紫辛嘟起了嘴，眼中闪现出点点星光：“可是日子还要这样过下去，我不能因为这些麻烦就躲起来不回家。要解决的问题迟早都要面对的，不是吗?”

她重新恢复坚强的神情：“我相信，只要有坚持不懈的精神，敢于面对结果的勇气，就没什么可怕的。”

冰岩若有所思地重复起这句话：“只要有坚持不懈的精神，敢于面对结果的勇气，就没什么可怕的……”

紫辛蹲到他面前，口气诚恳：“没错，不用怕。不要在乎那片土地是否遥远陌生，也不要考虑自己的真实身份是否难以令人满意。冰岩，只要你勇往直前，总有一天，会找到自己真正的故乡。”

望着那双黑亮眸子，冰岩只觉全身血液仿佛被点燃，慢慢沸腾起来，激荡着心情。他伸出手捧起紫辛的脸颊，目光眷恋地望进她眼底，轻声道：“真希望能够永远听到这样的鼓励。谢谢你，紫辛。”

* * *

归根日之后的第二天傍晚，银色小舟回到水晶城堡。冰岩与紫辛有说有笑地走进大门，刚好碰到从旺地城返回的吉利丝娜与凯。紫辛立即奔过去，亲切地同他们打招呼。凯将吉利丝娜从塔丝诺背上扶下来，表情有些沉重。

吉利丝娜倒是一副神情舒畅的样子："怎么样，冰岩的家乡好玩么？"

一提到双色镇，紫辛就觉得心情激荡："嗯，是个非常有趣的地方。唉，要不是为了满月光，我还真想再多留些日子呢。"

擒拿使来到凯身边，悄声问起："情况如何，吉利丝娜想起过去的事了？"

圣主的叹息更凝重："每次提起那些旧情节，她就开始头痛难过，我实在不忍心继续说下去，还是顺其自然吧。"

冰岩拍上他肩头："恢复记忆不是件容易的事，靠的是耐心和时间。只要时机一到，她就会想起一切的。"

说着说着，四人进入了大厅。水晶圣主吩咐擒拿使，让他主持当晚的满月光祭典，自己一声不吭地独自上楼休息。

望着凯步伐沉重的背影，吉利丝娜的神情充满自责："都是因为我，才让他身心疲惫，实在对不起大家。"

紫辛揽住她的肩头："吉利丝娜姐姐，不要太担心。像你这种情况，在我们那个世界被称作'失忆症'。若是暂时失去记忆，就要不断接触过去的熟人，听他们讲自己的事情，这样，记忆才能慢慢地恢复。"

说着说着，紫辛忽然来了灵感，问冰岩："能不能让我在走之前单独和她谈谈？"

"今天可是重要日子，若耽误了施法时间回不去，不要怪我没提醒你。"

紫辛讪笑地将他掉转身："知道啦，我不会耽搁太久的。你先去准备，我们一会儿月台见吧。"

于是，两个女孩面对面地坐下来。距离很近，紫辛不自觉地端详起吉利丝娜美得不可芳物的面容。不要说男人，就是女人在她面前，也会忍不住多看几眼，看多了眼睛还会发花麻木。这就是真正的美艳产生的魔力吗？

“你想和我说什么？”吉利丝娜对她痴迷的目光感到有些无措。

紫辛正了正神色道：“姐姐这次回到南方，是不是对自己的身世有些了解呢？”

吉利丝娜低下头，手指一圈圈绕起垂下的发丝：“听他们说，我是在旺地城长大的，从小就跟着莱斯加圣主学习法术。后来担任过旺地的控种司，再后来……就继承了圣主之位。”她的声音平淡无奇，像在诉说别人的故事。

“那么，你有没有听说过旺地手记？”

把玩头发的长指忽然停住。“没有。”她摇摇头。

“那是我在旺地城堡中偶然发现的一本日记，写得很好呢。”紫辛站起身，开始自言自语地轻声背诵起来，“今天是个特别的日子，当我站在旺地最庄严的圣堂内接过莱斯加圣主授予的权杖时，心情就像若蓝树瞬间绽放的花朵，激动难言。……”

“水晶城的书记官伫立在我面前，就如同梦中千百次相聚的情景。他的银色长发随寒风飞舞着，碧眸内眼神淡然，弯起的唇角不见任何情绪。……”

紫辛停下来，想看看吉利丝娜对这些字句有何反应。只见她脸色依旧平静，嘴唇紧紧抿在一起：“你在念什么，我完全听不懂。”

听不懂？那一定是朗诵不够煽情，感人段落还未到来吧。想到这，紫辛开始放慢速度，用一种深沉忧郁的声调继续背诵下去：“做我的银叶吧，紧紧拥住这粉红色花朵，用你的爱使她绽放，让含情草结出世上最美丽的果实……”

“我的世界，只能有静心之音的存在，除此之外，再容不下其他任何情绪。而你，只能生长在南方温暖的旺地，远离寒冷才是你最终的选择……”

“即使天地万物已面目全非，即使梦中的我一次次死去，这颗等你爱你的心却从未改变过。……”

紫辛半蹲在吉利丝娜面前，望着那双星光闪动的眸子，小心翼翼道：“当我看到凯用夏梦之旋培育出果实时，我就在心底默默呼喊着：那是幸福的象征、永恒的爱意，含情草的果实是只属于凯与吉利丝娜的纪念。你看到了吗，想起什么没有？”

一缕粉红长发默默垂下，遮住美艳的脸颊，平静呼吸中夹杂着湿咸的味道。紫辛伸出手轻轻拨开她的长发，一滴泪珠掉在了手背上，接着又一滴，冰凉泪水无声地流淌着。

“不要说了，请你不要再说了，我什么都想不起来。”

“不对，你一定有印象，否则不会这么难过。那手记里的每句话都是你用心酸泪水写出来的啊。”

紫辛激动地摇晃起她的肩膀：“难道你忘了这句话吗，‘即使永远长眠在潮湿的泥土里，即使生命从此再度来过，我仍要将他……牢牢地记在心里……永远……’这样刻骨铭心的爱意，怎么可能说忘记就忘记？吉利丝娜姐姐，不要再欺骗自己，不要再逃避已经发生过的事实！”

吉利丝娜抱住头，五官痛苦地扭曲在一起：“头……好痛，真的好痛。求求你，饶了我吧……”

“叶紫辛，你在干什么！”凯不知何时出现在门口。

他快步来到吉利丝娜面前，抬起那泪痕斑斑的脸颊：“你怎么样？”

她的呼吸局促，表情楚楚可怜：“凯，求你，不要……再逼我。我知道，‘抑法咒’对你很重要，我会……努力把它想起来，在你……需要的时候……”话未完，人已昏厥过去。

“吉利丝娜，醒醒！”凯将她打横抱起，奔出走廊，一边大声喊着，“叫乌滋妮到我房里！让擒拿使马上执行满月光照，送叶紫辛离开！”……

满月光照倾泻而下，将深色的夜空染上白昼的光亮。冰岩凝望着遥远的天际，幻想着圣界内不久会出现的第一颗流星。她将与满月擦肩而过，飞向遥远的世界，不再回来。那个时刻，他是否应该许下心愿呢？

轻盈的脚步声传来，他转过头，注视身着天蓝色校服裙的叶紫辛，眼中有种异动情绪在闪耀。他们之间的距离并不远，不知为何，紫辛的脚步异常沉缓，她似乎走了很久才来到冰岩面前。望着他，心中有千言万语却不知从何开口。

擒拿使伸出手，长指轻轻点住她微皱的额头：“要回家了，不开心吗？”

“冰岩，我……我有种不好的预感，好像什么可怕的事情将要发生。”

探索的目光望进她眼底：“你在担心？”

紫辛重重地点头。

“那就留下。”他的表情变得很认真，认真得令她不知如何回答，引来片刻的沉默。

冰岩忽然朗笑起来，金发招摇耀眼：“你还是回家去吧，不要再胡思乱想。”说着，从怀中取出那枚泪滴形水晶轻轻套上她的脖颈：“这个……送你做纪念。”

紫辛挡住他的手：“不，我不能收下，你还要靠它来寻找身世呢。”

冰岩反手轻轻握住她：“我已经不再需要它，有你的鼓励就足够了。”

幽深的紫眸与明亮的黑眸相互对视着，恋恋不舍的目光纠缠在一起。大掌牢牢握住小手，丝毫不想松开。往事历历在目，一年的朝夕相伴，欢笑与忧愁，他们共同品尝过，而如今，分别时刻就在眼前。

紫辛觉得眼眶湿热起来，鼻子酸酸的，胸口沉重得如坠千斤。

“冰岩！”她忽然扑到他怀中，紧紧搂住那颀长脖颈，“冰岩，我会想你，会特别特别想你的。我……我已经在想你了！”窝在那温暖颈间，她的泪水无法抑制地垂落着。

“紫辛。”冰岩伸出手抚慰她颤抖的背，声声抽泣一次次拨动着他的心湖。多想永远地将她留在怀中，不……他不能这样自私。紫辛不属于圣界，更不属于他，只有那个陌生世界才会给她全部的快乐。

“紫辛，满月光的力量开始减弱了，你还要哭下去么？”

哭声依旧继续，她的手搂得更紧。

“紫辛，不要再哭了。你再哭下去，我要改变主意了。”

这下，抽泣干脆变成放声大哭。

冰岩无可奈何地摇摇头，提高嗓门叫道：“叶紫辛，快把你讨厌的鼻涕从我衣服上弄掉！”

她倏地抬起头，眼睛红肿地瞪着他：“你干嘛那么大声，人家正哭得起劲呢。”

冰岩目光温暖而柔和，他用衣袖轻轻擦拭着她脸上的泪痕：“我不喜欢你哭的样子，只想记住你今天的笑容，一个灿烂的笑容。”

天啊，如此留恋的表情让她刚刚有些干燥的眼眶又湿润起来。紫辛极力忍耐着，好不容易才挤出一个僵硬微笑。

“很丑啊！”冰岩闷笑一声。

“你笑得才丑呢！”她回了句，破涕而笑。

水晶手杖自擒拿使头顶缓缓浮出，一道银亮光束自满月洒下，穿过手杖顶端，将紫辛身体完全笼罩。冰岩念起咒语，顿时，一股凉爽宁静的力量凝聚在她的周围，双脚逐渐离开地面腾空而起，黑发飞舞着，蓝色校服裙被吹得哗哗作响。

“冰岩……”她想拉住他的手，已经太迟了，手指轻轻划过那张俊朗脸颊，没有片刻停留，指尖只剩下冷凝空气而已。

那双紫眸依旧注视着她，坚毅唇边似乎飘着某个没出口的句子。

“冰岩，再见了！”她忍住泪水，冲那迅速缩小的人影挥挥手。

望着如流星般划过夜空的淡蓝色身影，冰岩闭上眼，手指交叉，神情肃穆地许下了心愿：“紫辛，我们还会再见么？”

满月光恢复了柔和，身下的水晶城如一枚水晶挂件坠在圆月中。周围很安静，能听到泪水垂落心湖的声音，滴答……滴答……

他就这样轻易地放她走，没有半句挽留的话语，甚至连“再见”两个字都吝啬地不曾说过。没了叶紫辛，擒拿使不用担心破案时有人在旁捣乱，也不用将时间浪费在无谓的斗嘴上。甩下了这个包袱，他应该觉得轻松愉快吧。莫名地，一种酸涩感觉袭上他的心头，愈来愈浓。

正在这时，漆黑宇宙中出现一道金色影子将满月光阻挡住，紫辛前进的身体立即停泊在半空中。

“谁……是谁挡住我回家的路？”她有些无助地尖叫起来。

“不要害怕，我不会伤害你。”那声音沉稳如洪钟。

“你……你是谁，我为什么看不清楚？”只觉眼前影子硕大模糊，分不出是人是怪。

“很久很久以前，人们称我为守护神，圣界的守护神。”

守护神，怎么没听人提起过？她又喊了声：“你找我有什么事，请快些说。我现在要回家，不能再等了。”

守护神不紧不慢道：“你当然可以回家，但不该是现在。”

紫辛心中大喊不妙，半路上怎么杀出个程咬金来。冰岩又不在身边，这该怎么办？

“小姑娘，不要紧张。你只要心平气和地听我说话就可以了。”

紫辛长叹口气。实际上，不想听也没办法，连满月光都被静止住，这人的法力远在凯与诺杰之上。

守护神继续道：“你很安静，这样就好。那么，从你来到圣界开始讲起，其实……”

才刚听了个开头，紫辛就不耐烦地打断他：“我来圣界纯粹是个偶然。冰岩把我带到这里，只为向凯证明他炼成了透界术。这些缘由，我早就知道了。请你不要浪费时间，赶快放我走吧。”

守护神低笑起来：“表面上如此，圣界人恐怕也是这样认为的。但是叶紫辛，你是否想过，为何在不计其数的行人中只有你停下脚步。为什么在众多价值连城的宝石中，你选了那枚化身为煤渣的水晶。”

“你……你这是什么意思？”紫辛的内心发起抖。天啊，他真是神了，好像什么都知道。

“我的意思很简单，你能从中国来到这里不是偶然，而是命中注定。不仅是你选择来到圣界，同时，更是圣界选择了你作为它的拯救者。”

末尾的几句话庄严肃穆，使紫辛大为震撼：“你说……我是圣界的拯救者。这……这怎么可能？我什么本事都没有，既不懂法术，也没有功力，拿什么去拯救圣界啊？”

“这件事，你在不久的将来就会知道。所以，你暂时还不能回家。”

紫辛用手揉了揉脸颊，不像在做梦，为何耳边听到的都是些疯话。

金色影子忽然变得刺眼，声音带着恼怒：“我说的没有半句是疯话。你就是这样看待自己的使命吗，一点责任感都没有！”

MY GOD，居然能听见她心里的声音，紫辛不得不相信这个影子被称为“神”的结论，也开始考虑“拯救者”这个概念了。

她小心翼翼地问道：“我若是一走了之，又会发生什么事情？”

守护神哀叹口气：“果真如此，圣界……将在劫难逃。”

“什么？……那冰岩会不会有危险？”这可是她最关心的问题。

“他？”守护神冷哼一声：“他会生不如死。”

生不如死？好可怕的四个字。

紫辛逐渐安静下来，脑海中飞速闪现着一个个片断，有些事情的确很离奇。绝叫莓林、九重归日、旺地手记……自从来到圣界，没有任何特长的她却出乎意料地促成了一件件不可思议的事发生，仿佛冥冥之中早有安排。那么接下来……

“若是整个圣界都在劫难逃，我留下来岂不有生命危险。倒不如马上回家，免得受牵连。”

守护神叹息的声音更加沉重：“唉，我真是老眼昏花。本来以为你很勇敢，也很仗义，没想到竟是个胆小鬼。看来，准备好的保护神符也是多余的。”

“神符？是什么神符，拿出来给我看看。”

“既然你要当逃兵了，还要神符做什么？”

紫辛咯咯咯地乐起来：“守护神的脑袋很笨哟。我要神符，当然是选择留下来喽。”

“什么……你说什么，我没听清楚？”神的声音有些不置信。

紫辛用最强分贝大声地喊着：“守护神，你没有选错对象。叶紫辛是最勇敢最负责的人，请放心地把圣界交给我吧！”

下卷

月之匙篇

YUEZHISHIPIAN

第十五话

龙潭虎穴

夜色深沉，火焰城堡的便殿内暗红烛火在闪耀，诺杰有些疲倦地半靠在躺椅上听汇报。

“禀圣主，骑兵队已经整顿完毕。按照您的命令，一半军力于昨日出发，兵分两路，前往辽兢关寨与约北郡以加强边境防卫。剩下的军力则留守营谷。”齐柯在张开的军事战略图上指指点点。

“空中翔队已发出紧急通告，大规模召募新兵，再有三十天便可重新编制成防御与进攻的特种部队。”

诺杰从躺椅上直起身，淡金眸中透着果决：“三十天？太久了！黎鲁雅，我只给你十天。不要把时间浪费在挑肥拣瘦上，再好的素质若没有足够的训练与模拟，也等于废料一块。”

翔队长的脸色有些尴尬。多年来的和平局面让她忘记了时间对于将要出战的军队来讲简直是寸光寸金。她仓促地行了个礼，便匆匆下去准备了。

这时，安卡拿着三封新到的信件走进来，问圣主要不要亲自过目。诺杰按了按胀痛的太阳穴，做了个手势。

安卡会意地拆开第一封信，里面内容很短，是来自水晶城堡的消息。他清了清嗓子念起来：“尊敬的诺杰圣主，近日于公正堂内重新审判的夜碧剑被盗案已经真相大白。旺地代圣主尤多拉因犯陷害罪、偷盗罪与叛界罪被就地正法。此外，宝剑及部分抑法咒已流落魔界，法庭决定秘密派人前往蓦魑城追查线索。也请火焰城斟酌此事，防患于未然。水晶城书记官乌滋妮敬上。”

诺杰冷哼了声，眼睛微微眯起：“他们野心不小，居然偷走夜碧剑，看来我们有场硬仗要打了。安卡，你回信吧，告诉凯圣主，我这里会做好万全准备，随时可以迎战。”

他无聊地拿起酒杯轻呷一口，目光慵懒地瞟向安卡手中的第二封信。那是张包装精美的请柬，橘红色的信纸边缘烫着金箔。

安卡的嗓门骤然增高："圣主，这……这是蓦魈城金磐宫送来的请柬。您看，还有魔王克桀塔的印章呢。"

诺杰啪地放下酒杯，目光炯炯有神："快念。"

"致尊贵的火焰城诺杰圣主：下个月的首日乃良辰吉日，金磐宫将隆重举行三王子席勒克与灵界伊蒂斯公主的婚礼，请您届时务必赏光。蓦魈城克桀塔王印。"安卡放下手中请柬，小心地问："圣主，您打算怎么处理?"

诺杰的脸颊绷得紧紧的，淡金眸内暗潮汹涌。

"怎么处理，当然是回绝了。"一直默不作声的亚安德拉走出来，"旺地城的局势刚刚稳定，水晶城的力量也因夜碧剑而受到抑制。眼下，圣界内唯一可与魔界抗衡的力量便是我们。老臣认为，魔王决定在这时举办婚礼，其中必有蹊跷，圣主绝对不能贸然前往。"

诺杰坐直身子，有些烦躁地摆摆手："全是些令人头疼的字句。安卡，你去看看第三封信的内容，若还是坏消息，就不必再念了，留到明天吧。"

安卡小心翼翼地打开那封长信，眼神有些迟疑，停顿片刻才缓缓念道："诺杰，请允许我这样直接亲切地称呼你的名字。只有这样，才能表达我心中的感激，以及……"

没等安卡将第二句话念完，信就被诺杰一把拿过来。他的目光匆匆扫过末尾的署名，唇角展露出一丝笑意。他命所有人退下，然后重新打开那封信。

诺杰，请允许我这样直接亲切地称呼你的名字。只有这样，才能表达我心中的感激，以及不断提醒自己，你是怎样拯救了这个本来看不到任何希望的灵魂。不久前，父亲忽然告诉我，他向宗亲会坦白了我的身份，并打算修改祖训中有关人鱼的传说与条规。父亲的行事作风从来都是温和中庸的。而这次，他的做法坚定强硬，并不像是说说而已。

那之后的第二天，我母亲回到了灵波宫，以妃子身份陪在父亲身边。更令我惊讶的是，她的眼睛居然奇迹般地复明了。从那刻开始，我就知道，自己再不用戴着厚重面具生活。嘴唇也可以品尝到润泽的胭脂，那味道真的很香，很美。

这些奇迹一个个发生在身边绝对不是偶然，而是有个人，在我最无助绝望的时候默默伸出了手。当我意外看到你的亲笔信时，才明白了真相。父亲挑战祖训的勇气来源于那些慷慨激昂的鼓励，而母亲的眼睛也因涂了你送来的灵药后完全康复。尽管一声道谢无法表达我心中的感激，还是要说一声：谢谢你，诺杰。

火焰圣主读到这里，唇角微微上扬露出宽慰的笑意。伊蒂斯第一次用这种坦白诚恳的话语向他诉说心中的感受，将他当做可以信赖的朋友。诺杰惬意地拿起酒杯呷了口，继续看下去。

我静静地反思了很久，自己的所作所为到底是对还是错？通灵神镜这件事使我彻底地醒悟。虽然嘴巴还在坚持，良知已在责备自己的私心与任性。你的帮助使我没了后顾之忧，母亲回到灵波宫，无需再为她担心。席勒克派来的迎亲队伍早就住进皇宫，只等我将行装收拾好就可以出发。现在看来……没有理由再拖下去了。然而，心里还有些犹豫，魔界……确实是我唯一的选择么？

如果可以，真希望再次看到耀夕自火焰城徐徐升起，与你一同跃入那个有海藻有母亲的湖泊中遨游。我愿意将自己最美丽的笑容献给内心感激的人。可是……一切都太迟了。当我接受席勒克头上那枚黑角的时候，就已经……没有别的选择。我是西萨大帝心爱的女儿，不能做出任性举动伤害父亲的善意。我是灵界受人尊敬的公主，不可再因一己之私给这片国土带来不安与动荡。我唯一能做的，便是接受命运安排，无论前途是光明还是黑暗，都要勇敢地走下去。诺杰，你会祝福我的，对么？

伊蒂斯亲笔。

诺杰将信的末段再次读了一遍。“别的选择”……那是他临走时曾经说过的话，而如今，被伊蒂斯完全否定掉。失落么？怎会没有，此刻，就连口中香醇的美酒也变得有些苦涩了。

然而，这并不是唯一的感受。那个曾经恶劣到令他咬牙切齿的女子，正学着如何抛弃过往陋习，用一颗美丽心灵去品尝剩下的人生，这让他看到自己努力的结果。

火焰圣主坚毅的唇边再次泛起笑意：你说得没错，伊蒂斯，我会祝福你，亲口祝福你。

* * *

魔界，是由红光黑云包围而成的球形世界。位于南北两端的鹰爪谷与黑暗沼泽分别连接着圣界的辽兢山脉与约北郡，因而成为魔界的重要军事基地。除此之外，近百个城邦均匀地分布在球体内，环绕着悬浮于球心位置的蓦魈城。

魔界与灵界联姻的隆重婚典使平静二十余年的蓦魈城一下子热闹起来。天上飞的、地上爬的圣兽载着各地举足轻重的人物连日来陆续到达，住进魔王克桀塔新建的金磐宫。

火焰圣主率领神威四将自库弛背脊翻身而下，不约而同地仰望起红雾黑云下壮观华丽的金磐宫。整座宫殿自下而上由交错盘绕的楼层组成，看上去好似数百条升腾的蛟龙扭打嬉戏，只为争夺宫殿最高处若隐若现的宝珠。

望着眼前雄壮的景象，诺杰陷入了片刻沉思。二十五年前的战火将魔宫烧得满目疮痍，如今在废墟上重建起的金磐宫不见丝毫收敛，气势反倒更加嚣张。据闻，克桀塔在上次大战后取代战死沙场的兄长继承了王位。之后，他推行自给自足的政策，将整个魔界封闭起来，几乎不与其他世界有所往来。若不是这次婚典，即使身为圣主也很难有机会亲眼目睹魔界现今的风采。

这时，自宫殿的长阶上走下一队人影。为首乃一名身材瘦长的年轻男子，着华丽长袍，手中无兵器。一身高雅淡然的风度和他头顶两只油光锃亮的黑角有些格格不入。

那人来到跟前，微微颔首："我是二王子札鞑，代表魔界之王前来迎接诺杰圣主，这边请。"

火焰圣主回礼，带领四将跟着他进入宫殿。一路上，诺杰悄悄端详起走在前面的札鞑。据调查来报，金磐宫曾有过三位王子。大王子出生不久，连名字都没起就夭折了。长大成人的只有二王子札鞑与三王子席勒克。

两位王子在年幼之时就离开了蓦魈城，前往边远地区受训。札鞑在呼啸森林的神殿中修炼，如今是精通黑魔法的高人。席勒克则去了鹰爪谷开始军旅生涯，现在是魔军统帅中的灵魂人物。他喜欢将军这个称号胜过王子。

札鞑将五人领至行宫门前，吩咐宫内管事前来待命，就告辞了。火焰圣主一进入行宫，立即下令在宫殿内外布下结界以防泄露谈话机密。随后，他梳洗更衣，换上正式的礼服，带着礼品前往婚礼现场。

举行婚典的大殿内，宾客满堂。几乎所有邻近的国度与世界都派来使者。他们的席位前陈列着各式各样的奇珍异宝，远远超过新婚贺礼的档次，大概是要进献给魔界之主的礼物，为求在未来难以预测的政治军事格局中保住自己的一席之地。

火焰圣主带领神威四将一路走过这些热闹的席位，来到魔王克桀塔座下。诺杰恭敬地行礼道："我是来自火焰城的诺杰，代表圣界向陛下及王子殿下贺喜。"

一阵粗重的笑声自头顶传来："久仰圣主大名，今日得见，果然名不虚传，请坐。"

诺杰抬眼望去，高高在上的克桀塔身形宽阔，额头两角粗壮冲天。长角上穿着两串金环，一晃一晃，甚是夺目。他的左眼冒着青光，泛着寒意。右眼是深不见底的漆黑，失去眼球的眼眶仿佛埋藏着久远积累的怨恨，时不时抽搐着。

诺杰坐上属于圣界的席位。婚礼盛大的仪式及各色节目陆续上演，歌声笑语，佳肴美酒。在这座大殿上，有数不清的吸引人注意力的细节，他的目光却始终徘徊在由鲜花环绕的新王妃的宝座上。

今晚的伊蒂斯，美得犹如出水芙蓉，泛着夺目的光华，令人眩晕。一头卷曲金发高高盘在脑后，玲珑曲线被坠满珠宝的金色嫁衣轻轻裹住。那张从未施过脂粉的脸颊因彩妆勾勒而明艳动人。

第一次，将自己的真面目暴露在大庭广众之下，没了灵界诅咒的阴影，她的脸上洋溢着淡淡的微笑。那微笑，就像深海中的浪花一般清爽恬静，令人不由自主地潜得更深，沉浸在那微笑中，长久地不想出来。

然而，那带着微笑的目光，如今正充满着某种期待与憧憬，凝视着身旁的另一个男人。

席勒克张扬地大笑着，举杯痛饮美酒，手臂紧紧拥着他的新娘，满脸得意之色。魔界王子举手投足的每个动作，都在诺杰心里扎下一根小小的刺，又痛又痒。过去，他不曾在意席勒克的得失，如今，却有些嫉妒他怀中拥有的幸福。

大殿上喧闹的气氛，和他黯然神伤的心情形成了强烈对比。诺杰起身，穿过四周狂欢的人群，悄悄走出去。

火焰圣主在蜿蜒盘绕的走廊上缓步前行，不知不觉来到金磐宫的高处，望着宫殿顶端的宝珠，渐渐停下脚步。那宝珠泛着诡秘的光彩，翻滚游动，时而青蓝，时而暗红，时而如钢铁般坚硬，时而又似水雾形成的幻象，仿佛一触既破。

诺杰正盯着那宝珠出神，腰间的耀夕鞭忽然不安分地游弋起来。一个黑影在眼前迅速掠过，向宫殿深处闪去。

“谁？……站住！”

诺杰凭着耀夕鞭的强烈感应，在迂回复杂的走廊上继续追赶，拐了几个弯，来到一处偏僻无人的隐秘角落。本应暗淡无光的角落，正闪动着一簇暗红色火焰。他谨慎地走近，蹲下身，手指探向那燃烧的沙土，如此熟悉的炙热，只有一个可能。

“伊蒂斯，我知道是你。”

黑影再次出现，掀开斗篷，一头金色瀑布散落下来。“你不该来这里。”她淡淡道。

诺杰按压下内心的激动，唇边挤出一丝轻松浅笑：“可是我已经来了。难道，你不想再见到我吗？”

伊蒂斯的声音柔和异常：“我做梦都没想到，你会亲自来到金磐宫参加我的婚礼。”

他深深地盯住她的眼睛娓娓道：“我只是想确定，你现在很幸福。”

她轻叹口气，眼中闪过片刻的惆怅，如点点繁星沉落在夜空中。“如果那些有关战争的传言变成事实，我的幸福，就只是一句空话而已。”

诺杰神色渐渐凝重：“既然你已经知道了，接下来有什么打算么？”

伊蒂斯的姿态忽然变得庄严：“我是灵界的公主，是魔界的王妃，不管我有什么打算，就只为一个原因。无论是谁，都不能伤害向我效忠的这成千上万的子民。”

诺杰凝视着她，薄唇微动，欲言又止。

这是一个尴尬的时刻。作为圣界维护者，很可能会失去与灵界的友谊，成为魔界的头号敌人。而眼前的伊蒂斯，将会是第一个向他挥剑的人。无论过去的回忆有多甜蜜，对未来的憧憬曾经多么令人心潮澎湃，都无法将战争这道鸿沟填满。

他暗藏起唇角的苦笑：“伊蒂斯，我能理解你的立场，也尊重你的选择。我……”

“不，诺杰，你并不知道我的立场。”她打断他的话，“我对魔界扩大疆土的计划根本不感兴趣。我要做的，只是保护两界的子民不受战争牵连。所以……”

“拿回夜碧剑，就赶快离开这里。我不想看到战争的发生。”

诺杰神色大震：“你知道夜碧剑的藏身之处？”

她回转脸，眼神直白坦荡：“圣界丢失的夜碧剑，就藏在鹰爪谷席勒克的主帅帐篷内。这时候的防守应该比较松懈。”

诺杰一把抓住她的肩膀，目光严肃得可怕：“伊蒂斯，你知道自己在做什么吗？这样做，就等于背叛席勒克，背叛了魔界！”

夜晚淡红的光线照在伊蒂斯白皙的脸庞，她的目光毫无动摇。“不，这不叫背叛，而是捍卫。如果克桀塔父子的计划是要将魔界再次推入战火，甚至想把灵界与父亲牵连，以致生灵涂炭，那我，就会不惜一切代价阻止他们！”

他渐渐放松力道，大掌捧住她的脸颊，眼神有些复杂：“若是席勒克知道这件事，会怎么对付你呢。唉……伊蒂斯……你这折磨人的小东西，真让我牵肠挂肚啊。”

她深深靠向那宽阔的胸膛：“诺杰，无论情形变得多糟，我都不会与你为敌，灵界不会参与战争。我也要你承诺，不会向魔界宣战，能做到么？”

抬起她的脸，望进那暗潮涌动的深蓝眼眸：“我答应。”他在她的额头上轻轻一啄。

“太晚了，我该回去了。”伊蒂斯深深望了他一眼，消失在暮色中……

随着夜色渐渐浓重，魔界与灵界重大的联姻仪式终于落下帷幕。金磐宫外，自婚宴散场出来的魔界高官贵胄依旧兴致盎然，半醉半醒中高谈阔论。

二王子札鞑代表魔王克桀塔出来送客，反被几位族亲团团围住，为首乃一名叫布兰德的中年男子。

他重重拍上札鞑肩膀，涨红脸颊笑着挤出双下巴："我的……好外甥，舅舅……何时才能喝到你……你的喜酒啊？"

札鞑赶忙扶住他摇晃的圆胖身体："舅舅，您今天喝多了，快回去休息吧。"

"谁说我喝多了，我心里……清……清楚得很！陛下也太……太偏心了。虽说你们两个人同父异母，可都是他的亲……亲儿子，要成婚也该你……你先。这么漂亮的公主，真是便……宜席勒克那小子了。"布兰德抓住札鞑不松手，还要多说几句。

二王子不想和他纠缠下去，吩咐两名卫兵把布兰德的管家和坐骑找来。片刻，一位跛脚老翁牵着一头八腿怪兽走过来。

札鞑将布兰德扶上去，叮嘱道："大人喝醉了，你们小心服侍。"

跛脚管家点头称是，挥起缰绳，驾着坐骑离开金磐宫向蓦魈城外前进。

一路上，布兰德迷迷糊糊地嘟囔着："好外甥，别……别灰心。就算……席勒克现在掌握……掌握了兵权，你的法力却高……过他。攻占圣……圣界的时候，一定要抢着立……头功，让陛下知道，你才是最……最好的继承人。这样，我同你母亲也可以高……枕无忧了。"

正说着，一瓢冷水从天而降，洒在他脸上，一个陌生声音响在头顶："舅舅，你的酒也该醒了！"

布兰德刷地睁开眼，抹掉脸上水花："谁……谁这么大胆？"

坐在前方的管家回转头，露出年轻脸庞，竟是擒拿使冰岩。未待布兰德反应过来，就被猛地甩下地，那圣兽收起八只脚站立起来，贤长老显了原形。

布兰德挣扎着起身，发现自己被件不知名的法器捆绑着，越挣扎束得越紧，忍不住喊道："你们两个是谁？……竟敢劫持我？"

贤长老走上前，居高临下地望向他："你就是五年前曾经到过旺地城的魔界特使布兰德？"

一提到圣界的“旺地城”，布兰德眼神立即警觉起来：“你们找我干什么?”

冰岩蹲下身，靠得更近：“那么，一定是你从尤多拉手上拿走了夜碧剑?”

布兰德恍然大悟，随后鄙夷地一瞥：“哦……原来是圣界派来找宝剑的人。你们动作也太慢了，这么久才找上门来。”

冰岩一把拎起他的衣领，厉声道：“宝剑放在哪里，快说!”

“你们以为是在自家地盘上，可以放肆地大声说话。听清楚，本大人乃札鞑王子的舅舅。赶快放了我，否则，我那好外甥绝对饶不了你们!”

贤长老扯了扯他身上的绳索，不紧不慢道：“你恐怕不知道吧，我这根闹心锁让多少难缠的罪犯招了供，要不要尝尝它的厉害?”

“长老，这等恶人不吃点苦头是不会招的。”

贤长老无奈地叹了口气：“看样子，我就是想手下留情也不行了。”说着念动咒语，使得闹心锁在布兰德周身蠕动起来。

“呵呵……痒，痒死我了，呵呵……”那感觉如同千万只小虫在啃噬骨头，布兰德一边翻转打滚，一边叫着，“妈呀……我的心……痒死了……痒……哇呀……”

片刻工夫，他被折腾得大汗淋漓面色青紫，哀声求饶道：“停……别念了，我……我说。宝剑在……呼啸森林……黑魔法神殿。”

冰岩半信半疑地看向贤长老：“他的话可靠么?”

长老捋了捋胡须，思量片刻：“嗯……呼啸森林确实是魔界法力最强的地方。克桀塔为阻止我们偷袭，极有可能把宝剑藏在守卫森严的黑魔法神殿内。”

擒拿使猛地提起布兰德：“既然这样，你就带路吧。不过丑话说在前，我和贤长老都没耐性，要是带错地方，别怪闹心锁不听话!”

布兰德见暂时无法脱身，只好乖乖地屈服。于是，三人坐上冰岩的隐形小舟，向呼啸森林方向出发。途经几道结界，布兰德都识趣地交出通行咒语，让他们顺利通过。

行了一个时辰，冰岩怀间的联络牌闪动起来。一道黄光自联络牌中跃出，齐柯出现在二人面前：“诺杰圣主刚刚得到最新情报，夜碧剑如今就藏在鹰爪谷的魔军主帅营中，他特地派我会合两位前去夺剑。”

贤长老一脸水雾："这就奇怪了，我们也刚抓到个知情者，据说宝剑藏在呼啸森林中。嗯……到底谁的消息才是可靠的？"

冰岩想了想，斩钉截铁道："无论如何，两个地方必有一个是正确的，不能放过任何可能性。不如兵分两路，由我押解布兰德去呼啸森林，贤长老随齐柯前往鹰爪谷。你们意下如何？"

两人听后表示赞同。临走时，贤长老叮嘱道："我听说呼啸森林是个很恐怖的地方，你单枪匹马前去，要多加小心。"

"老兄放心，我自有分寸。"

血红色的天边，飘着片片浓黑乌云，一望无际的人体尸骨苍凉地扎立于土地间，泛着森森白光，一动不动。狂风席卷，隐约传来"嘎吱吱……嘎吱吱……"的呼啸声，听起来像骨头折断的声音，又像喉咙失了舌头的惨叫，更像幽魂毫无调子的哭泣那般凄凉阴郁。这就是呼啸森林，没有任何草木却被称为森林的地方，即使站在界外都会产生毛骨悚然的感觉。

"喂……你真要进去？"布兰德眼中露出胆怯神情，下意识后退几步。

"当然，我今晚就要取回宝剑！"擒拿使丝毫没有放慢脚步。

"等等，这么贸然进去，会送命的。"布兰德使劲拉住他，"这里是魔界禁地，没有陛下授权，任何私闯者都躲不过里面的重重关卡。只怕还未靠近黑魔法神殿，我们就一命呜呼了。"

"你害怕里面的机关，就不怕闹心锁吗？"冰岩眼神凌厉一扫，拽着他大步流星走进去。

呼啸森林的第一关被称为"白骨阵"，那些面目狰狞的尸骨是死在森林里的人。黑魔法将他们的灵魂搜集起来，并利用残存肢体作为抵挡私闯者的第一道障碍。冰岩一路穿过那些白骨，觉得这种摆设式的布阵不足为惧，充其量只能吓唬没有法术的老百姓罢了。

就在这时，不远处突然传来一阵恐怖哭声，忽高忽低，忽远忽近。布兰德赶忙缩到他身后："看……看那儿，有个女鬼！"

果然，前方白骨堆处伏着一人影。那人披着杂乱乌黑的长发，根本看不清脸，淡色身影随哭声上下震颤着，确实有些阴森恐怖。

冰岩二话不说，一个跟头翻过去，"哪里来的野鬼，看招！"举起手杖就要砍下。

"哇呀……救命！"尖利叫声着实把他惊得后撤半步。原来那鬼不是别人，而是两日未见的叶紫辛。

紫辛像看到救星般扑到他怀里：“冰岩，你怎么才来。你再晚点来，我就被吓死了。”接着，就三言两语地讲起自己的奇遇。

“什么，那个守护神说……你是圣界拯救者，还将你送到这里与我会合？……简直胡闹！”冰岩拉起她就向呼啸森林外冲去。

紫辛一路小跑地跟着，气喘吁吁地问：“你怎么了，干嘛走得这么快?”

冰岩心乱如麻，又无法向她解释。为什么满月光没有将紫辛送走，而自称“守护神”的家伙又是谁，那个不可思议的故事究竟是不是真的，他都没有时间去考虑。唯一清楚的是不能留她在这里冒险。

紫辛忽然惊叫道：“哇呀，骷髅……骷髅拉住了我的胳膊!”

冰岩倏地转过身，一拳打飞那具蠢蠢欲动的尸骨。这时，周围带血肉的骷髅肢体开始跃跃欲试，渐渐聚集在前方，挡住了去路。

“快……快调头!”擒拿使大吼一声，带着紫辛与布兰德向森林深处奔去。

四面八方涌来的骷髅越来越多，逐渐将他们重重包围。两具骷髅将紫辛死死按在地上，撕扯她的头发衣服。冰岩挥起手杖，劈里啪啦打得它们身首异处。

这时，独自在旁挣扎的布兰德冲他大声嚷道：“这样不行！它们的数量太多……根本打不完。只有将尸骨上错位的部分还原，才能破除黑魔法的控制。”

尸骨错位的部分？冰岩随手抓起一具张牙舞爪的骷髅，从上到下仔细查看起来：“哪里错位，在哪里?”

紫辛摆脱束缚从地上爬起来，发现身上还挂着一节血肉模糊的手臂，惊得一跳，将它掸落在地。

那长着六根指头的手臂在地上继续爬行着，紫辛定睛一瞧：“冰岩，看……六根指头!”

擒拿使捡起那只手臂，恍然大悟。他双手合一念起咒语，水晶手杖霎时放出万缕光束照亮整片骷髅群。顷刻间，骷髅右手多出的指头还原到左脚残缺的部位。

几乎同时，血红天边飞来道道白光，逃离了黑魔法控制的灵魂，依次还原到躯体内。骷髅因找回灵魂则化成粉末撒入土地，漫无边际的森森白影立即消失得无影无踪，光秃秃的山坡一下子安静。

三人大松口气，继续向前赶路。没多久，前方出现一座大山洞，冰岩率先探入半个头，一阵飓风扑面而来。随后，他与布兰德就不见了踪影。

“冰岩……冰岩……”紫辛扒着洞口边缘冲里面喊了几声，没人回应，心里更加害怕。但一想到自己拯救者的身份，又觉得里面黑暗的未知世界也不再令人望而却步。

“等等我……”紫辛高喊一声踏进去，双脚顿时踩空，身体急速坠落，她紧张得闭上眼。片刻后，一个宽阔的怀抱接住她。

“紫辛……别怕，是我。”

“这是哪里?”

原来，三人自黑洞下落，掉进了一个拥有不同颜色墙壁的方形空间里。

“这大概就是传说中的‘魔幻格’。”被闹心锁困住的布兰德吃力地用衣袖擦擦额角汗水。

“魔幻格是什么机关?”擒拿使用手杖一点，闹心锁听话地松了一圈。

“据说，被魔幻格困住的人在一个时辰内逃不出去，就会变成很恐怖的模样，永远地留在这里。”

紫辛紧张地在方格四壁上乱摸起来：“这里好像根本没有出口。冰岩，怎么办？我不要变成恐怖的模样，我不要留在这里!”

擒拿使搂住她颤抖的身体，抚摸那头有些凌乱的黑发：“别担心，有我在。我会想办法的。”

魔幻格的空间很小，根本无法站起身，三人只好靠墙坐下。擒拿使问起魔幻格的破解办法，布兰德说当方格内墙壁颜色全部一致时就会有出口。

正在这时，光线忽然暗下，四壁通通变成了灰色，他们背靠的那面墙缓缓打开。“快，快走!”三个人顺着那方向迅速往上爬，来到了新的空间。

未料，趴在顶壁上的一只巨型蜘蛛对他们发起攻击。蜘蛛刷地喷出丝网将紫辛缠住拉上去。紫辛高声求救，很快被蜘蛛连续喷射出的细丝封住口鼻。

就在这时，水晶手杖蓝光一闪，打掉蜘蛛的一条腿。它顺墙而下，虎视眈眈向擒拿使逼近，发出“呲呲”响声。冰岩一动不动盯着它靠近。就在蜘蛛张开血口准备吞噬时，他迅速挥起手杖直探入血口，猛地用力上挑。蜘蛛被刺穿头颅，绿色浆液四溅。

“紫辛，你没事吧？”还未来得及将丝网剥落，就听一声轰响，顶壁缓缓打开。擒拿使一手拉住布兰德，肘臂夹着叶紫辛又向上前进了一格。

他赶忙扯去丝网，见紫辛脸色苍白没了呼吸。“紫辛，你醒醒，快醒醒！”冰岩拍着她的脸，眼神越发恐惧。

“你先别急，看看她喉咙里是不是还有残留的蛛丝。”

冰岩的手指慢慢伸入她的口中，果然拉出一团黏稠的白丝。

“咳……咳……”紫辛大声喘起粗气，脸色逐渐恢复红润。

冰岩轻拍起她的后背，感激地望向囚犯：“谢了，布兰德。”

正在这时，方格内全部变成红色，墙壁再次打开。三人刚想爬过去，就见一道烈火挡住去路，时而变成火蛇顺着墙棱游弋盘绕，时而变成火墙丝毫不留缝隙。

见冰岩正要出招，布兰德大声疾呼：“千万不能灭火，否则，那个出口就会永远地关上。只有趁火蛇出现时，从它身体中间跳过去才是唯一办法！”

“可是火势那么凶，怎么过得去啊？”紫辛觉得火光烤得脸热烘烘，空气越来越闷。

“没时间了，那面墙要是关上，我们都得完蛋！”布兰德惶恐地叫道。

冰岩一伸手将紫辛整个人拎起来：“别怕，不要乱动。”他紧张地盯住那面火墙，心中默数着，一……二……三。数到三的时候，火墙忽然变换成盘绕的火蛇，他猛地一抛，叶紫辛不偏不倚从火蛇身体间的圆形空当飞出去。接着，他用同样方法将布兰德也送出去。

火墙范围逐渐缩小，眼看出口就要关闭。

“怎么办，冰岩还在里面。”紫辛扑过去，双手使劲扳起徐徐下降的墙壁。

“紫辛……”他的声音被落下大半的石墙阻挡住。

“冰岩，你快出来，出来啊！”她的双手已经起不到任何作用。

“冰岩……冰岩！”紫辛急得哭喊，泪眼婆娑。

就在石墙落下的刹那，缝隙中忽然蹿出一道银蓝光束。

“傻丫头，哭什么，我不是好好的。”

“冰岩……”看到他安然无恙，紫辛喜极而泣，“吓死我了，还以为……讨厌！为什么不早点变身出来，人家的泪腺失灵关不上啦。”

“紫辛，快看，我们已经离开了魔幻格。”

站在昏暗小路上，望着不远处的神殿，三人的紧张情绪渐渐平复。魔幻格果然是非常厉害的机关，除了非凡的法力功力外，它对闯关者的反应速度与灵变能力也有很高要求。像他们这样死里逃生的人简直寥寥无几，而那些蜘蛛、火蛇等等，就是被困者的下场。想到这，冰岩不禁加快脚步，想快些离开这鬼地方。

行不久，三人终于来到黑魔法神殿前。神殿外根本没有人把守，厚重的门大大敞开着，里面黑着灯，只有大殿深处泛着淡淡绿光。

“冰岩，那个……是不是夜碧剑啊？”

擒拿使盯着大殿高台上闪着淡光的宝剑，眼神异常紧张。他赶忙拦住紫辛：“先不要乱动，里面一定有机关。”说着从地上随手捡起一枚石块往里扔去。

只听“啪”，石块被分成小块，其中一部分继续前行，“啪”，又一声。第三声之后，石块剩下的部分落在高台上。

“神殿内有三道机关？”冰岩看向身边的囚犯。

“没错。这三道机关分别由三道蕴含黑魔法高深原理的难题掌控。要想接近夜碧剑，你就得答对所有问题。”

布兰德眼露得意之色：“你虽然闯过几关，却对我们的黑魔法一窍不通，又如何可以拿到夜碧剑？还是投降吧，念在你是个人才，我会向陛下举荐，到时高官厚禄也说不定，怎么样？”

擒拿使眼神严厉得可怕：“布兰德，你的皮又痒痒了？”

紫辛凑近耳畔，悄声问：“冰岩，你对黑魔法到底了解多少？”

他不动声色地轻声答道：“同你的水平差不多。黑魔法是门深奥的学问，同圣界的法术相比，在咒语与思路上都有很大差异。”

紫眸中浮现一丝诡秘的笑：“布兰德，你这个特使应该算得上精通黑魔法吧？”

他赶忙摆手摇头：“不行不行。这次，我可不能透露半点玄机，否则就是叛界，要被杀头的！”

“既然这样，我也不想再浪费时间。如果答错的话，就由你这皇亲国戚以身试法吧。”冰岩二话不说，揪着布兰德走进去。

昏暗的神殿内出现一束光线，径直照亮左边墙壁上浮现的一排文字：安卡察尔人的胡子用来……

下一秒，右边墙壁出现三个答案：一、自卫。二、传递消息。三、辅助牙齿吃东西。

冰岩想了想，就用手杖轻轻点住第三个答案：辅助牙齿吃东西。脚下石砖咯吱吱地移动起来，三人向前移动了几米。

布兰德不屑地哼了声：“嗯……看来也不是完全无知么。”

紫辛大松口气，忍不住赞道：“冰岩，你好厉害呀！”

他悄悄答道：“我是瞎猜的。”

第二题：射杀沼泽里的怪兽需要用到：一、弓箭。二、脚。三、茶杯。

紫辛忍不住笑起来：“这问题太简单了，连我都知道答案。杀怪兽当然是用弓箭了。”

冰岩也觉得这答案没什么不妥，况且，其他两个选项看起来与题目毫无关系。

手杖刚刚点中一号答案，就听布兰德在旁怪叫起来：“蠢材！弓箭是用来射天上飞的，而沼泽里的怪兽在听到猎人脚步声时就已吓破了胆。‘脚’才是正确选择。”

话音刚落，半空就射下密集箭雨。“挡！”水晶手杖飞速旋转起来，形成一面银蓝盾牌将飞来的箭全部折反出去。紫辛紧紧靠着冰岩站在“盾牌”下，校服短裙因旋风的力量飘起，露出瑟瑟发抖的双腿。

过了好一阵，机关才停下来。布兰德惨叫一声：“痛死我了，你保护人的技术差到……居然让一支箭扎到我的脚趾上。哎哟……轻点。”

冰岩不客气地替他拔出箭，调侃道：“下次如果不想再受皮肉之苦，就趁早说出正确的答案，这才是明哲保身的做法。”

他目光一扫，停在最后一道题目上。力量的本源是：一、法力。二、武力。三、心力。

冰岩紧抿着嘴唇，神情异常紧张。他思考了很久，久到紫辛已经问了三次，答案……仍旧不能确定。若以圣界法术角度来看，力量的本源就是法力。而以黑魔法角度来衡量，答案应该有所不同吧。选择武力，还是心力呢？

冰岩忽然回忆起出发前曾经了解到的消息。据说魔王在两个儿子年幼时就将他们送去磨炼，一个送到军营，一个送来黑魔法神殿。换句话说，两位王子，一个在修炼武力，一个则在修炼……

“心力！”他刚要伸出手杖，就被紫辛按住。

她的眼神有些不安：“冰岩，你确定吗？”

俊朗的脸颊挤出难得笑意：“相信我，紫辛。”

就在手杖指向答案那刻，脚下石砖再次移动，将三人送到供奉夜碧剑的高台下。

大殿豁然明亮，一个并不陌生的声音响起：“擒拿使不愧为圣界英才，以如此快捷速度来到这里，实在令人佩服。”站在高台上的人正是金磐宫前曾有一面之交的二王子札鞑。

冰岩手疾眼快，倏地将手杖顶住布兰德下颚：“札鞑，赶快交出夜碧剑。否则，你舅舅的命就不保了！”

布兰德一听，吓得直哆嗦：“别……别杀我。好外甥，他是认真的，快把宝剑给他吧。”

札鞑毫不慌乱，唇边扯出一丝冷笑：“看来，擒拿使答对了刚才那道题，却并不明白其中的含义。好，我就给你上一课。黑魔法修炼的正是力量的本源——心力。当一个人心中不再有男女私情，不再有骨肉亲情的时候，才能达到心力的最高境界。所以……”

话音未落，他猝不及防地击出一道黑色闪电，直冲二人而来。擒拿使立即挥起手杖挡在胸前，只听身旁传来一声哀号，布兰德被黑色闪电击中胸口，倒在地上一命呜呼。

冰岩震惊之余，更加气愤。他挥起手杖，指向札鞑：“你这衣冠禽兽好狠心，他可是你亲舅舅啊！”

札鞑目光冷淡，不经心地掸了掸指尖：“在我眼里，他的命根本比不上夜碧剑的价值。怎么，擒拿使不会因为没了人质就无胆同我较量吧？”

“笑话！我的冰岩杖还怕你的黑魔法吗？”

札鞑眼角露出狡黠光芒：“擒拿使的功夫当然不可小视，就算我的黑魔法也无法轻松胜你。但别忘了，我手上可有一件非常厉害的宝贝。”他唇角的冷笑让紫辛莫名地恐惧。

“它能够抑制这世上的任何一种法力。难道你不怕么?”札鞑手上不知何时已经握住夜碧剑。

下一秒，夜碧出鞘，剑光如碧，夜似白昼，万法归一。

冰岩心中大喊不妙，一个灵巧后跳，逃离第一道绿光的袭击。紧跟着，札鞑挥动宝剑，碧光分化成数百光点，满天飞舞，仿佛天罗地网要将飞蹿的白色身影捕捉。

就在这时，冰岩出其不意地落在札鞑身后，眼看手杖就要击中王子的要害。千钧一发之际，札鞑猛地回转身，锋利的剑刃直指擒拿使额顶。

瞬间，四周的空气凝固住。那道碧光缓缓划过紫眸，掠过他俊逸如斯的脸颊，在白衫上落下点点鲜红血迹。水晶手杖自长指间悄然滑落，顺着台阶滚下，发出清脆声响，来到紫辛脚边。

“冰岩……”她惊恐地盯住这骇人一幕，思维停止住，眼前顿觉一片昏暗……

第十六话

双重身份

金磐宫的议政大殿内，魔王得意地仰头大笑，长角上的金环随着粗重呼吸声叮当乱响。

“札鞑，干得好！”克桀塔重重拍下王座扶手，左眼射出震慑朝堂的威严目光。

二王子起身微微行礼：“父王放心，只要有孩儿在，他们休想夺回夜碧剑。有了这宝贝在手，圣界就成了我们的囊中之物。”

席勒克随即起身表态：“父王，鹰爪谷的军队已部署周密，随时可以攻入辽兢关寨。不如让儿臣明天出发，打敌人个措手不及。将那些库弛抽筋扒皮，好为您失去的眼睛报仇。”

克桀塔面露满意神色，摆摆手道：“你刚新婚，不要着急出征，应该在新王妃身上多下点工夫。她父亲和圣界的关系非比寻常，你要尽快通过她，把灵界的力量控制在手。”

席勒克神色一沉：“就算不急着出征，也该把火焰圣主一行人干掉，以绝后患。”

札鞑摩挲起下巴，眼中露出狡黠的光：“要杀掉那五个人简直易如反掌。不过，圣界的军事机密就无从探知了。不如留着他们，日后可能有大用处。”

克桀塔走下宝座，热情地揽住二人肩头：“嗯……讲得都有道理。我有两个出类拔萃的孩儿，魔界未来的霸业指日可待了。唉……只可惜父王年事已高，不再有当年之勇。否则，真想和你们轰轰烈烈地大干一场啊。”

父子三人幻想起未来成就霸权的情景，各自露出狂妄得意的神情。

“父王，儿臣还有事要请示。昨晚我在神殿里抓到的偷袭者，您要如何处置？”

“女的暂时关入大牢。至于那个擒拿使……想办法让他归顺于我们。”

札魆点点头，脸上又浮现一丝疑惑：“父王，儿臣还有一事觉得有些蹊跷。昨夜和冰岩交手时，发现他的法器有些眼熟，又想不起在哪里见过，所以特意带来向您请教。”说着，递上了手杖。

克桀塔接过水晶手杖仔细端详起来，目光变得高深莫测：“嗯……这质地确实像紫荆族人体内自然生成的水晶。没想到原本只用来劳作的工具居然能被修炼成如此神奇的旷世法器，实在出人意料。”

札魆指了指：“父王，您看，在这手杖顶端还有一个三叉戟的图印。”

克桀塔的目光落在那个雕刻得十分清晰的图印上，顿时变得惊异错愕：“这个擒拿使在哪里，快带我去见他!”……

金磐宫某寝宫内。

冰岩躺在床上，双眼紧闭昏迷不醒，额头明显肿起两个大包。一位全身紧裹黑袍只露双眼的巫医正在为他清理伤口。这时，一阵急促的脚步声自外廊传来，魔王带着两位王子急匆匆走进来，侍女巫医连忙跪倒一片。

克桀塔来到床前端详起擒拿使的脸，用手拨开他的眼皮，唇角扯出一抹笑意：“这小子的命还挺大。”

魔王摸了摸冰岩额头上鼓起的大包，询问道：“丹察金，他的伤势如何?”

巫医丹察金曲膝行礼：“陛下，擒拿使只是暂时昏厥，面颊有些擦伤，并无大碍。”

札魆赶忙解释道：“儿臣知道父王想将他劝降，所以手下留情，未用夜碧剑打散他的法力。”

克桀塔松了口气，神色激动起来：“太好了！札魆，我们在紧要关头又多了一个强大力量对付圣界，简直是老天的眷顾!”

这时，昏迷的冰岩嘴唇微动，轻轻呢喃着。克桀塔压低脖颈一听，问道：“谁是‘紫辛’?”

“就是和擒拿使一起被抓的女孩。”

“把她带上来。”

片刻，门外传来响动，叶紫辛被推进这间华丽的寝宫。她警戒地望向四周，最先看到昨晚神殿中的二王子札魆，然后是身着盔甲的三王子席勒克，最后发现躺在床上脸色苍白的擒拿使。

紫辛几步奔过去，轻轻摸着他的脸颊："冰岩……冰岩，天啊，你的额头怎么又烫又肿？"

她转过头盯住札鞑："你这个坏蛋，要废他法力就废呀，干嘛用夜碧剑敲他脑袋，难道非要让他变成傻子才善罢甘休吗？"

札鞑不屑地冷哼："说什么疯话。谁会愚蠢到用宝剑去敲他脑袋。"

紫辛死撑着一副理直气壮的样子："不是你，还有谁能将他害成这样。你要负责把他治好，不然……不然我不会饶你的！"

一直冷眼旁观的克桀塔走近她："想不到圣界也有天不怕地不怕的丫头，站在金磐宫里还敢如此放肆，够胆量！"

紫辛注意到站在身后的独眼男子，那唯一睁大的左眼射出骇人光芒，令人不敢对视。"你……是谁？"

巫医丹察金清了清嗓子道："魔界第一百五十七代帝王克桀塔陛下在此，还不快行礼。"

此时，魔王的样子凶得要将人生吞活剥般，可越是这种情况，就越不能显得胆怯。

她深吸口气，大义凛然道："你们不要以为抢了夜碧剑，就可以对付圣界的千军万马。如果不想看到神威骑兵踏平这金磐宫，就早点交出夜碧剑，释放我和冰岩。"

魔王目光诡秘地盯住她："嗯……你叫叶紫辛，是吗？你听好。既然夜碧剑已来到魔界，就属我界法宝，谁也休想拿回去。至于擒拿使，他会留在金磐宫，为我效力。"

这话什么意思？冰岩怎么会为他效力？难道……魔王想要收买冰岩，用他来对付圣界吗？这是千万千万不可以发生的事！她一定要阻止，就算自已的力量在这杀气腾腾的魔宫内微乎其微，也不能就此退缩。

"你少做梦！就算杀了冰岩，他也不会做你们的走狗。他是堂堂水晶城的擒拿使，是为圣界而战的英雄。"

克桀塔忽然逼近，厚重手掌一把钳住她下颚："丫头，你放肆的口气不小。想知道没有本事却要逞能的下场是什么吗？"说着将她甩给两名侍卫："割下她的舌头！"

这下，紫辛有点害怕了。她拼命挣扎着，大声疾呼着，无奈身体还是被拖向门口。冰岩！冰岩！离他越来越远了。天啊，谁来救救她！

记忆中多少次，不管他们相隔多远，每当她呼救的时候，冰岩总能及时出现在身边，叫着她的名字，保护她离开危险的境地。而这一次……

“紫辛……”床头方向传来虚弱声音。擒拿使奇迹般地睁开眼，缓缓撑起身，看到在侍卫手臂间扭动挣扎的叶紫辛。

他艰难地走下床，踉踉跄跄来到侍卫面前，全力推开那两人，一把抱住她：“紫辛……别怕，有我。”

这一刻，紫辛再也无法支撑下去，脆弱无助地伏在他胸前颤抖着：“冰岩，我们到底该怎么办？”

札鞑忍不住阴笑两声：“擒拿使果然是英雄本色，儿女情长。只可惜，你现在变得这么虚弱，还想保护谁？”

冰岩回转头，眉间积聚着不屑：“札鞑，你仗着夜碧剑的力量才敢与我对阵，难道对自己的黑魔法这么没信心。有本事，我们堂堂正正打一场，再论……输赢……”话音刚落，他就痛苦地抱住额头，跪倒在地。

紫辛扶住他：“冰岩，你怎么样？是不是头很痛啊？”

席勒克双手环胸，目光斜睨：“只受了点皮肉小伤，就虚弱得要靠女人的肩膀来支撑。就凭你，也想和我二哥斗法，还是算了吧。”

“你说什么！”冰岩气得面红耳赤，忍住头痛冲过去，一把揪起他的衣领。

克桀塔朗笑着打破僵持气氛，来到四人中间：“你们别闹了。都是自家兄弟，还谈什么打打杀杀。”

这句话，让所有人都愣住。

半晌，将军怪叫道：“父王，您说谁是自家兄弟？”

魔王清了清嗓子：“札鞑、席勒克，你们两个听好。冰岩是我失散多年的侄儿，是你们的大哥。”

“什么？”冰岩松开手，不敢置信地盯住克桀塔，“你再说一遍。”

魔王眼神不再骇人，语气间流露出些许忧伤：“冰岩，其实……你是我王兄与紫荆族女巫格莉妮的孩子，在二十五年前的战争中流落他乡。你父王去世后，我曾几次派人到圣界寻找，却一直没有消息。你我叔侄能在今日重聚，是上天的安排。”说着激动地扶住他的肩头。

冰岩震惊到极点，根本无法冷静思考听到的每句话。他下意识地冷笑一声："哼……你以为我是三岁小孩，轻易地相信这些鬼话。克桀塔，不要再玩把戏了。不管你说什么，我都不会背叛圣界！"

魔王将水晶杖还给擒拿使："我知道，以你现在的身份与立场，很难接受自己的身世。你看，这柄手杖上刻的三叉戟就是代表我王兄的图腾。只要当年参加过战争的圣界老兵，都会记得魔军战旗上那个鲜明的标志。这一点，你们城堡中的几位长老就可以作证。"

冰岩麻木的眼神汇聚在三叉戟清晰的纹路上。这个图腾的含义，他曾在心中作过千百次的假设，难道刚才听到的解释才是事实吗？

不……不对，克桀塔是在拉拢他。为了令他信服，一切事实都可以是虚假的。

擒拿使抬起头，眼神坚定："你以为单凭这个图腾就可以说服我？这根本就是个巧合，一个被你利用的巧合！"

"巧合？"克桀塔忽然逼近，手指点向他的额头，义正词严道："难道这正在钻出皮肤的黑角也是巧合吗？见识广博的擒拿使不会连这点常识都没有吧。黑角是魔界王族血统的象征，就算从未在魔界生活过一天的你，身上仍流淌着我王兄的血液。无论相信与否，冰岩，你都是金磐宫名正言顺的大王子！"

擒拿使踉跄地退后半步，伸手摸向额头。刹那，皮肉间灼热撕裂的疼痛真实地刺激着神经。仿佛……一股无法阻挡的力量正在体内蔓延着，似要将他的信念完全摧毁掉。不，不可以！猛然间，头脑里全乱了，不知道自己还能坚持多久。

紫辛望着他惶惑无助的神情，担心地问："冰岩，你真的相信他的话吗？"

下一秒，冰岩紧紧拉住她的手："紫辛，我们走，现在就回家。"此时此刻，唯一能够坚固决心的办法就是回到圣界。若要揭开身世之迷，他也只愿相信远在双色镇父母亲的话。

正当二人大步流星向门口走去时，背后传来魔王冷酷的声音："家？这里才是你真正的家。难道，擒拿使连母亲都不愿见就要离去吗？"

冰岩僵硬地回转身："母亲？"

克桀塔答道："你的母亲，她在紫荆族等你。"……

与此同时，金磐宫另座行宫内。

达也什急匆匆来报："圣主，回来了！"

诺杰看到铠甲破裂伤痕累累的齐柯，奔上前扶住他："这是怎么回事?"

齐柯将达也什递来的水大口喝尽，说道："圣主，我们上当了。我和贤长老前去敌军大营夺剑，还没靠近主帅帐篷，就被埋伏好的魔军包围。我好不容易才拼杀出来，贤长老……长老……他被生擒了。"

"什么?"诺杰不敢置信地瞪大眼，"……怎么可能。这消息是伊蒂斯亲口告诉我的，不会有错。"

齐柯听后惊呼一声："我的圣主啊，您怎么能相信她的话呀。她可是魔界的王妃，我们的敌人啊。"

诺杰仿佛被人当头一棒，愣了片刻，随后出拳重重捶向墙柱："我真是太愚蠢，太大意了!"他转过脸："齐柯，你们赶快收拾行装，我们立即返回圣界!"说着，夺门而出。

火焰圣主气急败坏地来到王妃寝宫，把侍女们吓了一跳。"圣主，请您在外等候，王妃正沐浴……哎哟……"

诺杰猛地推开侍女，闯进去，隐约看到房间另端的浴池内伊蒂斯朦胧的身影在晃动，于是径直走过去，一把扯下纱帐。

王妃有些惊讶地望向圣主："你怎么来了?"

诺杰尽量压住火气，低声道："我有话要问你。"

伊蒂斯摆了摆手，遣散剩下的两名侍女。她站起身，不缓不慢披上袍子："圣主要来探望我，也该让人通报一下，免得我这样狼狈。"美眸轻轻瞟向他："怎么样，夜碧剑的事情办得还顺利么?"

诺杰死死盯住那张若无其事的脸颊："王妃沾了蜜糖的嘴巴真厉害。有你的关照，还有什么事情办得不顺利。"

他的眼神冷酷得没有丝毫温度："我还以为摘下那面具，就能看到一颗真实善良的心，这想法简直太可笑了。"手掌忽地钳住她的下颚："让我再看看这张所谓无辜的脸，这双伪善的眼眸，这副用来欺骗人的面具!"

伊蒂斯脸色变得苍白，试图推开他的手："诺杰，你在说什么?"

正在这时，门口传来一声轻咳，"原来这里有客人。"身着便装的席勒克不知何时已经站在门口。将军径直来到二人面前，黄绿双瞳很有深意地看向伊蒂斯，使她的脸色更加难看。

席勒克忽然将伊蒂斯揽入胸怀，眼神高深莫测："圣主不应该为难我的王妃，昨夜鹰爪谷伏击之事全是我的主意。而她……只是遵守一个妻子应有的本分而已。”

诺杰目光重重震颤：“你说得没错，她确实是个尽责的好妻子。”

他望向王妃无措的眼神，一字一句狠狠道：“我会牢牢记住今日的教训，不会再犯错！”说罢，甩开披风头也不回地冲出去。

伊蒂斯身体僵直地立在原地，仿佛刚才听到看到的，全是虚幻不真实的。然而，心中却在一遍遍挣扎着想要答案：为什么，为什么诺杰会变成这样，她到底哪里做错了？

“我的爱妃，你在想什么？”席勒克探索的眼神望向她。

“没……没什么。你不是要去鹰爪谷，怎么会在这里？”她极力掩饰起内心波澜。

席勒克轻抚上她的脸颊：“我怎么放心这么美丽的王妃一个人留在宫里。”说着将她打横抱起走向床边。

伊蒂斯神情恍惚地倒在床上，任凭席勒克健硕的身体压上来。厚实大掌猛地扯开虚掩的袍子，粗鲁地抚摸着她修长细滑的大腿。他的嘴唇毫不怜惜地啃咬起那柔嫩的酥胸，白嫩的脖颈，来到她润泽的唇边。

“嗯……”伊蒂斯下意识微皱起眉，侧过头躲开了那个吻。

席勒克眼中的迷醉霎时消失，表情变得狂暴：“为什么？……我得到你的身体，却得不到你的心？”

“你干什么，弄痛我了。”伊蒂斯挣扎地想要逃离，双手却被牢牢定住。

“女人，不要以为我什么都不知道！你昨晚煞费心机地将我灌醉，为的就是向他通风报信。”

这话让伊蒂斯骤然冷静：“原来……你是在装醉，故意告诉我那个假消息。”

席勒克松开她：“你的做法让我非常的不悦。这笔账，我就暂且算到火焰圣主的头上，也是对你的警告。我不希望这种事情再发生一次！”

伊蒂斯不敢置信地回视那黄绿双瞳：天啊，她太低估席勒克了。他暗藏的多疑与狡猾在不知不觉中摧毁了她与诺杰好不容易才建立起的信任。不，不可以，她一定要设法挽回。

伊蒂斯倏地翻身下床，拉紧外袍向房门奔去。席勒克以更快速度挡住去路，猛地拎起她的手腕，眼神凛冽：“你要去哪里?”

“你放手，我要将真相告诉他!”

将军瞪起眼吼道：“伊蒂斯，你脑子糊涂了吗？你已经是我的妻子，魔界的王妃。而他火焰圣主，是我们共同的敌人!”

伊蒂斯停止挣扎，冷笑道：“魔界的王妃？……多么好听的词，你休想用这个头衔来压我。我还是原来的我，我想做的事情，没有人可以阻止!”

席勒克无法压抑的愤怒在胸膛内强烈震荡着：“伊蒂斯，不要以为自己是灵界公主，就无人敢教训你!”说着猛地举起拳头挥过去。

她没有闪躲，骄傲的头高高扬起：“你要杀我吗？也好，既然这婚姻只是你们攻占圣界的一步棋，倒不如现在就毁了它!”

“你……”望着深蓝眸中坚定执傲的神情，席勒克的大掌定在半空始终无法落下。

半晌，他狠狠道：“别忘了，火焰圣主还在金磐宫里。你要是不想让他吃苦头，就别再和我作对。”说着夺门而去。

霎时，整座寝宫被将军的结界封锁住，“开门……快开门!”任凭她如何敲，如何砸，那扇紧闭的门丝毫不为所动。骄傲的伊蒂斯，天不怕地不怕的伊蒂斯终于尝到恐惧的滋味。

“我还以为摘下那面具，就能看到一颗真实善良的心，这想法简直太可笑了。让我再看看这张所谓无辜的脸，这双伪善的眼眸，这副用来欺骗人的面具!”那冷硬的声音、痛恨交加的表情，恐怕她这辈子都不会忘记。

不，不要恨我。诺杰，我是无辜的，一定要相信我!

伊蒂斯紧紧抓住垂在心口的衣衫，无助地蜷缩在门边。如果没有嫁给席勒克，她还是诺杰心中善良的美人鱼。如果她没有选择来到魔界，火焰圣主不会陷入这危险的境地。如果没有这个联姻，灵界就可以躲过战火的燃烧。她脑中的“如果”堆积得越来越高，心中的“后悔”就越来越深。

此刻终于明白，自己犯了一个多么严重的错误。

当她暗下狠心闯入他的世界决意争夺通灵神镜的时候，当他气宇轩昂闯入她的世界决心与她斗争到底的时候，就已经别无选择了。从那刻开始，她的心就注定属于他，无论是敌人，还是情人，都无法改变这个事实。除了诺杰，任何一个选择都只会将她推入痛苦深渊，就像现在这样，无力自拔……

火焰圣主脸色灰白地回到行宫，未提只言片语，吩咐四将立即出发。五人刚走到行宫门口，就被迎面一队卫兵拦截住。

“将军有令，请圣主暂时留在宫内。”

齐柯低声说：“圣主，他们想要囚禁我们。”

诺杰悄声答道：“不能坐以待毙，我们冲出去。”

五人互相递了眼色，只见耀夕鞭率先劈出红光撂倒前排守卫，四将也拔出法器同卫兵拼杀起来。他们渐渐开出一条血道，冲出行宫。

五人奔走在蜿蜒盘绕的走廊内，左拐右转。金磐宫地形复杂，很难摸清方向，再加上许多地方被通行咒语把守，根本入不得出不得。只听后方传来一阵骚乱，隐约夹杂着席勒克的声音：“搜！给我一寸一寸土地搜！”

眼见前方道路越来越窄，似乎已到尽头。齐柯焦急地低喊：“圣主，怎么办？将军的人就要追来了。”

“齐柯，拿着这个！”诺杰递给他一只金令牌：“你先走，我们四个做掩护。到了辽兢关寨，你就调兵遣将准备迎战。”

大个子一听连连摇头：“圣主，您不能冒险！只有您才能领导神威骑兵的百万雄狮，还是让我留下来断后吧。”

诺杰着急地瞪起眼：“你敢违抗军令！快给我走。”他刷地挥起长鞭猛地朝地上一抽。

一个苍老声音响起：“你们不用再争了。”话音刚落，自旁边结界走出一名黑袍遮身的巫医：“要想安全逃出金磐宫，就跟我来。”说着，又钻入结界。

诺杰不知对方是敌是友，迟疑片刻。

巫医在结界那边低喊：“还等什么，席勒克的卫兵快到了。”

形势紧急，顾不得多想，火焰圣主带着四将也钻进来。结界关闭，其后赶来的卫兵不见任何人影，就继续向其他方向追去。

巫医拿出几套黑袍扔给他们：“穿上这衣服，手中再拿些药材，应该可以蒙混过关。记住，一定要藏好你们的法器。”

诺杰狐疑地盯住他：“你是什么人，为何要帮我们？”

“时间紧迫，不必多言。”面罩下露出的苍老双眼瞟向圣主。

为避人耳目，身材矮小的普其克藏进齐柯宽大的黑袍内。五人立即变作四人，跟在巫医身后走出结界，重新回到盘绕的走廊上。

行了片刻，迎面再次遇上一队卫兵。小队长恭敬地行礼：“丹察金大人，我们正在搜查圣界逃犯，不知您是否看到可疑人物？”

巫医眼一瞟：“我看到的似乎全是将军的手下。若没有其他事，我要去给大王请安了。”

小队长突然看向他身后：“这些人是谁？你们除下面罩让我看看。”

丹察金厉声道：“队长，他们全是我的徒弟，手上拿着给大王治病的药材。若是误了为陛下用药的时间，你可担待不起！”

小队长听后惶恐地退在一旁。

就这样，一行人顺利通过关口，来到一个隐秘角落。巫医停下脚步，施法打开一扇结界：“这条密道直通蓦魑城外，你们快走吧。”

诺杰想不到在这封闭多年的魔界居然也有圣界的朋友，这个疑惑只好日后再去解开了。他感激地点头言谢，便带领四将钻入密道，向深处退去。

* * *

紫荆族作为魔界的少数族裔，生活在蓦魑城西边的窑洞区。一座座梯形窑洞由白色沙土筑成，看上去像延绵不断的小雪丘。克桀塔带领冰岩与叶紫辛，由王家仪仗队护送来到窑洞门口。几名金发紫眸的族人已经恭候在那里。看到这些人的外貌特征与自己有太多相似之处，冰岩的内心更加忐忑不安。

被称为“族长”的中年男子走上前，向魔王行了个礼，上下打量起擒拿使：“这位是……”

克桀塔见冰岩站在那儿一声不吭，便说这是格莉妮流落在圣界的孩子。

族长一听激动地跪倒在地，拉起冰岩的手放到自己额头上：“真是天大的喜讯！我们终于找回了大王子，紫荆族盼望这一天已经很久了。”

冰岩有些不知所措地望着这位族长，默默地将他扶起来。

克桀塔吩咐道：“冰岩首次来到紫荆族，对自己的血统并不了解。

你就概括地介绍一下族内情况吧。”

族长听命地点点头，带着他们向窑洞内走去。原来，紫荆族是魔界最古老、最具传奇色彩的族裔之一。这个种族的男性自出生起，体内便酝酿着一种材质特殊的水晶。它随年龄的增长而变得越发坚硬。成年后，水晶就可以随意出入身体，被修炼成各种精细工具，如耕作的农具、雕刻手工制品的刀具、纺织器具等等。而紫荆族的女性，天生寿命不长，却有着占卜未来及治病的本领。

在法术时代来临之前，紫荆族被当做异类而世代为奴。直到魔界完成大一统，魔王下旨废除限制他们的各种禁令，紫荆族才得以完全解放。从此，他们世代效忠王族，成为生产劳动的主力军。

这时，一位手工艺者的举动引起他们的注意。那人伸出手掌，掌中慢慢现出一枚水晶钻头。他拿着这枚钻头雕刻起金属器皿。每当钻头触及黄金表面时，就发出“呲呲”声响，飞溅出点点碎屑。才一会儿工夫，器皿坚硬的外壳被剖出一道道精细美观的花纹。除此之外，紫荆族的水晶纺织机也让人看得眼花缭乱。无需任何手动，图形及颜色完全由纺织者的意识控制。

一路走去，每个人手中都有一份独特的水晶工具，用来完成分工的活计。冰岩的视线逐渐被吸引，不知不觉，体内一股气流突然上蹿，水晶杖第一次出现难以控制的烦躁。他赶忙闭上眼，双掌合一。霎时，一道银蓝光束自额头迸射出，照亮整座窑洞。

瞬间，农具不再刨地，钻头停止雕刻金器，纺织机也暂时中止了运作。千万名紫荆族人同时望向擒拿使，看着那根水晶手杖缓缓从他额头钻出，飞上半空。

族长忍不住赞叹道：“好厉害的手杖，里面蕴藏的能量已经远远超过工具的需要。大概是王家血统使它如虎添翼，才能炼成这件绝世武器吧。”

就在所有人为水晶手杖的威力赞叹时，冰岩刷地睁开眼。他的声音高亢，眼神肃穆，使人望而却步：“我叫冰岩，是来自圣界法庭的擒拿使。这根冰岩杖，凝聚了水晶城堡满月光的力量，是用来惩奸除恶、维护圣界治安的正义法器！”

族长面露尴尬之色：“陛下，我看王子他……好像还没有接受自己的身世。”

克桀塔两道浓眉皱了皱，低声道："嗯……再给他些时间。我倒要看看，他能坚持到何时。"

这时，窑洞内站出一名颤巍巍的老人："既然大王子还在认贼作父，那就请回吧。紫荆族不欢迎任何圣界人。否则，供奉在祠堂里被圣军杀害的数千亡灵将永远不能安息。"

老人话音刚落，人群开始骚动起来，传出此起彼伏的呐喊："既然不承认自己是王子，那就是敌人！"

"是敌人，就滚吧！"

"滚出去，滚出紫荆族！"

族人们的情绪越发狂暴，竟然有几人冲上前将冰岩团团围住，气氛一度紧张。

紫辛不知如何是好，尽量挡在前面，推开人流："你们冷静一下，不要这么冲动呀。"

冰岩咬住牙关，攥紧拳头。原本浮在半空中安静的水晶手杖立即飞速旋转起来，盘旋在窑洞内。它猛烈地撞击四壁，发出阵阵轰鸣，打裂数块墙壁。

他大吼一声："你们不要再逼我！我不想伤害任何人！"

冲上来的几位族人被他吓退，不敢再叫嚣。

克桀塔一把握住冰岩手腕，稍稍压制住他的法力："冰岩，你冷静点！"

水晶手杖被一层黑魔法烟雾包围住，不再横冲直撞，渐渐回到擒拿使的身旁。

魔王低声道："你不能责怪这些人。战争期间，紫荆族作为后勤力量随军出征前往圣界，许多族人因此惨死他乡。紫荆族差点就遭到灭亡的命运。这些年来，他们心中一直存着怨气，对圣界人更是深恶痛绝。还有……"

擒拿使毫不留情地打断他的话，眼神充满愤恨："你想说什么，你以为这样就可以动摇我的立场吗？这只会让我更加痛恨你们这些挑起战端的野心家。是你们，让紫荆族变成了战争的牺牲品，你们才是真正的罪魁祸首！"

魔王克制住火气，露出无辜眼神："孩子，你这样说等于是在谴责你死去的父亲，我尊敬的兄长。他的宏图伟略被世人称赞，他的英勇壮举更是魔界人心中的骄傲。你怎么可以说他是罪魁祸首？”

“我……”冰岩很想争辩下去，却觉得身上最大的弱点被人紧紧捏住，无力回击。

克桀塔的表情逐渐温和：“二十五年前的那场战争，谁是谁非已经不重要。重要的是，你平安地回到魔界，王兄的在天之灵也可以安息了。”

冰岩暗压住心中的波澜，尽量平静道：“我不想听这些废话，你要我见的人到底在哪里？”

“跟我来。”

一行人向窑洞深处走去，来到紫荆族的祠堂内。祠堂四壁密密麻麻刻满了名字，族长解释说，这里供奉的全是战争中死去的族人。不知怎的，被这些名字包围着，冰岩有种不祥的预感蔓上心头。

此时，族长口中念念有词，祠堂后渐渐开出道暗阁。暗阁被一面水晶墙封住了，墙的里面隐约站着一个人。

冰岩缓缓地走过去，她的轮廓逐渐清晰。那一头金发直顺地垂在胸前，柔美安详的脸颊上，一对明媚的紫眸闪动着点点星光，仿佛在说：“我的好孩子……你终于回来……回到我身边了。”

从那女人的脸上，冰岩看到自己的影子。他情不自禁地伸出手，隔着墙壁抚摸起她的发，她的眼睛。此时此刻，心中已经毫无疑问，就连这水晶墙也无法阻断失散多年再度重聚的母子产生的心灵感应。

他恨不得立即打碎这面墙，狠狠扎入那温暖的怀抱，感受这许多年来从未有过的抚慰。然而……母亲的表情似乎过分镇静了。为什么……她不走出来，紧紧将他拥抱住。为什么……她不能真真切切在耳边轻唤自己的名字，在他额上烙下慈爱的吻。

“母亲……我回来了。是我……您的儿子回来了。”冰岩顺着水晶墙滑落，无助地跪倒在地。上天为什么如此残忍，让他们母子相见，又不给相认的机会？他紧紧闭上双眼，将胸口内泛滥的湿润气息压制住。

紫辛默默走过去：“冰岩，你不要太难过了。”此时此刻，即使站在他身侧，都可以感受到那股悲凉情绪。

他一语不发地咬住颤抖的嘴唇，仿佛一松开，内心情绪会如山洪般喷发出来，再无法抑制。

“格莉妮是我王兄最挚爱的女人，也是他唯一信任的女人。二十五年前，刚刚产下王子的格莉妮为履行占卜的职责，毅然决然地随王兄前赴战场。那个决战的夜晚，主帅营帐忽然遭受敌人袭击。当援军赶到时，格莉妮奄奄一息地倒在地上，她在临终前嘱咐王兄，一定要找回被圣军抢走的婴儿。”

克桀塔擦了擦眼眶，沉痛道：“你父王因为丧失亲人之痛而受到致命打击，我军士气大减。在金磐宫保卫战中，他壮烈地牺牲了。”

冰岩僵硬地转过头：“你说什么？我母亲……是被圣界军队杀害的？”

“是。”

“你在撒谎！这不是真的，我们的军人决不会滥杀无辜！”他猛地站起身，沙哑地争辩着。

“冰岩，不要再逃避。是圣界人害死了你的父母，让你成为无依无靠的孤儿。这笔血债，你应该牢牢地记住！”

擒拿使痛苦地抱住头，拼命摇动着：“你在撒谎，你们都在撒谎！”

克桀塔眼中泛起凶光，强迫他看向自己：“冰岩！难道你真要为虎作伥，不惜与你的亲人、你的人民为敌吗？回答我！”

“我不知道……不知道……不知道……”冰岩嘶哑的声音一波波冲向天际……

两天后，金磐宫。

寝宫门前，克桀塔焦急地来回踱步，见侍女托着满碟饭菜惶恐地退出来，火气更大：“怎么，还不肯吃？”

“回……回陛下，王子的样子好可怕，吓死奴婢了。”

“废物，都是群废物，滚！”魔王震怒的声音回荡在走廊上。

这时，两名士兵押着叶紫辛自走廊另端走来。

克桀塔稍稍沉下气，独目阴森森地盯住她：“我现在暂时释放你，是要你去劝劝冰岩，叫他不要太固执。只要你乖乖地按我说的去做，就不会有皮肉之苦，听懂了吗？”

紫辛咬了咬嘴唇，一声不吭地向房门走去。推开厚重的房门，里面空荡荡黑漆漆。脚下踩着散落的碎片和布条，发出咯吱吱声响。

“出去，别烦我。”

“没听见吗，给我滚！”一个酒壶没头没脑地摔在脚边。

紫辛抬起头，红雾飘荡的窗前，一道黯淡光线笼罩着瘫坐在地的白色身影。

“冰岩……”她几步奔过去。

擒拿使晃晃悠悠坐起身，迷离的眼神有些清醒：“紫辛，是你……你还好吗?”

紫辛凝视着他，忍不住轻轻抚摸起那头凌乱散杂的金发，生出胡茬的脸颊。他的眼神充满无助、忧郁与痛苦。如今的冰岩，不再英姿飒爽，而是一副失魂落魄的模样。

紫辛的心被揪紧：“冰岩，你不要这样，看得我好难过。”

他低下头，默默道：“别担心，我挺好，什么事也没有。”

他越这样说，她就越觉得不安：“冰岩，别这样，不要假装什么都没发生过。我知道你很痛苦，也很矛盾。若是心里难受，就大声地哭出来吧。哭出来，心里会好过些。”

“紫辛……”冰岩的声音有点哽咽，鼻尖一耸一耸，嘴唇咬得更紧。

他忽然抱住她，身体微微颤抖着：“我该怎么办。为什么心里……觉得这么难受。”

紫辛的肩膀不知何时变得湿嗒嗒，那是冰岩不再克制的泪水侵蚀的痕迹。在她面前，他终于放下所有的伪装与压抑，尽情抒发着内心的伤痛。她一声不吭地听着耳畔的抽泣，手轻拍起他颤抖的后背。在这不为人知的脆弱时刻，即便一片瘦小锁骨也可以撑起他快要垮掉的精神。

“冰岩……今夜，就让我来保护你吧。”她情不自禁轻轻呢喃着。

忽然，他闷叫了声，身体痉挛着倒地。

“冰岩……你怎么样，冰岩?”紫辛紧张地摇晃他。

“啊……我的头……快要裂开了……”他僵硬的手臂抱住脑袋，身体挣扎地四处翻滚。额头的皮肉忽然破裂，两只尖利的黑角吱吱地钻出来。

他忍住痛，手指狠命地扯动它：“啊……我不要啊……不要这丑陋的东西……跟着我……”

紫辛被眼前骇人的景象震慑住，不知如何阻止他疯狂的举动。

冰岩声音愈发凄厉：“为什么要这样折磨我？……我是水晶城的擒拿使，不是魔界王子啊……上天，告诉我，母亲真是被圣军杀害的吗……为什么不连我一起杀死，而要养育我二十五年……啊……就让我的头爆裂吧……不用思考，谁是亲人……谁又是敌人……”

他踉跄地站起身，猛地撞向墙壁。仅一下，额头就已血肉模糊。

“冰岩！”紫辛吓得惊叫一声，牢牢环住他的腰，不让他再前进一步，“你疯了吗，这是干什么？”

“你放手……”他的蛮力好大，挣扎间，两人一齐跌落在地。

紫辛咬紧牙关，“啪！”一个巴掌狠狠甩过去：“冰岩，你是个懦夫！连这点挫折都不能战胜的人，怎么配做擒拿使，又怎么会是魔界王子。你不过是个无可救药的可怜虫！”

他失声地嘶叫起来：“……心好痛……让我怎么接受这个事实……让我如何一下子否定二十五年来的人生。一点一滴……亲情、友情、热情与忠诚……难道全变作毫无意义了吗？”

紫辛捧起那血泪交加的脸颊：“冰岩，你要振作，一定要振作！既然无法逃避，就勇敢地面对这个事实。你的人生并不矛盾，难道圣界擒拿使就不能成为魔界王子吗？”

“听我说，你要继续履行保护圣界子民不受奸人所害的职责，你更要行使魔界王子的权力，将那些煽动战争的阴谋一个个粉碎，领导你的人民走上安居乐业的正路。你应该为自己拥有这双重身份感到自豪。在这个生死存亡的关头，只有你，才能化解圣界与魔界的仇怨！”

叶紫辛慷慨激昂的话语成为房间里唯一的声音，仿佛灵丹妙药，瞬间治好了冰岩心上的伤，也让他再度看到前途的光明和肩头的责任。冰岩的呼吸渐渐平稳，心中沸腾的狂潮也一点点退去，紫辛的劝导终于得到默认。

她大松口气，伸手将他拉起来，按到椅子上坐下：“不过在这之前，你要先恢复体力。有了体力，才可以大干一场。来，先吃些东西吧。”

冰岩听话地接过侍女送来的饭菜，狼吞虎咽地吃起来。吃饱喝足，两天两夜没合眼的他感到浓重困意袭来，乖乖地爬上床。看着紫辛为自己清洁伤口，敷上药粉，只觉她的脸孔充满着圣洁的光辉，仿佛真如“守护神”派来的使者，至少……是他生命中的拯救者。

冰岩轻拉住她的手腕：“紫辛……有你在身边，真好。”

望着那双忧郁的紫眸，她的唇角弯起温暖笑意：“嗯……放心地睡吧，我会在这里陪着你。”

“紫辛……”冰岩的声音变得深刻异常，“在这个陌生世界，我只相信你一人，只相信你。”

她的手指慢慢扣住他的掌心，轻声道：“我知道。”

冰岩放心地睡去。望着他安详的睡颜，紫辛的心情久久难以平复。回想过去在圣界的日子，无论是白色闪电，还是旺地之血，冰岩总在最危急的时候保护着她。而今夜，他变得如此脆弱，仿佛迷路找不到家的孩童，需要帮助与安慰。将来，这肩上背负的双重身份会使前方的道路变得更加艰辛坎坷。

她必须比任何时候都要懂事，都要坚强勇敢。叶紫辛，已经不是打打闹闹无烦忧的高中女生，而是肩负着圣界未来命运的拯救者。

翌日清晨，紫辛与冰岩被忽然走进来的侍女们吵醒，她们奉命来为大王子沐浴更衣。面对送来的华服，冰岩连连摇头，他坚持换上自己朴素的白衫。

克桀塔朗笑地走进来：“我的好侄儿，昨天晚上睡得好吗？”

冰岩很艰难才喊出“叔父”两个字。魔王大喜过望，重重扶住他的双肩：“好孩子，你终于想通了，这简直是件举国欢庆的天大喜事！”

冰岩冷静地打断他：“不过……我有个条件。”

“嗯，你说吧。”

“只要你交出夜碧剑，释放贤长老同紫辛，我就答应认祖归宗。”

魔王眼神稍稍震动，很快又恢复兴奋表情：“就依侄儿的意思。紫辛姑娘同贤长老，我会派特使将他们安全送回水晶城。至于夜碧剑，它就在呼啸森林里等着你。”

“好，一言为定。”

紫辛拽了拽冰岩衣袖：“你要独自留在魔界？”

他的目光意味深长：“放心吧。这个‘双重身份’，我会好好地扮演下去。还有……别忘了我们的约定，我会亲自送你回家的。”

紫辛眼中闪动着点点星光：“你要保重，我会在水晶城堡等着你。”

望着冰岩走出宫门的背影，紫辛内心没来由地不安起来。“他会变得生不如死。”守护神的话莫名地响在耳畔。不！冰岩一定会平安地归来，无论未来变成什么样，她都坚信他的承诺。

第十七话

善恶难辨

蜿蜒宽阔的沃弗加河顺延狭长的鹰爪谷流出，被高势的辽兢山脉阻挡去路，便拐道弯经过山脉外沿向东而去，成为圣界与魔界重要的分水岭。耀夕的光芒来到这里变得十分微弱，夜晚的月光只能稀疏地洒到河中央，冲不破对岸的雾气。

位于辽兢山脉最高点的关寨内，烛火在黎明淡淡的光线中逐渐隐去，巡逻塔传来一切正常的号角声。火焰圣主将手中握了许久的军事图放下，揉起太阳穴，连续几个不眠夜使他明显感觉有些疲倦。躺上软榻，闭了双眼。一个影子闯入有些木讷的脑海，搅乱浅浅的睡意。

“诺杰，无论情形变得多糟，我都不会与你为敌，灵界不会参与战争。”那双深蓝色眼眸如此单纯无辜，仿佛让他相信这每个字句都是真的。可惜一切，只不过是阴险狡诈的伊蒂斯精心策划的又一个陷阱。

他真的被惹火了！

她竟敢可耻地利用他珍贵的信任，如此残酷地打击他深沉的爱意。他的心被欺骗重重地刺伤了，更被憎恨不断侵蚀着蹂躏着。一想到这个曾经与他情意绵绵的影子正沉沦在另个怀抱，炫耀自己的功劳，他就恨得要发疯，恨到每根神经随时可能爆炸。

休想！

只要有他在，席勒克的手指休想碰到圣界的一沙一尘。只要他还活着，总有一天会让伊蒂斯明白，欺骗诺杰是件多么愚蠢的事情，她这一生都要为此而受到惩罚。

正在这时，帐外传来紧急通报，鹰爪谷出现异常动静。火焰圣主一个翻身下榻，披上斗篷直奔巡逻塔而去。登上高塔，居高临下眺望起远方。只见鹰爪谷被层层暗红烟雾笼罩，黑云越发浓重地压下来，瞬间分不清山谷与天空的界线。

沃弗加河渐渐泛起微波，水流湍急地冲刷着关寨的外围防护。原本清澈的河水变得浑浊黯淡，咕噜咕噜冒出水泡，蔓延至整个河面。

“哗啦!”全副武装的魔军士兵一个个钻出水面，他们的坐骑露出了本来面目。那些怪兽身体滚圆长满凸凹不平的小洞，随着快速前进排出水流发出呼呼声，成百上千的粗长触手拼命划动水波，来势汹汹煞是可怕。

二十五年前的战争让魔军受到惨痛教训。当他们猝不及防地偷袭边境，成功杀入圣界腹地时，没有想到日后的结局竟是圣军反败为胜地攻下蓦魈城，毁了魔王宫。他们的士兵与武器并不落后，战败的根本原因在于出征的坐骑不敌圣界的库弛。

若不想重蹈覆辙，魔军就必须扔掉厚重兵器，将坐骑与武器合二为一。他们的坐骑可以在充满暗流险滩的沃弗加河畅通无阻地前进，能够冲破圣界的高压结界，以及摧毁辽兢关寨厚实的砖土。从眼前承载魔军在翻腾水流中迅速前进的怪兽体形来看，他们成功地做到了第一点。

达也什掐指算了算：“圣主，仔细看来，以他们的速度，会在下个报时号角响起前到达关寨山脚下。”

诺杰双眼盯着前方：“调出防御部队，将结界法力加持到最高限度，试试这些家伙的本领。”

未过多久，魔军抵达金色结界前，触手圆兽陆续地浮出水面，并排地前进。领头的圆兽小心翼翼地伸出触手，探向结界。只听“啪”一声，触手顿时燃烧起来，火焰蔓延至圆兽全身。未待它完全沉入水中已经化为一团焦炭，冒起滚滚浓烟。

巡逻塔上的诺杰看得一清二楚，心中暗自得意。

就在这时，圆兽触手拉触手，排排叠起，形成一张张网。一股黑色法力自圆兽身体传出，顺延触手遍及整个分队。想不到，结界的高压法力竟被由上百个圆兽组合而成的网状队形轻易地分解了。眨眼工夫，第一小队毫发无损地穿过结界。接着第二队、第三队……网状队列顺利地突破结界向关寨逼近。

魔军停在辽兢关寨山脚下，散开网状队形，稍作整顿。随后，圆兽触手变得坚硬如铁，更长出细小弯钩，它们开始顺着山壁上爬。

见此情形，火焰圣主脸色极其严峻：“传令，启动流沙护墙。”

整座山壁刹那间如流动瀑布，沙土倾泻而下，没有半块石可供触手抓牢。冲在前沿的坐骑连同骑手从高处坠地，摔得血肉模糊。

一声厚重的号角自敌军后方传来，圆兽停下所有进攻。插着统帅旗帜的坐骑自队伍中央来到阵前，席勒克翻身而下，来到流沙墙前。他的目光迅速扫过山壁后高耸的巡逻塔，眼角露出狡黠光芒。

将军右手一挥，圆兽开始排起一列列长龙，慢慢举起至超过关寨山壁高度的位置。弹性触手伸长成最大限度，队列渐渐弯曲，伸向关寨。一端忽地弹起，半空中的另端顺势落下，整列圆兽居然用这种弹跳方式毫不费力地跃入关寨内。

高台上的诺杰大吼一声："防御部队出击！"

霎时，齐柯率领数以万计的神威骑兵自山脊冲下。战士们斗志昂扬，怒叫似惊天响雷，队形如一片蒸腾黑潮，迅速淹没那片黄色沙土。

逐渐逼近的魔军坐骑要比想象中更加恐怖骇人。深棕色触手粗壮布满吸盘，挥舞摇摆的末端分化出六个指头的利爪，有力地张缩舞动着。面对身形硕大可怖的对手，库弛没有丝毫恐惧。黑色毛发飞起，铜铃般眼眸内犀利冷静，那是骑手们的精神在闪耀。

就在双方军队交会的时刻，圆兽刷地挥出触角开始袭击圣军骑手。有的战士猝不及防地被触手缠住抛来挥去，受到重创。有的则在库弛左躲右闪的步伐中迅速平复心中波澜，镇静地念起口诀，形成透明保护膜将身体遮盖。

圆兽在交战之初给神威骑兵带来不小冲击，却被火焰圣主尖锐的目光逐渐抓到弱点。他倏地拿起指挥牌，远距离传令："齐柯，圆兽身体中央的触手是进攻武器，用螺旋刀剪断它们！"

大个子听后立即念起咒语，将新指令传给每一位骑手。霎时，库弛长角内伸出两张锋利刀片，嗖嗖地飞速转起。

"冲啊！"骑兵们奋勇向前，眼看圆兽张牙舞爪的触手就要缠上身。库弛一个弯腰沉首，长角顶端旋成圆盘状的螺旋刀毫不客气地割断进攻触手，鲜血迎面喷洒而来。接着，神威骑兵驾驭库弛在危险来临时灵巧地躲过袭击，又在敌人松懈大意时给予致命一击。这种战术持续了很短时间，就将圣军方才狼狈的局面完全扭转。

位于部队后方的席勒克脸色阴沉。他驾驭圆兽来到队伍中段，准备变换新队形。

诺杰的神经再度绷紧，下令骑兵队后退一个方阵距离。他承认，圆兽部队的确变化多端，能量不可小视，魔军拥有这种坐骑简直如虎添翼。不知席勒克将以何种方式再度进攻，而自己又能想出怎样的应敌策略。

正在他忖度之时，魔军忽然形成以二十五只圆兽为一组的新队形。这二十五只圆兽排列成直立五行，由低至高分别按照一、三、五、七、九的数目递增。而位于基层的圆兽并拢起它的全部触手，飞速钻动地面形成支点，带动整个锥形队伍旋转起来，嗖地飞向天空。

它四处乱窜，看准目标便俯冲下来，将一只库弛牢牢囚禁在锥形分队内。骑手试图闯出重围，却如笼中之鸟无计可施，任由触手紧紧捆绑，不能动弹。

转眼间，魔军队伍纷纷变换成圆锥分队，飞向半空。地面的圣界骑兵队只能仰望天空中乱窜的阴影，手足无措。

“圣主，请您赶快下达新命令！”达也什焦急地望向诺杰阴郁的侧脸。

忽然，淡金眸中迸发出一道灵光：“达也什，快将耀夕的火种取来。”圣主飞身跃下高台，跨上库弛奔向阵前。

“众将勿惊！”他大吼一声，冲至队伍最前方。骑手们见圣主亲自上阵，士气顿时大增，身下库弛发出狂野嘶叫。

诺杰抬头望向正在锁定目标的圆锥分队，唇角勾起一抹冷笑：“不要以为这种阵形就能让我束手无策。席勒克，你小看我了。”

他用耀夕的火种点燃了长鞭。“飞！”扬手一甩，耀夕鞭如一条蒸腾的火龙，穿梭在骑兵队中。瞬间，库弛长角伸出的箭头已经全部燃烧起来。

“众将听着，基层圆兽的转动触手就是你们的箭靶，把它们全部射下来！”

顿时，千万只长角高高扬起，逐个对准天空中飞蹿的圆兽部队。“放！”火箭嗖地飞出，照得红光满天，十有八九射中目标。失去支点的锥形分队没了飞行动力，纷纷坠毁在地面，残肢断手到处可见。

“干得漂亮！”诺杰兴奋地抓起传令牌，将鼓励送到每名骑手耳畔。

解散了队形的圆兽骑手们胆怯地退后半个方阵距离，士气大不如前。

“不许后退！前进，给我前进！”席勒克气冲冲地奔至队伍最前方，高举起手中狼牙棒指向不远处的巡逻塔，“谁先将我们的战旗插上去，我就送他三座城池。倘若天黑之前，辽兢关寨仍旧安然无恙，你们的家人就要遭殃！”他撂下狠话，双瞳死死盯着阵前朗笑的火焰圣主，一时间恨得咬牙切齿。

他恨……自己麾下磨炼数十年的军队竟然攻不下这座关寨。他恨……自己潜心研究的百变阵列竟被一个个破解。他更恨……恨自己的新婚妻子居然为了那个男人而轻易背叛整个魔界。如此奇耻大辱，他定要用诺杰的鲜血来洗刷！

齐柯发现敌军中异样的气氛：“圣主您看，魔军主帅亲自挑战了。”

诺杰回转头，迎上席勒克愤恨的目光，那是妒火在燃烧，野心在暴涨。见此情景，火焰圣主低声对四将说：“就让他把旗子插上我们的巡逻塔。”

齐柯大惊：“圣主，您……您在开玩笑吧。只要坚守下去，我军就赢了！”

诺杰摇摇头：“赢得战争并不是目的，我要的是人质和夜碧剑。你们四个按我说的去做。”

正在这时，席勒克来到阵前，胯下的圆兽身上数百孔忽然发出咕噜声响，冷不丁地喷出一股超强水柱，淋湿前排几只库弛。

将军狂妄地大笑道：“怎么样，圣主，沃弗加的河水够冷吧？”

诺杰抖了抖脸上的水珠，不慌不忙地奔出队伍：“你不用挑衅我。若有本事将战旗插上巡逻塔，我就把辽兢关寨让给你！”

席勒克眼中迸发出嗜血的光芒：“我正有此意，圣主可不要后悔。”

火焰圣主刷地抽出长鞭：“胜负未定，来吧！”

库弛后蹄将土地磨得沙沙作响，圆兽触手末端的利爪一张一合发出咯吱声。狼牙棒泛着寒光强烈震动起来，耀夕鞭也不安分地时而游弋时而盘绕。黄绿双瞳狠毒的目光与淡金眸中沉着的神情交会。

下一秒，“看招！”两人同时腾空而起，一个甩鞭，一个挥棒。耀夕鞭迅速缠住狼牙棒，席勒克右手快速转动，将长鞭牢牢卡在锯齿间。诺杰也不示弱，念动咒语，长鞭反而缠得更紧，竟将狼牙棒勒出两头大中间细的形状。

“将军应该会欣赏这种凹凸有致的创意吧。”诺杰的眼角飘出嘲讽的笑意。

席勒克脸色更加阴暗，立即旋起一股黑色旋风带动狼牙棒攻向对方胸口。火焰圣主一跃而起，灵巧地落到将军身后，长鞭骤然缠住他的左手。岂料，席勒克拿棒的右手臂竟然逆转180度，袭向背后敌人。

这罕见功夫令诺杰惊诧不已，未待反应，狼牙棒已迎头捶下。“咔嚓”，金甲被击得粉碎，皮肉间留下绽开的齿痕。耀夕鞭忽地松开，库弛一个前奔接住诺杰坠落的身体。

席勒克坐回圆兽背脊，神情得意：“圣主的功夫不过如此，还是甘心投降吧。”

诺杰额角泛起丝丝冷汗，他捂住受伤的左肩，鲜血自指缝中一滴滴淌落。

“圣主！”四将奋不顾身奔来。

“不要过来！”火焰圣主咬紧牙关吼了声，金眸递出一个眼神。

他用耀夕鞭牢牢缠住伤口：“席勒克……别高兴太早，你……还没赢呢。”说罢，指向身后高塔。

将军胜券在握的眼神还未收回，圣主已然调头向后方奔去。他立即挥起狼牙棒吼道：“给我冲啊！诺杰，你跑不掉了，巡逻塔就是你的葬身之地！”

席勒克率领先锋冲入骑兵队，圆兽挥舞触手为他清除两旁障碍。他们未遇到顽强抵抗就径直向关寨内挺进。此时的席勒克，被欲望与胜利冲昏头脑，没有时间去考虑身后的大部队。

与此同时，神威四将兵分四路，开始攻打敌人左右两翼。库弛长角喷出黏液将滚动的圆兽牢牢固定在地，骑手们一跃而上，同敌人展开原始的肉搏战。

“杀啊！冲啊！”刀光剑影闪动在关寨内的每个角落，怒吼声此起彼伏。敌人的鲜血喷洒到身上，浓烈腥味不断刺激着骑手们的神经，这一切都在无形之中增加着圣军的斗志。营谷内年复一年的刻苦磨炼，圣主平日的谆谆教导全在这时候派上用场。

“不要被敌人恐惧的眼神所迷惑，不要因刀剑上沾染的血迹而变得麻木丧志。以动制静，以静制动……”圣主虽然负伤而去，他坚强不屈的精神仍在指导着骑兵们冷静地将敌人击退，赶出关寨外，逼向汹涌的沃弗加河。

此刻，率领前锋的席勒克已追至高塔下。他迫不及待地扛起军旗，化作黑色旋风飞向空无一人的巡逻塔，将魔军画有狼牙棒的青色战旗稳稳地插上去。

“诺杰，你输了！……你到底输给我了！”胜利的狂喜使席勒克脸上每根神经都在搏动着。然而，他的目光很快被眼前景象震慑住：血流成河的关寨内，遍地散落着圆兽断裂的触手，身着黑甲的魔军战士们呻吟挣扎着逃向关外。凝聚多年心血的进攻部队已溃不成军了。

“嘭！”一声巨响自耳边传来，席勒克的眼睛霎时被火光与浓烟蒙住。脚下砖石断裂塌陷，他掉入一个黑暗深渊。

“该死！”他念动咒语，变作旋风向头顶逐渐缩小的光亮冲去。近了，近了，眼看就能脱身。却在这时，一道红光俯冲下来，灼热气息划过脸颊，变作坚韧的绳索绑住他的四肢。那是耀夕燃烧的味道，是诺杰胜利的示威。

“啊……啊……啊！”席勒克疯狂吼叫着，仿佛只有这样才能排解心中因失败而喷发的怒火与恨意，“诺杰，我还没有输，你等着……等着……”

废墟中，破烂的旗帜被一只宽厚大掌连根拔起，甩向不远处魔军的前锋队。“转告你们大王，将军暂时留在关寨内做客。若要他安然返回魔界，就派特使来谈判吧！”

就这样，平静了二十五年的辽兢关寨在首战带来的血雨腥风中依旧固若金汤。胜利来得并不轻松，却也在意料之中。诺杰按住左肩上火辣辣的伤口，这是战争为他授予的新的徽章，光荣而无法磨灭的纪念，他的脸上浮现出复杂的笑容……

* * *

三天后的傍晚，辽兢关寨的主帅营帐内。

众将士安静地分站两侧，齐柯正大声朗读首战报告。火焰圣主身着便袍斜躺在软榻上，左肩被层层白布缠裹，中间渗出一道狭长血迹。他拿着酒杯时而呷几口，以减轻伤口带来的不适感。

“首战中死伤人数已经统计清楚。库驰死二百三十七头伤一千四百五十三头，骑兵死一百三十位伤八百七十九。”

诺杰脸色渐渐暗淡。战争无情，死伤在所难免。自他接掌火焰城以来，还是第一次听到这样庞大的死伤数字。他当即下令将死者埋入骑兵墓园，伤者由普其克护送返回营谷修养，大战彻底结束后，再论功行赏。

齐柯接着念道："旺地圣主瓦尔沁派来的后勤队伍昨日到达关寨，将运来的粮草堆进仓库……"

诺杰满意地点点头，又问起囚犯的情况。

"自从席勒克被迫缴了兵器后，一直在牢房内大吵大闹很不老实。圣主，属下认为应该使用刑罚让他吃些苦头。"

大个子说完，其他副将相即附和起来，有的提议不如乘胜追击攻入蓦魆城杀他个片甲不留，有的认为干脆一把火烧了金磐宫以绝后患。听着四周越来越嘈杂的议论声，火焰圣主的眼神渐渐阴沉。

"都住口！"他忽地翻身坐起，"刚打赢一场仗，你们的脑袋就热糊涂了，难道还嫌死亡名单不够长！"

副将们低下头，暗自揣摩着圣主的心思。养兵千日，用兵一时，和平了许多年，好不容易才碰上真正的大战，谁也不想轻易放过扬名天下的机会。而圣主，根本不想大动干戈。他不顾个人安危以自已为饵引席勒克上钩，为的是通过和谈达成协议，将伤亡降至最低。

诺杰站起身，目光威严地扫过四周："你们的心情我了解。我也曾经渴望在战场上杀个痛快，立下丰功伟绩让后世称颂。但是，诸位不要忘记火焰城的宗旨，我们的武器是用来保家卫国，而不是挑起战端令百姓生灵涂炭。倘若一举攻入金磐宫，再将魔界并入圣界版图，那我们的军人和以侵略扩张为目标的魔军还有什么分别，也成了人人唾骂的侵略者！"

这一番慷慨陈词听得众将心服口服，点头称是。

"你们记住，别想在我麾下建立什么夺城掠地的功勋。多花些心思考虑如何促成和谈，才是重点。"诺杰挥了挥手，"今天的会议就到此为止。明天，我要听听每个人的意见，都下去吧。"

众人告退，帐内只留齐柯一人。

大个子尴尬地不敢抬头，支支吾吾道："圣主，属下刚才考虑不周，让您费神了。"

诺杰叹口气，目光诚恳："齐柯，你一直以来都是我最得力的助手，也是值得我信任的好兄弟。但我要的不止这些。我希望你能学得更多，做得更好，强大到可以随时挑起圣主的重担，这才是我对你寄予的期望啊。"

大个子惭愧极了："是，圣主教训得对。属下会牢牢记住这番话，好好学习做人处世的道理，不辜负您的器重。"

正在这时，安卡急匆匆走进来，神色慌张道："来……来了，特使来了。"

诺杰倏地转过身："是右大臣，还是左大臣？"

安卡摇了摇头。

"是二王子札鞑？"

光头汉道："不是。是更难对付的人……伊蒂斯王妃。"

齐柯一听，不禁倒抽一口冷气。灵界公主的名字在四将心中似乎比魔王克桀塔还有震慑力。谁也不会忘记那个手段毒辣的女人偷袭梦谷，抢走耀夕鞭，三番两次将他们耍弄于股掌上。这样不择手段的厉害角色，怎能小视？

"圣主，您放心。我会在席勒克的牢房外加派人手，以防不测。"

火焰圣主似乎并未在意齐柯的话，他不发一语，表情难看到极点。

安卡露出担心的神色："圣主，您有伤在身，一定要多加小心啊。"

诺杰佯装轻松地摆摆手："知道了。你们都出去吧，我来应付她。"

转眼，营帐内只剩诺杰一人，他烦躁地来回踱步。

伊蒂斯来了，居然自己找上门的。他该怎么面对她？要怎样做，才能把心中积累的愤怒与怨恨通通发泄出来。或许，他该用一种冷静与无所谓的态度来忽视她。还是……

此刻，他已经无法找到内心交织错乱的源头。

诺杰整了整衣衫，觉得不穿盔甲好像少了某种底气。刚想拿起金甲套上，听到帐外传来一阵脚步声。他立即坐定，深吸口气。

帘子掀起，身着红裙黑披风的伊蒂斯走进来。她几步来到诺杰跟前，目光径直望向他的手臂，松了口气，"还好……伤得并不严重，我还以为……"她刚想伸手触碰，就被诺杰冷硬的声音打断。

"特使的座位在那里，请。"

伊蒂斯的手僵直在半空，慢慢地缩回来。她咬了咬嘴唇道："我知道你不欢迎我。这次来，其实是有重要事情相告。"

他强压下心中翻滚的波澜："我能容忍你站在这里，因为你是前来和谈的特使。既然双方时间都很宝贵，我就开诚布公地告诉你，若要我释放席勒克，就老实交出夜碧剑，马上护送贤长老安全抵达关寨，魔军立即撤出鹰爪谷与黑暗沼泽。你把我的话一字不漏地告诉克桀塔，让他权衡轻重，不要作出引火自焚的决定！”

那最后一句话，他简直是咬着牙根挤出来的。原本以为自己可以坦然地面对一切，然而……在看到伊蒂斯的那刻，记忆中最不愿想起的部分一下子涌出来。曾有的那番赤诚，曾经受到的伤害，热情与羞辱，全在此时袭上心头。

和伊蒂斯相处的每刻，对他来说都是种煎熬。一想到她不顾自身安危前来谈判，为的竟是解救那个充满野心的男人，心中仅存的希望也荡然无存了。如今的伊蒂斯，成了他真正的敌人，他最痛恨的人！

“你的话我记下了，还有其他条件么？”

诺杰抬起眼，死死盯着那张纯美脸庞，冷哼一声：“还有，下次请魔王派其他特使前来，我不习惯和女人谈判！”

这时，安卡托着药罐走进来：“圣主，该上药了。”光头汉实在不放心受伤的圣主与蛇蝎女人共处一室，便找个借口进来探探虚实。

诺杰换上缓和的语气：“我的意思已经交代清楚，特使请回吧。”他伸出受伤手臂，让安卡解下带血的缠布。

伊蒂斯根本没有离开的意思，她淡淡一笑，又恢复以往惯有的高傲姿态：“圣主不要以为有了人质就可以控制局势。我方提出的条件，你还没有洗耳恭听呢。”

这话令诺杰心里那把火哗地燃起来：“安卡，你出去！我要听听这个女人，还有什么话说！”

安卡紧张地瞟了王妃一眼，惶恐地退下。伊蒂斯上前一步，小心地捧起诺杰受伤的手臂，检查起他的伤口。

火焰圣主表情恶劣地冷哼道：“怎么，王妃还要鉴定我受伤的程度才好回去赴命吗？好，你就告诉克桀塔，我死不了。这条手臂还可以统率千军万马，叫他最好不要轻举妄动！”

“别动，这伤口比我想象得要深。”她轻轻按住他，小心翼翼地撒上药。

烛火中，那张未施脂粉的脸颊恬静而无辜，深蓝眼眸中满是担忧的神情，一种久违的感觉渐渐将他笼罩。在那宁静的石洞内，善良的美人鱼也曾如此细心地对待他。波光粼粼的礁石上，温柔的美人鱼唱着委婉的歌声陪伴着失明的母亲。然而……那些美好影像在瞬间被打得粉碎，变成伤人的利器，引来内心的酸楚。

诺杰无言地推开她，将差不多裹好的缠布胡乱扎起。

“我知道，你心里还是在乎我的，就像对它一样。”伊蒂斯轻柔地拿起桌台上那只海藻编的挂件。

他一把夺过来：“没错，我留着这只挂件为了纪念海底石林中的美人鱼。可惜，那个世界上最纯洁的灵魂被你无情地杀死了，就像这样，不复存在。”他忽然加重手中力道。海藻瞬间断裂，上面的石子散落下来，一颗颗跌落在她的脚边。

“诺杰，你误会了。”伊蒂斯动情地抱住他，深蓝眸中闪烁起点点星光，“是席勒克，他骗了我，也骗了你。我以为他酒后吐真言，没想到……算了，不说这些过去的事情。我这次来，是要特别提醒你，擒拿使冰岩已经投降魔界，一定要提防他。”

火焰圣主冷漠的眼神充满厌恶的情绪：“这种演过的戏码，还能骗得了人么?”

伊蒂斯浑身颤抖起来，美眸不敢置信地睁大：“……你不相信我?”

愤恨……愤恨使诺杰的眼神异常冷酷而阴郁：“你让我相信什么，相信你的谎言，还是事实？席勒克骗了你……多么漂亮的解释啊！你以为我会相信一个将身体和灵魂都出卖给魔界的女人吗!?”

她的喉咙登时梗住，胸口愈发沉重：“不错，我的身体已经给了席勒克。可是……我的心却没有一刻是属于他的。诺杰，你应该知道……”

“住口!”他激发的情绪毫不留情地挥洒在那张柔嫩脸颊上，留下红肿的手指印，“不要以为我仍然对你有情，就有了再度利用这颗心的权利!”

诺杰猛地捶向自己胸口：“不会有了，我决不会让你再践踏它。”

伊蒂斯抚摸起热辣脸颊，强忍眼眶内就要决堤的泪水，深吸口气道：“诺杰，请你冷静。大敌当前，他们会利用擒拿使对付你，一定要当心哪。”

他狂笑起来：“当心？聪明的王妃，你在挑拨离间吗？接下来是否要告诉我，神威四将也被你们收买了，让我当心他们，然后是整个军队……这样一点点将我身边的力量分化掉，你夫君的铁骑就可以不费吹灰之力践踏圣界百姓，好狠毒的阴谋啊!”

他一步步逼近着，怒火中烧，长指狠狠指向她鼻尖：“其实，我最大的敌人……就是你，伊蒂斯！”

她的唇瓣无法抑制地颤抖着：“诺杰……”

“闭上你肮脏的嘴！我再也不想听到那些甜美谎言。”

她干净的脸庞被泪水无情冲刷着：“诺杰……”

“收起你做戏的眼泪，它对我来说没有任何作用了。趁耀夕鞭还未发狂之前，戴着这张面具滚出我的帐篷！”

咆哮的声音逐渐消失，空气中隐约传来轻微的抽泣。伊蒂斯缓缓蹲下身，颤抖的手指在地上摸索着，把散落的海藻一根根拾起，将脚边被碾碎的石子放到掌心轻轻揉搓着。

“诺杰，我知道……你恨的……是恶毒的伊蒂斯……是魔界狡猾的王妃。但是，请你……请你不要怨恨无辜的她，不要用仇恨……扼杀掉心中的温情。就让美人鱼……永远保持最初的纯洁，生活在那片有海藻、有母亲、有你陪伴的湖泊吧。因为……”

“那也是我的梦。”伊蒂斯低下头，忍住心中的哀伤与痛苦，快步走出帐篷。

诺杰别过头的姿势保持到脚步声彻底远去。直到最后一刻到来之前，他还坚定地认为自己做了件大快人心的事。然而，末尾那句肝肠寸断的道白却如断线的泪珠，一颗一颗跌入心湖，再次激起圈圈涟漪。

他的目光汇聚到桌台上，惊异地发现，被扯烂的挂件已经恢复完好无损的模样。美人鱼清纯的脸颊上，那双忧郁的深蓝色眼眸中，微笑在泪光里颤动着。

诺杰的思绪再度混乱。任凭他如何推敲，怎样解释，纷乱心中那座天平仿佛失去了准则与尺度，无法分辨出善恶真伪。

或许敷在手臂的药膏起了安眠作用，也或许精神太过疲倦，不知不觉，手中的美人鱼安静地躺在胸口陪他一起沉沉陷入梦境。

转眼已至半夜，帐外忽然传来一阵骚动。火焰圣主揉了揉惺忪的双眼，披上披风走出去：“什么事，这么热闹？”

只见齐柯、安卡与一班将领正围着两坛酒吵嚷着。大个子笑呵呵道：“圣主，把您吵醒了？来，新到的佳酿，您也尝尝。”

诺杰接过杯子一闻，觉得酒香有些异常：“这酒不像来自旺地城的‘醉意绵酒坊’，是谁送来的？”

“是擒拿使。”

诺杰迟疑片刻，放下酒杯问："冰岩来过了？"

"是。擒拿使发现了夜碧剑的去处，正在大牢里审问犯人，搜取通行咒语。"

霎时，诺杰脑中响起伊蒂斯的警告，即便心里将它作为谎言排斥，潜意识还在揣摩它的可能性。

齐柯见他脸色逐渐疑惑，忍不住问："圣主，有什么问题吗？"

就在这时，监牢方向传来一阵刀刃相交的声音，狱卒魂飞魄散地奔来报告："圣……圣主，不好了，擒拿使……擒拿使把犯人劫走了！"

"你说什么？"来不及思考，便见两道人影自眼前迅速闪过，直奔关外而去。

"拦住他们！"诺杰大吼一声，忍住伤口绽裂的痛，飞身追去。

那两人速度不慢，着黑衫的席勒克已经取回狼牙棒，正凶猛地砍伤前来阻拦的士兵。他身旁的白衣人被披风遮住半张脸，可那浮在半空旋起道道银蓝光波的法器却是无人不晓的冰岩杖。

难道……擒拿使真的投降了魔界？

诺杰无法相信眼前所见，向来忠实尽责的冰岩怎会轻易向敌人屈服。作为法庭一员，他应该更清楚，欺骗同僚、劫走俘虏已经犯了叛界的死罪。

就在二人冲出辽兢关寨的时刻，火焰圣主急中生智，瞄准目标甩出长鞭。眼看耀夕鞭就要缠住席勒克的脖颈，白衣人忽然灵敏地提杖一挡，银蓝光束刷地割断红色锁链。

披风帽檐滑下，露出冰岩的半张脸，光洁额头上两只黑角异常突兀。那眼神，充满着擒拿使从未有过的强悍与霸道。

"诺杰，别白费力气了。我既然能把他救出来，就不会让你再抓回去。"他转头对席勒克说，"你先走，我来对付他！"

将军点点头，化作旋风而去。

火焰圣主牢牢盯住擒拿使，没有急着追赶俘虏。从现在开始，圣界最可怕的敌人不是席勒克和他的圆兽部队，而是站在眼前的叛徒。想到这里，心中不觉起了一阵痉挛。

他尽量冷静道："冰岩，告诉我，你为什么要这样做？"

"为什么？……哼，为给惨死在圣军铁蹄下的父母报仇！"

诺杰望着那张陌生而冷硬的面孔，不祥感愈来愈浓："这是什么疯话！一定是克桀塔的迷魂咒让你忘了自己是谁。”

冰岩冷笑起来：“我到底是谁……二十五年前，被圣界骑兵践踏的魔界营帐中有个无辜女人惨遭杀害，她怀中保护的王族血脉从此流落到圣界。那个孩子被自己的来历苦苦折磨，直到今天才真正找回王子的身份。他就是我！”

诺杰不敢置信地盯住冰岩被仇恨笼罩的脸，发亮的黑角，渐渐明白他说的不是虚言。

“所以，你就心安理得接受这个头衔，成为克桀塔的走狗？……冰岩，不要忘了，圣界才是养育你长大成人的故土，才是造就你一身本领的地方。你怎么能如此忘恩负义！”

“随你怎么说，我决心已定。今天就算郑重警告你，日后若在战场相遇，大可不必谦让，我是不会手软的！”

“你……”诺杰气得咬牙切齿，“既然如此，不用等到日后。我今天就替你的养父母教训这个不忠不孝的逆子！”说罢刷地甩出耀夕鞭。

冰岩嘴角勾起诡异的笑：“你有伤在身，不要为难自己了。”

“少废话，看招！”

诺杰一个飞身跃起，长鞭如蟒游弋从天而降。银蓝手杖也不示弱，左攻右袭棒打七寸。长鞭化作火焰蒸腾燃上白色披风，披风又被一股冷凝气息保护，散出阵阵寒气将火焰冻结。

“诺杰，你忘了，冰岩杖与耀夕鞭刚好阴阳相克，你赢不了我的。”

“哼，笑话！堂堂魔界王子就只能凭着圣界传授的功力打拼吗!?”

冰岩不以为意地撤回手杖，紫眸灵光一闪：“好，我就让你见识见识。”

他将手杖收回体内，双掌合一，缓缓打开。“嘎啦！嘎啦！”自掌心劈出一道道黑色闪电，闪电又分化成无数利刃，切割着呼呼风声。

诺杰心中大惊，才几日不见，冰岩体内就凝聚不浅的黑魔法功底，这意味着他的叛变已成定局。如此知己知彼的强大敌人站在魔界一方，这场战争定会变得艰苦曲折。趁事情还未演变成不可收拾的地步，必须先擒住他。想到这，诺杰右手甩动长鞭打散迎面袭来的闪电，一步步向他靠近着，使出了杀手锏。

只见一道火圈将冰岩团团围住。人鞭合一的诺杰犹如燃烧的精灵，疾恶如仇的眼神仿佛两束蹿动的火苗，将黑角无情点燃。

“冰岩，觉醒吧！”火势越来越猛，在夜风中蹿起十丈来高。黑色闪电变化出的利刀始终抵不住高温炙烤，渐渐熔化。

然而，烈火丝毫没有伤害到冰岩，他镇定无惧地大声道：“原来这就是火焰圣主的看家本事，不过如此。”话音刚落，黑角忽然长起，变粗举高，角尖开出小孔，竟然将环绕在头顶的火焰一缕缕吸去。

诺杰见状急忙抽身后退，再迟一步恐怕连人带鞭全被吸走。

冰岩张开口喷出一片浓烟遮住自己，趁机飞上半空：“今夜吸了耀夕的火焰，我的功力更上一层。诺杰，你还是好好养伤，将来我们较量的机会很多，后会有期！”银蓝光束刷地冲破关寨结界，直奔红云笼罩的鹰爪谷而去。

“圣主！”全副武装的神威四将驾驶库弛飞奔过来。

诺杰掸掉肩头的灰烬，稳住呼吸：“不用追了。”

“圣主，都是属下疏忽大意才让擒拿使得逞，请您治罪。”齐柯翻身而下，跪倒在地。

诺杰忍住肩膀痛楚将他扶起：“这不能怪你。事事难料，谁能想到冰岩真的背叛了圣界。”

他眼神复杂地注视起不远处的鹰爪谷，那是魔界最强的关卡。在今夜之前，他还一直认为，神威骑兵不必走得那么远就可以平息战事。如今看来，和谈成了泡影，战火已经越烧越旺。

原本可以设下陷阱擒住冰岩，阻止席勒克的潜逃。可自己……却被爱恨冲昏头脑而错失良机，使圣界最终陷入了被动局面。诺杰的脸孔开始扭曲，牙齿咬得咯咯作响。

悔恨当初没能接受伊蒂斯善意的忠告而将她的心伤害；更恨自己无法将坠入邪恶深渊的冰岩拯救。不，他不能一错再错了。既然宣扬和平只能换来敌人肆无忌惮的撒野，既然这场战争注定要以血泪为代价，他要顺应天意，率领神威骑兵勇猛地冲向那万恶之源，将真理的旗帜插上金磐宫！

第十八话

水深火热

金磐宫的小型宴会厅内，魔王正为凯旋的冰岩与席勒克庆功。克桀塔一口灌完杯中酒，开怀大笑道："干得好，冰岩。你的现身不仅毁了圣军手握的王牌，还打击了他们的士气，诺杰这小子可要伤脑筋了。"

原本沉思的札鞑看向王座："父王，我们虽然救回三弟，但辽兢关寨仍然稳若泰山。我军要长驱直入，还得想办法突破这个关口。"

席勒克不以为然道："二哥多虑了，我们对圣军已有知己知彼的优势，找到突破口是迟早的事。我说得对吧，大哥？"

冰岩唇角浮起诡笑，伸出酒杯与他觥筹交错："如果叔父信得过的话，我愿意披甲上阵。"

克桀塔走下王座："看着你们个个身怀绝技，争先恐后为魔界出力，我真是太痛快了。来，干一杯！"

冰岩举杯一饮而尽，见札鞑只酌一口果汁，便问："怎么，二弟滴酒不沾？"

席勒克拍上他的肩，嘲讽道："大哥有所不知，二哥向来清心寡欲。不要说酒，连女人都多余呢。他真正感兴趣的只有法术而已。"

札鞑顺势起身告辞，说要赶回呼啸森林。

克桀塔叫住他："这孩子，怎么就在金磐宫待不住，应该去后宫陪陪你的母亲，她已经很久没看到你了，心里很惦记。"

札鞑眼中平淡如水："父王，您就多陪陪她吧。大敌当前，我要马上赶回黑魔法神殿，以防圣军再次偷袭。"

克桀塔无奈地叹口气："既然这样，你就去吧。"

望着跨步离去的高瘦背影，克桀塔眼中有种复杂神情。札鞑足智多谋且冷静谨慎，唯一缺少的就是人情味。也许这种性格的人才适合继承他的王位，领导魔界完成统一天下的霸业。等到攻破圣界，就可以诏告天下，正式传位于札鞑了。

魔王正琢磨着未来大计，听到席勒克起身告退的声音。转眼，宴会厅内只剩冰岩与克桀塔两人。

魔王打了个呵欠，疲倦地揉揉眼："我的好侄儿，你的表现令叔叔很满意。今晚，我在寝宫为你准备了一份特殊礼物，好好享用吧。"

冰岩规矩地行个礼也告退了。

王妃寝宫。

伊蒂斯身着睡袍斜躺在靠近窗口的软榻，深蓝眼眸空洞地望向远处沉在红雾中的黑云，脑海中回味着另一幅景象。这个时辰，远在圣界的耀夕自火焰城堡缓缓落下。金色余晖一点点洒落，飘在脸颊，沾在唇边，暖洋洋的，就像诺杰温柔的目光将她笼罩。

可是现在，她的世界只剩眼前这片红雾黑云，不分白昼与黑夜，时间在这里也变得不重要了。什么时候该沉睡，而什么时候又该醒来，已经无所谓。似乎，世上没有什么人需要她去挂念，也不再有任何事令她觉得还有意义。就这样，将生命的热力慢慢蹉跎掉，直到容颜老去，记忆麻木得不能返回过去的岁月，也许只有那个时候，她心上的伤口才会愈合。

"王妃，我准备了您最喜欢的梅子。"贴身侍女托着果盘走过来。

伊蒂斯依旧望着窗外，默默道："我现在没胃口。"话音才落，就见一只剥好皮的梅子伸过来。

她回转头，望向来人："是你。"

席勒克坐到面前，将梅子放进嘴里，津津有味地咀嚼起来："你看起来心情不太好，是在担心我吗?"

伊蒂斯转过身背对他，闭上眼："你回来就好。我累了，想休息。"

"这次我能平安回来，王妃的功劳不小。"

"我只是个传话人，谈不上什么功劳。"

席勒克俯下身，在她耳畔轻声道："我还以为你会将我们的计划泄露给诺杰，看来是我多虑了。"

伊蒂斯腾地坐起身："你以为，我是害怕威胁才不敢告诉诺杰吗？你们到底对擒拿使做了什么？他怎么会变成一个傀儡被你们利用？回答我。"

席勒克低下头，干笑几声："诺杰这小子大概气疯了，才没有相信你的忠告，让计划得以按原样进行。我的猜测没错吧？"

伊蒂斯睁大眼不敢置信地盯住席勒克，一直以为他只是个粗犷蛮干的人。事实上，他的神经敏感到比女人还要细腻，心深奥得根本无法猜透。那两股颜色各异的目光交织融会，一眼就能将人看穿。经过这番风雨，她终于领教到席勒克的可怕之处。

伊蒂斯的神色有些紊乱，她努力深吸口气："既然知道了，就别再枉费心机让我加入你们肮脏的勾当。"

席勒克嘴角抽动了下，双瞳闪现诡异的神采："冰岩在几天前也说过同样的话，现在又如何呢？他反倒成了我军的先锋，心甘情愿为魔界效力。"

伊蒂斯目光一震，脑中闪入一个令人毛骨悚然的念头。

将军粗糙的手指揉搓起她僵硬的脸颊："怎么，你害怕了？你害怕遭遇冰岩的下场，害怕心中的爱意也被我完全清除掉？"

他的脸渐渐靠近着，眼睛眯起变得幽深："伊蒂斯，我本来可以把你看做手中棋子，不用在意它的喜怒哀乐，也可以借用札魅的黑魔法毒咒将你蛊惑……我并没有那样做，知道为什么？"

他说："因为……我要的是眼前敢爱敢恨独具性格的你，不是百依百顺的玩偶。"

席勒克温柔地吻上她："我的王妃……你的唇瓣真的很香甜，为什么只会讲出刺耳的话来折磨我。"

"飘忽不定的美人鱼啊，告诉我，还要等多久才能真正拥有你的全部？"

伊蒂斯闭上眼，聆听他从未有过的柔软声音，让她觉得自己仍被需要着。原来，她并不如想象中坚强，至少在受伤之后，也渴望……渴望能有一个宽厚怀抱将她拥紧。

席勒克炽热的目光如此靠近地凝视着她："伊蒂斯，回答我。"

她朦胧的眼神骤然清澈："当你放弃战争的时候，我就会完全属于你。"

多么甜美的答案啊，他的头脑火热到几乎就要答应她的条件。仿佛这一刻，拥有她比征服世界更令人心动，然而……将军渐渐松开手，目光黯淡下去。他翻身而起，沉重地向房门走去，却被一双细滑手臂自身后牢牢圈住。

“不要走……席勒克，不要再去战场。留在我的身边吧，不要离开我。”伊蒂斯紧贴着那健壮的后背，动人嗓音犹如毒咒将他离去的脚步挽留。

她闭上眼，用心去品尝此刻的感受。被误解刺破的伤口淌着血，这时候又撒上一把盐，真的好痛啊。灵界关于人鱼的传说……那利用美色将男子俘虏的古老情节正反复重演着。

她所谓的爱情不仅刺痛诺杰，也在无意中伤害了席勒克。她是个戴着面具的贪婪女人，利用男人的感情达到自己目的，见到真心就忍不住故伎重演起来。然而这次，总该有点令人称道的意义吧。如果战争可以就此结束而换来天下太平，即使诺杰会恨她一辈子，即使要用自己的余生去补偿席勒克，也算值得了。

她咬住颤抖的唇瓣，吞下本欲滑落的苦涩泪水。没有人知道，人鱼在引诱男子的同时也将自己的精力耗尽。更没有人知道，伊蒂斯在人生这大舞台上一直努力扮演着自己想要的角色。她的道具不是一张面皮，而是一颗真心。

金磐宫的另一侧。

冰岩步履踉跄地进入寝宫，打发侍女们退下。闻到房间里的四溢香气，他打了个酒嗝，唇角泛起诡笑。

纱幔掀起，露出紫辛恬静的睡颜。黑色长发被五彩花瓣妆点着，四散飘落在枕间。羽毛编织成的淡粉色睡袍隐约透出玲珑曲线。今夜，她的模样格外诱人。

他忍不住亲吻搭在胸口的那只柔嫩小手，随即上滑，来到吐气如兰的嘴唇，淡红胭脂使它看上去秀色可餐。冰岩内心掀起一股难以抑制的狂乱，逐渐靠近着。

“冰岩……”紫辛忽然睁开眼，黑白分明的眸子盯住他。

她坐起身，揉搓有些沉重的额头，满脸疑惑：“我怎么会在这里？那天……我明明要离开金磐宫的。香气，对了，一股很浓的香气把我迷昏，然后……什么都想不起来了。”

紫辛神色紧张地望向他：“冰岩，你拿到夜碧剑了吗？”

他摇摇头，眼睛直勾勾盯着她。

紫辛翻身下床，气冲冲道：“怎么能出尔反尔，堂堂魔界之王说话和放屁一样。走，我们去找他理论！”

不料，手臂被强大力道钳住，将她拉入一个热烫胸膛，耳畔传来冰岩低哑的声音。“这事不用你操心……今晚，只要好好地陪我就行了。”下一秒，坚毅唇瓣毫无预警地狠狠压住她。

紫辛不敢置信地睁大眼望着表情沉醉的擒拿使。他异常霸道的对待令她无法品尝初吻甜美的滋味，他肆无忌惮游弋在身侧的大掌更让她反感地皱起眉。不喜欢，一点也不喜欢这种被迫的感觉，即便……即便那人是冰岩。

紫辛奋力推开他，喘着气道：“你……你干什么？怎么可以这样……侵犯我！”

这双大手对她来说，熟悉到那上面有几条纹路都了如指掌；他的味道，即使闭上眼也能分辨出。可是今夜，冰岩的放肆行为不仅侵犯了她纯洁的身体，更损害到她宝贵的自尊。

冰岩邪恶的眼神盯住她：“侵犯？……紫辛，难道你不喜欢这样的‘侵犯’吗？”

他胜券在握的表情让紫辛觉得自己如同一只弱小的猎物，被虎视眈眈盘旋在半空的老鹰威胁着。

她捂住耳朵，摇着头：“我不想听这些话！”

冰岩激动地捧起她的脸颊：“紫辛……我喜欢你，我真的喜欢你。我等这天已经很久了。”说着猛地将她打横抱起向床边走去。

见他举动如此狂浪，紫辛越发恐惧：“冰岩，你放开我！你疯了吗，快放开我！”

任凭她的拳头怎样捶打，双脚如何挣扎，身体仍被他矫健的身影笼罩。

紫辛眼角闪动起惊悚泪光：“啊……不要……放开我……你这个坏蛋……放开我啊……”

无助的眼神忽然瞥见床头桌台上用来熄灭烛火的铁签。她悄悄探出手，摸索几次终于抓到它，猝不及防地狠狠插到那结实后背。就在冰岩因突来疼痛放松力量时，她趁机奔向房门，拼命拉动把手，高喊救命。

坚如磐石的房门纹丝不动。

“紫辛，你逃不掉的，不要做无谓反抗了。”他拔出后背的铁签，扔到一旁，眼中闪动的危险信号在她心底不断激起莫名恐惧。

紫辛撤步慢慢后退着："你不要靠近我，不要过来！"

他的神情越发阴沉："别忘了，我是金磐宫的王子，任何人都不能忤逆我。只要你乖乖听话，攻下圣界之后，就会成为魔界伟大帝王的妃子。"

"你……"那种霸道的口气令她震惊得说不出话来。

"紫辛，你听清楚。我要将圣军杀个片甲不留以慰母亲在天之灵，还要夺回魔界本属于我的王权称霸世界。从今以后，我再也不用顾及其他，只要心里想要的，就夺过来。财富、权势与女人，我决不会放走任何一样属于我的东西！"

红雾洒在他冷硬的脸上，照得额头短角泛起寒光；暗云在紫眸中渐渐沉淀，变作阴郁愤恨的思绪。

紫辛盯住他，不敢相信那个曾和她朝夕相处即使斗嘴也能带来欢笑的冰岩，那个时刻将她轻掬掌中给予安慰的冰岩，消失得无影无踪了。如今站在面前的是另一个人，一个陌生而可怕的疯子！到底发生了什么事，是什么原因让他整个人都失去理智？此刻的她没有勇气面对这些疑问，只想立即逃离那邪恶的目光。

紫辛退到窗口，后背袭来的风将心吹得瑟瑟发抖。她登上窗台向下望去，金磐宫近百丈高的宫墙下，沃弗加河白浪翻滚水流湍急，大风时而卷起，吹动睡袍引来双腿的战栗。

"紫辛，快下来，那里危险。"冰岩神情恼怒地向她伸出手。

这时，身上一块纱绸忽地被撕裂，快速飘落下去。她睁大眼望着那片缩小白影，联想着自己摔下去的情景，不禁胆战心惊。

"紫辛，你再不下来，我就上去捉你。"冰岩森白的身影渐渐逼近。

"不要过来！……你再过来，我就跳下去！"她的脚步作势后移。

冰岩见她不是虚张声势，眉尖绷紧，口气缓下来："紫辛……不要轻举妄动。想想我们共度的那些美好日子，多么默契和谐。我知道，满月光降临的夜晚，你根本不想离开的。如今，我们终于可以相守在这金磐宫，你为何还要逃避我？"

紫辛抓紧窗棱，咬紧牙关摇着头："我没有忘记那些默契和欢笑与共的日子，那个在危机时刻一次次保护我的人。但是，你不是冰岩，不是他。你若是他，就不会丧心病狂地欺侮我，就不该忘记保卫圣界子民不受侵害的责任！"

她动情地呼喊着："冰岩，你的心被仇恨与利益污秽，你的灵魂彻底堕落不再值得人去留恋。既然如此……"她深吸口气，"我要离开你，我不要留在一个披着人皮的恶魔身边！"说着，毅然决然地踏入空气中。

"紫辛！"冰岩一个箭步冲上窗台飞身而下，伸手抓住她的手腕，两人一上一下在狂风中急速摇坠。

"你……松手啊……"

"哼，想用这种方式逃避我吗？没关系，就算上天下地，我也会抓到你！"紫眸中蹿出暴怒情绪，大掌更紧地钳住她的手腕。

冰岩一个旋身来到下方，将她拉进自己怀抱："不想受伤，就老实点。"

下一秒，"嘭"，两人重重摔入水中，浪花飞溅。

紫辛屏住呼吸睁开眼，只觉周围光线黯淡不清，耳边传来沉闷的咕噜声。下沉中，那双强健手臂仍然保护着自己，没有丝毫放松。随着一声闷响，冰岩最先坠落在坚硬锋利的乱石间，他忽然松开了手。紫辛本能地快速向上游去，冒出水面。

"啊……"憋闷许久的胸腔被空气填满，她拨开挡住视线的长发望向四周："冰岩……冰岩……"孤独的声音飘荡在夜色中，得不到回应，不祥预感爬上心头。紫辛来不及思考，深吸口气再次扎入冰冷河水间。

微弱光线中，倒在乱石间的白色身影渐渐清晰。"冰岩！"她在心中呐喊着，用力拽起他沉重的身体，双脚拼命划水，两人终于向水面慢慢浮去。紫辛将他拖到岸边，筋疲力尽地倒在地上。

片刻之后，她挣扎地爬起来，轻拍那张苍白的脸颊："冰岩……冰岩……你醒醒！"这才发现，他的后脑勺因撞击破裂而淌出鲜血。

"冰岩，你不要吓我，快醒醒啊！"紫辛急得大叫，撕掉睡袍一角将他的额头缠起。她哆嗦地站起身，望向四处荒野的树荫。即便刚才的冰岩像恶魔一样恐怖，自己仍然无法弃他不救。

她捡起几片巨大树叶盖在他身上，轻轻说道："你一定要等我回来。"说着向树林深处走去。

苍天大树伫立在暗红光线中，随着风吹摇曳着，好像一群妖魔鬼怪发出嘲笑的声音。紫辛壮着胆子朝一个方向快步走着，心中不断祈祷着：守护神啊，如果你能听到我的声音，请保佑我平安走出这树林，找到能救冰岩的人吧。

她一遍遍重复着这句话，渐渐地，身体不再发抖，脚步变得轻盈许多。不久，她来到树林的边缘，发现那里有一座小石屋，里面亮着灯火。

紫辛像找到救星般地奔过去，猛地敲起门："有人在吗？……有人吗？"

过了片刻，里面传来缓慢脚步声。门打开，身着黑袍的老巫医走出来，狐疑地盯住紫辛："这么晚，有什么事？"

她一把拉住他："请你救救冰岩。"

就这样，紫辛带着那名巫医向出事地方走去，两人又费了些力气才将昏迷的冰岩抬回小屋。紫辛安静地坐在一旁，看着巫医动作熟练地配制药粉包扎伤口，觉得有些面熟，立即想起这人正是金磐宫有名的巫医丹察金。有他的照顾，冰岩应该不会有生命危险了。

她凑过去小心问道："他的伤……怎么样？"

老人凌厉的余光扫来："凭擒拿使的功力不可能掉到水里撞到头，姑娘可有解释？"

擒拿使？紫辛觉得这个称谓听来有点奇怪。魔界人早已改口称冰岩为大王子，哪有人还会用他在圣界的头衔。

老人的声音更加严厉："难道……是你故意谋害他？"

"不……不是这样的。他是为了保护我才受伤的。"说到这，紫辛觉得心中感慨与愧疚纠结成团。现在的冰岩是个正邪不分的坏蛋，却在危急时刻一如既往地保护着自己。要怎样面对执迷不悟的他，怎样才能拯救岌岌可危的圣界，她简直心乱如麻。

如果可以，希望这一切赶快结束，不要有战争来捣乱，不要看到生离死别的场景。冰岩还是光明与正义的捍卫者，而她……就可以细细品味那份真情告白带来的幸福感觉。

丹察金轻咳一声道："擒拿使的外伤我已经处理过，天亮之前就会恢复知觉。不过，他体内的毒咒，是个大问题。"

"……毒咒？"

"恐怕是札魅的黑魔法毒咒。任何人只要被施了这种毒咒，意志就会变得混乱，甚至颠倒黑白。"

"您想想办法嘛，一定要让他恢复理智，求您了。"紫辛双手合一诚恳地哀求着。

看样子，丹察金不是坏人，也许能彻底治好冰岩。

老巫医想了想，缓缓道："事到如今，只有一个办法可以试试。"

丹察金带着紫辛走出屋，指向河对岸的灌木丛："从这里游过去，穿过灌木，能看到一片小池塘。你就到池塘后的泉眼上取些泉水来吧。"……

* * *

擒拿使叛界的消息传回了水晶城堡，凯圣主紧急召开十二长老会商讨对策。面对战火已起的局势，法庭决定先夺回圣界法宝夜碧剑以防敌人滥用，并同时捉回擒拿使冰岩。他是自愿投降，还是受人要挟，都要经过严厉询查再来定罪。除此之外，还要尽快营救被关在鹰爪谷魔军大营内的贤长老。

长老们分别请命，韩长老等人立即起程前往辽兢关寨与火焰圣主会合以商讨救人抗敌之策，荣长老等也准备潜入魔界捉拿冰岩。凯将水晶城堡暂时交给乌滋妮与季长老掌管，自己则带领其他四位长老星夜赶往约北郡。

约北郡是圣界第二大边防重镇，连接着由黑魔法镇守的黑暗沼泽。自开战以来，黎鲁雅率领的空中翔队日夜监守此地以防敌人突然来袭，并未做出任何进攻举动。只要火焰圣主一声令下，整装待发的翔队便可冲破沼泽，直接威胁呼啸森林。

迎来水晶圣主的当晚，黎鲁雅接到了诺杰下达的进攻命令，旨在夺回夜碧剑。就在伊蒂斯说服席勒克的那个晚上，叶紫辛与冰岩意外离开金磐宫的同时，约北郡的圣军也在紧锣密鼓准备当晚的偷袭。

凯独自一人走出帐篷来到土坡上坐定。望着营地内有序的操练点将，感受着决战前的紧张气氛，从未参与战争的他也在心里做好面对生死存亡的准备。举起长笛，将静心之音变作呼唤传出千里之外，引来天边一道金红身影。

"啾……"烈火鸟俯冲下来，热火般的性子在下降过程中逐渐收敛。它优雅地拍拍翅，安静地落在凯身边。

水晶圣主伸出手抚摸起冒着热气的鸟头："你好吗，老朋友？"

"啾……"它亲昵地磨蹭他的大掌以表思念之情。

凯的眼中思绪脉动："塔丝诺，今晚……我要完成一件十分艰巨的任务，你愿意帮助我么？"

"啾……"烈火鸟尖利的回应划破长空，周身火焰因高昂情绪愈发浓烈。

这时，背后走来一抹淡绿倩影，"原来你在这里。"吉利丝娜静静地坐到他身边，"你真的决定今晚去夺夜碧剑吗？"

凯抬起头，遥望西边那轮明月，淡淡道："夜碧剑继续留在魔界，是对我们最大的威胁。今晚有个绝好机会，我不能错过。只有夺回宝剑，它才能在圣界危机时刻发挥效用。"

吉利丝娜望着他，眼中满是忧虑："你的法力一直在减弱，根本不是黑魔法和夜碧剑的对手，这样前去太危险了。"

凯依旧泰然自若："我心中自有分数，无需担忧。"

她长叹口气，默默地低下头："……都是我的错。否则的话……圣界不会遭受这场劫难。"

凯的目光温和起来："吉利丝娜，不要自责了。大战之前，我们应该想些美好的事情，特别是今天。你看……"他摊开掌心，上面躺着一只金色的花形胸针："你大概不会记得，这叫寿辰花。旺地城的女孩们在生日当天都会佩戴它，以祈求吉祥安康。"

他将寿辰花别到她的衣领："今天……是你年满二十四岁的日子。"

"二十四岁？"吉利丝娜睁大的眼中有种惊诧难言的复杂神情。

"既然你忘记了过去，就开始新的人生吧。希望从今以后，你的脸上不再有忧伤的痕迹，笑容像它一样灿烂。"凯的声音如丝绸般柔软。

吉利丝娜缓缓摩挲起那枚胸针，美眸充盈着无数星光："时间过得好快，这一天终于来了。"她忽然激动地拉住他："凯，请你让我一起去吧！"

"我说过，不要担心。你留在这里安全，过了今晚，我就会回来的。"

"不，我要去。夜碧剑因我才流落到魔界，这次也该由我亲自将它取回。"

凯的淡眉微微皱起："我不答应。你连自卫能力都没有，不能跟着我去冒险。"

她的表情坚定，声音急切："这不是冒险，而是接受命运的安排。

也许……也许我看到夜碧剑就会想起抑法咒。凯，让我去吧，我会帮上忙的!”

在吉利丝娜眼中，凯再次看到控种司昔日执着的精神。然而这次，他没有任何理由与勇气去冷淡地回拒她。

黎鲁雅率领的空中翔队终于在夜色中起飞，直奔黑暗沼泽而去。飞兽睁大的荧绿眼眸丝毫不眨地瞪视前方目的地，宛如红雾中增添的危险信号。眼见靠近结界，队长下达变形命令。原来，魔界在沼泽外设下一种棕黄色拥有细小孔洞的防护结界，除了小虫之外，任何大型人兽都不能穿过。

翔队飞兽纷纷放慢速度，用翅膀将背脊上的战士包裹住，化为微小光点从结界中密密麻麻的孔洞穿过。转眼，翔队进入魔界地域，身下看似平静的沼泽中忽然传来奇怪响动。“嘻嘻嘻嘻……哈哈哈哈……嘻嘻嘻嘻……哈哈哈哈”似孩童般清灵的声音。

士兵们忍不住向下看去，发现乌黑泥浆渐渐涌动突起，形成一只只伸长摇曳的黑手。黑手刷地蹿起，毫不留情地捏住一只飞兽。

“嘻嘻……抓住了……哈哈……”黑手又猛地沉入沼泽中。

冲在前方的黎鲁雅大喝一声：“各分队小心，加速前进。”

就在这时，沼泽内传来“咕咚”声响，无数双黑手正将千百个泥团顽皮地互相抛击。

“小心袭击!”黎鲁雅高喊道，众士兵俯身沉首，飞兽刷地垂直升高。

泥团如预计中发起进攻，似长了眼的炮弹冲天飞去，火力十足，追逐着飞翔在不同高度上的战士。“啪……啪……”被击中的士兵陆续掉入沼泽中。

“啾……”塔丝诺似乎不喜欢这种被追逐的感觉，周身烈火蒸腾，十分耀眼。黑手们马上将它作为新的袭击目标，从不同方向靠近着。

“不要紧张，塔丝诺。放松……放松……”凯伸出手用寒气驱散它的热力，听到身后的吉利丝娜一声尖叫。眼见两只泥团一个从高处俯冲下来，一个从下面急剧攀升，作势要将他们变作夹心糖。

水晶圣主眼角闪过凌厉光芒，他俯身在塔丝诺耳边轻声念叨，随后大吼一声：“吉利丝娜，抓紧我!”

上下夹击的泥团就要击中塔丝诺，千钧一发之际，“啾……”烈火鸟忽然挥翅反方向倒飞，“砰!”两个泥团同时相撞，泥点暴溅。

这时，黎鲁雅队长飞过来：“请凯圣主率领几位长老全速前进直奔呼啸森林，空中翔队将为您掩护。”

于是，几人在周围飞兽的护送下急速前进，离开黑手作祟的区域，隐约看到前方的陆地。

忽然间，身下沼泽仿佛涨潮海水般汹涌而来，掀起的泥潮眼看淹没这支先锋队，一股因吞噬太多生命变得腐臭的味道冲入口鼻。

凯大声疾呼：“不要看，那是幻影！”

众长老听后立即闭上眼，只觉一股强大力量将身体完全浸没。耳边传来的阵阵鬼哭狼嚎声是冤死在沼泽内的亡魂诅咒，任何睁开眼看到他们模样的人都逃离不了灵魂被抽离躯体的厄运。

水晶圣主的警告只挽救了身侧几个人，黎鲁雅派去的掩护分队连人带兽全部覆没了。那些士兵的灵魂从此被黑魔法神殿囚禁，躯体随渐渐下落的泥浆沉入幽深沼泽中腐烂变臭。

烈火鸟箭般的速度使它第一个冲出黑暗沼泽，“啾……”塔丝诺发出胜利叫声，拍拍翅膀降落在暂时安全的地带。

凯翻身而下，关切地望向吉利丝娜：“你没有受伤吧？”

她慢慢地睁开眼，擦了擦额角冷汗：“刚才的情形太恐怖了，天下怎么会有这种可怕的地方。”

凯的唇角因她的安然无恙而放松下来：“这就是魔界，生长在阳光与花香中的你无法想象的世界。”

这时，车长老等四位紧跟其后着陆，他们按照地图将事先商讨过的路线再次确认。正当众人跨上飞兽准备出发时，前方出现一列圆兽军队，那是驻扎在黑暗沼泽边的魔界守军。

车长老急切道：“圣主，他们人数不多，我们四个可以勉强对付，您快走！”

水晶圣主望向前方翻滚而来的骑兵队，心中略有分数：“只要我安全离开此地，你们马上撤回约北郡，不要无谓牺牲。”

“啾……”没等圆兽改变队形进攻，烈火鸟已经冲向天际，留下一道云彩被燃焦的痕迹。

暂时卸下紧张情绪的吉利丝娜，将头缓缓靠向前方优雅的脊背：“凯，你会感到害怕么？”

“害怕什么？”他静静地问，没有转过头。

“害怕……即将发生的事情。”她的声音毫无遗漏地泄露心中的担忧。

凯微凉的手掌覆上紧紧钩住腰间的纤手：“不要害怕，我会拿到夜碧剑的。”

她眼中的忧郁渐渐沉淀，变成一种痛：“我相信你。”

有了塔丝诺的帮助，他二人很快到达传说中的呼啸森林，并轻易绕过重重关卡，径直来到黑魔法神殿门前。神殿安静如昔，不见重兵把守，只有札鞑一人等候在此。

他冷傲地盯住走进来的水晶圣主：“你过关的速度比擒拿使还要快，到底是何方神圣？”

凯注意到他手中未出鞘的夜碧剑，神情更加沉着：“我是何方神圣并不重要，重要的是……过了今晚，夜碧剑会平安回到圣界。”

札鞑冷哼一声：“你口气不小，只可惜将要成为这剑锋上的又一个亡魂罢了。”

吉利丝娜悄声提醒道：“凯，不要给他拔剑的机会。”

圣主心中有数地点点头。下一秒，紫影刷地飞起，眨眼工夫已近札鞑身侧，长笛钩住剑柄。

“想抢，没那么容易！”王子一个旋身撤步，宝剑逃离长笛钳制，又被紫衫下灵巧的手指紧紧捏住剑鞘处。

“该死。”札鞑顶出肘关节意欲撞击对手胸口。凯闪身，脚下趁机一扫使他失去平衡。

王子连忙提气运功，原本坠地的身体瞬间弹起。夜碧剑在两人相反力量下被抛向半空。

“小心！”吉利丝娜大叫着奔上前，见一道金红光亮刷地冲向二人。

就在札鞑抽出夜碧剑的刹那，塔丝诺化作一团烈火扑向宝剑，火舌耀眼的光芒瞬间遮住阴森碧光。

“塔丝诺……”凯的目光震慑住。

“这该死的畜牲！”札鞑拼命挥动宝剑，碧光突然增强，将烈火逐渐压倒。

吉利丝娜急得大喊：“凯，快用你的静心之音啊！”

水晶圣主缓缓拿起长笛。可惜，在他吹出的音色中，找不到任何可以用来进攻的旋律，唯有连绵悠长的柔软音符，像在诉说着无尽悲伤。

她惊恐地睁大眼："你……你的静心之音……"

乳白长笛化为粉末，自指缝滑落。

凯的眼神平淡如水："不要担心。其实在夜碧剑面前，没有法力反而更安全。"

吉利丝娜的声音在发抖："难道……你要赤手空拳地和他肉搏？不……不可以！"

塔丝诺的躯体随着火焰熄灭化成了灰烬，夜碧剑的光辉瞬间将凯笼罩住。他的表情出奇地镇静与坚定，这倒令札鞑惊诧不已。

"不可能……你怎么是个没有法力的凡人？"

"怎么，你害怕和一个凡人决斗吗？"

札鞑嘴角飘出嘲讽的冷笑："我看，你不仅是个凡人，还是个疯子。想以自己毫无防卫的身体和黑魔法与夜碧剑抗衡，简直是天大的笑话。我不用走过去，也可以杀死你，就像捏死一只臭虫那么简单。"

凯眼中的执着没有丝毫减退，他一步一步走过去。

吉利丝娜尖叫起来："不要……凯，不要这么做！"

水晶圣主松开她的手："吉利丝娜，你退后吧。"

他径直来到札鞑面前："我虽然没了法力，还有功力在，有胆量就不要用你的黑魔法。"

王子轻蔑一瞥："哼！像你这种鼠辈，即使用最普通的兵器也能轻易对付，又何需浪费我的法力。"

"那就来吧！"凯一个飞身跃起扑向札鞑。

就这样，两人在大殿内再次翻滚打斗起来。水晶圣主不断变换招式，快速猛烈地袭向敌人。而魔界二王子的功力也不弱，夜碧剑在他手中挥洒自如，没有碧光的威胁，锋利剑刃也足以置人于死地。

几十个回合后，赤手空拳的凯已经难以招架，衣衫被宝剑划得破破烂烂。一个闪躲不及，剑锋狠狠划向那张俊美脸庞。

"凯！"吉利丝娜奔过去，担心地扶住他。

水晶圣主捂住淌血的半张脸："不……要……紧……"

札鞑拿出手帕抹掉剑锋上的血迹："……对于男人来说，漂亮脸蛋根本毫无价值，还是法力来得实在些。看在你勇气可嘉的分上，我今日就饶你一命。要是真捏死你这只臭虫，还会脏了我的手，快滚吧。"

"不许你侮辱他！"吉利丝娜温柔的眼神忽然变得凛然。她一个箭步扑向夜碧剑，锋利刀尖刹那间深深插入胸口。

“吉利丝娜！”凯惊呼一声，从背后抱住她。

札魁见状拼命抽动手腕，却无法拔出宝剑。

看着他狼狈的样子，吉利丝娜冷笑道：“我的身体就像千年老树那般坚硬，你别白费力气了。”她猛地推出一掌，击中札魁胸口，令他踉跄地退后几步。

吉利丝娜趁机将备好的旺地之血洒上去，急切道：“等我拔出剑，你便可以恢复所有法力。”

水晶圣主不敢置信地睁大眼：“你……终于恢复记忆了？”

她不再出声，两手紧握剑柄，深吸口气：“夜碧出鞘，剑光如碧，夜似白昼，万法归一。”

夜碧剑缓缓地拔出，剑中蒸腾散发的白雾迅速回到凯的体内。

札魁有些惊呆与迷惑：“你们两个……在玩什么把戏？”

吉利丝娜庄严肃穆地挥起长剑，声音高亢：“碧光吸法，法去功散，散尽体力，力失魂飞。夜碧剑，凭着‘抑法咒’的最高境界，用你正义的光芒惩罚这邪恶的灵魂吧！”

瞬间，宝剑射出万丈光芒照亮整座殿堂，刺穿四壁震裂楼台，吞没札魁唤出的旋风。魔界二王子霎时呆立在原地，体内迅速蹿出黑色烟雾，四肢筋骨断裂，七窍出血面如死灰。最后，一个深色影子咆哮着冲出札魁的躯壳，同千万个被囚禁在神殿内的幽魂一齐奔向天际。

“轰隆！……咔嚓！”摇摇欲坠的黑魔法神殿就要塌陷。凯拉着吉利丝娜迅速奔出下沉大半的殿门。

两人来到远处的草坪上，吉利丝娜停下脚步，捂住胸口痛苦道：“凯……等一下……”话音刚落，人如秋风落叶般垂落在地。

水晶圣主抱起她：“吉利丝娜，你怎么样？”只见她胸前新增的伤口上，血一股股急涌而出。

“夜碧剑……完全破除了……尤多拉的毒咒，我……恢复了肉身。”她痛得咬破嘴唇。

凯藏起震惊目光，眼神鼓励地凝视她：“别害怕，有我在，你不会有事的。”他伸出手掌，蒸腾出寒气将伤口封住。

吉利丝娜的痛楚得到些许缓解，她渐渐睁开眼：“我感觉好些了，有很多话想和你说。”

他揉搓着汗湿的粉红色发丝，疼惜道：“你现在很虚弱，我们应该马上赶回水晶城。”

“不……等等……等我把话说完。”她执着的目光骤然温情，像多年以前每一次相聚那般依恋难舍。

“对不起，凯……我骗了你这么久。其实……我从来都没有失去记忆……从来……都没有忘记你。”她的唇瓣颤抖着，情感像再次冲破冰封的血流奔腾而出。

凯的目光重重震颤，很快因那逐渐虚弱的容颜变得担忧：“别说了，吉利丝娜，只要你能好起来，我什么都不在乎。”

他僵硬的手掌停在她胸口拼命散发出寒气，而那个贪婪的伤口只知道吸走法力，却吝啬得不再愈合。

吉利丝娜轻轻握住凯的手：“没关系，随它去吧……其实我早知道……会有一天……就像现在这样……和你道别，唔……”她猛地喷出一口血。

“不，你不会死的！”他的心被突来的恐惧牢牢抓住撕扯着，似乎……生命中最宝贵的东西正在无情地流逝，这种痛苦感觉令人茫然无措。

“不要紧……这是我……所能期盼……最好的结局了。这个……请你收下……”

凯接过那本变得血迹斑斑的绿色记录本，鼻尖忽然一阵酸涩，眼眶被不知名的液体湿润着：“我不需要它，我要的是健康的你。”

吉利丝娜颤抖的手划过他俊美的轮廓，触碰到眼角一滴泪水：“你在为我流泪么……多么珍贵的礼物啊……好想把它保存……化作种子撒下……”

她的眼神没有任何痛苦痕迹，仿佛看到遥远的幸福那般欣慰。

又一阵抽搐袭来，身子痉挛着，离别的临近终于使她害怕起来：“凯……抱紧我……牢牢抱紧我……”

水晶圣主将她深深拥入胸怀，脸颊贴紧她，耳边听到微弱却清楚的声音：“假装忘记……是因为爱你，因为爱你……才不想让你负担太重。而现在，你我……终于可以解脱了。凯，吻我吧，用你的吻……带走我最后的呼吸……”

他按压即将崩溃的情绪缓缓低下头，温暖唇瓣如烈火将她包围，令怀中原本逐渐放缓的心跳忽然加速起来。

“嗯……这吻不再冰冷……感觉真的好美……”吉利丝娜努力睁开眼，凝视着前世今生令她刻骨铭心的容颜。银色的发，碧绿的眸，这是山间的指路人、集市的奴隶主、皇宫的驯兽师……水晶城的书记官。不知不觉，最后的微笑绽放在她的唇边。

“再见了……凯……”

粉红长发无声地垂落，一道幽绿的魂缓缓飘出，绕着水晶圣主僵硬的身体飞舞片刻，倏地冲向天空，再也不见踪影。

“回来……吉利丝娜……你回来!”他伸出手想要抓住她。然而……除了冷却的身体外，那个活生生的灵魂已经远去，不仅带走她的呼吸，还有他的心跳。

“为什么……为什么，我恢复了法力，却要失去你，为什么……”凯抱住她，痛彻心扉地嘶叫着。

忽然，一股幽香随风飘来，那是悠远的记忆在召唤：“……我是输了。但是，若以放弃心中情感而变作行尸走肉才能胜利，那我宁愿输上一千次，一万次!”

“……含情草，它叫含情草，是只属于你和我的纪念。”

“即使天地万物已面目全非，即使梦中的我一次次死去，这颗等你爱你的心却从未改变过。”

吉利丝娜……吉利丝娜……吉利丝娜……他的心在颤抖，他的灵魂被颠覆。此时此刻终于体会到，世上最伟大的情感所带来的震撼。然而，就在他懂得“爱”的时候，她残忍地将这个字变作“永远的分离”。这份爱来得太迟，迟到没有机会让他付出自己的真心，迟到留下的，只剩酸涩回忆与无尽的悔恨，这恐怕就是命运对他的惩罚吧。

水晶圣主眼神瞬间变得苍凉凄美。他抱起控种司的尸体，伴着叹息声，消失在夜色中……

第十九话

秘密武器

就在黎鲁雅率领空中翔队突破黑暗沼泽防线，与魔界守军硬碰硬交战之际，金磐宫外的小屋内，擒拿使恢复正常清醒过来，头顶两只黑角也奇迹般地不见了。他只记得随克桀塔进入黑魔法神殿，对之后发生的事情根本没有印象。巫医丹察金断定，那是魔王父子设下的陷阱，趁机在擒拿使身上施下邪恶毒咒，将他变成对付圣界的一把利剑。

紫辛望着冰岩恢复光滑的额头，忍不住问道："老人家，您让我取来的泉水究竟是什么神奇宝贝，竟连毒咒也能轻易除去？"

丹察金眼露神秘笑意："……这是老夫偶然间发现的，一直没有告诉任何人。基于这股泉水的功效，我为它取名'善影'。"

紫辛若有所思地想了片刻："'善影泉'……善良的影子，嗯，这名字听起来挺有深意的。"

冰岩翻身而起，眼神警惕地盯住巫医："你到底是什么人，为何救我？"

老巫医不慌不忙地除下遮住面容的黑布，缓缓道："我，就是擒拿使一直寻找的人。"

冰岩盯住丹察金，被那额头正中豁然醒目的十字形烙痕吸引住。他猛然想起多年前被害的鸿长老曾有的十字法器，恍然醒悟："原来，你就是卡罗瑞顿！"

紫辛腾地站起身："什么？他……他是第一恶人卡罗瑞顿？"

老巫医皱纹密布的眼角露出坦然之光："正是在下。"

话音刚落，水晶手杖已抵住他的下颚，擒拿使目光凛冽道："怪不得法庭挖地三尺也找不到你，原来已投效魔界。卡罗瑞顿，你头上又多了条叛界罪。今日我若不能捉你归案，就有辱水晶城的圣明！"说着，手杖毫无预警地变作锁链将他捆绑。

卡罗瑞顿没有反抗，神色依旧平静淡然："我来魔界已近三十年，这漫长岁月中，老夫除了治病救人之外，没做过任何一件出卖圣界的事。擒拿使何以说我'叛界'？"

冰岩紧皱剑眉，唇角冷哼道："你的意思是，第一恶人来到魔界后就改邪归正，成了救助病者的大善人，哼……简直荒唐！好，就算不追究这件事，那几十年前用吸功大法残害多位圣人的罪行，你也想抵赖吗？数月前，你的徒弟冬豹幻化成人，不仅杀害猫眼国女巫，还在万兽塬的雅阁轩设下骗局以图谋不轨，你又怎么解释？"

提到冬豹的时候，卡罗瑞顿脸色骤然大变，似乎百口莫辩。过了片刻，他重重叹息道："唉……没想到，冬豹真的修炼成人。早知如此，就不该将吸功大法传给它，毁了这九尾豹难得的灵性。如此说来，我确实有罪。"

紫辛看到老人眼中惭愧忧郁的神情，轻轻推了推冰岩小声道："你真的确信丹察金就是第一恶人吗？他怎么看都只像个风烛残年的可怜人。冰岩，你千万不能冤枉好人啊。"

"紫辛，他自己都承认就是被定罪通缉的卡罗瑞顿，我又怎能轻易放过这大恶人。"

冰岩回转头，眼中突显凌厉之光："卡罗瑞顿，不要再惺惺作态，老实和我回去伏法！"手中锁链增加了力道。

紫辛神色凝重地摇摇头，总觉得什么地方解释不通："既然你是罪大恶极的人，为什么会帮助冰岩恢复神志呢？他被毒咒所困，就不会为难你了。况且，擒拿使根本没有认出来，你却坦白了自己身份，到底是为什么？"

老人忽然低笑起来："紫辛姑娘好头脑啊，你的心细缜密不输给水晶城的任何一位长老。我坦白自己的身份，是要让擒拿使相信在下将要说的话。"

"相信你的话……"冰岩狐疑地盯住他。

巫医深吸口气，缓缓道："是有关你身世的秘密。"

"我的身世？"一触及这个话题，冰岩下意识地皱起眉。身世这件事在过去的日子里已经耗费他太多精力，也惹出不少是非，如今又要重提，实在不想听下去。

"我知道自己的双亲，是在那场战乱中被圣军杀死的。"他的表情恢复坚强，“这个事实曾让我难以接受，也令人痛苦矛盾，却不会改变我效忠圣界的决心。就像紫辛说的，我应该为这双重身份感到自豪，更应该为改善两界关系而努力。”

老人听后安慰地点点头：“擒拿使能这样想，我就放心了。不过，你听到的身世和我亲眼所见并不一致。为了让你心甘情愿地投诚，恐怕克桀塔隐瞒了不少实情。”

冰岩神色一震：“‘隐瞒实情’……你这是什么意思？”

“其实，你母亲根本不是死在战场上，而是紫荆族的寒冰窑洞中。格莉妮……是在生你的时候去世的。”

“什么？”擒拿使脸色大变，“那叔父……为什么要说……”

巫医打断他的话：“他想在你心中播下仇恨的种子，将你变作进攻圣界的武器。金磐宫保卫战中，克桀塔故意按兵不动，陷魔王于孤军奋战的境地，眼睁睁看着他因寡不敌众而身亡。后来，他担心自己的宝座总有一天会受到大王子的威胁，就命人将襁褓中的你秘密带出宫外处死。克桀塔不是你的叔父，而是你不共戴天的仇人！”

冰岩听罢面如死灰，嘴唇颤动吐不出半个句子。

他忽然揪住巫医衣领怒斥道：“卡罗瑞顿，你知道自己在做什么吗？……为什么要告诉我这些，难道你在圣界杀人不够，还想在魔界引起大乱？”

卡罗瑞顿大力扶住他肩头，口气迫切：“擒拿使，我说的话句句属实，你必须相信！”

冰岩激动地吼道：“你凭什么让我相信？”

巫医有些疲倦地闭上眼：“格莉妮分娩的那个晚上，我就在她旁边。只可惜，老夫的医术没有精湛到可以挽救血崩的产妇。她临死时，让我把一个信物挂在你脖颈上，如果没有记错的话，应该是枚水晶坠才对。”

紫辛下意识摸向脖颈间的泪滴形水晶，这么说来，卡罗瑞顿确实是格莉妮死亡的见证人。

冰岩渐渐松开他，眼中闪动的思绪不断揣摩着听到的信息：“既然克桀塔曾经下过秘密处决的命令，我为何还能好好地活到现在？”

巫医目光慈爱地回视他：“那是一个异常闷热的夜晚，我接到克桀塔的秘令。思前想后，悄悄潜入了圣界，将你放在水晶城堡门前。我想，以公正无私著称的法庭应该是最安全的地方。只要留在圣界，表明身份的黑角也会继续封在体内，你就可以安稳地长大成人。”

紫辛回忆起双色镇大妈的陈述，立即接下话茬：“后来，法庭收留了这个婴儿，再后来，又将他交给双色镇的手艺人收养。冰岩，想不到是第一恶人救了你呢。”

擒拿使因这番说词震惊得哑口无言，望着眼前年迈的卡罗瑞顿，回想着带领搜查队四处奔波的日子。如何能相信，那个让他费尽心力搜寻许久的逃犯，那个曾在圣界血溅数座城邦令人闻风丧胆的大恶人，竟是自己的救命恩人。

“卡罗瑞顿，你犯下累累罪行，以为一句‘转恶为善’就可以脱罪而逍遥法外吗？你太小看我了！”

老巫医端起盛放泉水的杯子：“如果你要问这究竟是为什么，我只能回答，是善影泉彻底改变了我。起初自己也不敢相信，这平凡的泉水竟能驱走人心中邪恶的念头。记得当年逃难来此，饥渴交加无处可去，便从那泉眼上取水解渴。谁知醒来后仿佛脱胎换骨，对自己以往的种种罪恶深感悔恨，决定放下屠刀从医救人以赎罪。”

“今天，我向你坦白身份，还说了许多话，目的不是为自己开脱，而是要让擒拿使知道真相，化解你心中的结扣。此外，我还要说服你马上带着紫辛小姐离开魔界，这才是明哲保身的做法。”

锁链刷地松开，变作手杖回到擒拿使体内。巫医的一番慷慨倾吐终于驱散心中疑云，那真切毫无躲闪的目光令冰岩无法不去相信他的诚恳，但是……

“让我离开魔界明哲保身……我可不是贪生怕死之辈。”

“我很清楚擒拿使的气节。不过，你留在这里非但不能控制战争局势，反而要时刻担心自己又被人设计利用。老夫这次能救你，难保下一次……”

冰岩绷紧脸，握拳重重砸向桌面：“岂有此理，我决不会乖乖等着毒咒再次上身。我这就去找克桀塔算账！”

紫辛赶忙按住他：“冰岩，你冷静些，听老人家把话说完啊。”

巫医语气骤然严厉：“擒拿使要以卵击石，我也无话可说。但是眼下情形，逞个人英雄是没用的，圣界千千万万的百姓还等着你去解救，怎么能在这里做无谓牺牲？”

“你这话什么意思？”

卡罗瑞顿神色更加严峻："我听说，克桀塔为攻破圣界已经暗中研制出一件秘密武器。它威力无穷，胜过千军万马，摧毁目标就是西方的水晶城。你们应该尽早赶回去，准备应敌之策。"

紫辛只觉一阵战栗自后背传遍全身，眼看圣界的安危到了"守护神"所谓"在劫难逃"的时刻，她真的有些不知所措。

冰岩站起身："若真有秘密武器，我就更要留下来毁了它！"

老人见他执拗不化，愈发焦急，语气骤然升高："毁了它？你想得太简单了。恐怕擒拿使还未找到武器藏身之处，圣界就已变成废墟一片。"

正在这时，远处传来一阵嘈杂声，窗外闪动着逼近的火光。

紫辛靠窗一看，大惊："是金磐宫的士兵向这儿来了。"

卡罗瑞顿倏地起身，口气俨然像在下达命令："事不宜迟，你们马上离开！"说着迅速将桌椅移开，对着地面隐约标有白色痕迹的地板念动咒语。只听"哐"一声，地板消失，开出一条密道。

紫辛望了望幽深的密道："我们走了，你要怎么应付那些士兵，他们人不少呢。"

老人露出一丝苦笑："小姑娘，我没有你想象的那样弱不禁风。想当年，老夫可是令圣人闻风丧胆的第一恶人。"

"我相信，擒拿使一定能够找到拯救圣界的办法。到那时，我愿意接受法庭宣判的任何惩罚。"

冰岩接触到老人视死如归的目光，点点头："既然如此，你自己也要多加小心，我会在水晶城堡等你来投案的。"说罢，拉着紫辛迅速钻入密道中。

卡罗瑞顿的神色恢复了冷漠。他将地板桌椅回归原位，在杯中斟满酒，不紧不慢地饮着，只觉耳边喧哗声渐近。

"哐啷"，门被猛地踢开，士兵冲进来，领头的侍卫长来到巫医面前："丹察金，你可知道大王子的下落？"

卡罗瑞顿依旧品着酒，丝毫不为所动。

"给我搜！"

只听一阵叮咣乱响，小屋被砸得乱七八糟满地狼藉，坐在中央的巫医仍然稳若泰山无所畏惧。

一把森白刀刃架上他脖颈，侍卫长呵斥道："你这把老骨头如果不想受皮肉之苦，就快点说出他们的下落!"

卡罗瑞顿眼中忽然射出可怕光芒："你还是担心自己的小命吧。"

话音刚落，他猛地甩开袍袖，双掌间酝酿起一股强劲力道渐渐推开刀刃。手腕猛地转动，坚硬武器如面皮般被轻易扭断。

"你……你反了!"侍卫长惊得后退半步，大声疾呼，"一齐上，给我拿下他!"

侍卫们霎时将巫医团团围住，一拥而上的兵器无法近身就被强大力量推向半空，随后猛然落下斩断数条手臂。转眼间，气势汹汹的侍卫队竟成了砧板上的鱼肉，任由宰割。眼见陆续倒地的侍卫们哀号痛叫着寻找自己的断肢残手，侍卫长面如死灰，冷汗岑岑。

这时，窗外传来一声传报："陛下驾到!"屋内正在拼杀的侍卫立即停手后退。

克桀塔怒气冲冲地走进来；"这是怎么回事?"

看到地板上东倒西歪的血淋淋尸体，魔王顿时黑角震颤，独目爆出骇人青光："丹察金，你难道忘了，是谁在走投无路的时候收留你，又是谁在先王面前为你求的情。我没有追究你私放冰岩的罪行，你反倒用这种方式来回报我!"

老巫医无言地跪下身，捡起一把短刀毫不犹豫地砍向左臂。霎时，浓血流淌，很快蔓延至魔王脚下。

克桀塔后退半步，眼神错愕："丹察金，你……你这是做什么?"

老巫医强忍痛楚抱住左臂，咬住牙关道："陛下……丹察金……感谢您当年的知遇之恩，这条手臂……就是我对您的回报。没了这条手臂，站在您眼前的……已经不是金磐宫的巫医，而是圣界罪人……卡罗瑞顿。他……犯了无法挽回的重罪，所以……要用这条命去偿还。"话音刚落，他倏地挥动起右臂。

克桀塔还未明白其话中含义，只觉眼睛忽然被道青光刺痛，脑袋骤然麻木，身体僵直无法动弹。

"陛下……陛下!"望着雕塑般的魔王，侍卫长恐惧地叫道："还等什么，快把这妖人拿下!"

数十名孔武有力的汉子持刀一齐冲去，又被同样的青光笼罩。渐渐地，自他们眼中、鼻间、耳孔冒出缕缕雾气，汇聚成点点精华逆光束而去，钻入老巫医额头上的十字烙印。卡罗瑞顿慢慢闭上眼，不断输入的法力因超过极限而使青光猛地蹿起，如火焰般灼烧着他的身体。

“吸功大法”这门费尽半生心血的绝技终于不再是邪恶的帮凶，而成为宣张正义的法器。虽然身体将被烈火焚尽变得尸骨无存，他的灵魂却因此能得到永远的解脱，魂归故里。

辽兢山脉……那个阔别三十年的地方，是否依然如旧？忠诚的冬豹会在家门前迎接他的到来么？似乎，眼前出现了白雪皑皑的山峰，一个矫健身影挥舞着九尾翘首期盼着。

“嘭！”随着一声巨响，卡罗瑞顿的身体在青光中爆裂……

* * *

与此同时，圣界辽兢关寨内。

“神威骑兵的勇士们，永远记住今天这特殊的日子吧。你们将用自己的血肉躯体，誓死不屈的精神，在圣界史册上写下光辉一页。这一页，不能被任何侵城掠地的行为污染，更不能出现欺压他界百姓的罪恶。猛烈回击只为教训贪婪的野心家，让他们知道和平对于这个世界来说是何等的重要。当然，垂死挣扎的敌人决不会束手就擒，他们会用最恐怖的武器来阻挡正义之师的步伐。”

“但是你们要相信，就算刀山火海，我也会冲在骑兵队的最前面。你们紧跟我身侧，只管向前看，不必在意后面的声音。即使战友在身边倒下，坐骑被武器割断喉咙，也要跟着我，不能退却！”火焰圣主激昂的话语如惊天响雷，震动着每个士兵的胸膛。

“誓死效命……誓死效命……誓死效命！”神威骑兵爆发出震耳欲聋的回应，千万库弛仰首嘶叫。

就这样，骑兵队如一团黑潮冲出辽兢关寨，狂奔着踏入沃弗加河，掀起沸腾的浪花。刹那间，密不透风的结界被勇士们的爆叫声刺破。耀夕灿烂的光线驱散了红雾黑云，照亮他们身影，为沉寂的鹰爪谷带来千万年来第一次黎明。

“跟着我，跟在我身边！”

金甲护体的诺杰狂吼着挥起长鞭抽散不断袭来的粗长触手，矫健身影如闪亮流星冲向敌人营地。面对圆兽重组而成的巨人阻挡在前，火焰圣主猛地甩出耀夕鞭勾住它粗壮的脖颈。只见红光一闪，变作头颅的圆兽从中被劈开，巨人沉重的身体应声倒下。

“冲啊，冲啊！”中路铁骑无情地踏过巨人如泥的躯体，攻入敌人腹地，开始血肉拼杀。

齐柯等人率领左右两翼也在这时蹿上高坡，如烽火蔓延至整座山头。他们不断发射强劲流弹，打得圆兽巨人们脑袋开花，四肢横飞，膛裂肚破。

转眼间，沃弗加河被鲜血染成红色，四处漂浮的残肢断手随着浪潮推向两岸，堆砌得越来越高。鹰爪谷上空弥漫着浓烈血腥味。壮士们一个个倒下，他们的精神又再度爬起，指引着擦身而过的战友，鼓舞着他们继续前进。一时间，圣军气势昂扬的斗志充斥着战场每个角落。

魔界守军已经无法抵挡他们的猛烈攻势，开始向谷外撤退，分散到周边城邦。火焰圣主一声令下，由左右两翼为掩护的中路主力马不停蹄地直逼蓦魈城而去……

金磐宫内，王妃寝宫。

席勒克猛地睁开眼，一种不祥预感爬上心头。

身旁伸来一只纤手摩挲起他的胸膛。“你醒了……”

他转过身望向伊蒂斯，那纯白的脸颊被激情染上两片红晕，深蓝眼眸因他的注视而露出羞怯情绪，这种狂潮席卷的感觉几乎将他完全溺毙掉。再次拥住那撩人心魂的身体，沉醉在她香气飘荡的呼吸中。

正在这时，门外传来一阵嘈杂声：“不好了，大事不好了，陛下受到袭击！”……

金磐宫的偏殿内，各种药罐堆满地，一群巫医正围着已经苏醒的魔王，束手无策。克桀塔目光呆滞地瘫坐在地，口中发出孩童般哭声：“讨厌，不要碰我！”

他揪住自己头顶的黑角大叫道：“你们这群怪物，为什么不长角？”

席勒克奔进来看到这混乱一幕，立即迎上前：“父王……您怎么了？”

克桀塔呆呆地望着他，傻笑道：“呵呵……真好玩，一只角的人，你是独角兽吗？”

旁边的侍卫长战战兢兢地报告道：“想不到巫医丹察金竟然是圣界派来的奸细。他放走擒拿使，还用邪门功夫将陛下变成傻子。若非亲眼见到，我简直不敢相信刚才发生的事。”

席勒克听后火冒三丈："丹察金在哪里，给我绑上来！"

"他……已经死了。"

"死了？就算他死了，也要碎尸万断！"席勒克震怒的声音响彻四壁，"你们这群巫医听着，好好救治我父王，要是他不能恢复神志，谁也不能活命！"

伊蒂斯跟随而来，见他气到青筋直冒，伸手想去安抚："席勒克，你不要太担心，陛下会没事的。"

将军恨得咬牙切齿，出拳重重捶向石柱："事情怎会变得这么糟！征服圣界的霸业还需要父王的统筹谋划，他偏偏在这个紧要关头被人加害。"

"哼！就算这样，我仍要一举攻下圣界。圣界……必须灭亡，必须……灭亡。"最后两个字在齿间狠狠地被磨碎。

这时，门外闯进形色狼狈的骑兵传令官："报……报告将军，敌人已经攻破鹰爪谷，直奔蓦魈城而来。"

"什么？"席勒克一把抓住他的衣领，猛地一甩，"全是些废物！还愣着干嘛，马上调来易吹城与走沙镇的骑兵，一同保卫蓦魈城，快去！"

正当席勒克被一连串坏消息搞得心烦气躁的时候，宫外又赶来一队卫兵。队长慌慌张张道："将军……大事不妙，圣界空中翔队突破沼泽，夺走夜碧剑，还毁了黑魔法神殿。"

"毁了神殿？"席勒克心一凉，不敢相信汇聚魔界最高法力的神殿竟然轻易地被摧毁。

"……二王子在哪里？"正问着，目光落在抬进来的尸体上，那苍白布匹上的斑斑血迹令他全身如遭雷击般地摇晃起来。

席勒克颤抖地揭开白布，僵硬的脸颊因悲愤而扭曲："二哥……二哥啊……"一声仰天长啸撕人心肺。

他猛地抽出身旁侍卫的长剑，发疯似的向四周坚硬石柱砍去。仇恨如一把烈火在他周身蒸腾着，任何想要上前劝阻的人都被无情灼伤。

伊蒂斯看准时机投出一只暗器，将他手上的长剑打飞。"席勒克，你要冷静！"她紧紧地拉住他。

"冷静……面对痴呆的父王，惨死的兄长，我还能冷静吗？"他狂叫着，目光愤恨得似要将人生吞活剥，"你听着，我要消灭火焰圣主的骑兵队，将他们抽筋扒皮。烧光水晶城，踏平旺地城，抢回夜碧剑，我要干掉所有前来阻拦的人!”

伊蒂斯抓紧他的手臂:“不要，席勒克，不要这样做！战争已经害了你至亲的两个人，不能再让它继续猖獗毁灭更多生命。你必须马上停止，马上!”

席勒克猛地钳住她的下颚，嘴唇狠狠咬动着:“没用的，伊蒂斯，现在这个时候，已经没有任何力量可以阻止我。我要亲眼看着，看着圣界变成一片废墟!”

伊蒂斯惊恐地回视那痛恨交织的目光，只觉他掉入自己掘开的坟墓，无可挽救。

金磐宫入云的顶层天台上，“宝珠”翻滚游动，时而青蓝，时而暗红，时而如铁般坚硬，时而又看似水雾形成的幻象。

将军一声令下，数十位围坐在旁的法师开始念动咒语。转眼工夫，悬浮球体徐徐升起，内部凝聚的能量逐渐由青蓝转为酱紫色、暗红色，直至金红色。四散飘荡在它周围的气流汇成湍急旋涡，“嘎啦……嘎啦!”劈出道道闪电，照亮整座宫殿。

伊蒂斯见这气氛诡秘蹊跷，席勒克又是一副胜券在握的样子，担心地问道:“这圆球到底是何物?”

将军唇角挤出残忍笑容:“王妃，这就是我的秘密武器。里面酝酿的巨大能量可以令世上任何一样东西燃烧起来。就连圣界以‘寒冷彻骨’闻名的月亮也无法抵挡它的烈焰。”

他扬起头，爆出狂放笑声:“想想吧，若是一个世界拥有两个耀夕，它的下场会是何等的混乱与凄惨。”

望着表情癫狂的席勒克与那可怕的秘密武器，伊蒂斯只觉一阵心寒，唇色惨白。

这时，东城出现骚乱景象，那是圣军突破两道封锁线直奔蓦魑城引起的恐慌。城内百姓闻讯纷纷拥向城西准备逃难，道路逐渐变得拥挤堵塞。人们惊恐不安起来，有的抱头痛哭，有的捶胸顿足不知如何是好。

忽然，城东传来洪亮声音，火焰圣主运用传音术在宣告:“蓦魑城的百姓们，不要惊慌，我们不是侵略者。只要魔王下达停战命令，圣军会立即撤兵。请你们赶快回到自己家中，暂时不要外出。”

圣军自东门开始进城，除了收拾前来阻挡的零碎魔军外，已经排成整齐序列慢速前进。两旁百姓的情绪渐渐得到控制，半数人径直往家走去，剩下的民众则退在路旁看热闹。

转眼，圣军前锋抵达金磐宫外。

诺杰仰起头，冲着宫殿顶层的天台大声道："席勒克将军，既然和平难以达成，我只好以这种方式逼迫你们停战。请你转告魔王，让他立即下旨。否则的话，我就不能保证金磐宫的安全了。"

听到这话，将军眼中再次迸出愤恨目光。他深吸口气压制内心的怒火，踏上台阶冲下面喊道："诺杰圣主，你的大军都逼到我家门口了，父王还能继续抵抗么。他已经把手令交给了我，你亲自上来取吧。"

话音刚落，伊蒂斯快步冲过来，大声疾呼："不要上来，这里危险！"

一个巴掌迅猛地甩向她，席勒克的脸庞在妒火中扭曲："你这贱人，心里还想着他吗？好，我让你亲眼看清楚他是怎么化成灰烬的。"

伊蒂斯来不及在意脸颊传来的热辣痛楚，猛地爬起身："我不会让你伤害他！"说罢倏地旋身，卷起一股蓝色气流，形成怒吼狂澜奔腾而来。

席勒克神色更加阴沉："你会后悔的。"他双手交替挥起狼牙棒，变成一道黑色屏障阻挡海水来袭。

王妃弹动十指，掷出一把把尖嘴螺贝，却冲不破黑魔法屏障严密的阻挡。她灵机一动跃身而起，飞至半空又如道极光俯冲下来，口中喷出一张黏网试图捆住将军。席勒克以更快速度拉起黏网边缘，手臂翻转180度飞速缠绕，反将伊蒂斯捆成一只茧。

席勒克蹲下身，长指掐住她的下巴，一字一句狠狠咬着："除非我死了，否则，你这辈子都别想活着离开金磐宫！"

他向天台下望去，这一次，言语中尽显无畏霸气："圣主，想好了吗？要和平，就亲自上来取吧。不然的话，带着士兵离开我的王都，滚回你的辽兢关寨。只是下次，圣军可没这么容易进入蓦魈城。是进是退，你自己选择吧！"

齐柯担心地低声道："圣主，魔王不会这么轻易谈和，上面一定有陷阱。"

诺杰盯住天台上晃动的影子，眼神沉着冷静："就算是陷阱也要闯一闯。齐柯、达也什，你们两个跟着我。剩下的人听从耀夕鞭信号，事情若有变，就立即攻入王宫。"

其实，他心里何尝不知危险的存在。而身为火焰圣主，个人的生死早已无足轻重。为了纪念那些流过的鲜血、战死的生灵，他要亲自将和平旗帜插上金磐宫。

见诺杰等三人进入蜿蜒走廊向上而来，席勒克脸上的神经兴奋得跳动着。他挥起狼牙棒大吼一声："启动秘密武器！"

"不！不要……"伊蒂斯心急如焚，双手悄悄运功试图松开周身的束缚，却见升到高空的圆球逐渐冒出层层火焰，热烫温度就连如此距离也能感受到。

眨眼间，火球内突然喷出一股金红光束，划过天际，迅速向更远方蹿去。地面的百姓士兵被天空中出现的奇异景观所吸引，出神地目送那道诡异光束，不知它将飞往何处。

火焰圣主登上天台，金眸在微风中闪烁着凛冽光芒："将军，我人已在此，请交出手令吧。"

复仇成功使席勒克抑制不住地狂笑起来："圣主迟了一步，我的和平使者大概已经穿破结界进入圣界，不久就会到达水晶城了。"

诺杰神色震动，惊异地望向高空中射出光束的火球，如此强大光热就连耀夕也未必比得上。

将军眼神阴森可怖："为了我父王与王兄的死，你们所有人都要付出代价。想要和平，就等到圣界完全毁灭的时候吧！"

"你这魔鬼！"诺杰顿觉气血攻心，刷地甩出耀夕鞭吼道："马上下令停止，否则的话，我决不轻饶！"

"既然圣主如此忠心报国，我就成全你。"席勒克挥起狼牙棒迎上去。

刹那间，两个打斗人影在高台上飞来晃去，耀夕鞭的红光与狼牙棒尖刺的寒光交织晖映。长鞭刷地挥来，铁棒猛地撞去。武功法力都棋逢对手的两人小心地防卫，大胆地进攻。几十个回合后，非但没有分出胜负，就连轻微小伤也未曾留下。两人越战越勇，逐渐飞离高台，周旋于半空中。

与此同时，圣界骑兵队与金磐宫的侍卫队又展开了新的血斗。齐柯、达也什与冲上来的先锋会合，开始捉拿高台上抱头鼠窜的法师。

石柱旁的伊蒂斯被眼前从未经历的混乱场面震撼着，厮杀声、血腥味一波波刺激着神经。突然，她松开了捆绑在身的黏网，猛地抬起头，惊觉高空中两个人影已逐渐靠近火球身侧。

难道……席勒克在不知不觉地将诺杰引入燃烧的烈火吗？

伊蒂斯收起恐惧心情，迅速捡起地上遗落的长戟，腾空而去。“住手!”她高喊一声，来到二人中间，长戟抵住狼牙棒。

“你这贱人，滚开!”席勒克狂烈的力道使长戟逐渐弯下去，“哐啷”，猛地抬起，尖刺在公主柔嫩的手臂上毫不留情地划出血痕。

“伊蒂斯!”诺杰的声音自身后传来，一个宽厚怀抱稳稳地接住她。

金眸中疼惜的目光霎时抚平伤口带来的痛楚，淡漠掉他们之间曾有的误会。此时此刻，任何解释都是多余……只愿这样……永恒地对望。

席勒克怒火中烧：“既然你们相亲相爱，就一起去死吧!”说罢，吼叫着挥棒急速冲来。

两人骤然分开，将军扑了空，一个失衡跌入火球突然迸发的热浪中。席勒克拼命运功想要逃离火球强大的吸力，身体却被扯动着不断后退。转眼，火苗蹿起吞噬了双腿。他的眼神不再嚣张，呈现垂死挣扎的恐惧。

“啊……救……救我!”将军艰难地伸出双臂，僵硬的手指在空气中抓狂。

忽然，一道血红长鞭猛地甩来，牢牢缠住他腰间。席勒克不敢置信地睁大眼，盯着耀夕鞭一点点将身体拉出死亡边缘，拉向他最痛恨的那个人。

他的心神在这刻剧烈震动着：酝酿多年的复仇计划，威力无穷的秘密武器，永远抓不到心的王妃，难道……难道这一切的一切都只是个错误吗?

恰在这时，拉长的耀夕鞭穿过那道诡秘光束，无法抵挡胜过自身极限的光热，“啪”一声骤然断裂。

“啊……”绝望嘶叫中，席勒克坠落的身体最终陷入火球内，瞬间燃烧成灰。

转眼，整座金磐宫已在圣军控制下。刚才作法的诸位法师臣服地跪倒在地，但没有人知道如何才能阻止秘密武器继续肆虐。

原来，一旦秘密武器被启动，就无法停下来，直到它将目标完全摧毁。克桀塔做梦也没想到，当邪恶极光到达水晶城堡的那刻，他的王国也在瞬间土崩瓦解掉。

伊蒂斯泪眼婆娑地靠向火焰圣主的胸膛：“都是我的错，如果不是我阻止席勒克上战场。他就不会踏入绝境而要毁灭圣界，也不会死无葬身之地了。”

诺杰逐渐收紧手臂拥住她，眼神沉痛而无奈：“这不能怪你，谁又能真正分得清是非对错。恐怕只有在生死存亡的瞬间，执迷不悟的人才能豁然清醒。我相信，水晶城堡一定可以想出对策渡过难关，明天的耀夕还会升起在圣界的东方。”

他目光迷离地注视起巨光射去的方向，心中默默祈祷着……

第二十话

月光夜话

黎明前的水晶城依旧笼罩在一片冷凝洁白的光晕下，人们毫无防备地沉寂在安详睡梦中。忽然，一道金红色极光自上空飞速掠过，直奔城堡而去，如离弦火箭射入闭目养神的月亮。

刹那，月亮吃痛地战栗着，扎入心脏处的极光将热力源源不断注入她的身体，令那张粉白脸颊涨得通红。这未知的燥热使月亮开始难受地翻滚起来，挣扎着想要摆脱灼热侵蚀，她的每一个微小动作都在身下的水晶城堡引起了强烈震动。

城堡的藏书阁内，擒拿使、书记官与季长老不动声色地悬浮于半空，一刻不停地查看散发霉味的古老典籍。周遭却是一片混乱：悬挂的火烛左右摇摆着，桌台上的茶具滑向地面摔得稀里哗啦，书架上厚重的藏书一格格跌落下来。

“哇……痛死了！”一本书砸到紫辛的头，她本能地缩入桌椅间惊叫道，“地震……大地震来了。”

一股股闷热空气自窗口钻入，使房间内的温度急速攀升着。紫辛小心翼翼站起身，踏着倾斜的地面坐上窗棱望去。月台上，原本宁静无害的月亮已然变作愤怒火球，颜色妖冶，翻滚蒸腾，样貌极其可怕。

众人的目光顺着紫辛的身影而去。乌滋妮不禁大惊：“……怎么会变成这样，这是自神话时代都没有发生过的事啊。”

冰岩盯住发狂的月色，凝神片刻，随后恍然大悟：“这一定是克桀塔的秘密武器在作祟。看，那高空中的红光就是能量的导火索，它在不断改变月亮的温度。再继续下去，月亮就会变成第二个耀夕。而水晶城堡根本承受不了这种高温，不出半日，整座水晶城就会完全融化掉，形成洪水淹没大半个圣界。这计谋太恶毒了！”

紫辛惊得语不成句：“你……你是说，我们不是被热死……就要被淹死……是不是?”

擒拿使紧皱起眉:“先不要慌。我们还有时间,或许能够找到破解的法门。”

书记官口里念叨着:“破解的法门,破解的法门……”忽然提高声调:“想起来了!凯圣主曾经说过,藏书阁内有本称为《凝月大典》的书籍,里面记载了所有控制月光的法术。我们快来找找看吧。”

于是,四人在书堆里拼命翻找着印有“凝月大典”几个字的书籍。随着时间的流逝,空气越来越灼热,墙壁连同天花板出现了一道道水痕,那是城堡开始融化的迹象。

“《凝月大典》……《凝月大典》……”季长老眯着眼看了看刚拿起的一本书。那本书又厚又重,书皮上根本没有名字。他觉得挺奇怪,就翻开第一页,“凝月大典”四个字立即映入眼帘。

“找到了!”长老兴奋地叫道,快速翻动书页,来到描述月亮遇难的章节。

“这上面说,当月亮受到袭击时,如果可以激发蕴藏在它核心的力量,就能战胜外力。要做到这一点,需要集合三种图腾和一个源力,再以满月光照的法令去执行。所谓‘三种图腾’分别是光华壁的大水晶、通明殿的长明灯,和无踪园的金沙土。”

擒拿使口气紧迫道:“事不宜迟,我们分头去取三种图腾。”话音刚落,乌滋妮与季长老化身而去。

就在冰岩与紫辛准备离开藏书阁的时候,融化了大半的屋顶开始滴滴答答下起小雨。悬挂的灯烛毫无预警地跌落下来,砸入书堆中。转瞬间,地板凝聚的水流浸湿了脚底。只听“轰隆”一声,身后传来巨响,冰筑墙壁禁不住书架沉重的分量向内塌陷着。

“快走!”擒拿使猛地钩住紫辛腰间,飞身而出。

光华壁,曾经是圣界最寒冷的地方,在没有月亮散发寒气的情况下,变得非常糟糕。原本坚硬如钢的围墙融化得只剩门槛那般高矮,水流一股股涌向地势低洼的光华殿,将它淹没大半。急流猛烈拍击着殿门口,水位逐渐上升。冰岩带着紫辛着陆在没过膝盖的冰水中。寒冷一下子从脚底钻入心里,紫辛不禁猛地打了个寒战。

冰岩松开她的腰际:“那里太危险。你在这里站着别动,我一个人进去。”

“等一下……”她的话还没出口，就见一道白影贴着水面嗖地钻入光华殿快要隐没的门洞。

冰水一股股汇聚在身旁，又有力地流向他方，哗啦哗啦……时而形成一个个小漩涡，撞击着她的双腿，摇晃着她的身体。就这样，紫辛在冰水中战栗着，看着它渐渐淹没腰际，渐渐吞噬掉整座宫殿，整个人也变得僵硬麻木了。

时间的脚步在这刻骤然放缓。站在光华殿外的每一秒钟，都似乎那么漫长，让她品尝着心急如焚的担忧，让她感到孤立无援的害怕。

冰岩……模糊的视线仍旧凝望着他消失的地方，却找不到任何焦点，眼前只剩一片汪洋。时间过去太久，久到她无法不去猜想，难道……冰水麻木了他的身体，还是……水晶床太重令他无法负荷……

不，这些都不会难住擒拿使。冰岩不会丢下她留在这无助的急流中。他答应过，会亲自护送她回家的，这一点，她从来没有怀疑。即便站在生死边缘，看着希望一点点渺茫，她也决不怀疑他的承诺。

“冰岩……你快出来吧……冰岩……”她带着哭腔沙哑地呼喊着。

正在这时，膝盖似乎被什么坚硬东西碰撞，身体一个失衡向后仰去，倒在忽然浮出水面的水晶床上。“哗啦……”身旁冒起矫健的影。

冰岩大喘口气，抹掉脸上水珠，声音因憋闷太久而显得铿锵有力：“这水晶床实在太大，我只能把它固定在手杖上扛出来。”

望着那金发紧贴的俊朗面容，感受他唇角弯起的安慰笑意，尽管身体还在发抖，她的心却变得火热踏实。

就在光华殿消失的那刻，大水晶承载着两人向轮廓逐渐缩小的城堡飞去。

城堡外，冰岩与紫辛见到悬浮在半空中的季长老与乌滋妮。他二人浑身湿透，样貌极为狼狈，想必为拿到长明灯与金沙土，也经历了一番生死挣扎。

季长老翻开《凝月大典》，迫不及待道：“现在，就只差那个源力了。让我看看……”众人都紧张地盯住他，却发现长老脸色猛然间变得茫然与绝望。

“长老，快说啊，书上写的源力到底是什么？”紫辛焦急地嚷道。

他缓缓合上法典，眉头愈发凝重：“正是……月之匙。”

在听到“月之匙”三个字的时候，擒拿使连同书记官完全震惊了。

紫辛不知所措地摇晃起冰岩："你们还愣着干嘛，快去找月之匙啊！"

乌滋妮沉重地叹息道："紫辛小姐有所不知。月之匙，与通灵神镜、夜碧剑共称'圣界三宝'。传说，它曾是水晶城堡的镇宝之物，但是……"

擒拿使接过她的话："但是自创堡以来，从没有人见过它，也不知道它藏在哪里，就连历届圣主也无法形容月之匙的模样。"说到这，他重重摇了摇头："不可能！我们不可能在紧急关头去考虑这么飘渺的东西。"

紫辛望着他们垂头丧气的表情，急得不知如何是好："难道……你们就这样放弃了？这怎么可以！长老，您再查查看，还有没有别的方法。"

季长老拿起法典，又查看起来。紫辛听着纸张翻动的慌乱杂音，内心更加焦急如火。如果找不到月之匙，前面的工夫就等于白费了。眼见火红的月亮拼命挣扎着，高耸的月台也在浓烈光照下塌陷着，他们还有时间去想别的办法吗？

"别的办法"……脑海中重复起这四个字，令她骤然回忆起守护神交代的神符。只有在万分紧急的情况下才可以打开的神符，是否有用呢？

"季长老，您看看这个东西。"

长老接过紫辛递来的白色小布袋，取出里面的纸条。那上面书写着圣界最古老难懂的一种文字。他琢磨片刻，自言自语念出了第一句："青蓝光闪动，月之匙现身。"

话音刚落，紫辛就觉左颊忽然变得冷冰冰，仿佛长了冻疮般痛痒难耐。她不知所措地叫起来："我……我的左脸好痒，痒死了！"刚想伸手去挠，就被冰岩猛地拽住。

擒拿使不敢置信地盯住那闪动着青蓝光芒的月牙形胎记："季长老……难道……这就是月之匙么？"

长老一瞧，激动地高叫道："应该不会错！"

冰岩迅速拉起紫辛坐上水晶床，接过乌滋妮递来的长明灯与金沙土："我们这就去月台作法，也请二位赶快通告城内百姓，带他们向城外疏散。"

以冷凝清明著称的水晶城堡立于圣界西方，千万年来经过岁月洗

礼风雨冲刷，仍然稳如泰山，从未有过片刻动摇。如今，她在烈日炙烤下逐渐弯起腰脊，骨血化为洪水而去，将心中无奈与悲鸣变作愤怒浪潮，冲向她曾经守护的千家万户，淹没人们惊恐的眼神与无措的举动。人影随波逐流，挣扎着呼喊着，祈祷着拯救他们的人快些到来……

飘浮在半空中的水晶床缓缓停下来，完全暴露在月亮直射的光热下。紫辛觉得身体好像被抛入燃料十足的大熔炉。炽热空气压顶而来，灼烧着皮肤，窒息着心肺，眼前朦胧一片。

"冰岩……你在哪儿?"她虚弱地喊了声。

"我就在你身边。紫辛，别怕，这一切很快就会过去的。"他的手指在她脸庞轻轻划过，颤抖的频率泄漏了紧张担忧的心情。

金沙土撒落，长明灯熄灭。

擒拿使开始念起咒语："青蓝光闪动，月之匙现身。"。

霎时，紫辛左颊上传来剧烈痒痛，如千万只白蚁啃食着心，难忍至极。她狠狠咬住嘴唇，强迫自己回忆着守护神的嘱托，想象城中百姓挣扎的身影，感受着冰岩手掌传来的温度。

"脱离保护体，恢复本原貌。"

月牙形胎记如一张薄纸自脸颊缓缓揭开，每一寸脱离都在撕扯着心肺，紫辛的额间不断冒出豆大汗珠。

突然间，痛楚消失了。她睁开眼，看着跟随自己十八年的胎记飘浮至半空，逐渐膨胀壮大，褪去青蓝色表皮露出真实面孔，那霎时绽放的银色光芒勾出半月形的璀璨轮廓。

"源力，归月!"

刹那，月之匙嗖地飞起直冲云霄，扎入破裂灼热的月心，爆发出极度寒力。烈焰顿时熄灭，冷凝光束顺着邪恶导火线冲向遥远的神秘武器，使它猝不及防地冻结成冰。

转眼，月亮停止翻滚挣扎，逐渐恢复冰清玉洁的神色，送来寒冷的气味。城堡重新凝固住，洪水不再奔腾吼叫，惊慌的人们为死里逃生而欢呼雀跃着。

月光异常冷凝皎洁，笼罩着残缺的月台，也照亮了水晶床上两个人影。紫辛抬起头，望着空气中四散飘荡的银亮光点，这般安宁，这般平静，恍若无限希望在闪耀，似乎……一个和平年代正在悄悄地来到。

猛然间领悟，这异世界漫长的旅程终于有了真正的意义，而她的脚步也在向尾声靠近着。不自觉地，激动难言的泪水冲出眼眶，漂白着她干净的脸颊。欣慰笑容自心底浮起，绽放在她弯起的唇角。

然而，这一切都在冰岩眼中变得朦胧，变得透明。“紫辛……你要去哪里？”他猛地张开双臂捧住她轮廓逐渐模糊的容颜，只能看到那颜色褪去的唇瓣不断呼喊着自己的名字，却再也听不到她熟悉的声音。

“紫辛……”

最终，那双黑色明亮的眸子带着依恋与不舍，消失在宁静月色中……

* * *

曾经认为，黎明前的那个梦最真实。不会忘记，是因为梦境太过逼真，太过清楚。

似乎……脸颊被一层很柔软、很滑润的布料摩挲着。

似乎……耳边被一种很沉稳、很强壮的心跳震荡着。

似乎……肩头被一双很有力、很温暖的双臂环绕着。

那一刻，徘徊在梦醒之间。很想叫住他，口中却喊不出任何声音；很想就这样朦胧地睡去，然而，心里那份悸动已无法平静了。

原来，她的灵魂早已苏醒；

原来，她的身体仍在沉睡；

原来，他就如窗外倾泻的月光，在朝阳来临前，逐渐隐去光辉。

“铃……呱呱……呱呱……该起床了……该起床了……早上好！”

缓缓睁开眼，对面墙壁悬挂的全家福照片清楚地跃入眼帘，它如电流般瞬间唤醒紫辛麻木的神经。猛地转过头，床头那只曾被丢入垃圾桶的绿青蛙闹钟正肆无忌惮地吵嚷着。

紫辛倏地坐起身，按下它头顶的旋钮。房间顿时恢复了安静，滴答……滴答……传来秒针飞跑、分针爬行的声音。可是她的心里，却莫名地感到一阵恐惧。

难道这一切……在梦醒之后，都不存在了吗？

她翻身下床，拾起地上皱巴巴的校服裙胡乱套上。正在这时，什么东西从中滑落，“啪”地掉在地板上。那清脆声音牵引着她的目光来到闪烁在脚边的泪滴形水晶。

刹那，一个陌生声音冲出喉咙，在寂静房间里无法抑制地回荡着：“冰岩……冰岩……”那个熟悉身影被冠上生硬的名字，可见脑海中已无法回忆起任何圣界语言，只有一连串翻译完好的字符，失去了原有的意义。

紫辛慌乱地奔至卫生间，望着镜中那个熟悉又陌生的自己，愣了片刻。左手轻轻抚上无瑕的皮肤，光滑的感觉不断提醒着，这所有的一切不是梦，而是真实发生在她身上的故事。

很快，胸口又有种空荡失落的感觉，仿佛身体某个部分被遗落在遥远的时空了。不知不觉，眼泪悄声地滑下脸颊。

就在紫辛又哭又笑正发癫的时候，门忽然打开。奶奶吃惊地望着她：“紫辛，你在干什么？”

这阔别许久的声音牵动着心中复杂的感受，她一下子扑到那温暖的怀中：“奶奶……我……我想您，我特别想您！”

老太太笑起来，拍着她的后背：“看你吓成这个样子，一定是刚才做噩梦了。乖，别怕，那些梦都是假的。”

此刻，多想大声地告诉奶奶：不，那不是噩梦。尽管曾经凶险无比，也曾荒诞离奇，却是她做过的最甜美的梦，甜美到已经无法就此放手让它离去。

紫辛抹掉眼泪，哽咽地问道：“奶奶，我记得……已经把那个青蛙闹钟扔掉了，怎么它又回来了？”

老太太眼中浮现出埋怨神情：“你这孩子就是不知道节俭，好端端的闹钟扔掉多可惜。昨天你上学后，我就把它从垃圾桶里捡起来了。看，根本没有坏嘛。”

昨天？奶奶的话令人诧异不已。难道，消失的这段时间对地球来讲只是短短的一天？

就在这时，奶奶忽然捧起她的脸失声惊叫道：“紫辛……你……你的脸，那块胎记……胎记怎么没有了？”老太太的表情好像看到世界末日般，若是知道发生在她身上的事情，一定会心脏病突发昏厥过去。

紫辛尽量用平淡无奇的语气缓慢叙述着：“哦，这个啊……我昨天去了医院，正好遇到美国来的医疗队在寻找志愿者做激光整容手术。反正不花钱呗，就让他们做了。您看，效果还不错吧？”

老太太不敢置信地摸着她平整的皮肤：“什么整容手术这么神奇。

瞧瞧这小脸蛋，连疤都没有，也太离谱了吧。”

“奶奶，您相信我吧，事情就这么简单。”紫辛拉了拉衣服，赶忙走向房门，避免再作进一步解释。

飞奔下楼，好想马上看到阔别许久的爸爸。只见他依旧坐在饭厅，手中握着报纸，专注地浏览今天的股市行情。他听到脚步声并未转过头，也许还在为那天晚上她没按时回家吃饭而生气，心中自然也没有父女久别重聚的感受。

来到饭桌前，对着那张没有表情的报纸，紫辛鼓起勇气道：“爸爸，昨天晚上没有接您的电话，也没有和郭伯伯一起吃晚饭，实在对不起。”

这异常乖顺诚恳的语气使那张报纸缓缓放下来。爸爸有些意外地望着她，眼神忽然变得惊异：“紫辛，你的脸怎么了？”

唉……又是同样的问题，恐怕一会儿到学校，还要贴张公告作解释呢。于是，她就把刚才对奶奶说的话重复了一遍。

爸爸听后眉头舒展开，他的嗓音从没有像现在这般充满关爱：“既然是在医院里，我就不责怪你了。以后像去医院这种大事，一定要先给家里打个电话，免得我和你奶奶担心，知道吗？”

紫辛激动地搂住他的脖颈，眼泪莫名涌出：“爸爸……我答应您，以后……再也不让您担心，不让您生气了，爸爸……”厚实大掌拍上她的后背，即使没有任何话语，她也知道，爸爸一定在为执拗的女儿终于醒悟而感到无比欣慰。

离开他的怀抱，紫辛看向恢复动力的手表，已经7点35分，便快步向后门走去，不想继续成为时间的奴隶。

奶奶叫住她：“紫辛，你背着书包要去哪里？”

“当然是上学喽。您看，还有二十五分钟呢，这次我可不会迟到了。”

老太太又笑起来：“这丫头，一大早就发神经，到现在还没清醒。平常要你去上学还要三请四催，今天是星期六，自己倒想上学了？”

紫辛的嘴巴顿时张成O形：星期六？唉……离开这么久，谁还能把日子记得很清楚呢。

她放下书包，换掉校服，重新回到杂乱无章的卧房里，不敢相信这就是曾经生活了十八年的地方。实在受不了自己过去邋遢的生活习惯，动作麻利地收拾起来。

说到这儿，还要感谢凯圣主那时的教导。在他眼中，一丝一毫的凌乱都无法容忍，在学习“九重归日”的日子里，她彻底改掉了长久养成的顽固恶习。

之后，紫辛跟着奶奶去了超级市场，即便几块钱的蔬菜，老太太也要货比三家，节俭得很。过去，她总是理所当然地接过奶奶给的零花钱，从未真正体会那一分钱背后的故事。不知不觉，又想起了“月是故乡明”这句话。

晚上，在奶奶指导下，紫辛穿梭于锅台炉灶，毛手毛脚地周旋在油锅与切菜板之间，烧出生平第一道菜。望着爸爸难得的笑颜，她暗暗发誓：往后的每个星期六都要像今天这样有意义。就算将来长大成人离开家门，也要把它作为不可改变的习惯进行下去。因为，星期六就是叶紫辛的“归根日”。

夜色深沉，她独自走在10点一刻的灯井大街上，听着耳边沙沙树响，望着对面偶尔走过的一两对情侣，思绪回到水晶城堡残缺的月台上。冰岩最后的眼神牢牢印在了她的脑海中，那般无措、茫然、不舍与无奈。

自己又何尝不是呢？分别来得太突然，他们还未分享挫败邪恶势力的胜利感觉，还没有对彼此的真情告白做出回应，甚至……来不及说出“再见”两个字。这种分离方式在她心中留下了一连串叹息与遗憾，久久不能忘怀。

这时，耳边忽然传来一个苍老声音：“先生，好几天没吃东西了，可怜可怜我吧。”

紫辛不敢置信地盯着不远处老乞婆的朦胧背影，迈开脚步奔过去：“冰岩……冰岩……”呼喊声在寂静街道上显得特别响亮。

“小姐，求求您，给点儿吃的。”

望着她伸出来的干枯手指以及面前的破碗，紫辛激动的神情立即跌到谷底。

“这里有些零钱，拿去吧。”她把上午买菜剩下的钱塞给老乞婆，失望地离开了。

低下头，忍不住自嘲方才的痴傻。五块钱换一块煤渣，这种奇怪交易恐怕一生只有一次，再不会发生了。走了几步，她还是固执地转过身，目送那老乞婆收起破碗向前走去。顿时，街道幽静得空无一人。忍不住将衣领内变得温热的水晶拿出，高高举过头顶。

刹那，一束月光穿过玄幻复杂的层面反射出银蓝光泽，犹如欲滴的泪珠闪烁。在那无数光线汇聚的核心，似有个影像若隐若现。

其实，那就是她自己，重生的叶紫辛。曾经是平凡无忧的高中女生，也曾是玄幻世界的拯救者，未来的道路究竟会变得如何，自己也很想知道。

星期一一早，紫辛提前五分钟进入教室，用三分钟向全班同学解释发生在左脸上的故事，又用一分钟把工整的作业递给语文课代表，最后在《明月几时有》的字里行间中穿梭着，直到老师走进教室。不知怎的，那些“之乎者也”不再是令人心烦的符号，而变成深含哲理的字句，在心中产生共鸣。

从那天开始，紫辛不再惧怕语文课，不再抵触各种测验练习，真正地钻入书本中，成了一名积极向上的好学生。大家都说，叶紫辛一夜之间好像变成另一个人，外表更加靓丽，内心倒难以揣测了。他们谁也不会想到，这个懵懂无知的女孩在经历一系列惊险刺激、荒诞离奇、荡气回肠、感人肺腑的事情之后，已完全长大。

准备高考的日子里，时间过得飞快。此刻的她不用担心成为学校里唯一不能升学的人，只需要寻找一个适合自己的专业。曾经以为人生就要在跆拳道武馆里蹉跎下去，现在才发现，那只是个业余爱好，并不能称之为志愿。

她的志愿到底是什么呢？

望着空白的报考表格，脑海中闪现出擒拿使手执水晶杖大义凛然的形象，耳边响起卡罗瑞顿的话：“紫辛姑娘好头脑啊，你的心细缜密不输给水晶城的任何一位长老。”

的确，如今的叶紫辛，不仅拥有可以申张正义的体魄，更具备了惩奸除恶的勇气，还有什么值得怀疑和犹豫呢？在“第一志愿”的横线上，她郑重填下了“公安大学”几个字。

爸爸为这个选择感到欣慰，更为她能成功进入这所理想大学而自豪。记得开学那天，他亲自背着行礼送到宿舍门口。奶奶流下了激动泪水，再三叮嘱她要注意保护身体，尽量不去参加那些危险活动。

就这样，紫辛在公安大学美丽的校园里开始了大学生涯，和宿舍里的女孩们嘻嘻哈哈说说笑笑，在大献殷勤的学长面前则温文尔雅地划出安全界限。

然而，每当夜深人静的时候，她就开始望着窗外夜色发呆，思绪一次又一次奔向那遥远世界，不想回来。心里很清楚，即便最深刻的记忆，总有一天，也会随时间冲刷而渐渐淡却。

热心和善的霍立姆，古灵精怪的希露、蟒身双颅的瓦尔沁、优雅冷漠的凯、霸气精明的诺杰、美艳痴情的吉利丝娜，还有……还有无法用两个词就可以形容的冰岩。内心已经舍不得将他们遗留在记忆的角落。趁那些影子还鲜活地晃动在眼前，她决定用另一种方式将他们永远地记录下来。

打开手提电脑调出Word软件，紫辛的心跳猛然间加快，不确信自己生涩的字句是否能将那多彩世界、那些各具性格的灵魂生动再现。想了片刻，她终于鼓足勇气，在空白页面上郑重敲下了“水晶城堡的月光”几个字。银蓝屏幕霎时将她带入时空隧道，引导手指在键盘上行云流水，直到最后的章节。

几个月后，紫辛带着完成稿来到杂志社。《水晶城堡的月光》经过几番审核，开始在“月光夜话”专栏中连载。爸爸并不知道杂志社的编辑们刚刚挖掘出的文坛新秀究竟是谁，直到这篇文章代替股市行情出现在手中，她才将这个惊喜带给他。

“嘟……”一声汽车鸣笛令紫辛正戴耳环的手局促起来，看向墙上钟表，晚上7点50分。望着镜中整装完毕的自己，淡紫色长裙转出优美弧度，胸前配戴的水晶闪着若隐若现的柔光。她带着满意微笑走下楼。

临出门，奶奶叮嘱道：“紫辛，不要在学校玩得太晚。今天是中秋节，我和爸爸会等你回来吃月饼，知道吗？”

“知道了。”她乖巧地点头，套上高跟鞋跨出大门。

外面停着一辆崭新的红色本田轿车。小音从车里探出半个头，挥挥手：“紫辛，快点！”自从进入名牌大学的经管系，这丫头的眼镜片明显加厚。几次劝她改戴隐形眼镜，她却觉得那会损害一个学者的形象。

紫辛坐进车里，望向司机位上的哲，有些惊讶：“咦……你什么时候考下了驾照？”

他腼腆地笑笑：“早就有了，只是一直没用武之地。”

紫辛马上扯住小音肩膀，提高声调："不拍哲把你的新车刮花啊？"

小音不以为然地甩甩头："没关系，我才不在乎呢。再说，男士为女士开车是天经地义的事。"

哲瞟向观后镜，来了个敬礼的手势："乐意为小姐们效劳。"

这就是三个好朋友之间的亲密友谊，好到可以为对方两肋插刀的地步。自然而然，他们也成了这世界上唯一可以和她分享秘密的人。

紫辛苦口婆心地再三声明《水晶城堡的月光》并非虚构，还拍着平整脸蛋叫小音睁大眼睛寻找疤痕，让哲将泪滴形水晶拿去实验室化验。只可惜，他们仍无法相信那个故事的真实性，还以为她患上了妄想症。

车开进得胜宏伟的校区。重新回到阔别一年的中学校园，见到同赴校友晚会的师生们，紫辛的心情特别感慨。大学生活在每个人脸上多多少少都留下些不同的痕迹，引来不少可谈话题。

不知不觉，夜色完全笼罩了操场，头顶上的圆月异常明亮洁白。月光洒在哲秀气的脸颊，反射在小音的眼镜上，荡漾在同学们的欢声笑语中，也渐渐沉入紫辛的胸膛内。在这久别重逢的场面，一种被称为思念的东西猛然间占领了原本舒畅的心情，使它开始变得郁闷而惆怅，仿佛将她的灵魂从周围热烈的气氛中抽离，甩入另一个孤独世界。

"紫辛，你怎么了，看起来闷闷不乐的？"小音递来一块月饼。

她无言地摇头，身体被哲拽起来。回转头，发现他眼中少见的坚持："我们去唱歌吧。"

小音起哄地嚷道："大家静一静，欢迎我们的小美女叶紫辛唱支歌！"

这下可好，整个操场瞬间变得安静无比，随即爆出一阵热烈掌声。同学及老师都用期待的眼神望着她，想要推辞已经不可能。就这样，紫辛被哲拉上了舞台。

"唱什么呀？"

"就唱你最拿手的吧。"

"我最拿手的？"

还没等她确定歌曲名称，哲已经走到一旁的钢琴前坐下。流畅的音符飘荡在空气中，那是她熟悉的旋律，而其中的歌词，却是此时此刻最不想触碰的字句。

前奏音乐在无形中增加了一个小节，藏在麦克风后的嘴唇仍在犹豫着。

“来，大家给紫辛加把劲！”小音在台下喊道。掌声哗地响起，口哨声此起彼伏。

她张开干涩的嘴唇，跟着音符吟唱起来：“明月几时有……把酒问青天……不知天上宫阙……今夕是何年？”

紫辛的目光不自主地望向天边那轮圆月，想起曾经对他说过“月是故乡明”的话语。然而，在这合家团聚的中秋，被亲人朋友包围的自己却看不到它的美丽，内心深处惦记的，是冰雕玉砌的水晶城堡，以及冷静清明的满月光。

“我欲乘风归去……又恐琼楼玉宇……高处不胜寒……起舞弄清影……何似在人间。”

似乎，她的身体再次有了轻如鸿毛的感觉，眼前出现那金发浮动的俊逸轮廓。即使脸颊很冰凉，心却被他轻掬在掌中感受着温暖。

“转朱阁……低绮户……照无眠……不应有恨……何事长向别时圆。”

思念如泉涌充盈着她的眼眶，思念如烈酒梗塞着她的喉咙。哲的手指还在琴键上跳动，紫辛的嘴唇，已吐不出任何句子。就这样伴着琴声僵立在原地，胸口隐约感到一阵突来的寒气。

就在脸颊被水晶忽然四射的光芒照亮时，舞台那端传出了悠悠歌声：“人有悲欢离合，月有阴晴圆缺，此事古难全。”

一个亲切的嗓音，一个熟悉的身影就这样再次来到她的世界。耳边已听不到台下人群的喧哗、小音激动的尖叫声，甚至哲飘忽的琴音。

冰岩来到面前，紫眸中闪烁着神秘光芒，唇角弯起最迷人的弧度。他用纯正的中文说道：“紫辛，水晶城堡的月光正在实现你我曾许下的愿望。”

的确，水晶城堡的月光将重逢的幸福送到她面前，用它的身影笼罩着紧紧相拥的两人，在世间吟唱着：“但愿人长久，千里共婵娟。”……

尾声

《来生缘，等待》

我最最思念的凯，当你看到这篇手记的时候，我的灵魂恐怕已经回到旺地城，结束整整二十四年的挣扎，安静地躺下，沉睡在那片温暖潮湿的泥土中。也许我的离去对你来说太突然，也许那时的我被死亡笼罩而无法将真实的感受相告。希望现在，还不算晚。

自从身体变作禁园内新播的种子，我的灵魂就一直在黑暗角落里辗转难眠、徘徊不去，千百次的忏悔也无法减轻心中负罪。我的感情用事辜负了莱斯加圣主寄予的深厚希望，我的疏忽大意使尤多拉有了进行邪恶计划的机会，而我执迷不悟的疯狂举动更将心爱的人推入最危险的境地。

那个满月光的夜晚，那个被碧光笼罩的你，终于令我尝到后悔的滋味，使我认清内心所谓的执着有多么愚蠢。变作树人之后，眼睛无法看到百花齐放的情景，嘴唇无法吹响夏梦之旋，胸膛内那颗心也被剥夺继续酝酿情感的权利，这都是我罪有应得。

原本以为，生命就像这风中残树慢慢凋零，不再会有绽放的瞬间。就在恐惧与寒冷袭来的时候，我却感到有个人，用厚实的披风、温暖的双手，甚至……温柔深情的吻将我抚慰。

好想知道是谁在拯救我即将腐烂的灵魂，努力睁开眼，我无法相信……曾经掐断含情草的双手正揉搓着我的脸颊；永远淡漠冰冷的唇瓣正散发着热力向我靠近；而那个曾经以公正无私为法器的人，正用他动情激昂的话语庇护着犯下滔天大罪的人。

这不是记忆中的凯，是什么原因令你做出这般轻率举动？回想梦境中那些毫无逻辑的荒诞情节，我突然领悟到，无论在什么时代，处于何种身份，总有一个瞬间，你会用最适当的方式来拯救我。正如这一次，那个最适当的方式便是“同情”。

在经历这漫长风雨洗礼后，我还能奢求什么呢？“爱情”，已经变作心中最怕触碰的字眼。而“同情”，哪怕只有一点点，也足以填满空洞的胸膛。我知道，这种施舍来的情感非常易碎，稍有不慎，刚建起的和谐关系就会一下子回到原点。

为了挽留这份来之不易的“同情”，我决定将自己变作因为失去记忆而单纯无害的女子。不会在你面前提起让人忍无可忍的爱情宣言，更不会愚蠢地逼迫你作出任何不能实现的承诺。重生的吉利丝娜会小心地扮演另个角色，一个不会令你生厌、令你逃避、令你感到压力的角色。

然而，好不容易建筑起的理智渐渐敲响了警钟。这个危险做法只会让心中爱意死灰复燃，使我掉入自己掘出的另一个坟墓。当你带着关怀的眼神靠近我，用温和语气讲述着发生在你我之间每个细节时，这个警告也在慢慢地变作现实。

我心底拼命压制的情感逐渐泛起波涛，一下下，拍击着，冲撞着越来越薄弱的理智。多想，多想就这样不顾一切扑入你的怀抱，拥紧你的胸膛，肆虐你的唇瓣，化作你所熟悉的吉利丝娜，你所惧怕的那团烈火，熊熊燃烧。

可是……我不能，不能重蹈覆辙，不能将无辜善良的你再次牵连，只好躲进无人角落，默默忍受这焚身的痛。多少次，我想悄声无息地离去，天涯海角，只要看不到你的地方都可以暂时平息内心就要挣脱而出的浪涛。

那时的你已非昔日坚不可摧的水晶圣主，不断消散的法力需要夜碧剑与“抑法咒”来挽回。为了这个理由，我强迫自己留在你身边，等待时机成熟。也许这是我能为你做的唯一有意义的事，哪怕失去生命，也值得。

进攻黑暗沼泽的前夕，你送我的寿辰花胸饰暗示了这个时机就在眼前。也许，你对将要发生的事一无所知，我却可以肯定那就是所谓的“宿命”。我想起了梦境中的一个片段，一个发生在神话时代而鲜为人知的故事：

大神的牧羊人吹着牧笛驱赶羊群在草原上度过他平淡的岁月。有一天，他被动听的歌声所吸引，不知不觉走进花神耕种的植物园。年轻人立即为她的美貌与歌喉倾倒，花神则因羊群踩坏幼苗而气恼地将

他赶走。

牧羊人没有远去，始终在植物园外的小河边等待。他时刻不停吹奏着牧笛倾诉爱意，希望真诚可以打动高傲的花神，使她原谅自己的过失。花神则对他根本不理不睬，认为牧羊人这种平凡的身份怎可奢望她的青睐。

有一天，笛声忽然消失，花神好奇地走出去看个究竟，竟发现牧羊人已经吊死在河边小树上。大神震怒，决定惩罚无情傲慢的花神，于是下令在未来岁月的每一个轮回中，她的转世都会疯狂地爱上牧羊人冷漠无情的化身。如果她的真情无法得到回应，便会在二十四岁生日时死于非命。这项旨意将永远执行下去，除非牧羊人真正原谅花神，愿意接受她的爱意。

起初，我并没在意这个残酷的故事，直到在光华壁第一次遇见你，才渐渐领悟到其中的含义。村姑与指路人仅有一面之缘，在他还未记住女孩名字的时候，她就带着爱情萌芽溺死在河水中。奴隶主与女奴之间短暂的相处在他心中留下惋惜的影子，她则怀着无法倾诉的感激与爱意脱离腐烂的身体。

后来，花神转世的处境好了些却仍逃不出宿命安排，高贵的女王也能在一夕间走上断头台，她的死在驯兽师的脑海中留下了深刻的印象。一次次轮回令花神的爱意更加浓烈执着，而牧羊人的性格却愈发冷酷坚硬，大神的旨意已经升级为折磨她心灵最严厉的惩罚。

曾几何时，我也在为自己的命运担惊受怕。可是细细品味，只要曾经爱过，死又何惧。我决不会为了苟活而跪下来乞求你的怜悯，也不会轻易放弃追求爱的权利，因为，那才是我认为此生最无憾的事。

当你决定解放黑魔法神殿的时候，当你最终找回法力恢复往日神采的那刻，我心中真正感受到了所谓的幸福。它的伟大，不在于实际拥有彼此，而是为深爱的人牺牲自身。

如今，我躺在这片温暖充满芬芳的土壤里，沉沉闭上了眼。梦境中除了指路人、奴隶主与驯兽师，更增添了许多珍贵片段。含情草、夜碧剑、寿辰花，还有……水晶圣主珍贵的眼泪。此生，已经没有任何遗憾了。

凯，我会在这里，静静地等待，期盼着下次重逢的时刻，带着这些记忆，再度微笑地向你走去，共续来生缘……

水晶城堡的月光顺着窗棱倾泻而下，笼罩着孤独的紫影。凯缓缓合上旺地手记，泪光闪动的眼眸含着一丝希望。他将含情草小心放入水晶棺材内，令它们娇艳欲滴的笑脸可以永远陪伴梦中人，随后俯下身，在吉利丝娜安逸的脸颊边留下一个回味长久的吻，便悄然离开了城堡，从此再也没有回来。

有人说，曾经在北方的清临山见过他，也有人说，他曾在南方的极地湖现身。无论何种说法，人们都可以肯定：那位银发碧眸手上拿着绿色记录本的男子，始终在寻找一种灵药，一种可以吃下去便不会忘记前世今生的灵药。

你知道，它在哪里吗？

全书完

后 记

《水晶城堡的月光》是继《尼罗河畔的夕阳》之后，我的第二部长篇小说。在创作处女作的时候，由于没有任何经验而有些吃力，曾经发誓不会再写小说了。谁知，停笔没几个月，内心又在蠢蠢欲动。原来，写作真的是件令人陶醉享受的事，很容易留下上瘾的毛病。

我又开始在电脑前埋头苦干，从2004年1月中旬到2月末完成了前五话，后来由于客观原因就没有继续写下去，把它彻底放下了，这一放就是整整一年半。曾经以为隔了这么久，不会再有创作激情，思绪像断线风筝连不到原点。

就在2005年夏季的某天，我忽然兴致来潮地拿出曾经写完的五话，一种心潮澎湃的感觉再度回来了，于是决定重新提笔，将《月光》进行到底。从2005年8月到11月中旬，我一口气将《水晶城堡的月光》完结。这次创作过程中，没有网友FANS的如影随形，完全闭门造车，靠的只有脑子里的热忱与信念。

总体来说，《月光》这部小说融合了穿越、魔幻、悬念、言情以及武侠的五大元素。情节十分紧凑复杂，写作手法多元化。它以叙述一个惊险刺激、荒诞离奇、荡气回肠、感人肺腑的故事为主，其间夹杂着几对性格迥异的年轻男女之间的感情纠葛。

除此之外，我在小说中特别强调了亲情与友情，这也是我人生中深刻体会到的真理。若没有亲友们的支持与鼓励，就不会有《尼罗河畔的夕阳》的成功出版，更不会有《水晶城堡的月光》的隆重登场。我想要告诉每一位读者，即便你的生命中没有爱情，也不能缺少亲情与友情。爱情是瞬间燃烧的火花，而亲情与友情，才是天长地久永不变的珍贵情感。

我感谢《尼罗河畔的夕阳》，让我初尝作为小说创作者的成就感，更要感谢《水晶城堡的月光》，在我人生中确立了一件重大事情。只要桌前的电脑还能运作，我的思维里还有想象力，生活中还能挤出一点点时间，手指就不会停止敲动键盘。

亲爱的读者们，如果你喜欢我的作品，就请以一颗期待之心迎接我为你编织的下个梦境吧。最后，将我的博客地址奉上：http://t.sina.com.cn/sunsetoverthenile以及邮件地址：littlepointlin2004@yahoo.ca欢迎各位读者在闲暇时候能够与我交流，将更好的建议反馈给这个闭门造车的作者，谢谢你们的支持。

晓典

二零零五年十一月

大多伦多地区，密西沙加市